本书出版受岭南英杰工程人才经费资助

郭小川亲友书信选

GUOXIAOCHUAN
QINYOU
SHUXINXUAN

付祥喜　郭晓惠　编

山西出版传媒集团
山西人民出版社

图书在版编目（ＣＩＰ）数据

郭小川亲友书信选 / 付祥喜，郭晓惠编. —太原：山西
人民出版社，2025.1

— ISBN 978-7-203-13056-7

Ⅰ.①郭… Ⅱ.①付… ②郭… Ⅲ.①书信集 – 中国
– 当代 Ⅳ.① I267.5

中国国家版本馆 CIP 数据核字（2023）第 221832 号

郭小川亲友书信选

编　　者：付祥喜　郭晓惠
责任编辑：蔡咏卉
复　　审：傅晓红
终　　审：梁晋华
装帧设计：陈　婷

出 版 者：山西出版传媒集团·山西人民出版社
地　　址：太原市建设南路 21 号
邮　　编：030012
发行营销：0351 – 4922220　4955996　4956039　4922127（传真）
天猫官网：https://sxrmcbs.tmall.com　电话：0351 – 4922159
E — mail：sxskcb@163.com　发行部
　　　　　sxskcb@126.com　总编室
网　　址：www.sxskcb.com

经 销 者：山西出版传媒集团·山西人民出版社
承 印 厂：山西出版传媒集团·山西新华印业有限公司

开　　本：720mm×1020mm　　1/16
印　　张：21.75
字　　数：340 千字
版　　次：2025 年 1 月　第 1 版
印　　次：2025 年 1 月　第 1 次印刷
书　　号：ISBN 978-7-203-13056-7
定　　价：86.00 元

如有印装质量问题请与本社联系调换

1976年初于河南林县第四招待所

1945年8月离延安前

1950年于汉口

1951年与孩子们在一起

1957年全家合影

1974年初与周原访河南兰考于焦裕禄墓前

杜惠 1951 年 7 月 10 日致郭小川信手迹

我底最心爱的，我底宏吴：

　　在祖国这些最美好最热烈的日子，你不在家是多么可惜，你不能与我一同渡过这些最幸福的时刻，我多难受啊。我说在每一秒你时刻回到我的身边，多么想你同我一道去天安门前看……各各式歌和歌声与欢呼声震荡着全世界的我们人民队伍啊。……晚……饭后，我回到室内刚收听了人民代表大会委员长选出的报告和宪法宪法的条文，听出了大会上代表们的掌声和欢呼声。我从街道上到处都传来了"万岁"的呼声和欢腾的歌声与锣鼓声。我的脚步已踏出门外……了三次，但……没有你，我一个人走不起来出去看。听说还在天安门放出好多焰火，探照灯也向天空射出欢乐的光芒。我随着祖国，随着光荣的人民一同兴奋起来了，我笑着，心也跳着，也更加使我想念你。这样的日里我一定会想念你的。

　　前两天信给你寄了一信，因为写的不够热情，对以……了两三天也未寄，有了今天的美好的补充，就连之一同寄给你吧。

　　今天……十基已经制比大。现在……两周一同回来一次。我每隔一周有一次请假回来休息，你以后回来，我们一定要保持这样办法，使我们每两周有一次在一块的游玩。我很希望你也学一下养蜂法……可很……快地度过他们的假日。多……愉快地陪他亲人休息和带孩子们游玩，以后你回来也这样好吧。我多么希望你……常常渡过这些最美好的星期啊！

　　现在北大给了我们两间大房子，以后星期日和……日我们都可在北大住了，坐回她时间少了，吃饭也方便些了，看……戏……很多时间也……许多了。将来我们一定把日子过得记得更好吧。这真就是，同时也……爱我……的……体验……了。恐怕这一辈子我们两人……永远也不可……开的。

小川同志：

我从三月十一日到北京起，就一直打听您的通信处，很我的误误，好容易昨天才从楊述那里找到你的信处。

我在美国加利福尼亚州立大学作教授，教文学。现正编译一本最近15年中的中国创作选。已用了你的大作"甘蔗林——青纱帐"中几首，如"祝酒歌"等。急于要见见你，跟你谈谈你的生活经历跟创作经验。这次我已经见着不少好些30、40年代的老牌作家外，还今是了澔到、李学鳌等比较年青，且最年青的写作工作者，也找着很多30年前在清华北大搞文学的老友。但如见不着你，真是遗憾。天知道我这人就问北你，问了好个月。

本月26日我就要离开北京，下月初才回来一趟而，不过那时的日子就更短了。希望你回我一信，让我来拜望你一两个钟头。如何？最好打个电话，我早胸怀在。

我这里的电话是 55.8851
（房间号511）

許芥昱
1973.6月14日晨

著名学者、翻译家许芥昱1973年6月14日致郭小川信手迹

总　序

在出版界，作为一个编辑是应该讲点智慧和毅力的。一本书稿拿到手里，如真是不俗的，我总想尽可能让它有个好的结果。

前些天，为一本书稿找出路，我得以结识山西人民出版社总编辑梁先生。一通电话，彼此谈得很投缘。末了他说："你人脉广、资源多，不妨为我们组织一套有点儿学术、有点儿文化积累，还有点儿市场的图书。"山西人民出版社是出过不少好书的，如秦晖、杨奎松、雷颐等，都在那里出过书。我心动了，想到自己手里的积累，就愉快地答应了。当然，答应了，不等于就铁定每年要做多少；条件具备了就做，因为毕竟要面对图书市场，面对出版人的现实境遇。

之所以把这套书叫不夜灯书系，我得交代几句：本来这是我几年前为自己的"东家"预定的，但"东家"产品线调整，因故中断了；这里拿来，只是觉得这个筐子适合放更多的东西。直接的意义不言而喻，就是多读书，不舍昼夜——尤其是在这个"读书不一定改变命运"的时代，已经把读书的范围圈得很小了。然而，唯有多读书，才可能明辨是非，才可能在纷扰的世界不被迷惑，不为心术不正的人所忽悠。什么是人类命运共同体？我们当知自己是世界的人，有世界的眼光，有共同的价值追求，因此读书自然是第一要务。

也许，现实的都是合理的。然而，这种"合理"是由很多外在因素支撑的，也会此一时、彼一时的。我们不必悲观颓废，也不必盲目乐观。是大时代，也是众生表演的时代。无论众说纷纭，抑或人云亦云，凡存在的，任其存在；然我辈始终如一，坚守自己的学术良知和信念——这种坚守，正是时代所需要的。假如你有这种独立而坚守的东西，我们很欢迎。邮箱779789298@qq.com在静候你的参与。人生有限，参与大时代的学术重建，终而不悔焉。

向继东

2021年6月于羊城一隅

选编说明

一、当代杰出诗人郭小川（1919年9月2日—1976年10月18日）及其作品，是重要的中国当代诗歌研究内容。为了促进郭小川及其诗歌研究，乃至对郭小川所代表的那一代知识分子、那一段逝去的历史有更深的体悟，我们选编了《郭小川亲友书信选》。

二、本书依据原信，选录郭小川亲友从1941年至1976年的部分书信共240封，其中包括杜惠致郭小川152封、友人致郭小川73封、读者致郭小川15封。目前郭小川家属保存的郭小川亲友书信远不止这些，本书着重选择反映郭小川生平事迹、文学创作、诗学思想观念以及与读者交往等方面的书信。公函不在编选范围之内。

三、所有书信均按照以人系年的体例编排，即先按照写信者姓氏拼音排序，然后再按其写信的时间先后编排。年份无从考定的，按书写的大致年代编在该年代末尾。

四、凡所选书信中提及的人和事，可以与郭小川生平活动特别是文学活动相印证的，皆以其著作或相关人物的可靠记载作注。无法查证的人和事则未注。

五、本书内容皆据所收录信件原件誊写，写信者因时代所限有其行文用字习惯，为保持资料原始性，本书依信件原貌录入，与现行汉语表达不一之处，均未作技术处理。行文中的缺漏字、错别字等，以文下注形式加以说明。

六、所选书信中残缺或模糊难辨的字，以"□"代之；不便公开的姓名，以"×××"代之；某些不便公开的文字，以"……"代之。

七、本书收入的书信，都来自郭小川亲属保存的书信原件，其中多数已获得出版授权；无法联系到作者、尚未取得出版授权的，敬请作者本人或亲属和我们联系，电子邮件地址：47586527@qq.com。

附言：选编本书过程中，我经常被信中内容感动。书信里的人和事，距离今天不算远，但是在像我这样的"70后""80后"眼里，恍若隔世。郭小川他们那一代知识分子的情和爱、所思和所想，已经蒙上一层历史尘埃。然而，拂去上面的尘土，仍然可见一颗颗赤诚的心！这些书信，不失为后人返回历史现场、了解那一代人的交往和心路历程的一种途径。尤其需要提及，本书收入的郭小川亲友书信，绝大多数属于首次披露，具有较高文献史料价值。

付祥喜

2024年6月

目　录

上卷　杜惠致郭小川

一、延安时期（11封）……………………………………003

第一封（1941年10月）……………………………003

第二封（1941年11月14日）…………………………004

第三封（1941年11月15日）…………………………004

第四封（1941年11月16日）…………………………005

第五封（1941年11月17日）…………………………006

第六封（1941年11月18日）…………………………006

第七封（1941年11月20日）…………………………007

第八封（1941年11月22日）…………………………008

第九封（1941年11月23日）…………………………008

第十封（1941年11月25日）…………………………009

第十一封（1941年11月30日）………………………009

二、武汉时期（77封）……………………………………010

第一封（1950年8月28日）…………………………010

第二封（1950年11月23日）…………………………011

第三封（1950年11月29日）…………………………012

第四封（1951年4月初）……………………………………012

第五封（1951年4月10日）……………………………………013

第六封（1951年5月3日）……………………………………014

第七封（1951年5月4日）……………………………………015

第八封（1951年5月5日）……………………………………016

第九封（1951年5月9日）……………………………………016

第十封（1951年5月11日）……………………………………020

第十一封（1951年5月14日）……………………………………021

第十二封（1951年5月14日）……………………………………022

第十三封（1951年5月16日）……………………………………024

第十四封（1951年5月20日）……………………………………025

第十五封（1951年5月20日）……………………………………026

第十六封（1951年5月22日）……………………………………026

第十七封（1951年5月22日）……………………………………027

第十八封（1951年6月19日）……………………………………028

第十九封（1951年6月22日）……………………………………029

第二十封（1951年6月25日、26日）……………………………030

第二十一封（1951年6月27日）……………………………………032

第二十二封（1951年6月30日）……………………………………032

第二十三封（1951年7月2日）……………………………………034

第二十四封（1951年7月2日）……………………………………035

第二十五封（1951年7月6日）……………………………………035

第二十六封（1951年7月7日）……………………………………036

第二十七封（1951年7月10日）……………………………………037

第二十八封（1951年7月11日）……………………………………037

第二十九封（1951年8月16日）……………………………………038

第三十封（1951年12月13日）……………………………………039

第三十一封（1951年12月17日）……………………………040

第三十二封（1951年12月19日）……………………………041

第三十三封（1951年12月22日）……………………………041

第三十四封（1952年4月1日）………………………………044

第三十五封（1952年4月25日、27日）……………………045

第三十六封（1952年6月9日）………………………………046

第三十七封（1952年7月5日）………………………………047

第三十八封（1952年7月10日）……………………………049

第三十九封（1952年7月12日、13日）……………………051

第四十封（1952年7月20日）………………………………053

第四十一封（1952年7月24日）……………………………056

第四十二封（1952年7月27日）……………………………059

第四十三封（1952年7月28日）……………………………062

第四十四封（1952年8月2日）………………………………063

第四十五封（1952年8月2日）………………………………067

第四十六封（1952年8月2日、3日）………………………067

第四十七封（1952年8月5日）………………………………068

第四十八封（1952年8月7日）………………………………070

第四十九封（1952年8月11日、12日）……………………072

第五十封（1952年8月16日）………………………………074

第五十一封（1952年8月21日）……………………………076

第五十二封（1952年8月23日）……………………………076

第五十三封（1952年8月24日）……………………………078

第五十四封（1952年8月28日、29日）……………………078

第五十五封（1952年8月31日）……………………………081

第五十六封（1952年9月2日）………………………………082

第五十七封（1952年9月6日）………………………………082

第五十八封（1952年9月7日）⋯⋯⋯⋯⋯⋯⋯083

第五十九封（1952年9月7日、8日）⋯⋯⋯⋯⋯086

第六十封（1952年9月10日）⋯⋯⋯⋯⋯⋯⋯086

第六十一封（1952年9月12日、13日）⋯⋯⋯⋯088

第六十二封（1952年9月14日）⋯⋯⋯⋯⋯⋯089

第六十三封（1952年9月14日）⋯⋯⋯⋯⋯⋯091

第六十四封（1952年9月21日）⋯⋯⋯⋯⋯⋯092

第六十五封（1952年9月30日）⋯⋯⋯⋯⋯⋯093

第六十六封（1952年10月3日）⋯⋯⋯⋯⋯⋯095

第六十七封（1952年10月8日、9日）⋯⋯⋯⋯097

第六十八封（1952年10月10日）⋯⋯⋯⋯⋯⋯098

第六十九封（1952年10月13日）⋯⋯⋯⋯⋯⋯099

第七十封（1952年12月1日）⋯⋯⋯⋯⋯⋯⋯100

第七十一封（1952年12月3日）⋯⋯⋯⋯⋯⋯101

第七十二封（1952年12月8日）⋯⋯⋯⋯⋯⋯101

第七十三封（1952年12月12日）⋯⋯⋯⋯⋯⋯103

第七十四封（1952年12月21日）⋯⋯⋯⋯⋯⋯103

第七十五封（1953年1月19日）⋯⋯⋯⋯⋯⋯104

第七十六封（1953年1月20日）⋯⋯⋯⋯⋯⋯105

第七十七封（1953年2月4日）⋯⋯⋯⋯⋯⋯107

三、北京时期（64封）⋯⋯⋯⋯⋯⋯⋯⋯⋯⋯108

第一封（1953年5月7日）⋯⋯⋯⋯⋯⋯⋯⋯108

第二封（1953年5月14日）⋯⋯⋯⋯⋯⋯⋯110

第三封（1953年5月16日）⋯⋯⋯⋯⋯⋯⋯112

第四封（1953年6月24日）⋯⋯⋯⋯⋯⋯⋯112

第五封（1953年7月1日）⋯⋯⋯⋯⋯⋯⋯113

第六封（1953 年 9 月 12 日）　·································115

第七封（1953 年 9 月 18 日）　·································116

第八封（1954 年 8 月 20 日）　·································117

第九封（1954 年 8 月 26 日）　·································119

第十封（1954 年 8 月 31 日）　·································120

第十一封（1954 年 9 月 7 日）　·······························122

第十二封（1954 年 9 月 8 日）　·······························122

第十三封（1954 年 9 月 16 日）　·····························124

第十四封（1954 年 9 月 20 日）　·····························126

第十五封（1954 年 9 月 27 日）　·····························128

第十六封（1954 年 10 月 20 日）　····························130

第十七封（1954 年 10 月 22 日）　····························132

第十八封（1954 年 10 月 30 日）　····························134

第十九封（1954 年 11 月 9 日）　·····························135

第二十封（1955 年 12 月 13 日）　····························136

第二十一封（1955 年 12 月 19 日）　··························137

第二十二封（1956 年 1 月 18 日）　···························138

第二十三封（1956 年 5 月 15 日）　···························139

第二十四封（1956 年 6 月 23 日）　···························141

第二十五封（1956 年 7 月 5 日）　····························143

第二十六封（1956 年 7 月 11 日）　···························145

第二十七封（1956 年 8 月 1 日）　····························147

第二十八封（1958 年 6 月 17 日）　···························148

第二十九封（1958 年 6 月 21 日）　···························149

第三十封（1958 年 8 月 25 日）　·····························149

第三十一封（1958 年 9 月 19 日）　···························151

第三十二封（1958 年 9 月 27 日）　···························151

第三十三封（1958年10月1日）···············152

第三十四封（1958年10月4日）···············156

第三十五封（1958年10月25日）··············156

第三十六封（1958年11月5日）···············157

第三十七封（1959年5月11日）···············157

第三十八封（1959年8月17日、18日）··········160

第三十九封（1960年11月5日）···············162

第四十封（1960年12月20日）················163

第四十一封（1961年2月11日）···············164

第四十二封（1961年2月27日）···············165

第四十三封（1961年10月18日、19日）·········166

第四十四封（1961年11月13日）··············167

第四十五封（1961年11月20日）··············168

第四十六封（1961年11月26日）··············169

第四十七封（1962年1月22日）···············170

第四十八封（1962年4月2日、3日）············172

第四十九封（1962年4月17日）···············173

第五十封（1963年3月23日）················175

第五十一封（1963年3月30日）···············177

第五十二封（1963年4月1日）···············178

第五十三封（1963年4月2日）···············179

第五十四封（1963年4月4日）···············180

第五十五封（1963年4月9日）···············181

第五十六封（1963年4月11日、13日）··········182

第五十七封（1963年4月19日）···············183

第五十八封（1963年5月30日）···············184

第五十九封（1964年7月9日）···············185

第六十封（1964年7月12日）………………………………188

第六十一封（1964年7月16日）……………………………189

第六十二封（1964年7月17日）……………………………190

第六十三封（1964年8月5日）………………………………191

第六十四封（1965年5月19日）……………………………192

中卷　子女、友人致郭小川

一、子女致郭小川 ……………………………………………197

郭小林致郭小川（1970年11月30日）……………………197

郭岭梅致郭小川（1973年7月30日）………………………199

郭岭梅致郭小川（1974年4月22日）………………………200

郭晓惠致郭小川（1970年4月9日）………………………202

郭晓惠致郭小川（1975年6月17日）………………………205

二、友人致郭小川 ……………………………………………207

秉昌致郭小川（1976年2月21日）…………………………207

陈残云致郭小川（1971年10月18日）……………………208

陈祖芬致郭小川（1975年12月3日）………………………209

戴维夫致郭小川（1953年7月18日）………………………211

邓普致郭小川（1975年11月1日）…………………………211

浩然致郭小川（1970年2月13日）…………………………212

贺敬之致郭小川（1974年1月2日）………………………214

胡万春致郭小川（1973年11月9日）………………………215

胡万春致郭小川（1973年11月29日）……………………217

胡万春致郭小川（1973年12月3日）………………………219

计永佑致郭小川（1973年8月3日）………………………220

计永佑致郭小川（1973年9月7日）……………………223

计永佑致郭小川（1973年12月31日）…………………226

金紫光致郭小川（1972年5月19日）……………………227

君兰致郭小川（1975年5月6日）…………………………228

雷奔致郭小川（1964年4月29日）………………………229

黎丁致郭小川（？年6月4日）……………………………230

李玲修致郭小川（1974年2月9日）……………………230

李学鳌致郭小川（1972年8月2日）……………………231

李瑛致郭小川（1973年1月15日）………………………232

李瑛致郭小川（1973年5月28日）………………………233

刘小珊致郭小川（1975年9月5日）……………………233

刘小珊致郭小川（1975年9月30日）……………………234

刘小珊致郭小川（1975年9月12日）……………………236

刘小珊致郭小川（1976年9月24日）……………………239

马敬仲致郭小川（1970年8月8日）……………………243

马敬仲致郭小川（1972年9月12日）……………………244

茅盾致郭小川（1957年5月2日）…………………………245

荣正一致郭小川（？年11月27日）……………………246

《体育报》文艺知识组致郭小川（1973年8月14日）………247

田歌致郭小川（1973年3月23日）………………………248

王成致郭小川（1976年1月26日）………………………249

王朝垠致郭小川（1975年8月15日）……………………252

王榕树致郭小川（1973年11月4日）……………………253

王榕树致郭小川（1973年11月14日）…………………255

王榕树致郭小川（1973年11月20日）…………………257

王榕树致郭小川（1973年11月26日）…………………257

王榕树致郭小川（1973年12月6日）……………………259

王榕树致郭小川（1973年12月12日）·····················260

王榕树致郭小川（1973年12月28日）·····················262

王榕树致郭小川（1974年1月3日）·······················263

王榕树致郭小川（1975年11月12日）·····················264

王榕树致郭小川（1976年1月9日）·······················266

晓雪致郭小川（1973年6月1日）·························267

晓雪致郭小川（1973年7月10日）························268

晓雪致郭小川（1973年8月6日）·························268

晓雪致郭小川（1973年10月28日）·······················269

晓雪致郭小川（1975年12月17日）·······················270

许芥昱致郭小川（1973年6月14日）·····················272

许以致郭小川（1974年3月15日）························273

严文井致郭小川（1971年11月29日）·····················274

严阵致郭小川（1972年10月22日）·······················275

严阵致郭小川（1972年11月20日）·······················275

严阵致郭小川（1972年11月22日）·······················276

严阵致郭小川（1972年12月27日）·······················277

严阵致郭小川（1973年3月31日）························278

严阵致郭小川（1973年5月2日）·························279

严阵致郭小川（1973年6月27日）························280

严阵致郭小川（1973年7月14日）························281

严阵致郭小川（1973年7月24日）························282

杨匡汉致郭小川（1973年11月1日）·····················283

杨匡满致郭小川（1973年4月1日）·······················284

杨晓杰致郭小川（1973年6月12日）·····················285

杨晓杰致郭小川（1973年7月8日）·······················286

杨晓杰致郭小川（1973年7月10日）·····················287

杨晓杰致郭小川（1973年7月29日）……………………288

杨晓杰致郭小川（1973年11月26日）……………………289

杨晓杰致郭小川（1974年2月14日）……………………290

杨晓杰致郭小川（？年5月25日）……………………291

玉环致郭小川（1974年1月13日）……………………292

臧克家致郭小川（1959年4月15日）……………………294

周明致郭小川（1975年10月5日）……………………295

朱九思、王静致郭小川（？年11月9日）……………………296

下卷　读者致郭小川

何桂林致郭小川（1973年10月5日）……………………301

黄河清致郭小川（1970年8月18日）……………………303

黄河清致郭小川（1970年10月25日）……………………305

黄河清致郭小川（1971年2月13日）……………………307

黄河清致郭小川（1971年3月20日）……………………309

黄河清致郭小川（1971年4月9日）……………………311

黄河清致郭小川（1971年5月1日）……………………311

黄河清致郭小川（1973年8月21日）……………………312

李林涛致郭小川（1976年1月6日）……………………314

李清晨致郭小川（1973年10月16日）……………………315

刘澄潭致郭小川（1964年9月5日）……………………316

刘昕致郭小川（1973年4月21日）……………………318

刘昕致郭小川（1973年7月10日）……………………319

刘昕致郭小川（不详）……………………321

薛万珍致郭小川（1973年12月15日）……………………321

杜惠致郭小川

一、延安时期（11封）①

第一封（1941年10月）

小川：

我将以最大的热情与忠诚，回报你纯真善良的心！为了我心灵里短暂的平静，请四天后再来会见我！

小杜

1941年10月

---

① 郭小川是河北省丰宁县凤山镇（原属热河省）人，1919年9月出生。其父长年教书，母也任教。郭小川1935年参加"一二·一六"北平学生抗日救亡运动。1937年9月20日在太原参加八路军，同年11月7日加入中国共产党。1941年元旦到延安马列学院学习，与杜惠结识。1945年日军投降后，他第一批离开延安赴新解放区工作。曾在党的宣传部门和中国作家协会担任领导工作。业余主要写诗。

杜惠1920年春出生在四川省长寿县（今重庆市长寿区）怡怡轩邓家的大家庭。父亲在成都铁道学堂毕业，当年任长寿农业学校校长。杜惠从小接受五四运动新思想影响，在大家族几十个女孩中，唯独她没缠过脚，没穿过耳洞，可以和兄弟们自由玩游戏，一同学习。练过魏碑，不信鬼神，比较自由开放。13岁时在丰都姨母家入共产党员等进步分子办的私立适存女初中，接受反帝反蒋抗日的教育，崇拜红军、共产党。1936年秋在成都华英女中学习，反抗过教会奴化教育，并募捐支援绥远抗战，期末被学校开除。1937年抗战爆发，考入省立女中，在四川中共领导人之一赵世南（烈士赵世炎的大姐）领导下，接受进步思想。1939年春加入中国共产党，同年秋至西安八路军办事处。后随林伯渠、吴玉章等到延安，先到毛主席办公处抄了三个月文件，后到女大学习。延安各校合并后，到枣园情报学校西北公学学习，准备日后派到白区做情报工作。

1941年9、10月间，郭小川写了两封热情的信，表达对杜惠的热爱之情。

杜惠是一个很自信又很骄傲的人，对郭小川的求婚也犹豫了一些时日。后在女友们的说服催促下，才写了上面这张小字条，由一位热情的同志当晚送到了郭小川手里。

这就是杜惠有生以来的第一封情书。

以后，郭小川每晚到中央党校门前约杜惠到延河边小树林里度过蜜一般的恋爱时光，直到学校传来熄灯预备号，才回到各自宿舍。

不久，郭小川参加下乡调查工作。他要求杜惠以日记形式代情书记录下她的生活与情感，她忠实地实践他的约请，断断续续写了十几天。郭小川一直珍宝般保存着这些代情书，从延安到热西的战争环境，从天津到武汉、到北京，直到他逝世，都完好地保存着。后文即杜惠这半个多月的代情书日记。

——杜惠原注

第二封 （1941年11月14日）

早上去餐场后，我就匆忙地找高力，希望他能同我饭后一道去送你。当我在人群找到他，他告我天刚亮就去看你了，你说，我不用再去。我微笑地往回走，我不知道是安然还是感到失望！但，在你友人面前，初次的感情的轻微的羞涩，却使我感到两颊的红热。

饭后，回到寝室，茫然地微微的寂寞与悲哀开始袭击我，好像一个人在深谷里失去了他的回声！……我意识着你去了，也许年假，也许直到四个月以后，我们才再相聚！当一刻以前，我曾怎样自信我的理智与安静呵！

自习中，我自己注意力很不集中，当然是不应该的，可是又有什么办法呢！

第三封 （1941年11月15日）

在河里洗好衣服，同超伦玩了一些时候，有些无聊而且烦乱，回来了。

到寝室打开你的布包①……好像是寻找你的痕迹，而又似乎为了寄托我的心，然后放到我的箱里。

在灯下开始阅读你的旧稿与信箱中的信②，后者我是全读了。

看了给××的信，我觉得你的字，今天是有了很多进步。

我想，这时你该在给我写信吧，于是浮现了我内心的隐秘的微笑，她们却好奇地看着我，说："小杜，那些东西的所有者，恐怕是你的——爱人吧！"

"我还没有过爱人呢！"我带着喜悦和严肃这样地回说了。

你将怎样说呢？

---

① 郭小川托人送给杜惠的一个布包，里面有郭小川的文稿。
② 这些"旧稿与信箱中的信"，后来丢失了。

第四封 （1941年11月16日）

为了回答同志们的关心，决定12点以后再出去，一直看报纸，成绩也很不坏。

中午荔和超伦来了，超伦家寄来了钱，但未取到，大家在河边平静地散步，但未碰到英弟。最后我同荔在统战部××那儿吃的饭。……

同何、王、阿胖，我们来回地散步，且同王谈了一些关于友谊……直到天黑，他们送我回到了学校。

你，也许正是最寂寞的时候吧。

晚上已无自习了，在灯下写了几句话给你，回头看一次，我想，也许会引起你狂热的不安，但我不能完全把热情压制在心里，终是写了。

中夜醒来，记得我们坐在一起……梦。

我便放肆地不断地回忆与幻想……夜间的思想，我觉得是特别丰富而美丽的！

"以后这些都不是那样神秘与新奇了！"——你说的那夜晚（12号），最后我们要分别的时候。"为什么？不要吧！"是我的回答。

我奇怪，到现在这句话还在我心灵里引起一些悲哀。我想：难道我们……难道真的男孩子们是很快不满足于恋爱吗？……

我很难过，我真想哭！

爱情，她将带给人们辛酸的而又甜蜜的不断波动呵！

真的，一想到结婚，我便迅速地拉回我的思想，多可怕呀，尤其在这样的条件下。以后不要谈起它吧，亲爱的同志。

最后，当我想到我们心里的春天，和那我们再见时的春天……便重新入睡了。

第五封 （1941年11月17日）

早上起得更早些，呀，真冷！

开始整天的自习，中午乏得要命……

抽出了一点时间给校长写了一封信，我说：

"……由于一年来深切的友谊、互助，各方面的共同点，使我们自然而严肃地走上恋爱的道路。……他是坚强、朴实、勇敢、充满青春的活力与自信的年轻的诗人，忠实的同志。

……

我不知道，在我目前的学习情况下，是不是能够同他恋爱呢？

而我又是怎样热情与忠实于目前的学习呵！……"

晚饭后，全校集合看本校同志自己演出的京剧，正迟疑，考虑座位、时间，而且我的心是不安定的。

接到楠的信，她是那样不安地渴望我的信笺。而且为她的病，我的心被咬痛着；我决定了星期日同荔、虹去看她，而且立时回来给她们写信。

写完八封信，直到晚会都完才睡。

第六封 （1941年11月18日）

因为心情不集中，自习是上得勉强的。于是又放肆地写了9封信。所谓交际……不了解我，她们当然是说闲话的，我也不理。

晚上又是咱们看晚会，《新木马计》。

我想，厂长将由谁来扮演呢？……

我不愿再去看，而且天气很坏。

散步在青年食堂前，碰到超伦，断续的沉默中，他破天荒第一次谈了很多话。关于他自己的感情，感情的波动，关于虹，其次谈到朋友们，谈到英弟对我的友谊……引起我一种人们在某种情况下常有的歉意的苦恼与感情上的扰乱。我很烦，而且表示愿意结束谈话。天早黑了，但超伦却坚持再多些时间的散步。为了他第一次的述说自己，我不得不付出我的忍耐性。

9点钟以后，当寒风开始狂暴地吹袭时，我才逃脱了黑暗的夜，回到寝室。

中夜醒来时，我想……想到最近的生活，兴奋与愉快，也感到平静的友情底少女生活的被突破的轻微的惋惜。女孩子的心情是微妙的！

我又想到英弟，他的温存与微笑！而每一片思想都联想到你，于是，对于你，想得很多很多！

第七封 （1941年11月20日）

昨天没写一个字，完全生活在忙乱里，昨天早餐时，高力交给我小张带回的你的信，当时我愉快得没勇气拆开！

××，一提到她，我便觉得抱歉而且有些难过，我不憎恨她，也不爱她，因为我不了解她；但却为她感到痛苦。我同情她。

如果我们接近，我们会发生友谊，我对她会很好，我相信。

我想，她不愿问到我，我不气的。她是愿意甚至好奇地从间接了解我的。难道不对吗？你说。

昨天下午，没有一块地没镀上白雪，所以我当然不能去找小张的。

今天呢，整天是迷蒙的太阳，天空里好像还停滞着一层雪片，地上反映着灰白的光，一小部的雪以最缓的速度开始在融化。

人们的心里显得重压与……

正午，我正提笔继续给你写信，但发炭了。……

晚饭后，我想是不会有我的信的，于是便停在大礼堂，等待开追悼两位病死者的会。但不久，小余却远远叫着有我的信。我意外地高兴。小余走得很慢，细心地看着寄我的信封，而却不回答我的问题："什么地方寄来的?"

当她给我信时，她说："好像你的字呵——我疑心你们相互学着的。"

我微笑着不理她，很快打开你的信。还有一封是黄钢寄来的。

天黑了，刚读完你的信，就开会；会后，我第一个回到寝室，在灯下重读了两次那漂亮的黄色信纸上的小字。

多冷的雪夜呀！使我简直不能安眠。

梦中总见到你，但是那样模糊……

第八封 （1941年11月22日）

整天自习，或者整天旁的功课。比如说吧，昨天整天讨论会，而今天整天报告。简直没有办法继续我的日记。夜里连上床也没有灯。

我想，每天记是非常非常之困难了。

原谅我，我的朋友！

昨天下午同小张玩，谈了还不少。他要礼拜一才走，约好了明天早上把信交给他，去他们那儿吃饭。今天下午同英弟、超伦、荔玩了一会，很烦，我便急急地回来写信了。

第九封 （1941年11月23日）

清早没喝豆浆，就往文化俱乐部去。真冷，眉和睫毛上的气都结成小小的冰了，像老年者。

他们还在睡觉，叫了一声"张丙南"，很一会有一个不同的声音回答我。当我走到他们房间门口，通通都还睡着。有的当然给我的声音叫醒了，于是我认识了金紫光。他告我，小张昨天同他弟弟去南门外了……我只好把信请他转交小张。

离开他们，我便决定到立琳那儿吃早饭去，这时我才发现冬日早晨的美丽……

太早呵，立琳他们刚起床呢。我的到来，给她意外的愉快，友人的狂热的接待，使我微笑而外，很久没有言语。

饭后匆匆地奔向荔处，为的下午去学习。而在途中有人告我，楠出来了，而且正找我。可是我未找到她。

二哥在荔那儿。因为以为虹要出来，超伦便没有去。真的，有些事情是想不到的呵！

晓彬的身体又很不好，那种倦与烦的感觉，完全同我过去一样，多难受呀！

等待英弟很久，却不来，便下山来了。

我们谈了很多，我和荔。

第十封 （1941年11月25日）

这两天又是整天的报告。忙，使我失去了对任何事物的思索时间。这礼拜就连晚上，每天都定好了座谈，我耽心我将不能按照我的诺言寄出这信给你。

晚上接到你的信……

第十一封 （1941年11月30日）

这几天来，精神很不好，心情并不感到快乐，生活很散漫……原因是很多的，不仅是由于例假。

除去请假睡觉的时间外，都是在忙乱中，没有一天晚上是空闲的。

这些天的月亮，多美丽呵！我计算着日子，四个礼拜后，你该回来了。可能的话，1号前就回来吧，但是，如果困难，我们是应该牺牲我们自己的，那是为了工作；虽然会很难过！但我相信，你是会回来的……

昨天，同荔去了立琳那儿，她们为我们快乐，而且等你回来，年假一道去玩咧！

……

今天差不多没出去，做事情很少。下午，超伦和荔来了，玩到9点钟才回，他给我们买了一些东西。

……

你，又会想到超伦的，是吗？

好，我想，就这样寄给你吧！

惠
于延安中共中央党校55班

二、武汉时期（77封）

第一封（1950年8月28日）

小川，我亲爱的：

回来后，头昏，体温有些上升，咳嗽加重，去门诊部看了看病。我向那位大夫问起胃溃疡、胃病等问题，他说治胃溃疡有特效药（不是洋芋汁），你考虑如工作中能抽空，是否明日下午两点钟出来，我陪你去看一看，来时取上宣传部介绍信即可。能来时，正12点可打"2120"电话告我。

回来后，经过你昨夜的谈话，心情平静了，景南同志（本局人事室主任）上午去市府人事处谈问题，提了我请求调工作的事，景告我，人事室表示要调工作也得由市分配，但如系长江日报经组织来调我，又当别论。我考虑后，只好采①这一措施，给张铁夫同志写了一信，同意他来调我。这边暂时还不至于确定我的工作。大概情况如此，详细的待面谈。②

现在心情更为平静了，虽因无工作，感到有些空虚，但我已决定在此种

---

① 后漏"取"字。
② 我们从天津调入刚解放的武汉市，小川到中南局宣传部工作，我到市教育局工作。当时中南局宣传部驻汉口郊区怡和村杨森花园，教育局住市内。不久我被调到中共中央中南局宣传部宣传科小川领导下工作。——杜惠注

安静中写出两篇习作，并给自己做一初步鉴定和草拟要提的意见。

经过两夜的谈话，我们思想上的理解与互助是更为加深了，也使我更加怀念你，和渴望与你在一起工作。现在我更明确地感到：在我们的爱情里，日益充实着同志的基于工作与思想上互助的友情。但不知这话是否确切地表达了我的思想？

好，再见。

吻你

你底惠
1950年8月28日

第二封（1950年11月23日）

亲爱的：

生孩子后特别地想念你，烦躁的心情已消失了，看到你的时候我特别愉快，也更加爱你了。

生孩子那一刻是很痛苦的，但这又是我们幸福生活所带来的果实，但愿在我们今后共同工作与生活中，更好地培养她，并从其中更好地创造我们工作和爱情的幸福！

我很好，你的到来和来信又给我很多安慰。我会很快恢复健康的。

好，再谈。祝你更好地工作！

吻你

惠
1950年11月23日
生梅梅①的第二天　武汉市第二医院

---

① 梅梅，即郭小川夫妇的女儿郭岭梅。

第三封（1950年11月29日）

我底至爱的：

昨夜即已退烧，今天好像已经完全好了，为了早日回到你的身边，今早请他们查看了一下小孩的脐带，还没掉。

我不希望你像有的同志那样，为了爱人，太多的耽误工作，这种爱情也不会使我光荣，那你就不要今天来了。

小林要放假，又会累你的，你一定要注意好好休息，睡午觉。（小林回来后，中午让小阎①带他玩）

我已想吃点东西，但觉鸡的油太多，今下午可给我炖点牛肉（不要肥的）加萝卜，汤汁要浓又不要太少，不要多加大料，也不要太咸，明日清早送来最好。

昨夜两次梦和你同在，一个景致非常美，另一个场面却有点使我不高兴，来时我再讲给你听。

小林②和我回去之前，你最好多赶赶工作，待我们回去后，你可多和我们玩玩，这两天不来没有关系。

紧紧地吻你

你的惠

1950年11月29日

第四封（1951年4月初）

小川，我底至亲的人：

当我刚才说出了那几句内心深处的话以后，我的情绪是这样的激荡，以

---

①小阎是当时负责照顾郭小川工作和生活的年轻男服务员。
②郭小林，郭小川夫妇第一个孩子，1946年冬出生在热河省，此时在中南局幼儿园，一周回家一次。

至我的心都发抖了，我也不知道是为了什么。①

我坚信你对党的忠实，坚信你对工作的热爱，也坚信你对我底最纯真的爱情。

同志间最纯真的爱情，只有唯一的一个条件，就是永远忠实于革命。除此是无条件的热爱：不凭地位，不凭享受，不凭外表的形式，不凭……

惠

第五封（1951年4月10日）

川：

首先说明我在感情上对你是永远忠实的。

对许多基本问题认识的不一致自然会影响到感情，但我现在并没有主动地在感情上伤害你，而且尽量在设法进一步求取我们认识上的一致，我自己主观上是在这样作的，当然我作的当中还有缺点，诚恳耐心都不够，所以使你和我争吵。我对许多问题看法也不是说完全正确，也还愿意你耐心地和我讨论，提出批评。如果你什么时候认为有必要时，就请抽出些问题彼此好好谈一谈，最好相互认真检讨一下。经过这一关，我们感情会更巩固与提高的。

惠

1951年4月10日

---

① 1950年9月，调我到中南局宣传部宣传科工作，小川直接领导我。开始合作得不错。后来发现他迅速、优质地完成各方需要的大小文章，很看重视，赞扬之声不断，有点飘飘然，谦逊精神不够了。对外界的吸引，也表现得有点动心，对我的业务水平低，不是帮助，而是表现出厌烦，不够尊重我。对科内工作不够关心，不善于组织、领导，以发挥集体力量。1951年4月初，我向他提出了意见和批评。他听不进去，和我争吵。我又强调要他检讨，就闹起气来。我一气之下，撕毁了过去存留的信件，提出调走或去学习，甚至准备跟他离婚，整日不理他、冷淡他，彼此经受了痛苦的折磨。小川的优秀品质也表现在这里：他做了反思，克服了入城后和赞美声中的迷茫思想，恢复了谦逊谨慎，走上了思想、生活等方面清醒的、健康的发展道路。加上我也不断改进和提高着自己，终于使我们的爱情，走向了更加深化和纯净的境界。——杜惠注

第六封（1951年5月3日）

小川，亲爱的：

也许我是首先提笔来写信，^①那也好，让它把幸福首先带给你吧！

前晚同梅梅同去传染病院，经医生详细检查后，确定说不是麻疹，是一种类似麻疹的五六个月的孩子常出的疹子，体温已不高，没有什么危险。住医院是可以的，但没有单人房间，传染病院里现在患脑膜炎和白喉的很多，所以医生仍叫梅梅回来了。他们为梅梅开了一些药，现在主要的是预防肺炎。这两天梅梅还好，热度已完全退到平常的体温了，请你勿念吧。

昨天早上天刚明，外边就叫参加游行的人起床了，我睡得是非常甜的，但当我想到：这样盛大的全国性反美示威游行，在一生中是多么难得的一次呀，难道不比一个人的新婚更热烈和有意义吗？我就急忙地起床了。穿着我底新制服和同志们一起出发啦。七点多钟就到达了集合地，以后中南局的同志集合了，约300多人。以后在原地等着游行，就这样直等到午后才开始参加游行，9点半回到家中，等着游行的当中，幸好我们是在中山大道附近，我们散开，差不多把所有的游行队伍都"检阅"了，有很多可爱的东西，你回来时再告你吧。我们每个人都被热情冲击着，直到走回家，我还高声地喊着唱着，完全忘去了疲劳。回来后，看看梅梅，洗了头，洗了澡，一觉睡到上午10时多，直到梦侯和昌文^②来了我才起床。躺着时，想了你好久。小林和赵琳琳^③接回来玩了，小林叫着"妈妈"进来后，首先就问："爸爸怎么没有来呢？"到晚上回托儿所时，还问我要了一次爸爸咧！

下午和两个弟弟，两个孩子去看了电影《1950年的莫斯科五一大检阅》，比以往的五彩片^④都更美丽，也许你在北京也会看到。好，再谈吧！

5.2晚10时

---

① 小川到北京参加全国第一次中央宣传工作会议。——杜惠注
② 此二人系杜惠的两个弟弟。
③ 中南局宣传部同事的孩子。
④ 五彩片，即前苏联拍摄的彩色电影。

犹豫了很久，觉得这信写得实在没多少意思，想不寄给你，但又想，它或多或少能代表我的一点心意，有它也许比没有总好一些，就寄给你吧。

惠

1951年5月3日晨发

第七封（1951年5月4日）

小川，亲爱的：

你一抵京，大概就忙起来了吧？会议明天正式开始吗？

我计算着日子，也许快收到你的信啦，但我要在收到你的信之前，把我的就发出去，而且，我的信是真正用热情来写成的。

午饭时，我谈起了你，她们说，我一谈起你的时候，就显得一种甜蜜的幸福的感情。你知道，我在休息的时候是怎样想你呵！

小梅梅经检查是风湿疹，未住院，已好了。"五一"我参加了盛大的游行，早6点半出发，晚9时半回到家中，进门前我还高唱着，热情鼓舞着，毫不觉疲乏。回来还洗头洗澡。第二天直睡到上午10时多，弟弟他们到来后我才起床。下午我们带着小林去看了《五一大游行》。星期日你不在，总感到有点空虚。

处务会①开过了，正按计划在工作。我已上过第一堂马列主义课，又听了郭敬同志传达。好，现在就等待你向我私语了。……再见，吻你。

蕙君

1951年5月4日晚9时半

---

① 中南局宣传部宣传科已改为处级单位。

第八封（1951年5月5日）

亲爱的：

再告诉你点什么吧：

你关于许昌宣传工作的文章①，和《人民日报》社论，已同时发表在三号《长江日报》的第四版上，我也细读过了。大概也就在这一天，《人民日报》为你寄来了33万元②稿费。

湖南《大众报》的人经此回去，已把给老朱③的钱、信带去了。他说老朱还向你要《思想杂谈》第一辑，我就给他找了一本，上面写了你的名字，上款是"九思同志指正"，不知这样作是否使你不满意。

昨天晚饭后休息时，看完了一年多来我们之间的信件……但现在我不知道告诉你什么好。

今年五一节你们在列车上度过真可惜，北京70路纵队的大游行，毛主席亲自检阅，多使人感到幸福和骄傲的场面！我想，要是你们到了，就会站在金水桥前的观礼台上。希望你这次能从《人民日报》拿回一些游行的照片。

好，就这样吧，谈多了，也许会妨碍你开会咧。

惠

1951年5月5日午

第九封（1951年5月9日）

小川，我底最亲爱的：

来信收到了，我们是同一天发信的，我想我看信时，也许你也正在看吧。

热情的话儿太多了，怎么办？礼拜天就想写信的，这几天时间都被许多事情占去了。星期日上午带着小林去看了《阴谋》，东欧民主国家反美帝间谍

---

① 即郭小川的《中共河南许昌地委的宣传》，首刊于《人民日报》1951年4月29日。
② 此时的1万元人民币，是1955年3月1日币制改革后的1元人民币。
③ "老朱"指朱九思，原为冀热辽日报社社长，此时为新湖南报社社长。

特务阴谋活动的五采片①，好极了。你回来时我要陪你再看。看过电影，我去找××玩，又一同去看××，一同去看××妈妈和妹妹，直到6点回来。晚上就校对《宣传员》稿件，躺下后太晚了，很惋惜没在家给你写信。

昨天下午听了邓老②关于机关"镇反"学习的报告，共约5小时，问题谈得非常透彻而又动人，回来我将详细地传达给你。他的报告是把整个学习完全导入审干阶段了。我们晚饭都没来得及吃便上马列主义课了。我的手被钢笔打起了小泡，腰和屁股都坐疼了。12点才吃饭睡觉。亲爱的，但我愉快而热情地坚持到了最后，我的记录是记得很好的。我觉得我的热情和毅力比十年前还饱满咧！

不，主要的，我要告诉你，我正尽力设法熟习"镇反"政策和材料，尽可能在你回来前写出点什么，为了党的工作需要，也为了你对我的热切的关心与帮助。

不止这，更主要的，我要告诉你那最甜蜜的，最近，基于对你的认识的改进，我对你增长着最浓厚的爱情；基于对于我自己要求的改进，增长着对你最无私的爱情；这也是更健康和更纯真的爱情。告诉你，事情是这样的：在你去京之前，由于我们共同的努力，使我们在现实的对工作、对生活、对感情的一些成见或误解在开始消除，我们的思想是不断在一致了，不一致的问题也彼此愿意相互交谈和理解了。但是，我们还没有从数年来的变化中，来考虑我们相互间的基本理解，至少我还没有这样作。这也就是指总结我们多年来的理解和爱情生活。上星期六下午，因为支部大会的临时被耽误，我为你整理了一下午的书籍材料。我思考着，最后我明确地感到：他——我底可爱的人，努力地工作，不间断地写作，他已为党为人民作出了不少的贡献；十多年里，不论在任何环境、任何情况下，他对党交付的工作和他的写作，都有着忠诚的顽强的努力。他的品质、写作、思想方法和工作方法基本上是纯正的，加上他的努力，因而获得了在每一阶段，和各种不同工作中都较优

---

① "五采片"应作"五彩片"。
② 时任中南局书记邓子恢（1896—1972）。

异的成绩，因而也获得了党和人民对他应有的恰当的爱护、培养和重视。他是党和人民的可宝贵的儿子。我应该珍惜和爱护这样的同志，并以党和人民有这种干部为骄傲。当然他是有缺点的，但只要有人诚恳耐心地告诉他，他是能够重视他的缺点而迅速加以克服的，我过去的看法是不够呀，作为一个好同志，原谅我有时有过的轻率的态度吧。不过我自己是不会原谅我的。但是，我还要告诉他，如果他不以这些自傲，而更在思想上有着谦逊的作风，随时重视自己欠缺的地方的话，他将可以为党和人民有更大的贡献，和更快的向最完美的共产党员的条件发展了。在爱情上，近十年来，应该承认，他也是十分忠诚和良善的，这里我应该看到，他的爱情是首先服从于党的工作和他的写作事业的，他没有在日记里去描写个人的爱情，他即使在最怀念或热烈等待他的爱人的时候，也常常进行着他的工作和写作，他常常为奔赴新的工作，毫不犹豫地离开我。我对我自己说："难道这不是一个最可贵的共产党员对爱情的最可贵的态度吗？"是的，这是最可贵的。如果说我过去曾因此而有过不太愉快、不太正确的想法，现在我改变了。自然，仅仅如此是不够的，重要的，近十年来，他基本上是忠实、热情、体贴和爱护我的。想想吧，在狱中，[1]在行军中，在一切别离的时期，在生产里……他都忠实和热情地在期待和关心着我。自然，他在爱情问题上也还有一些缺点，但愿他能够不断改变，而且相信他能够改变。我觉得如果说过去我们争吵过，我们闹气……我谴责着，常常是我夸大了他的不是，而又缺乏了正确的态度来处理；我感觉，近年来认识上对他有许多歪曲。……这次整理着文件时，我尽力寻找是否还有过去的，那写上爱的话语的信纸……我第一次流了忏悔的眼泪。我坚决要改变我这种脆弱而又带着破坏性的脾气。让我们重新来积蓄我们的爱情的书信吧，要弥补并要超过过去的！

从这些问题里，我要改变过去单单要求你爱我为出发，改变为出发于全心全意去爱你！

---

[1] 延安审干中，新婚一个月的我被怀疑为"国民党特务"。我坚持不说假话，以瞑目抗争作答，在社会部冤狱达两年又四个多月。小川当时留下了珍贵的日记，表现了他政治上和爱情上的高贵品质。这期间，小川还拒绝过第三者的感情干扰。——杜惠注

在这一认识基础上，我热情地为你作着一些事：剪下《思想杂谈》，保存着最近发表的你的社论和专论。向别人……愉快而骄傲地谈论着你！我的心情是难以说明的！你应该被鼓励！但是，又好象损害着我的自尊，我写着，又流着伤心的眼泪！①

我也想过，今后我们将怎样一同工作，一同娱乐！

我将重新总结一下对自己的理解，我也愿望你重新地理解一下我。

我想，我们必须以从思想的最深处发出的理解、关心与互助来巩固和加深我们的爱情，仅仅是狂热是远远不够的。

前面所谓的无私的爱情，并非指可以让你的爱情分赠丝毫给别人，也非指别人可以来取得你任何一分爱情。我相信，就在共产主义社会里，只要是两人真诚相爱的话，只要不违反人民利益的话，是会爱得最专一与最独占的！那么我所谓的无私的爱情是什么呢？我觉得过去我常常只要求你对我狂热，我才热中于你，而今后，让我不求报偿地、无条件地去爱你吧，而这样将自然得到你最大的报偿了——正如一个共产党员毫不希求个人一切地、全心全意为人民服务时，他将自然取得人民的最大的热爱一样！但这是一个艰苦的过程，但我愿意作一个这样高尚的人！

我希望你现在不必多想，但回来把工作作到一定阶段，在一定的休息日，把你的心告诉我。

你走后，我生活得恬静而又严肃，每天我独自地散步和工作，我没有和别人开玩笑和装拌②自己的心情，我是如此地纯洁和高尚，我的天真、活泼……只有出现在你的身旁……

这两天我又开始失眠，昨晚只睡了四个钟头，今天午睡又没睡着，好象这信总是永远写不完的……

最后告你，《长江日报》已给你寄来两次读者给马铁丁③的信，我抽不出

---

① 悔恨不该撕毁过去的信件。——杜惠注

② "装拌"应作"装扮"。

③ 马铁丁，为20世纪50年代初期陈笑雨、张铁夫、郭小川三人在《长江日报》《中国青年》等报刊发表"思想杂谈"时合用的笔名。

时间，没有看，其中有一封信上，附了一张青年的像片，上着色的、外貌还漂亮可爱的，但我也没有看他的信。

你说你坚决不回家①住，我想，这又不是要你对不起党的工作和你的爱人的事，不必这样固执，如果爸爸实在想你回去住一次，你就回去吧，亲爱的，让他享受一点爱子的热情吧，我是不会吃醋的。

你能带回小为②来是很好的，你应该在车上更多地关心和帮助她一些。下车时，让我和李季去接你们吧。

好，亲爱的，也许有些耽误你的工作，但愿它给你一些鼓舞。

让我们都工作得更好，爱得更热烈吧，幸福应该是属于我们的，我们是党的好儿女，我们也是最忠实的伴侣。

吻你！

你底永远燃烧着青春的活力与热情的蕙君

1951年5月9日

请你用好点的纸给我写信不好吗？

第十封（1951年5月11日）

我底美丽的小鸽子：

在我休息的时候，我真是特别地想念你，而且完全不能抑制这种给你写信的热情。我已发给你两封快信，该没失落吧？我想，当同志们看你不断收到情书时，会不会说我太多情呢？你不认为我写得太多吧？

紧接着上次信后，我还要告诉你，一般说来，你也是比较美丽的男子，而对于我，你就是世间男子中最美丽的：你那火热的微黄的眼睛呀，永远使我不能忘记，你的风度是朴素而又自然的。小鸽子就象征你的聪明、热情与忠实。我这样尽心尽力地去理解你并且热爱你，而我也是多么需要你的理解

---

① 此处的"家"指在北京朝外吉市口二条的郭小川父亲和继母的家。
② 即诗人李季的妻子李小为。

和热爱呀！我相信，不能有一天使我们彼此忘去！

这里已晴了三天了，已开始是炎夏的气息，夜间，田野里的青蛙不停地叫着，黎明时又是麻雀的晨歌，美丽的卧室里就缺少了你，你带走了我心灵的一切，有时只能抱着梅梅在草丛里散步了，亲爱的，吻我吧！

你底惠

1951年5月11日

亲爱的，请为我买一把小洋伞回来好不好？淡黄的、浅绿的或白色的都行，你最爱什么就买什么的吧。如你认为用着不好，就不买也行。

第十一封（1951年5月14日）

亲爱的：

几天不给你写信了，热望着你的来信。我的相片和那连续的几封信，你都该收到了，我等待你的回复。

刚才一个同志快乐地和我谈起，说发现我对什么都有很大兴趣。我的回答是："我这样的性格，真该晚生十来年，该在正年青时来迎接祖国新生活的光辉的发展和学习的时代的！"她却安慰我说："正是你们的斗争，为我们争得了这个时代！"我笑了，我说她把我估计太高了。我自己心里很明白，在以往的斗争里，我并没有什么贡献。这话题的本身，倒不需要再去谈它。但这一场谈话，却导出了一个新的快乐的思想。我忽然想到：是的，多么①年来，从小，我曾幻想过作工程师，作捣毁旧社会的英雄，作游击队的勇猛的神兵，作美术家，作舞蹈家，作一个光辉的永远活在人民心中的忠实的勇敢的女儿。然而，这在祖国解放之前是不可能的，没有我所渴望着的条件的。即使在解放区，敌人的进攻使我们的发展、我们的理想，受着各种限制……

惠

1951年5月14日休时

---

① "多么"应作"多少"。

第十二封（1951年5月14日）

小川，我底最亲爱的：

礼拜六的晚上又到来了，我的心情又是这样地激荡，真希望一下能飞到你的身边去！

你也许正在一些热烈的场合里玩着把我忘去了吧？老实说，你一开就开这样久的会，真使我有点不愿意咧，好像这次比以往任何时候都怀念你，同时也很关心你，想到这样热的天气，春天特有的使人迷醉而又无力的气息，你紧张地成天开着会，一定是更为疲乏的。可能对你们照顾得很好，充实的会议内容也许使你们忘了疲乏，但愿你总要更会调剂一下生活才好。

李季回来，以及我给小为写信时，都使我想到一件事：前些日子，你不能理解也不愿而且拒绝理解我时，我在工作和感情上都毫无出路，那时真是苦闷极了，热烈地渴求着他们的理解与安慰。现在想来，也是多可怕呀！如果你那种情况长此下去，我对你的离心作用就只有愈来愈远了。现在自然已经改变了，我只希求你的理解，而且我们是能够相互理解的。我坚信，只要不断增长着互相的理解与爱护，谁也不能争取去我一分热情，正如谁也不可能争取去你一分热情一样。你也不会给任何人一分热情的。

今天又是星期了，不知你在开会还是休息，已经一个礼拜又过去了，为什么你还没有来信呢？

昨天写到这里，觉得满篇上都诉说着缠绵的热恋的心情有什么好呢？也许会太分散你会上的精神呢，我就没写下去了。当然，要告诉你，我自然不是整天时间都在想着爱情的，工作中还是比较集中和平静的，工作中的问题也想得很多，"镇反"宣传问题我写了一篇稿子，同志们都看了，只是天铎[1]同志还没看，他看了还准备请祖春[2]同志看看，到底如何处理，有无作用还未

---

[1] 王天铎，时任中南局宣传处副处长。
[2] 刘祖春，时任中南局宣传处秘书长。

定，所以就没告诉你。今天上午收到你十日的信，你知道我是怎样地愉快呀，我仍然沉默地看着报纸，心却一直在微笑呀！

……

此外，再告诉你一些别的吧：周俊烈[1]同志过此赴京汇报，找了两天找到我，玩了玩，他送了酒、酱各一罐。这些都原封未动，只有你归来后，它们的芳香才会为我们而发放咧。

今天又收到郝惊心[2]来信，寄来了50万元的汇票，他们将要赴西北工作。你看是否把钱汇你或爸爸？家里你的稿费已够我们用了。

亲爱的，还要告诉你，游泳衣我穿着很美丽！可是，你回来后到游泳池开放时，得热情而又耐心地教给我才行，除了你教我，我就坚决不学习，我不会让任何人触着我的皮肤的！我还希望，你教我骑车子，他们教我我实在不感兴趣。也许太苛求你，疲劳和浪费你的精力，那么，你告诉我不应该如此，我一定收回我这心意。

星期日下午，带着小林和梅梅去照了相（中中[3]也拼命跟上了），为的是使你回来之前，我们就飞在你身边去。

还有，上次听邓老报告时，碰见江涛和金士足[4]，我比较热情地同他们谈了谈，而且决定你回来后，同你去看他们，并愿你对他们很热情。北京的朋友们，我愿你同他们热情地玩玩，并且不要忘了把我的热情带给他们。晓彬[5]你一定同样也去看她吧，并代我向她问好，并希望他们能写信给我并送给我们照片。待你回来后，我两一定合影后寄给他们去好吧？

先把这刚才听课时取回的相片初样给你寄去，待好的洗出后，我即给你和爸爸寄去。

好，再谈吧，快快来信，尽情地写吧，我是每天每天都期待着它呀！

至于买东西，别的我什么都不要，一定买把洋伞回来吧！

---

① 周俊烈（1912—1979），四川安岳人，系杜惠在延安西北公学时的同学。
② 郝惊心，系杜惠在延安西北公学时的同学。
③ 刘祖春的女儿。
④ "金士足"应作"靳实足"。江涛、靳实足是郭小川在三五九旅时的战友。
⑤ 指杜晓彬，杜惠在延安女大的同学，为许立群的妻子。

呵，我还看了××给××的来信，使我想到：世界上再没有我这样热烈的信，因为世界上再没有象我这样愈燃愈烈的心，也就再没有这样狂热的爱情！你相信吗？

亲爱的，吻我吧！

你底高贵而又热情的玫瑰花

1951年5月14日夜11时

第十三封（1951年5月16日）

我底亲爱的，我底小川：

我今天又是这样地想你，这春夏之交的阴雨之夜里，如果与你紧紧地拥抱在一起，该是多么地温暖，多么地幸福啊！是在一天疲劳的工作之后。

快来信吧，什么时候我能得到你的第三封回信呢？写吧，亲爱的，直到你回来的前一天，还给我写些什么吧，我是多么地需要你的信呀，每次它都带给我多大的鼓励和安慰啊！

今天中饭后，我们接受了一个紧急任务：宣传部两天内为中国人民志愿军完成炒米2400斤。除处长外，全体停止了工作和学习，来突击这一最光荣的任务。刚才9点前，我们小组完成了近500斤的洗晒任务，明天哄①炒，后天包装。我是小组长，包装时为了负责不出问题，还要签名盖章咧。

滔米②时，我们边工作边谈着一些年青时的心情与恋爱故事，使我真想念你，对你的狂热，使我常常去提起你的名字，亲爱的……

你底惠

1951年5月16日深夜

---

① "哄"应作"烘"。
② "滔米"应作"淘米"。

第十四封（1951年5月20日）

亲爱的：

这两天我特别渴望你的来信，好让我知道你究竟何时可以回来。每天邮差两次定时送信后，我都要到收发室问一下，但直到现在还是失望的。由于等待得不耐烦，甚至使我对你好象有点冷淡了。但你懂得，这是一种怎样的变态心理。

突击了两天半的炒米任务，胜利地完成了2400斤的数字，大家都很劳累了，礼拜六放假休息了一天，我美美地睡了两觉，学了一阵车子，晚上到交际处跳了舞。今天星期，上午到民众乐园听柴川若同志报告，场面空前热烈，好几个人在台下起来呼口号响应，我好几次拟了口号想呼，终于还摆不脱中国人那种"沉着""老练"等旧传统气息的影响而冷淡下来了。直到下午一点半才结束。下午回来接小林他们玩了玩就过去了。小林也是很想你的，当然不如他妈妈想得厉害。

最近几天想得很多，一次当祖春同志叫我谈话时，提到你走时向他表示，夫妇在一起工作真难办……他说你这提法与我要求来工作时的态度是完全两样的……当然这促使我更进一步去检讨我自己，并改变我自己。这次，为了对党的无限忠诚，我把前一阶段自己工作上和感情上的痛苦无出路，都告诉了祖春同志。必要的话，你回来后，我们或者把有些问题，一同在祖春同志面前谈一谈。

祖春同志同我谈话里，指出我要大家反映工作情况，由我向你报告是不合组织原则的。事情是我公开向大家谈了向你反映情况的事，但没有事先通过天铎同志。作为一个爱人关系来关心你，是不应在处里来表露的。这是有点公私不分了。前些日子是太过于表露对你的狂热了，特别当你不在我跟前的时候。

好，这信是不准备寄出的，因为寄出后，也许你已收不到了，暂时就谈到这里吧。

吻你。

惠

1951年5月20日晚9时

第十五封（1951年5月20日）

小川：

15日发的信①想早收到，这两天等你的来信，老等不着，很想念，也不知你到底何日能回来？

上周为志愿军炒米，停止了两天半工作，我们很热烈地完成了2400斤的任务，大家都腰酸腿疼了，但都很愉快，没有人叫苦。礼拜六放假休息了一天，我好好地睡了两觉，今天星期天听了柴川若报告，大家狂热极了。上周来宣传工作上和学习上都没作什么，明天开始来突击。

回来时，如身边有钱就尽量给爸爸留下吧，一般的东西也不必要了，总还是少买些东西好。想到志愿军在前方吃炒米盐末，我们年青人的生活实在太好了。所以我想除了应该好好照顾爸爸妈妈之外，我们要好好为志愿军献金呀。这自然也是你很关心的。

回来前两三天，希望你还写封信，告诉我一下。好，再见。

惠

1951年5月20日夜

第十六封（1951年5月22日）

小川：

昨天晚上收到你的来信，看后，我就急速地去听马列主义课了。每次都是整天工作后去听课，真是相当疲倦的。因此最近听课的成绩还不算太好。

---

① 指杜惠1951年5月14日写给郭小川的信。

前两天给你写了几封信，未发出，现在也不拟发出了，待你回来时再看吧。

听祖春同志说你来信了，我想这是很好的，也是很应该的，不是显得给我来信太多，而给组织上却没来信。

为了在月底前开一次"镇反"宣传委员会，这我曾向天铎同志建议过，从今天起全科都来突击看材料了，这样就可以很快地掌握全面情况，提出比较恰当的问题来。"三查"学习也是昨天才开始，准备在月底结束。因此也总是很紧张的。

伞买不到就算了，是没什么关系的。

希望你回来前两天，仍给我写信来，即使短短几句，也会使我得到很大的鼓舞和安慰的。而且也希望你回来前，要尽可能陪爸爸玩玩。再见！

惠

1951年5月22日晨

这张信本是放在给爸爸的挂号信里的，后来因为挂号信不能封口，我就把它留下了。

第十七封（1951年5月22日）

亲爱的：

早上已发出了给爸爸的挂号信。整天忙碌地工作和学习，晚上又计划《宣传员》十期稿，好象集中不起来热情写信，但我是想写的。

从这礼拜天起，我已开始学骑车子，现每天晚饭后学一会，争取在你回来时完全学会，今天我已有些进步了。

最近我很愉快，工作情绪也很饱满，身体也好象健康一点，在最近学习①，争取把来宣传部后工作中的思想问题清算与总结一下，以严整的精神来迎接你带回来的新任务。感情生活中的一些问题，自然不需要在小组会上去

---

① 后漏"中"字。

谈，但我也要适当总结一下，使自己今后在这问题上处理得更好些，使爱情生活对党的事业与工作的帮助更大些。

好，再见吧，我想不再给你写信了，就让我这一颗狂热的心等待着29号的到来吧。那天的早上为了工作，我大概是不能去接你了。

吻你！

惠

1951年5月22日深夜

第十八封（1951年6月19日）

小川，亲爱的：

昨晚9点20分到达开封，①省宣冯科长已在车站等着我们了。到省委后，裴、岳部长向我们谈会议一般情况，我们又谈了一般的目的与要求，就这样直到12点多才睡了觉。

今早即从省委搬来了金台旅馆开会的地方住，这样随时了解情况谈话方便得多。上、下午都参加了洛阳分区的小组讨论，他们由于地宣副部长是新由县委书记提拔起来的，所以会议主持得不大好，谈得很乱。晚饭后同裴部长等一起听汇报的结果，发现许多好材料，如洛宁地区抗美援朝好坏典型的鲜明对比、禹县县宣的系统领导方法、漯河市报告员工作、襄县宣重视宣传工作的思想转变过程、郑州市委对重视宣传工作的检讨。我现决定除会后下到一个乡，着重了解一下村的宣传工作和宣传员工作外（具体到那个村，由这几天了解情况后和他们一同决定），从明天起就抽每天早晚时间，把这些较好的材料来一个个详细谈一下，谈后能写就写成文章，不能写也研究些问题。小组会最多每天参加半天，抽半天时间看这里领导上发的一些文件材料。你看我这样作是否可以？请速来信指示。

旅馆里一人住一房间，很舒服，我决定每天保持8小时睡眠，适当注意身

---

① 杜惠受命赴河南开封搜集宣传材料。

体。……在车上把我疲倦极了，睡得很多，但并不能算休息得好。现在例假已过去了，可勿念了。

早上在省委院里走着时，使我深深地回忆起两年前我俩的生活，我已记起那住过的地方叫无量庵，我想过几天如有机会，我一定去看一看那所房子。①这些都使我非常非常地怀念你，的确，我们甜蜜的生活在所经过的一切地方，都留下了极深的痕迹，是永远也回忆不厌的。

在车上，我想起，我走时你送我，我们都把小林忘了，不知你回去他哭了没有？

好，来信吧，亲爱的，现在简直离不开了，一离开就是非常非常地想念，来信吻我吧。握手！

惠

1951年6月19日晚10时于开封金台旅馆

第十九封（1951年6月22日）

我底亲爱的，我底美人儿：

我真全心全意在工作，我搜集材料，并研究着其中的问题。工作使我忘去了一切，但却不能不怀念你，除了工作，你就是我心灵中唯一的，你的爱情，你的脸儿和眼睛，象十五的月亮，象红绒上的银球一样，挂在我的心上，那样的明亮，那样地使我一想到你，就如此地愉快与幸福。告诉你，每天躺下后总要想起你的，而且在仅仅四个夜里，就梦见了你两次。

每天12点才睡觉，早上习惯了总是5点1刻左右就醒来的。

我深深感到，只要没有外力的烦扰，我们的爱情总是愈来愈饱满和健康的，愈来愈增长和丰富着，而且丰富着思想上的理解和一致。比如前几天的争论吧，只要不感情用事的话，我想我们会在工作中不断一致的，只要彼此

---

① 1949年5月，郭小川和杜惠从天津日报社调往武汉新区工作，途中在开封待命时，曾住在这里。

善于批判自己的意见，并吸取对方正确的因素，我们会越来越理解并一致的。是吗？

好，今天就谈这些吧。来信吧，亲爱的，紧紧地吻你！

你的惠君

1951年6月22日晨

第二十封（1951年6月25日、26日）

亲爱的：

21号的信刚收到了，看你在家里写了这许多文章，研究了许多问题，我真羡慕，而我参加了这多天会，什么也没写出来。

我的两封信你都收到了吧？对我们的工作会提出点意见来吧！

我对于工作情况所写回的信，极盼你们提出意见加以指导，也很需要你的批评和具体帮助，无论在看问题和提问题的方法上和文字上，都需要批评与帮助。

看信后，使我特别感到不安的，是梦侯①他们对你的麻烦。尽可能不要给钱他们，同时是否请你告诉他，叫他向他们组织请求一下调工作的问题，如可能就把他转到出版社吧。

我在这里，还健康，刚来时极热，这两天下了雨，今天才又晴了，睡眠虽少，睡得还好。亲爱的，为了你的健康和长久的工作，你也多睡一点吧。

这两天我很苦闷，正如给你和祖春同志信中所说的，河南宣传工作中许多问题是看出来了，但材料都不具体不详尽，他们整天开会又疲乏，很不喜欢被访问，所以我这多天还没有谈到多少具体材料，特别当他们在讨论中说自己什么什么没有研究，但当你正面问他时，他们检讨的勇气好象又不够了。

总的感觉，这次省宣领导上对这次会中问题情况估计不足，准备不够，引导不够。开了十天会，对今后作法谈得很不够，过去检讨也不太深刻。而

---

① 邓梦侯，杜惠的弟弟，当时刚参加工作。

许多好的典型材料具体研究也不够。有的县都没带材料来，他们说："省里没叫我带材料来。"当然我这感觉仅是问题的一面。

好，不谈了吧。

等着你的回信。

蕙君

1951年6月25日午

会中，他们晚会特别多。我原先什么也没看，不同你一道，对这些都没什么兴趣。最近这两天，一来疲乏，二来别人的鼓动，我去看了一次梆子戏和苏联影片《世外老人》（我们看过的）。但晚上仍12时才能休息，住在大街上的旅馆里，夜里吵嚷真够厉害，扩音器的音乐和戏曲一直充塞在耳朵里，幸好我还有点看书的习惯，否则真没法作事了。

我们的照片照得怎样？如果可能寄来我看看也可以。我估计七一结束会后，我还在省留两天，周、冯科长等谈谈全面情况再下去。我可能到郑州地委宣传员大发展区，张海①同志可能到洛阳县支部教育有点材料的区，但未最后确定。我想7月15日前可回到你身边。

梅梅希望你为她称称身重，并用电话询问一下军政委员会人事室福利科负责人，如有位置，还是把她送到机关托儿所去吧。天更热了，家里作牛奶很易出毛病。

各省宣传会议是否已在召开？情况如何？有材料或问题可提醒我们注意。

我准备将给爸爸去封信，简告我的情况。

好，再见吧。

惠

1951年6月26日晨

---

① 张海，时任中南局宣传部教育处处长。

第二十一封（1951年6月27日）

亲爱的同志：

你底信收到了，谢谢！

首先让我祝贺你，祝贺你为人民负担起了党给你的新使命①，愿你很好地完成任务，在其中会把自己锻炼得更成熟的！

自然我也想到，这也正是加重了宣传处所有同志们的负担，我们当然都应该很好地来肩起更大的负担！

这里大会还有四天结束，我打算结束后，多在省里留几天，整理出一个全省的抗美援朝情况，和一个全省的宣传员网情况，再下乡。不作完这两件工作下乡，心里也是怪不安的。我估计一定会回去得晚些的。也许张海同志比我会早些回去。

我例假过去后，腰疼了几天就好了，现在没有什么，请勿念。

想来信的话，就再来信吧，或者不来信也行，你想我时，就写下信放在家里好了。

好，再见吧！

拥抱你，再吻你！

惠

1951年6月27日晚10时

第二十二封（1951年6月30日）

我底最爱的人儿：

这两天晚饭后好象清闲一点，也就特别想你。前天写好一封信，正等着你第二封信到来后再发给你。可是等了整整两天了，为什么第三封信还没来呢？除了忙，难道还有什么别的事情占去你的休息时间吗？

---

① 文化部任命郭小川兼任文化处处长。

这两天听了一些典型报告，又听过张政委纪念七一干部大会上的报告，还听了组织部赵部长关于整党和省直学习总结，都很好，的确，各方面都可看出，河南省党委领导是强的，工作是很有成效的。

大会今天休息，明日岳部长结论，后天抗美援朝报告后，大会即告结束。我决定在省委留三两天。纪登奎①同志前天到省来了，昨天报告许昌宣传部工作情况。我准备和他详细谈谈。今天中午报社请地宣部长吃饭，我也去了，喝了不少酒，当纪登奎同志知道我和你的关系后，好象有点熟悉起来了，他欢迎我回去时到许昌走走，他可以供给我不少材料。他还说，在北京时，你向他谈了我不少，我很好奇也很高兴，但没好意思问他。

来了这许多天，我差不多没到街上走过。今天晚饭后实在寂寞，跑到街上走了一趟，正是前年我们常走过的大街，现在热闹得很，晚饭后人们都出来了，在外边看宣传画、听广播。我又忆起前年，我还清楚地记得，有几次天黑了，我们才从大街上回无量庵去，在黑漆漆的小巷里，我们挽着手，有时甚至好象是拥抱着走回去的。你还记得吧，前年那些闲暇的日子，每天都是在无法控制的热情里度过的，有时就用打闹来泄露我们的爱情，有一次甚至把桌子都打翻了……想起来，真是有趣，说不定，今晚一定要梦见你！

你很忙吧！文化处干部有了吗？这些日子是不是完全忙文化处的事了？宣传处怎样？

梅梅和小林好吗？给他们都磅一下吧！梅梅的饭食和大便，请你特别留心一下，叫张嫂每天把食具好好消毒（煮沸消毒）呀。

好！再见吧，我底最亲爱的，我真是想你呀！

吻你吧！

你底惠

1951年6月30日

---

① 纪登奎，时任中共河南许昌地委副书记兼宣传部长。1951年4月29日，《人民日报》发表了郭小川的长篇报告文学《中共河南许昌地委的宣传工作》，这是当时中央第一次全国宣传工作会议上的典型报告之一。 ——杜惠注

第二十三封（1951年7月2日）

我底亲爱的：

这几天都热烈地不安地期待着你的信。一别离开，稍多几天不收到你的信哪，就真是难耐得很。我也深深感到，要是长时间地没有你呀，我底生活真是不可想象的！现在我们相互的爱护、寄托与了解，真是在飞快地增长着，生命的精力愈来愈更高地集中了，一切都集中在工作和对你的爱情上。人，象我们这样有思想的人，爱情生活也是这样有趣的事情，过去想到这个，总觉得是很可怕的，总觉得太集中了是危险的。但现在好好想来，人民在前进着，党的事业在前进着，而我和你也都在这伟大的洪流中前进着。人民是优秀的，我和你也是优秀的中华儿女，有着党和毛主席，加上我们都热情于追求上进，我们永远不会落伍，我们相互的热恋是完全有条件而正确的，因此也就没什么可怕了。这是最可喜的事情，让我们更加满怀信心地向前发展着，让我们的爱情更加鼓舞我们相互的工作吧！

用什么来纪念党的30周年呢？我想在内心里总结下自己，看到我的宝贵的进步，也看到进步不够的地方，然后，抱着一颗满怀自信的不骄不躁的心前进，你对我的关心与爱护是我能够理解的，但愿你能更客观而冷静地估量我，恰当地要求我，这才能真正一步一步地提高我。

因为岳部长总结拖延了时间，所以会议今天尚未结束，大后天各地宣传部长才能回去，那就到5号了。接你信后，使我这两天下乡问题上的动荡情绪有了解决。我想请你们考虑，我这次是否不下乡了，4号会议结束后，我在此搜集3天材料。7号起身，8号回家。以便把许多问题在祖春同志走前向你们汇报，对祖春同志下去是有好处的。同时，即使祖春同志不下去，如我们下一趟乡再回家，有些问题的处理的确是总多少迟了几天。我想这次回去把参加会议中有关工作指导上的一些问题，带回去处理了，过一阶段再下乡了解些乡村的具体问题更恰当些。你意如何？现写这信，明天同张海同志商量后，也许给你们去个电话，好，就这样吧，再见！

惠

1951年7月2日晚8时

第二十四封（1951年7月2日）

小川、天铎同志：

此地大会因岳部长总结稍延迟了时间，故尚未结束，后天晚间代表们才能开始返回，那就到4号了。

今天接小川同志信，争取10日前回去。祖春同志也将赴广东。我想我们参加会议的情况，争取在祖春同志赴粤前汇报，当然对他工作是有帮助的。同时，目前从会上感到的一些有关领导方面的问题，似需早日处理。故我想，是否待会后我就在省留三四日，收集材料（需要搜集的不少），7号或8号起身返回，此次就不下乡了。要下乡就打算详细了解点情况，四五天是难有所得的。如此次回去，在家工作一时期，再下来参加县里的宣传会议，较长时间到乡下跑跑更好些。看你们意见如何！盼急来信或电话指示！

此致

敬礼！

向处内同志们致意！

杜惠

1951年7月2日晚

第二十五封（1951年7月6日）

小川、天铎同志：

昨日午后6时，省宣会议结束，今日代表开始纷返原处。我已随冯登紫同志等返省委住下，看一些抗美援朝和宣传员的材料，拟三四日内即下乡。省委同志认为要看一个乡的情况，还是要看最好的；如看两种地区，则可看一个最好的，和一个目前一般发展的。故我打算先去郑州地委住五六天，再过许昌住三四日，定20号左右返回。

据冯告我，大会结束后，他们目前三件工作：一是作出大会会议总结，向省委及中南报告；二是把大会中讨论的几个方案作成决定发出，并首先写一省宣会的传达提纲发各县，作为县宣向县委及区委传达用；三是省宣对过去进行检查总结，并作出今后工作方案（先由科内小会检查再到部务会检查）。这些准备周内作出，然后即分头下去参加各县传达。

7月份省里工作安排主要是：1.完成夏征；2.重点复查；3.清理积案，大张旗鼓宣传；4.城市开始民主改革（工厂、街道）。此外，省宣目前还有几个具体工作，就是慰问团传达、组织对伤病员的轮流慰问等。

大致如此，余不多谈。

此致

敬礼

杜惠

1951年7月6日

第二十六封（1951年7月7日）

小川，我底最亲爱的：

长途电话未找到你，是我很失望的，听说你那天有病，休息了。到底怎样？这是夜间未休息好，还是真病了？快告我，我真是很挂念的。

想我呢？或者离得稍长久点比较习惯了一个人生活呢？或者在别的方面转移了自己的感情呢？我要告诉你，请你原谅我，我还不能早回去。电话上你们确定可以晚些回去了，我就打算廿号左右才能回去了。……如有必要，你在10号前打电话到省委来好了。

暂时在别的如郑州地区，由于领导上不健全，很难看出什么问题来。许昌我已请他们代为准备宣传员网发展情况的材料，去时或给我材料或向我谈。在省宣选了几个典型材料，他们正在复写，写出后即可寄回。

亲爱的，安静地等着我吧！我会给你带回一颗最热烈的心的。你，我底可爱的人儿，我是每天在想着你的。

好，再见吧。

拥抱你！

你底惠

一九五一年七月七日晨九时

第二十七封（1951年7月10日）

我底最亲爱的人儿：

昨天在电话上听到你的声音，使我感到多么亲切，多么温暖啊！由于这使我特别激动地怀念着你，真的，不能算短，已经整整廿三天没在一起生活了。激动的心情你是理解的，你想想我是怎样的情形吧。

听你底话，我决定今天离此赴许昌。本来冯登紫同志还要留我一天的，我在此和冯、陈都相当熟悉了，大家还处得很好，扯了不少。省宣的工作情况和问题，他们都热心地告诉我，他们也正研究改进着。

到许昌我想解决三个问题：一、促他们写或谈半年宣传员发展总结；二、许昌宣传部内部工作方法问题；三、看一个村的宣传活动。你看行吗？请来信指示吧！

你说把信都寄到许昌了。我多高兴，我是多么渴望得到你底信呀！稍久一点没有你底信，心情上就有点像无依的鸟儿了。不知道你有没有过这样的时候？写吧，我想你还来得及再给我一信的。

好吧，亲爱的，不多写了，再见。

拥抱你，轻轻地吻你！

你底热情的惠

一九五一·七·十 晨

第二十八封（1951年7月11日）

亲爱的小川：

现在是夜里两点了，我正在郑州车站旁一个茶馆里的一张竹沙发上等待去许昌的车（早上6时才有车），我是晚10时离开开封的，走之前一直和冯科长谈了整整两个钟头，他谈：认为我工作热情，总在研究问题，对他们有些好影响。省的张政委今日已以报告员身份（我建议的）作了形势报告，最近省报告员拟大事活动一下，报上消息也拟以报告员名义登出消息，这意是好推动本省地县委级报告员工作，及推动其他省报告员。并已请他们先把此款计划报中南宣，以便在党内或报上先通报一下，请你注意。他们已开过全部里的工作检查^①，收效很好，回去再报告，这里不详谈了吧。

谈谈我的心情：离开开封上车站时，心情有点象回家的样子。但再一想并不是的。我真愿多想想：当我五六天后，从许昌踏上回家的车厢时，该是怎样的愉快！近日来的确是非常非常地想你，好像很需要你拥抱着我再吻吻我，深夜里，我坐在小茶馆里写着信，你想是怎样地怀念自己的爱人吧！

这次在河南，同志们对我都很热情，省委负责同志们都好好招待了我。但我比之以前沉静多了，好象是老练了一些。但我并不是做作或世故，我永远是单纯和坦率的。

祖春同志他们走了没有？家中情形怎样？你很忙吧？来信告诉我一点家中同志们和工作的情况吧！

好，再见，亲爱的！

你底可爱的孩子
1951年7月11日晨2时

第二十九封（1951年8月16日）

小川，亲爱的：

14号下午祖春同志告我，决定我来参加湖北省宣会议，15号清早我就搬过武昌住来了。家里剩下梅梅和张嫂。工作都交待给龙卧流了。

湖北省宣会议是采取的这种开法：14号起，地宣及市宣部长汇报，汇报

---

① 后漏"会"。

明日结束；然后共同研究会议开法，20号各县宣部长才来，再正式开会。大会进程尚待他们研究决定。也许你回时，我还不能回咧。

听汇报中，黄石市民主改革搞得不错，一般生产也都很好，只是捐献中偏向却不少，检查过去土地①也都很不彻底，留下问题不少，干部思想问题也很多，但这些也尚属概略的印象。这次思想准备很不够，不知抓什么问题好，请来信指示！

这两天因开会人不多，所以与各地宣部长已混得较熟，又碰见一在延安社会部同志，叫密加丸，在恩施地宣任部长，谈得不少，他还要我送他些东西咧。好，再谈。

惠
1951年8月16日晚

第三十封（1951年12月13日）

小川，亲爱的：

离开中南局大楼前两分钟，给你发了一封信，当然你是收到了。

现在我已在车上过了一夜，一个白昼也快要完了，现正是6点5分，车厢里闷热得使人非常疲倦，我除了看书就是睡觉。我是住在硬席寝车的二层铺位上。

昨晚读完一本青年学习丛书：《真实的故事》，谈苏维埃男女同志在友谊、爱情、家庭等方面的品格修养的。也许你早读过了，如果没读过，我很想寄给你读一读，对我们友谊、爱情的增进和各方面的进步都是很有益的，而这本小书的写法又是非常吸引人的兴趣的。

今天我开始读《阿里泰到山里去》的下集，306页，才读了1/3，晚上还可以读许多。我们的好书，的确是使人到了忘我的幸福境地。当然，并不真是使自己完全忘我，也不应该完全忘我。一切好的优秀的典范事例和坏的东

---

① 后漏"改革"二字。

西，自然会也应该会使自己去联想自己，看看自己还缺些什么和存在些什么。

到车上后，当我真正感到和你离得更远时，心情很复杂……①

惠

1951年12月13日

赴湖南省嘉禾县参加土改运动之日

第三十一封（1951年12月17日）

小川，亲爱的同志：

我们来到郴州地委已五天了，这几天我们都在学习。祖春同志是晚我们两天到来的，现他亲自同我们一起学习一起讨论。学习材料还好，本区和外区都已有不少好的土改经验，这对我们帮助很大。现准备明天讨论一下一个乡的全部土改工作过程，然后，再讨论基本政策和群众路线的基本观点等。大约要在20号以后才能下到县。确定是到嘉禾县的比较平原的地区。

我还说什么呢？下来这几天，一个如此一致的目的和决心——为贫雇农翻身，开始逐渐地把我们这九个原是相当不熟或很不熟的人紧紧地连在一起了，好象就在这里是我最温暖的家和最知心的朋友一样，我好像再没有别的牵挂……

现在我决心暂时抛弃一切其他的感情，只保留一点，即团结周围同志去爱农民，特别是贫雇农民，根据党的政策和他们自己的办法来为他们服务。

原谅我，除了写工作通讯外，别的也许一字不写。

好，再见吧，祝你和同志们的工作②胜利！

蕙

1951年12月17日深夜

---

① 此信后一页失落。

② 这年秋至1953年春，小川负责领导创作土改电影剧本的小组，在中南各省参加和采访土改运动。——杜惠注

第三十二封（1951年12月19日）

小川，亲爱的：

我们来到郴州地委已一周了，时间全在紧张的学习里度过了。学习收获还好，由于党和群众长期经验的积累，使我们这次对整个土改过程的详细的作法是较为明确的。现在需要的就是我们深入贫雇农的决心和每时每刻认真依靠领导和依靠群众，冷静掌握政策了。

明日上午即离此西去，决定到嘉禾县。因本区除湘东大山地外，其他地区铁路附近地区土改均将接近完成了。只是嘉禾缺干部（县委机关尚未建立，只一县长兼工委书记和一组织部长），土改开始进行六七个点。故考虑到本区工作的需要，决定我们去。嘉禾也算此地区的较平原地带，虽仍未设长途电话，交通也不方便（郴州到桂阳有汽车，桂阳到嘉禾步行，牲口驮行李，两段各90里），但村子较集中，比在大山中进行土改方便些。

到县可能还要留一二天，12月底始能下到村了。配备些本地干部后，可能搞两个乡，下去是很紧张的，也许不能常给你写信了。

惠

1951年12月19日离郴州赴嘉禾前

第三十三封（1951年12月22日）

小川，我底至亲的人：

我们20号从郴州起身，汽车走了两小时，至上午10点即到了桂阳。休息了一小时，我们又向嘉禾前进，走了30里，住宿方园圩。除一个小马给我们驮一部分行李外，连祖春同志在内，每个人都背着被卷。晚间所有的同志都住在乡公所仅有的一间大房子里。第二天清早6点半又起程了，走了70里，直到晚6点半才抵嘉禾县政府，这天多了一个牲口，被卷是减轻了，我只背了一床被子和一个小提包。但因缺乏这种锻炼，仍把两肩都压肿了。

从桂阳到嘉禾没有公路，完全是青石板小路，牲口都难行走，石板路滑而不平。只因这里雨水多，下雨时黄泥土泥泞难走，安上青石板才成了一条路。老百姓在路上都穿草鞋。我们不习惯走路，现又走这种路，把脚都磨得很痛。第二天还爬了两座大山、两三座小山，真把我们累得不轻。但大家都相互鼓励着，我有时鼓舞大家唱歌，有时自己唱给大家听。我也在中间跑步打前站为大家烧水，我一直在前面没有掉队，到达县里，一休息下来，腿就抬不起了，脚一触地就痛了，但却十分愉快。

亲爱的，我总这样想，我过去所经历的锻炼仍是比较不够的，并不是最艰苦的，有时被当成病号，有时被当成孕妇，曾被当成小单位的大干部，又曾被当成县长夫人，所以行起军来，还没背过行李，还不是与一般同志毫无区别地接受考验，常常被娇惯了，锻炼也是漂浮的。而这次我也从头锻炼起，决心一切和普通同志们一样，踏踏实实在行动上来磨炼，在行动上来认真深入下层，认真在行动、思想、感情上来团结同志和联系贫雇农，而这些行动都并不求表露。至于向你，由于怀念的关系，仍向你表露了我的行动和思想，不知你感到怎样，要是讨厌的话，告诉我，那我就再不向你谈起什么好了。

今天县长（一个年青的河北人，也有点象丰宁初解放时那个年青的县长一样）、组织部长（一个实际经验颇为丰富的农民干部）向我们谈了一天情况。这里完全不象我们在中南想象的那样简单，甚至连在郴州地委都未了解到的，这里很为复杂，许多地区未经反霸，乡村基层政权可说完全掌握在反革命和恶霸手中。此地土地集中，土地又贫瘠，交通很不方便，副业生产也无法销出去，因此农民十分贫困，历史上就是多匪之区，加之国民党反动派统治倒台时，铁路线上的交通警察（精锐的特务武装）撤退到这一带潜伏和溃散各乡村。此地历来又多国民党的将级军官及其他要人，故反动势力强大，"镇反"中大杀了一批，反动头子多已消灭或逃跑，但反动武装并未剿尽，成股匪特消灭了，但零散反动活动尚有，尤其数万枪械尚未收缴到我们手中。土改宣传开展后而尚未有群众行动时，匪特活动有抬头的趋势。本县干部甚缺，县里主要负责干部就前述二人。故情况颇复杂。自然，有利条件也多，如全国的胜利局面、抗美援朝与"镇反"工作的成就、各地土改的声势，以及这些情况下群众的初步觉悟，和其他一些条件。这就说明我们到此土改，较之其他地区有新的困难，但也同样存在胜利完成工作的条件。我们在听了情况后，特地漫谈了一下，我深感这是更好的考验和锻炼，经过这，将变得更成熟些。

明日我们将和同一乡工作的新从土改中抽出的同志们会师，共同研究工作和了解情况后，日内就下去，我们已确定是到第五区（地图上的塘村圩区），搞一个重点乡带一个副点乡，具体乡尚未最后确定。

县委原想留祖春同志在县，后研究结果，确定还是先一齐下去，除县上配备两个本地人组长外，祖春同志、肖、云、我四人分任两个乡的组长，再配约30个工作员，每乡土改队约20人。集中搞两个乡后，待1月15日地委分配的土改大队到来时（现全县43个乡，仅开始了10个乡土改试点），我们已打完前哨战和将近结束划阶级阶段。这时我们将抽个别同志了解与辅助全县工作，到全县基本结束土改。这样计划起来，我们大约要在明春三月底或四月初才能回去。

下去就将紧张地工作，这样的长信不可能写了，我也准备克制自己的感情少写信。但无论怎样忙，不想念你，不回忆起我们的那么长时间的丰富的而又有波澜的爱情生活，不设想和计划将来的友爱关系是不可能的。特别当有的时候，当有同志说我们结婚这多年，看来还象新婚时的夫妇一样时，更激起我对你、对我们爱情生活的怀念。想到这些，这些天来一次是比一次想得不同了。我明显地感到我在成长，在进步中。

现在我想我自己改正态度，以后，你再有什么毛病，责任也在我是否善于帮助你。我便不再苛求你首先检讨了。

目前我尽量少想这些。

我唯一的，是从这次土改起，重新建立自己和党的组织的感情，自己对党的领导人的正确关系（服从领导又帮助领导），重新建立自己与周围同志的关系，团结并依靠同志们作好工作，走集体主义的路线。再依靠贫雇农，真正在思想感情等方面向劳动人民学习，认真改变自己小资产阶级的情调。

一年来我经受了一些新考验，我要下决心在这次土改中，重新把自己建树起来，争取自己真正在工作中成熟起来——而这唯一的标帜就是作好土改工作，将来回去后作好宣传处的工作，和搞好与你的工作和爱情关系。好，再见吧，愿你抽空写来封长信。

信寄嘉禾县王县长转土改工作队我收。

惠1951年12月22日深夜

第三十四封（1952年4月1日）

小川，亲爱的：

你从长沙寄来的信①，我昨日收到的，唤起了我多日来酝酿着的幸福的热情的怀念，说真心话，最近还是很相念②你的，如果不是睡得太迟的话，总是每天梦见你……收到你从黄冈寄来的后一信后，我就不知你到那里去了，我给我母亲写过信，信中曾问过你，她得到信时，也许你刚离开宣传部。

我们的工作作得还算不错，这次对群众的思想教育较深入，扎根串联作得细致，反霸斗争反了二大霸，头一个取得了全胜，第二个取得了初步胜利。划阶级我们先划的内部，现已进入划敌人，29、30两日划了一个103亩田的大地主，算剥削账、诉苦很好，斗出来504块光洋，群众欢天喜地。两次斗争都深入培养了苦主，条条有充分人证物证，合理合法的说理驳理思想斗争已在群众中留下很深的印象。今天是3个农会分了3片斗争的的第二天。昨天我到3个农会都作了巡视检查，都取得胜利。划敌人尚有3日或4日，全部工作是规定在4月25日结束。每一步都对我有很大教育。"麻雀虽小，肝胆俱全"，领导一个乡，的确有意思，照顾的面确实很多。工作从总的来看，是日渐深入，逐步地取得了胜利。但留下的问题还很多，修塘筑坝至今未好好搞起来。时间非常紧，任务还很多。乡里还有一副乡长，工作很好，我们合作得很不错，但没有助手，没有文书，什么都是自己动手，所以很多值得写的材料

---

① 从时间上看，应指1952年3月12日郭小川在长沙写给杜惠的信。（参见《郭小川全集》第七卷，第31—32页）
② "相念"应作"想念"。

没时间来写，很可惜，要是跟你在一起，就好了。实在说，跟你在一起工作，如果彼此很好地互助，是可以作很多工作的，我是可以向你学习很多东西的……

要把一个乡的工作作好，是很不容易的，4月底土改结束，生产等总得有个布置，征收没收中就拟半天生产、半天土改。妇女也还须大力发动。我想总得要5月初才能回去了。

别离了一个冬天，春天甚至也快过去了，但5月里回汉口，还是气候正好的时候，让我们好好来创造更美好的工作和爱情关系吧！

……

也很想看见你，你在旅途中如有照片请寄我。可能，给我寄一件短袖的白色或浅黄色衬衣来，回去时，走100里，天下雨就穿的。这边毕竟是华南的边沿区了，一晴天，就只能穿单衣，我的行李太多，还准备走前用邮包寄回去咧。

亲爱的，沿途多来点信吧，再见！

拥抱你！

你底惠1952年4月1日于湖南省嘉禾县泮头乡

第三十五封（1952年4月25日、27日）

小川：

为什么还没得到你的来信，你到是跑到那去了？我曾寄到华南宣传部两封信，你收到了吗？为什么这些日子不来信呢？

看情况，我们月底都还不能回去。从划阶级斗争和没收征收以来，组织工作和统计数字的工作很烦杂，人手少又弱，我对这段工作也无经验，搞得真是头疼，休息很少，什么也不能想，好象这一次到乡下后，使我有很大改变，但也不完全是进步，甚至感到因学习少，很多东西不会宣传了，思想上常感空虚，手边什么基本文件也没有，真难办。

你呢？创作该有些眉目了吧？什么时候回家的呀？部里有什么变动吗？

我明早将到县里开会，估计主要是讨论生产和结束土改，按照较好的要求，我们应得再要十天才能结束，没有好好作个结束，回去也是很不安心的，虽然也很想念你。

李季、小为、笑雨、黄寅他们怎样？工作都无变动吧？别离时间虽不久，乡间工作的紧张与闭塞，使我对汉口的情况很陌生了，想来是有很大变化了。

梅梅和小林怎样？你更爱他们了吧？当你又重新获得他们母亲的爱情时。我想你近几月的广游博览，定有很大进步，当我回去时，也许更使你不满足了，你作这方面的精神准备也好。好，再见，明日会后，也许可以告诉你回家的确定日期。

惠君1952年4月25日夜

26日到县开会，28晨可返乡，5月2日土改干部全体回县总结，约到八九日始可结束。我们要下月中旬才能回家了。

27日晨

第三十六封（1952年6月9日）

小川：

如你们未开会，[①]请你一定回来吧！

惠1952年6月9日9时差1刻

对你以往的任何一点缺点，我将完全原谅。

而对我自己的一切缺点，我正以严正态度，坚决肃清它！

快乐和幸福一定会重新归属于我们的！

让我们更积极地工作，更热烈地相爱吧！

[①] 小川他们创作土改剧本的集体，在武昌东湖住。——杜惠注

第三十七封（1952年7月5日）

亲爱的，我底最可爱的人儿：

信是太迟慢了，直到今天才收到，①只有你了解，每次你走后，我都是怎样在渴望着你的信——那是你走后，使我得到幸福和鼓舞的最好的伴侣。

亲爱的，我最高兴的和最欢迎的，是关于我们的通信，我一定照你的办，一定按时写信给你。让我们的心时刻相互鼓舞，永远同在吧，我们永远是从灵魂的最深处拥抱在一起的，正因此，我们应该能够忍受暂时的乃至相当长时间的生活上的分离，亲爱的，我觉得我是真正有了相当大的进步。我热烈地怀念你，而且象信赖党在政治上的正确一样，我满怀欢乐地信任着你的可贵的品质，你的进步和你对我的最真诚的爱情，而我进步更表现在比较能够平静愉快地工作、读书和休息。为了党和人民，也为了你，为了给你更多的幸福，为了创造我们以后能够更美好地共同工作与共同生活的条件，我一定在今后的实际行动里，要努力改进自己。

我觉得最要紧的，一方面是老老实实作好每一个细小的具体工作，再方面就是培养自己的读书习惯，以后在我工作和学习的时候，我要让我老想着，是你——我的可爱的天使，我的天才在帮助和鼓励着我，我已开始考虑，要把我有限的精力用在最得当和最需要的地方，因此我决定不买提琴了，以后除了游泳（准备明天放水，水池旁已加设了两个淋水龙头，以保持入水时的清洁）、必要时骑车以外，要把一切休息时间用到读书上去。你走了，我是多么寂寞，除了工作关系和一般的同志友情，任何人不能吸引我的热情，连孩子也不能吸引如你所占有的我的热情。但是，我也坚决要抛弃以往离开你后的脆弱的不健康的感情，坚决用读书来填补我的寂寞，当然，绝不是只为了寂寞而读书。我读书现在也只抓两样，早上《毛选》，然后到马恩原著；晚饭后到五楼上去看小说。《幸福》《收获》都尚未买，一直未得空去书店。近日

---

① 郭小川受命参与剧本《土地》集体创作，1952年6月30日到达北京（参见《郭小川全集》第七卷，第34—35页）。杜惠收到的即为郭小川6月30日寄给她的信。

也还没时间看，但昨天已开始读《旅伴》。亲爱的，以后检查和督促我吧！

我们思想批判和鉴定尚有一二日才能结束。紧接着有一个月整党学习。七一我们听了邓老报告，号召我们好好结束思想建设，进一步巩固"三反""五反"的伟大胜利，进行整党建党和开展理论学习，以迎接即将开始的建设新时期。亲爱的，你，七一是不是听到了中央负责同志的报告？

今天下午，我们停止了半天工作，全体大扫除，邓老亲自给党委作了布置，卫生运动我们是落后了，据说邓老说，谁要是轻视卫生运动，谁就是轻视我们的敌人。我们处和新闻出版处，负责锄尽游泳池附近一大片地的杂草，我很努力，但我正是月经期，现在腰很疼，准备写完信就到床上躺着看书去了，时正是9点1刻。

在礼拜四，争取照完了你装在相机内的胶卷，倪、龙等同志都学习了拍照，成绩还好，洗出来29张，但大部分还是感光不够，时间稍快了些。我没告诉他们还存有胶卷，因我不准备继续玩相机，太引人注目且分散精力，至少一个月或两个月后再照第二卷了。

亲爱的，看得疲劳了吧，这真是一篇杂乱无章的日记呀！但最后还有件重要事情想和你商量一下，也许会使你感到困难和不耐烦吧！也许你现在不至对这些问题采取不耐烦，而可能我提得很不当，但我确实不知道，只好请你帮助考虑了。小林，托儿所决定放两月假，要我们接。梅梅一身痱子快成疮了，屁股、腿上、胸前，尤其是额上和脸上，长满了红块和红橘子。这里至今未下雨，热得可怕极了，梅梅昨夜又忽然发烧，虽今日稍好，但瘦了，最近食量很坏。我想，你能否把这事考虑一下，如果能设法把他们都送北京托儿所，每周让爸爸妈妈他们去看看他们也很好，我真怕梅梅忽然出什么毛病，我真没力量照顾她。这事你能不能请水华同志他们找人负责帮助办一办？如有可能总望争取。我将来可请一周假送他们去。以后就可以永远让他们住在北京。主要为了他们的健康，目前健康就是他们将来一切幸福的关键，而他们都是不大健康的，在南方很不适合。如果可能，当然好，我们以后可以更自由地飞来飞去地工作了。当然这是很次要的问题，主要是为了他们。

似乎不应该再谈了，我却不愿让这张纸空下这许多。我再告诉你吧，周俊烈和周伦①又从昆明到北京，来看了我，晚饭后我去他们旅馆同玩到9点才骑车子回来的。都感到这些年来，工作是作了些，但意识上改变都不够，周俊烈这次又调北京，可能学习。同他们玩，使我深深回忆起枣园，也回忆起在枣园和你的恋爱。深深感觉，同学们的同志友情是较好的，却只有爱了你，我是最幸福的。时间愈来愈丰富着这一事实。为什么想到这个，那是不用说明的，这是多有趣而值得十分珍贵的呵！

好，我底好人儿，再见吧！

吻你，再吻你。

你的最爱的惠1952年7月5日
一个有美丽的月色的星期六

呵，你的相架子忘下了，需要吗？如果需要，我设法寄你。

第三十八封（1952年7月10日）

亲爱的，我底天使，我底灵感：

前天收到你的第二封来信②，我读了又读，编好你忘记的号码，我知道你是被热烈的怀念冲击着忘去这事的，当我收藏起它后，我就开始抑制着和说服着自己：还是到礼拜六再写信吧。第一封信我是上礼拜六写的，我曾计划着以后每礼拜六写一封长长的最甜蜜的信，把整整一周的特别是礼拜六之夜的动人的怀念一起寄给你，但是从昨天中午起，我在寝室晒台的纱窗前往下看着游泳池，看着水中和池边的人们，心里想你，一阵阵地热情冲击着，你，带起了我很多活动中那种迷人的热情而天真的欢乐。晚上想写信，因为报纸未看完，我又控制了。夜里四点钟就醒来了……今天再也不能控制这种热情了，我用自习时间给你写信了。这里，忽然又收到你从北戴河的来信，看出你的比较冷静下来的更深沉的热情。我的第一封信也许直到今天还未寄

---

① 此二人都是杜惠在延安党校时期的同学。
② 1952年7月4日郭小川致杜惠信。（参见《郭小川全集》第七卷，第38—39页）

到吧，你整整 10 天的怀念还没回响呀，我应该在你走那天就把信写到电影局去就好了！

让我回答你第一个最关心的问题吧。我一天天工作和生活得快乐和健康起来了，不空想、空谈和空叫了，沉默下来，认真一点点地开始去做和谈，觉着生命开始有内容了，精神慢慢充实起来了。在情绪上，重要的是和天铎同志他们慢慢开始接近起来了。我前天经过考虑后，已慎重其事地告诉祖春同志说："批判了我过去的错误要求，今后听从组织上对工作的一切决定，再不选择领导人了，一点一滴学着认真作好！"看来这些变化是细小的，我却觉出来这不是表面的，我和龙一同接受了防疫卫生宣传，我甚至是比较愉快地不声不响地接受的。把它从头到尾好好搞起来，将来还要总结下经验，我们正把思想改造和检查总结工作与认真计划和进行现在的任务结合起来。

《旅伴》已将近读了二分之一，决定本周读完，下周或可开始继续读《毛选》，其余报章杂志党刊都准备有计划的阅读。生活方面，你，虽然带走了我的迷人的天真的热情，但这也好，我在工作中会更专心，更深沉些了，心情上已完全扫除了历次别离你后那种脆弱的甚至是伤感的不能自拔的情绪，因为我清楚地知道你正在为党作着一件伟大的工作，而我也正需要冷静下来从具体工作中提高，需要学习。而且，这一句话，已不是口头上的，而是一种真正理性的自觉，有力的抓住和支持着我了。亲爱的，谢谢你的关心和鼓舞！但你放心吧，我生活得很好呢。

对两个孩子还是不够关心的，所以我总是渴望把他们送到北京去咧！等我将来更会爱他们的时候，再和他们在一起吧！

你要的毛裤，我今天晚饭后就出去买去，一定更快地寄给你，我比以前任何时候都乐意帮助你办些可能办的事咧！比洛夫医生对待儿子的心情和琳娜对待她丈夫出征时的情形，都使我想到自己呢，当然首先还是他们的工作使我想到自己！

……我想还有，如像讲话吧，我也想，亲爱的，同志的需要你谈谈就谈谈吧，不必那样拘束了，我不会说你出风头咧，亲爱的，不要因为我过去过分的苛求，而妨碍你一些正常的活动吧，我这些都开始改变着呢。

李季上礼拜六回来了，准备这礼拜天前还要去的。礼拜日下午我看了《拖拉机手》，到他们那听讲了些故事，他感到写东西有些困难，他们还叫他写电影剧本呢，没有接触过电影剧本的人，是把这一创作看得很简单的，就如我们过去一样！

好，不谈了吧，亲爱的，今天要全部完成思想批判和鉴定，并抄送到上级去，再见吧！紧紧地拥抱你！

你底最亲爱的蕙君

1952年7月10日午前10时

第三十九封（1952年7月12日、13日）

我底至爱的人儿：

信，你该都收到了吧？昨天下午去省委参加会议，听邓老报告到7点钟才结束，出来在"老通成"吃了一点饭，就独自骑着车子到百货公司给你买毛裤了，走了好几家，最后是在扬子江公司买到的，是最好的一种，打九五折后，花了27万多，我是不会买东西的，好象会使你不太满意。我在百货公司看了一种大毛巾，3万6一条，两条可以合做一件长浴衣，我决定给我们各做一件，钱没带够，昨天没买回来，准备明天买来，很快就做好给你寄去，是很适合你海水浴后和早晚在室内穿呢。亲爱的，你愉快地等着吧。

前天给你寄信后，我第一次练习游泳了，练了40分钟，起来后就病了。我的身体毕竟还是太娇弱了，我想起，去年在文艺学院游泳起来，你不是说我很憔悴吗？那次回到湖北省委继续参加会议时，好象也是又病了两天，入水后压力太大，很累，出水来，没很快擦干身体和穿好衣服，马上就感冒了，同时不习惯与水斗争，这两天心脏跳动都加快了，我又显得软弱无力了和消瘦了，有点像过去经受不起热情冲击的那模样儿，但是，我底亲爱的，我会好的，而且打算待天气更好些的时候，要继续和水作斗争，我想战胜它，我要锻炼自己，最近天气很坏，既刮风，又不下雨，又冷又闷热。

昨夜4点钟时我又醒来了，睡不着，心跳得厉害，我起来看了看梅梅，她最近也发烧咧，回到床上就看起书来了。当我读到达尼洛夫恋爱着那教员裴娜时，使我想起在延河边上，我们的第一次接吻。当我闭下眼来，我好象觉得你回来了……在我们上床睡觉之前，你紧紧地长久地吻着我，然后吻遍了我身上的好些地方，就把我搂抱到床上去睡觉了。直到起床的时候，我都在这种半睡半醒的迷醉的情绪里。

不，也许你已投入忘我的严肃的工作中，不应该听我再谈这些扰乱你心灵的、在工作时甚至觉得是无聊的话咧。是的，我以后应该少谈一些，会少谈一些的，只不过因为今天是礼拜六咧。

最近中央局的负责同志要去庐山开会，处长和一部分身体弱的科长级干部，也去边参加什么会边休息半月多。天铎同志告诉我，原是打算让我第一批同他去的，因有些人要求先去，我可能在第二批去，第一批本月20号去，二批可能是下月中旬去。我甚至于想，还不如放我假到北戴河走一走咧，但我估计是不可能的。因为听说我还可能参加庐山什么工矿会议。同时你才开始紧张的工作不久，我就去找你，也是怪难为情的。

亲爱的，关于爸爸生活费问题，因为那样大一笔款子①寄去影响是很大的，所以我特地和支部与祖春同志交换了下意见。他们认为，恐怕千万要防止一些坏亲友见了眼红，借去放账或作投机倒把之用，或借这机会来找爸爸的麻烦。所以你最好先去信请爸爸将来要保证能存到人民银行，保证这钱不至发生什么不良影响。你的稿费，我还没得到任何消息，请你考虑究竟怎样好些，如无别的意见，钱来了我就照你前信办理。今天我准备给爸爸写封信，但不谈这事情。

黄寅今天来信，说又生了个胖女孩，我准备明天去看她。李季走没走不知道。

你的鉴定，今天讨论了，整理后，准备再寄你考虑。

好，再谈吧，时间已9点半，我还有很多事情要作呢。

---

① 郭小川在当年7月4日致杜惠信里说："给他预备两千万放到北京人民银行存储，每月就可得利四十万元，我想这样也好，免得每月还要给他寄钱。"（参见《郭小川全集》第七卷，第39页）

轻轻地吻你！

你底惠1952年7月12日夜

今天正要发信，收到爸爸来信了。

我未能出去，从早上7时就忙着，最后整理和抄写思想总结，整理讨论过的你的鉴定，作小组内交待关系的统计。原计划看黄寅和母亲，后改写了两封信，中午睡觉时，看完了《旅伴》，但现在无时间与你谈了。我十分疲劳，但愈是疲劳愈不能睡觉，一个人往往睡不好咧！

惠13日午后5时

第四十封（1952年7月20日）

我底心爱的，我最可爱的人儿：

心燃烧着，我寻找着一切最美好最甜蜜的话儿来呼唤你，不知道什么能代表我的心意！

亲爱的，你知道你的信，给了我多大的幸福与鼓舞，我觉得，本来我是不够幸福和健康的，因为有了你，你的纯真的热情，你的朴实和善良的心，你的光辉的品格，把我变成了世界上最幸福的人，你不仅吸引着我的狂热，使我时刻不忘地用全个心灵在热恋着你，而且，当我们一年多愈来愈接近后，当我们都彼此进一步认识到身上最后一些缺点而逐渐在抛弃它们的时候，你身上的许多闪闪发亮的可贵的特质正深深感召着我，吸引和鼓舞我前进着！作你的爱人，我是不应该落后的，也不能落后的！只要有你的帮助和培养，我会很好地成长的！我决心好好地学习你，同时在我前进中帮助补救和克服你尚存的另一面的缺点，亲爱的，我想这就是我们爱情上愈来愈坚实的基础！亲爱的，不论在父母面前，在朋友和同志关系中，和作孩子们的父母，尤其是我们间的关系，你都是个支柱，没有你，我什么也不会生活咧！现在，不过我才开始打算学着你呢。

亲爱的，说真心话，我也是这样觉得：这次分别，与哪次都不同，环境已与战争时期完全两样了，到处都充满了胜利的工作后的爱情的幸福，而我们的品质和爱情都更纯化了，这就带来了这次分别后从未有过的深情的怀念。

我想，前些时也这样想过，现在更这样想了，以前曾有一时期有点不大愿意或不好意思告诉你，现在就完全告诉你吧。我觉得，在踏踏实实作好一个螺丝钉的工作认识愈来愈强烈，和注意家庭生活幸福的气氛愈来愈增长的情况下，今后，我们要分开工作，还不要说分开两个机关，就是分开作性质不同的工作，恐怕都是很难的，这些日子，不仅希望你从爱情上回到我身边来，也很渴望你能很快回到处里来领导着我，我最近正生长着一种这样的心情，觉得我作个助手将是多么幸福！让我们以自己两人各自不同的努力来创造一些优异的工作成绩，让我们在各自按照不同条件所负担的不同任务上，合作互助争取模范的工作成就，该是多么幸福！我不想将来作任何独立的工作，亲爱的，我想永远跟着你工作呢！我想脚踏实地地积极而快乐地好好作个恰如其分的小螺丝钉咧！再不追求空虚的幻想了。亲爱的，你是不是会笑话我？

我不再牺牲我的最幸福的爱情生活，去追求新的发展，我将把这幸福的爱情生活建立在更美好的共同工作，首先建立在最好地完成我自己所能负担的那份工作上！我底人儿，你是不是对我这希望还有些为难呢？是不是不拒绝我这希望呢？在离开你的这段时期里，我一定好好努力，尽可能从意识、理论等各方面提高些，为的准备迎接你回来后，好好跟你一同工作咧，当然，我会接受组织上的一切分配，如果分配到我未想到的工作，我也一定不讲价钱。亲爱的，我想你这次的任务，除了完成党给予的光荣任务外，也应该是争取和准备我们一同工作的更好的条件咧，对吗？

前两天，很想将来能找个机会去看看你，想借送梅梅去北京的机会，甚至幻想离开工作到你身边或在北京学习半年，等你什么时候回来，我再和你一同回来开始新的工作。告诉你，现在我是完全有自持力，独自安静地专心地读书的，不管什么情况下，而在你身边会读得更好！为什么如此想呢？因为宣传部工作转到理论教育处为重心，宣传处好象事不多咧，天铎同志也将要到庐山去，事实上，当然不是没有工作。……但是，亲爱的，今天总结"三反"，赵部长作了报告，我刚才又看了《1951年国庆节》和《中华女儿》

（这是你走后我第一次买票看电影）回来（赵部长这次报告意义很大），我不完全这样想了，如真去，对你们另几个同志会有影响，甚至将来你们创作上有什么缺点，或者会把我们感情生活的问题当成一种对工作不利咧！而我脱离了这里也是不好的！当然这些日子是否有机会去也难说的！

我们的照片差不多我都很喜欢，对在北戴河照的，我最喜爱那个独自伏在沙滩上休息的小伙子，那种带点儿傻气的浑厚的天真，最可爱不过了，那是我多么熟悉的情调啊！好象完全是在想望着他的爱人咧。亲爱的，你的照片的一个共同缺点，都是感光还不太够，以后把光圈稍放大或速度稍放慢就好了，我最近买了本《摄影入门》，看看可学习点东西，别人请我照了一卷胶片，每张我都作了记录，一张也没坏，自己前天又照了一卷，也一张未坏，还有好些张最出色的作品，现寄两张给看看吧，过一两天，天铎同志去庐山，要借去相机，我准备把第三卷胶片送他了。

这一周许多休息时间花到照相了，除看看画报、电影杂志，没看别的书，同时一连三天才抄好我自己的和你的鉴定。现在把你写的作了你的自我检讨，天铎同志又另写了个鉴定，赵部长也帮改了一点，基本精神与你自己检讨差不多，对你的优点作了更好的估计。这一周接连地开了很多全部干部大会，讨论×××问题的决定，选举党代会代表和机关代表会代表，直到礼拜六下午总结，才宣布这一运动的完全结束，机关的一切都在改进中，我想我们的将来一同工作，许多条件会使我们过得更幸福的！

亲爱的，要说的话还多得很呢！现在才真感到纸短话长呀！这封信从昨夜11点写到1点，今早起来又写了一阵，刚吃过早饭，准备9点钟就到铁夫那去取钱，如可能我马上就兑存到北京人民银行去，再写信让爸爸每个月去取利息，存单也由爸爸保存。孩子呢，我想写信给爸爸看一看，能找到房子就把她送去，让家里再请一个保育员。亲爱的，没有办法，我一切生活、工作和思想的热流都奔流向你去了，我管不了孩子们，你的一切优良的特点是如此强烈地吸引着我哪！我是怎样地想飞到你身边去呀！

一周来浴衣未能买来做，今天准备买去，还准备买些书，前些日子《人民日报》介绍的《阿里泰到山里去》也要买的。

还说什么好呢？总好象是无法说完似的，你能睡觉了吗？早上是不是起得很晚呀！能用早上弥补你晚间的睡眠不足吗？不咳嗽了吧？工作呢，我不知说什么，我相信你们在不断越过困难后，会作出优秀的成果的！昨天看电影时，我就想到明年有一天我和你一同去看到你和同志们的杰出的作品，该是多么幸福呀！你也许会出现在北京天安门前观礼台上，去参加国庆盛典咧！……我忠诚地祝福你们底成功吧！

你给我讲的很对，我要锻炼毅力，变得更沉着冷静，摆脱一切不必要的琐事的烦扰，我一定在实践里慢慢实现这些忠言。

亲爱的，我最近都没游泳，这里最近天气很坏，出着大太阳，总是刮着使人寒栗的风。也许是我体质弱的关系，才这样觉得吧。将来还能不能下水，现在还很难说定，不过，现在早晚我都在坚持室内操。我正制定了严格的作息时间，准备保持正常的生活规律，一定不睡得太晚。现在已开始半日工作制，不过谁都没执行，大家工作热情都提高了。

好，再见吧，话儿总是会说不完的。今天的信觉得写得很零乱，请批评吧！紧紧地拥抱你！

你底惠，你底心

1952年7月20日晨9时半

啊！你们有《苏联画报》看吗？如没有，以后每期我都寄给你们去，我给水华等同志转过好几封信，都收到了吧！代我问候他们吧！

第四十一封（1952年7月24日）

我底天使，我最心爱的：

我用什么来回答你的关心呢？因为我这么一点小小的病，使你如此不安，使你的繁重的工作中还为我担忧，我该是多对不起你！

信和药是一起收到的！

从星期日回来①家来，就控制着怀念和渴望写信的热情，这两天一休息时，就想告诉你些什么，但我用读书把它代替了。我也有点怕写得太多，怕影响你和引起别的同志太多的注意。其实，冷静地想来，这种顾虑是不必要的。也许，你的心情与我是一丝不差的，正如我时刻渴望收到你的信，如果是一个礼拜才收到一封，好象总嫌太少了。而这些信，以它燃烧着的言语，以它后面隐藏着的一粿②圣洁的无私的心，给了我无限的鼓舞，使我工作得更加埋头而坚毅了，除了这，没有任何所谓影响。我想，我的信也该是这样的，我要不断作到这样的。以后，只要我能够写的时候，我一定就写。

亲爱的，我一定遵照你的嘱告，立即开始服用鹿茸精。呵，在这之先我应该告诉你，你的人儿已经好了，完全的好了。即使在她病的时候，她也是比较愉快的，你，不要再不安吧。我曾想过，我的体质是弱的，近些年锻炼又很差，且由于思想上的负担，曾给予自己身体许多摧残，所以身体是不够好的。但我有决心锻炼自己，只要以后适当注意，也许不会垮下去，对身体也从头注意起吧。一方面积极锻炼，另方面我克制对自己过高的要求，一定不产生自不量力的行动，在最近气候又不好的条件下，游泳我已暂时放弃了。此外，我还考虑到很重要的一点，就是想想那些比我有着更坏的身体乃至很严重的疾病，尚在工作中和斗争里，奋不顾身忘我工作的人，我应该对体质弱和生小病，乃至将来生大病，也该是满不在乎、十分愉快的。这次虽然没有你在我身旁，我也是比较健康的，扫除了一些过去病中的突出而长久的伤感与脆弱的情绪。我想如果我以后总是用饱含幸福和欢乐的眼睛望你，该有多好！以后除了党的利益受什么危害，会使我愤怒和不快外，对我自己的任何事情，我都不再忧虑，我要从我眼睛——灵魂里，扫除任何一丝不愉快的影子，当然这是要对自己有很大克制的，热爱生活，热爱人们，甚至在一切困难和麻烦面前，也是欢乐的！没有困难和麻烦，连幸福和胜利也不可能存在了。我要锻炼自己用这种态度来对待事物！当然现在还很不够咧！亲爱的，

---

① "回来"应作"回到"。

② "粿"应作"颗"。

说实在话，我这些心情和性格的变化，是与你的爱情密切不可分的，你想，你对我是多么多么的重要呀！

去庐山的第一批现在尚未走成，听说负责同志们工作也拖得不能离身，已定出8月份新的工作计划，重点是高等学校思想改造中层整理工作、建党和共产主义教育工作等。亲爱的，已决定我8月初去广东参加学校改革工作，何时起程到那里还不知道，时间大概一个月多吧，不能北去了，总可以迎接你的归来吧。这些日子正计划写出一点爱国卫生运动的东西，大点的打算是破产了，只打算写点情况和意见出来了。去学校，我是没有信心的，但既是组织决定，我应该服从，只是这次下去谨慎冷静和虚心以待吧，好在我想还有许多比我有经验和把握的同志的！亲爱的，告诉你这个，我想你也会很替我担心的，好吧，为了你的挂念，这次我在工作中，一定要特别注意的！

上星期日发信后，我就到笑雨和铁夫家玩了共五六小时，黄寅回家了，我们谈了许多，在他们那睡的午觉。午后在铁夫那取到1390多万（前后两次，详细数字我不想写了，有单子在我这里，如需要，我下次寄你），当即给爸爸寄了1100万，后交了200万作七、八月份你的党费，我留了90多万。因母亲这次出院花了近80万元伙食和住院费是我们自己负担的。星期日我又到百货公司和书店跑了很久，我要买《幸福》《收获》《阿里泰到山里去》，都没买到，后买了《卓娅与苏拉的故事》，和别的几本有关学习的书，将近8点我才回来。每每当你不在时，虽然许多事不愿作，但要作的时候，就好象独立活动能力是比较强些，和你在一起，被娇惯的依赖就总是不能摆脱。自然，这也并不是什么坏处，不关大体的事。有人娇惯也是一种幸福呢！而现在正是多么在怀念这个人呵！

我给你寄去了一本画报，出于一种高兴，我还写了个条子在里边，亲爱的，从爱情生活来讲，我最希望你看看《下工之后》，德杜赫和皮斯科娃正像我们两人一样。有时，我也想，将来怎样把我们的工余休息支配得更好些呢？

我这一周课余正在开始读《阿里泰到山里去》，这是不久前《人民日报》上介绍过的，读得还不多。对《旅伴》想写篇读书笔记，看样子暂时是作不到了。早上我们正在学习社会主义和共产主义。自己读书的时间是很少咧。

为了读书，我曾真想有一个假期。

要告诉你的话儿是非常多的，我的心绪却不断被周围孩子的吵闹打断了。

亲爱的，告诉你吧，短短的别离，绵密的情热的书信的往还，现在，你完全把我又带进了无边的深沉的怀念里，昨天收到你信后，我被激动得多厉害，晚上，没有作什么事情回来了，我为你清了清书，翻看了你一些杂记，49年我刚到教育局后你记的日记，还有这次我从土改回来前你的日记，除了扯下来保留在信中的，我又发现两天中关于我的几行。我回忆起多年来的彼此间多么忠诚和纯洁的狂热，我也就更感到现在是更健康和深厚了，我不会再出现因在你处闲处几天，感到无所事事而生气了……我在不断改变着，我是变得更好了的，不是吗？难道我不是愈来愈踏实了吗？我难道不是愈来愈爱你了吗？愈来愈理解你了吗？而今是愈来愈想你了。快天亮时，我醒来，我真希望能忽然抱着你，我想，每到黄昏后，风就开始和海私语，晚间，风用它强有力的躯体，拥抱着海洋的温柔滑润的胸脯，有时狂吻，有时细语，海洋有时发出一种幸福的尖叫和欢笑。世界上最美好的幸福的生活，都属于我和你，她曾经发出的那种幸福的尖叫与欢笑，正是你最熟悉的！亲爱的……激动使我不能安眠！有时，在五楼上看见黄昏，好象正是海滨的情景，我就觉得你是伫立在那里，正在想念你的蕙君……亲爱的，再见吧，还有半小时上班，我就去午睡一下呢。吻你，紧紧地吻你！

你底惠

1952年7月24日午后2时

第四十二封（1952年7月27日）

我底至亲的人儿：

昨天礼拜六我没有写信，也没有看电影，一吃完饭就骑车子去看了看小林。我自从你走后没有去看他，他比以前更可爱了，他现在在最大的班里，很愉快而且有自信心，阿姨们采取了更多的鼓励和爱护的办法来教育他，他和她们的情感加深了，从她们更多观察和了解他的过程中，她们才更发现了，他虽长得小，却是很有思想的。现在小林最不满意的，是说爸爸妈妈都常不去看他，的确，昨天他又带着一点儿疑惑的神情问我："妈妈，你喜不喜欢我？"后来，我告诉了一些我们怎样想他，和为什么没去看他的原因。今天遵照他的要求，下午晚饭前买了莲蓬、西瓜、菠萝、香蕉、糖和花红去看他，和他玩了一阵。下次，你用一张漂亮的信纸，写上几句话，回来我贴上一张我们的相片，作为一封信寄给他，亲爱的，你说好吗？一定会使他感到幸福咧！

亲爱的，昨天我从托儿所回来后，继续读《阿里泰到山里去》，后来母亲来向我罗嗦些说过不止一次的生活琐事时，我便集中精力去为你整理书架去了，一边心不在焉地听她谈着。直到12点才完全清好了，我给你分了一些类，如马恩原著、翻译小说、文艺理论及批判、中国文艺、中国史，以及政治经济、建党等都分了一下。现在看来很整齐，也好看些了，更重要的是我熟悉了它们，也就更爱它们了。我多么希望有机会好好把它们通通读一遍呀！

今早起来，第一件事，是跑去收发室看了看有信没有。没有。回来，本想看卫生运动资料，孩子们太吵，李季和小为推开门进来了，我才从床上起来，玩了一会，我就独自骑车去为孩子们办货去了，后来就在托儿所绿草地上玩了整整1点半钟，这里我要告诉你，亲爱的，我已很会骑车子了，我可以时时放开左手，今天我车头上挂满了给孩子们的食物，仍很敏捷地从模范市场骑回了托儿所。你想起我在车上的样子，你该很喜欢吧。

现在是坐在文工团李季的房子里，给你写信的，小为因大疲劳正躺着休息，李季开着会，他们不让我走，一定要我在这里写信。

亲爱的，为什么昨晚和今天晚上以前都没给你写信呢？我发现，偶尔，我的心情仍是不很健康，一种好象莫名的苦闷抓着我。而现在，当我不愉快的时候，我是不愿意告诉你。如果你在我身旁，我是愿意叫你不看见的。因为我更爱你，你也更爱我，我不愿意增加你的挂念，不愿带给你丝毫不安，于是，在这种时候，我就不写信了。现在，小为他们不知不觉地驱走了我的不快，我带着欢笑来和你谈了。亲爱的，不要有任何挂念吧。

这两天我为什么不愉快呢，认真地想来，好象是这样：当我渴望能专心而安静地读些书，并把卫生运动作出点什么名堂来时，忽然又打算要我到华南搞大学中层"肃反"工作，而对这工作过去完全未接触，信心不足，前一工作又将半途而废，就产生了一种不愉快的情绪。去年一年东跑西跑，也没作出个结果……急于学习和工作，对最近过多的会议生活也有点儿厌倦情绪，这也是不太愉快的一点原因。而这些，却没有任何人能谈一谈，就只好慢慢让它自己消除吧。现在它已过去了。放弃一切脱离现实的打算，客观要求自己作什么就作什么吧。我一切都按分配办事，再也不去想它了，就是这样，我现在已没什么不愉快了。

亲爱的，你有时也是不愉快的，我当然相信那种不愉快也已过去了，我甚至想，没有一个人能够是每时每刻都是愉快的、没有什么忧虑和烦恼是不可能的，将来我们相处在一起也会有的。但只要有一个不愉快时，对方就给予安慰和鼓励，理解他而又帮助他，就会使他得到力量，更快地渡过这种时刻，更好地工作和生活起来。是真的，世界上没有比爱人更亲的同志和朋友，如果这两个人基本上都是好同志，彼此忠诚、纯洁而又基本一致的话，如果是这样的话，如果他们是有着基于同志的党的利益的一致的情谊的话，那他们的爱情会成为一切工作和生活的力量的源泉，永远的鼓舞，永远的欢乐与幸福！

上礼拜四我们晚饭后，到中南总工会干部学校听建党传达，散会时9点多，我顺便来看李季。过去，当我不健康的时候，我带给了他们一些不愉快，而且他们曾为我支付了多少关心，现在，我前进了，特别在爱情生活和我们的理解上更前进了，我想也该让他基本上了解一点，我就向他谈了一谈，以免当他看到我们的时候，还用那种关心而带些忧虑的眼光来看我。这样，我也就带给了他们以快乐。那天我特地带来了你在北戴河的照片给他看。以后他引我去认识了孔厥和袁静，因为他说他们也认识你，所以应该让他们也认识下我。

亲爱的，浴衣快缝好了，我看来是觉得很美好的，1周后再寄你吧。

把我们自拍的那些照片的底片都寄来吧，我想放大两张咧。

亲爱的，你现在好吧，工作顺利吧？同志间，不论工作生活如何接近，也不能过分，就是日常小事，也要注意原则的，久了不注意会影响工作咧，一切按原则办事，就会没什么不融恰了吧。就在爱人间，何尝不是如此呢？我不了解情况，也许我说错了，其实我是不应该不了解情况而说这话的。

天铎同志昨天下午5时搭船到江西了，他除搞了些"三反"工作外，的确对处里业务工作并没作太多关心，他在家和他走了，我没感到对我工作有任何影响。你看，多有趣！不过，我现在很沉默，甚至沉默得可怕，任何会议有人们发表意见就可以了，所以我与一切同志和领导的关系都是正常而清淡的。我不想说话，我想拿我自己作的具体行动的样子来看。也许，没有什么不对吧！

亲爱的，再见吧！

吻你。

你底惠

1952年7月27日晚10时

于文工团李季、小为处

第四十三封（1952年7月28日）

亲爱的：

我是怎样在期待你的信啊，等了一天，又失望了。其实，明明是3天前才收到你的信，而且那已是短短26天别离中的第7封了。但我的期待你的信的心情却已变得这样强烈，甚至变得焦急和不耐烦了。不只是想念你的信，当然更主要的是想念你的人，亲爱的，我已度过了四个空虚的礼拜六了。而我身边又没任何一个人可以听我谈谈我对你的爱情。工作吗，同志间也谈得不多，因为各人的工作都只是各人自己单独干的……不过，在我自己的具体工作中，现在我是专心而且愉快的，虽然感到寂寞，休息时我却差不多都是跑回寝室来看书的。

我也特别想到，也许你有时是会同样期待我的信咧，会想念得发狂咧，我就不得不控制着自己的不安来写信，不要让你过几天同样难过吧！

今天下午祖春同志同处里同志们谈了谈，已决定我完完全全转到研究学校思想改造的指示文件及有关材料了。我的心情说不上来……但在行动上是实实在在开始向新材料中钻了。8月初（确实日期未定）下去，祖春同志说大概两月左右才能回来。但愿我比你早回来几天，我希望我能去北京接你，也看看爸爸，我多么愿望愉快地同你散步在北海公园！

你可以照常地回信给我，寄到部里，龙卧流他们会马上转给我的，我一到广州写给你信后，你再寄信到广州，这样就不会使我等得太久了。起程前的一天我还会给你信的。

爸爸来信同意把林梅送去。今天我回信告诉了这种情况，暂时只有让他们留在汉口了。

你交党费的问题①，我没讲，我想钱拿来时再讲更好些。以后我到赞成留它十分之一买书咧，我是真开始爱买书了。

昨天在小为处写的信想不寄给你的，怕给你的不愉快，又看了看，好象没什么，不知你有些什么感想？最后说一句，你的热情的关心产生了一点不好的效果，吃了两天鹿茸精，火气太大，右眼上眼皮肿了象个葡萄，正在治。亲爱的，你看多有意思！

再见吧，紧紧地拥抱你！

你的最亲爱的人儿
1952年7月28日晚11时

第四十四封（1952年8月2日）

亲爱的，我底生命的花朵：

现在让我写一封简短的信吧，今天晚上或明天休息日里，我会给你写一封长些的。

接到你的信，本来该是很愉快的，但我哭了，我不敢读你的信，从昨天

---

① 郭小川在7月17日致杜惠信里提出："我算计今年还有数千万元的稿费，以两千万元给爸爸，其余全交党费，这个打算也可一并告诉支部。"（参见《郭小川全集》第七卷，第46页）

上午收到，直到今天读完时，还使我满眼含着泪。亲爱的，我等待你的来信等待得太久了，从上礼拜六直盼到昨天，这短短的几天，对于我们，你该想到是多么长久的时光呵。各种各样的心情，使我变得愁闷和烦躁了，对生活和人们也好象显得不和气和不欢乐了，虽然别人也许没怎样察觉，而我自己是很清楚的。后来每天的失望甚至于使我不满起来了。如果再不收到你的信，我也再不会写信了。我每天都钻到紧张的工作里不想它，但不管怎样紧张，总有一个影子常从脑子里闪过。当接到信后，我好象受了好大委屈似的，亲爱的，我真太想念你了，相隔这样远，而信，就成了唯一的安慰了。其实不应该也不可能写得太多，我不也规定过一个礼拜写一封吗？事物是要发展的，爱情和理解增长着，计划又不能按死板的规定进行了。

亲爱的，不过当我一想到你的情形，你忙碌、疲劳、不能睡眠……我好象马上就变得理智起来，能克制自己，愉快地关心起你，而且没有一点怨言了。

亲爱的，关于你的身体，我想，至少现在不要打鹿茸针了。我记得小时老人们告诉我，年青人是不能服用的。对于你，夏天至少是不能服用的。热性太大了，会弄得人耳鸣头昏，你作噩梦，也许是这个原因，药，当你不会使用它、不会控制它时，它也会从有益变成有害咧。戒烟是好的，我鼓励你，你就下决心戒吧。至于为什么有郭刚①死时那种心情呢？我不明白，你究竟有些什么不愉快，明白地告诉我吧，我应该帮助你消除一切苦恼情绪，而给你最大的幸福，而且我现在多么愿意这样作，你有什么就告诉我，而让它经过我就消除吧。世界上，的确只有自己的爱人同志，是应该而且能够最理解最关切的。多有意思，人，特别是象我们这样的人，没有爱情，是不可能的。我们热爱工作，我们也更需要热烈的爱情！

---

① 郭刚，中南局宣传部的机要员，一天早上突然被发现死了，我们都很难过，他是单独住在一所小洋房里，开始大家都怀疑是否被害，后经解剖是患了"脊髓灰白质炎"。当时小川显得很神经质，两三夜不能入睡，是我抱着他久久地按摩抚摸才使他慢慢睡去的。我内心分析：他亲历过母亲的死亡、战友田菲被日本敌机炸死、在八路军里战士的死亡等，这方面丰富的情谊的联想自然会失眠……而我的性格，这时总是反而更冷静、更坚毅，每晚安抚才使他慢慢入睡。——杜惠注

我已确定6号动身了，祖春同志可能两月后回来，但从华东经验来看，从"三反"到清理中层约须两个半月。我是先到中山大学参加一下清理中层，很快就转入岭南大学。岭南……"三反"也还未搞，现在听说有中央派的工作组在那里，但究竟目前怎样还不了解。我一周来详细阅读了党的有关指示决定等，并作了综合笔记，这几天还要继续了解情况，提出各种实际问题与领导研究。部里成立了一个学校思想改革工作办公室，下到广东是吴云和我二人。这次当然对我是个很大的考验，我真是兢兢业业地，过去那种盲目的自信简直是一扫光了，信心不足，但比较冷静和沉着些了。将来困难是会不断发生的，由于我的条件和工作的复杂性，比你们写电影还会困难多得多咧！唯一的办法自然是依靠党和深入群众，亲自研究和掌握每一个情况和材料。我当然希望自己这次更成熟些，我这次深深感到，工作好坏不是个人荣誉问题，而是对整个党，特别对中南局宣传部是有严重影响的，我不能不处处警惕自己的言行，不能不处处虚心，不能不更热诚地与大家合作和依靠群众，这种心情是以往工作中少有甚至没有的。也许这一思想准备是有好处的吧。至于两月后能否回来，能否与你度过一个短短的好象今年一年中的唯一的假期样的日子，我还没有把握，如果不能回来怎办呢？亲爱的，我真不能想象。10月初你回来一趟后，是否仍回到北京呢？我是多么希望你10月回来时，我们好好谈谈工作和将来的一切呵。对于未来，我慢慢又燃起了火热的愿望，仍有着光辉的理想和高尚的计划的，渴望对党的事业作出些贡献，出色的贡献之心，我看是永远不可能克服的。无论怎样检讨批评，我不能变成一个得过且过饱食终日的人。当然谁也不会希望我变成这样。目前这种理想与过去不同之点，是现在我不空叫了，我要努力以不断提高自己和切实埋头于现实具体工作，来争取自己理想的实现。我希望且决心与人合作，尤其希望与你共同手携手地前进。五年计划即将开始，如何扎根到一个岗位上，长期埋头与专注地创造自己的工作，我想，这对每一个有热情的人，都不能不是值得考虑的问题，我深感，去年一年工作很乱，没从头到尾根据计划有指导地作什么工作……当然，组织需要临时调动，是要愉快地服从的。

你怎样想呢？对于将来，回来时我们好好谈谈吧。也许，你还是和从前一样，你是不喜欢谈这些的。

说到我的身体，最近一直很好，眼睛也慢慢在好了，也许并不是鹿茸精，是天热的关系。子宫炎吗，过去也并没有这病，只不过阴道稍有点发炎。现在也没有任何人侵犯她，也就不那样娇嫩了。吃饭睡觉都可以，亲爱的，你就放心吧。

思想杂谈，除了你告诉我的照办了，现又出了集外集，也照你上次谈的，寄你、爸爸与肖殷。

你这次信，实际是第8封，你却编成第9号了。刚一看时，我急的想马上去清查一下，看为什么会失掉了一封信，后来再从全信几次时间来看，证明仍是第8封，我记得已写过6封给你，这是第7封，你看对不对？告我一下。凡是有纪念邮票的，我都不只是保存着邮票，而是保存着信封的。我也准备明天去买各种纪念邮票，以后都用纪念邮票发信你。

铁夫刚来信，又叫我明天去取钱，我回信他，请他把钱代你存到银行里，只把零钱寄我，等我们回来取。我告诉了他明天实不能出去。我是真不出去的，不去取钱，最主要的还是不愿管钱。到广东前，李季、笑雨处都不准备去了。今天也各写了一封信。武汉正流行大脑炎，孩子们已经过注射。我什么地方也没去。提起孩子，现在可以告诉你了，前些日子心情不好，还有一个原因是小梅梅病，22号高烧到40多度，心脏忽然停止跳动，手脚冷厥，几乎死去，急救才救活了。主要是中暑又感冒。现已好。当时不愿告诉，怕你受影响。在爸爸信上也谈到没告你。现事情已过去，你听听就放心吧。现在韩嫂丈夫把她叫回去了，又找了保姆，一个朴实的年青妇女，比较和气，她们晚上都睡到我房里，房子在你走后那礼拜天就搬动了，书架都搬到原来放床的地方。经我嘱咐，她们都很注意保护书，放在稍暗的角上，梅梅也不乱翻了。我们的信，我准备买个小小皮箱把它锁起来。

亲爱的，最近我在感冒以后，有几天用温水浴，对恢复健康和睡眠都很好。你考虑下，如果天阴时，洗凉水浴不舒服，你试试用温水浴（水一定要是温温的，不能热了），也许对睡眠好点。还可以睡前作点柔软体操试一试。将来和你一同生活时，让我带着你，把生活安排得更规律些，带着你作操好吗？你愿意听从我的指挥吧？不答应，我就不吻你哪。

好，再谈吧，亲爱的，紧紧地拥抱你，亲爱的，请把那块旧表寄回来给我母亲用，以便她好为小梅梅掌握时间。好吧！

你底惠

1952年8月2日星期六夜11时

第四十五封（1952年8月2日）

我的宝贝，我最亲爱的：

这就是给你做的睡衣，我注意了一下，比百货公司的一切做好的睡衣都大方和漂亮些，所以我才买这种毛巾来做的。大小长短大概都合适，只是腰带上有商标太糟了，母亲做时我没注意，还有腰带圈可能低了，你都可以设法改一改，带子甚至将来可设法换一换。要紧的事情，是请注意不要因表带上的针尖和别针之类挂着它，毛巾之类挂出线来，就很快变得不好的。同时注意清洁，很快用脏了，洗了就不好看的。现在早晚也许都可以穿吧？

……毛主席像和和平鸽，都是国营金银饰品店买的，都买了双份，我们各人留一份作纪念吧。

亲爱的，明春将是我们结婚10周年了，这些都作为10周年前夕的纪念吧！明春也许我们可以在几个朋友面前，举行一次小小的热烈的纪念吧！也为了这个可贵的日子，我将小心地争取这次把工作作得更好些，锻炼得更成熟和健康些！好，你收下吧！让我在这衣服里面拥抱着你！

你底惠

1952年8月2日夜

第四十六封（1952年8月2日、3日）

亲爱的：

你可看出，在写信的过程中，我已愉快起来了，虽然开始时我是很难过甚至是伤心的。

今后，我希望彼此都照顾些，经常写点短信，那怕几句话也好。有意义的工作和纯洁而高尚的恋爱生活，对我和你都是缺一不可的。太久了不收到信的确是很痛苦的。我走前，在火车上，甚至一下车来，都会写信给你的。同时，我感到关于你的工作和你的思想，似乎都跟我谈得太少了一点。生活当然要谈的，但不能总是只谈些细小的生活呀！当然，我的信里，通过生动的有意义的事实，来表达我的思想也是不够的，还多半只谈了些热情的想法！这样提法，你以为怎样？

差10分12点了，再谈吧。

表，请你写信给朱绳武转交给我妈妈。寄来时我已不可能在家了。

好，再谈吧。一个礼拜六又过去了，还有许多这样离别的空虚的日子，相会时，不知该是怎样地狂热呀！

惠

夜12时

今早起来，看眼皮上的一个颗粒好象要出头的样子，也许要去医院开刀。你来信吧，即使我走了，他们可以转给我。

3日晨7时

第四十七封（1952年8月5日）

亲爱的，我底快乐和幸福：

今天我下午去医院开刀，割治了右眼上的麦粒肿，没有什么痛苦，只是暂时一二天用一个眼作事是不太方便吧了。我一想到身体内部马上会组织力量，来与疾病作斗争和帮助伤口的愈合时，我觉得这也是一件很有意思的事情。在我们的国家里，能为人们医治一切疾病，这是我们多大的幸福呵！所以我甚至是非常愉快的！

只是，不论白日或黑夜，不论快乐或忧愁的时候，总是不断地在思念你，有时真想你想死了。最近工作后回到家来，特别狂热地亲吻梅梅，也许正是爱情上的一种安慰。你就是我底一切，没有你，生活简直是很平淡的。小为一定要我做裙子，女孩子们都穿起裙子来了，然而，对于我，只要你不在，这一切都不会发生任何兴趣的。你走了，朋友们都非常关心我，礼拜六，小为、李季到笑雨他们那里，打了长时间电话没找到我。星期日我还没起床多会，机关还没吃早饭，我正给爸爸写信，小为坐车来把我抢走了。上午她陪着我，我们去买书，买纪念邮票，买孩子气的点心。李季在家开会，我寄给你的信和包裹，都是李季贴邮票发出的。下午他们又和我去看小林和甜甜①，晚上为了我要到广州，他们又请我去"美的"玩。我很温存地接受了他们的热情，其实内心里，我并不愿把整个礼拜天消磨在这样的玩乐里，我非常想读书。在那里，正好收到你给李季的信。

我是确定6号晚上走了。今天，祖春同志、张海同志召开了一个会，我们组成了一个工作组，共5人，吴云同志负责，除中大二同志外，部里还有杨启伟。主要是去协助工作，比之直接去领导这一运动，好象好办些，领导上规定是两月时间，我很希望能在10月回来见到你。通讯地址我现在还不能说，也许寄学校比寄在华南宣传部收到得快些，那就到校后再说吧。我们先到中山参加清理中层，接着再转到岭南。我希望你多写两封信，到我从学校寄信你后，你一起发给我。

我例假来了，眼又不好，准备自己加钱买个硬席卧铺，你不至有什么意见吧。

亲爱的，到李季那里时，我和××玩了很久，她谈了些荆江分洪的故事，也很诚挚地向我谈了她自己，她和××关系很坏，长时间有第三者参与在他们爱情生活中，她很痛苦，但经过思想批判是健康些了。我很同情而且关心她，而我是出于自己过着最健康与幸福的生活的感情来关心和同情她的。她说男同志在自己爱人年青和漂亮的时候，一切都是最好的，而当你老了不漂亮了，什么都不喜欢了，当感情上不喜欢的时候，什么都看不顺眼了。她说一切问题的关键就在这里，但我告诉她，我却不是这样的看法。我觉得在年青的时

---

① 甜甜，李季和李小为的女儿。

候，爱情或许往往是这样的。中年或中年以后，如果能在工作上合作，思想一致，共同进步，在工作上建立相互帮助、理解、体贴，生活上的无私的体贴和关怀，把爱情更加提高，就会冲淡了外貌的表象的一切因素，相互间达到更深厚更圣洁的爱情生活；我觉得当人们成长一些以后，最主要的还是工作关系问题，还是思想一致并共同帮助进步的问题，亲爱的，你说是不是？

当然，如果相互间仍是一直把爱情建立在单纯的狂热，工作、思想缺乏理解，后来，各人在工作①却发展起来了最好的工作上的伴侣，这样的事情，是难免不影响到那种单纯以狂热为基础的爱情关系的。××的问题也有些客观上的麻烦。××向李季谈起还哭了咧。当然，李季、小为谈起这事时，我首先感到，××的品质、政治修养与工作情况，当然都远不能与我们和我们亲爱的人儿相比的。我更感到我们爱情的圣洁与可贵呀！我更感到爱到小川的骄傲与幸福呵……

好，最后谈谈你的身体吧，最近几天好吗？夏天快过去了，海滨的秋天不一定很好吧？亲爱的，想到你的蕙君对你这样的热情，这样的纯真，你应该扫除一切不愉快的心情，就是有点疾病，也应该把它看成是有趣的事，好象我总在身旁照顾你似的！

亲爱的，紧紧地紧紧地拥抱你！

永远属于你的人儿
1952 年 8 月 5 日中午 2 时

第四十八封（1952 年 8 月 7 日）

亲爱的，我的小川：

这该是第 9 封信了，对不对？

你 2 号发出的信，昨天就收到了，有时候，信也走得很快的。可是，有时就走得太慢了。

---

① 后漏"中"字。

昨天因没买到车票，今天才走成。书还未收到，刚才我又到收发室看了看，也没有，只好等他们转到华南了。

现在去工作，我已很满意了。这次是下决定对一点一滴行动都要冷静思考的，也许不至出错。这次规定的任务，比我早几天想象的似乎轻松些。原先我很小心地准备着亲自去开展运动。现在给我们的任务，是协助，不是领导和指导，也不是代替，他们并负责检查督促中央及中央局有关的贯彻执行。同时负责及时向部里报告情况，并负责完成3个总结报告。我们，尤其我自己用心地考虑了我们的地位，我将严守规定，了解情况，听取意见，不发表任何个人意见，一切意见经由集体研究后有组织地提出。这种想法和实际作法，当然是认真地考虑了一切行动对党的影响和克制了任何一点个人表露和感情用事而来的。当然，困难还很多，决心虚心学习，希望你多多帮助和鼓励我。对于写作，我的看法和你是一致的，过去一心一意想发表文章，当然也是个思想问题，这次对卫生运动，其实我倒不是单想发表什么文章，而是想把这一运动有系统地有组织地领导起来，研究和吸取一些系统指导宣传运动的经验，当然，既然不可能实现理想的计划，也就只有热情地转到新工作上来再努力吧。

和你一同工作，当然是热烈希望的。不和你在一起，的确是很寂寞，心情常常不会自然而然地欢乐起来。特别是缺少共同研究问题，研究得毫无顾忌，研究得深刻而又相互鼓舞去实现它的伴侣。至于调动，党决定你作什么工作我都愿意，但我非常同意你的意见，五年计划开始，能到工厂或农村去住它一个长时期，真正参加一段工作，完整地理解整个工作过程和人们思想感情的变化，然后好好完成一部作品。就这样一步步努力下去，没有我们共产党人不能完成的任务，没有不能创造的事业。拿工厂、农村和机关来比，我也同意你的，我也更爱前者一些。但如果党需要我们留在机关，而我们又决心真正去创造自己机关的工作与生活，热爱它，也不是不能好好作出一番事情和用行动写出伟大的作品的。但不管在哪里，我到很愿意能一同工作，这种一同工作不是在你庇护下，假你的光亮来工作，而是以我自己对党的热爱和负责精神和你共同工作，共同研究，共同发展，互助互爱，相互尊重与相互学习的。我想我并不想要别人来拖着我前进，只不过需要一个在工作上共同前进相互鼓舞的伴侣而已。现在让我每个礼拜六与和我工作完全不相近的爱人在一起玩玩，尽谈些感情和生活趣味，我觉得实在没多少意思。

亲爱的，马上要走了，不谈了。

紧紧地拥抱你！

你的至爱的惠

1952年8月7日晚9时1刻

再见吧，亲爱的，离你愈远，怀念愈深，心是离得更近了。

第四十九封（1952年8月11日、12日）

至亲至爱的小川：

7号离家前两分钟发出了给你的信后，我就奔向广州来了。是9号清晨到的分局宣传部，直到晚上才等到代部长李心清和曾彦修副部长谈了谈。第二天下午，宣传部请中央早来的工作组和我们，还有×××同志。又让我们休息了一天。正是星期日，我们出去玩了一下，街上人很多，我只买了一点零星物品，就独自去看《夏伯阳》去了。广州很象天津，大城市都是基本上差不多的。走到街上，我想起，刚入天津时，我是多么厌烦那种旧城市生活中的花红柳绿。现在对它虽不厌烦，但也不羡慕。不久前在一次报告里，党的负责同志（记不得是李或钱部长）说明许多人入城以来的过程时就说过，开始是十分厌烦，后来慢慢习惯，有的以后就堕入其中，甚至拼命学起来了。作为一个共产党员，经常要深入各种群众生活，要保持与群众相同而又不同的特质，入污泥而不染，下水而不被溺毙。亲爱的，共产党员这种特质多么可贵。我觉得我们基本上是值得骄傲的。

《夏伯阳》里，使我真爱那个年青的政委，我正需要很正确地学习他那种魄力。夏伯阳由于过于骄傲，一时的疏忽就被敌人袭击了，使我很难过，你知道，当我一个人坐在许多陌生人中看电影时，是怎样地想你。看见那机枪手和他爱人天真的友情时，就好象是我们自己一样。甚至看这类战争片子时，常有这样一种感情，我觉得王明阻挡了我去游击队，简直是把我引向了一条错误的不可挽救的道路。①如果我不是在延安而是在前方的话，我现在一定不是这样一个脆弱的人。

昨天晚上我们搬来中山大学了，开始默默地参加他们的会议，听着和问着一切。整个运动他们星期三就结束了。我们只能参加一下总结了。过后即转入岭南大学去。

刚才杨启伟他们带我们去玩了玩，中山环境非常美，到处是山丘和树林，来往都要经过许多林荫山径，有一片长长的湖水，人们在里边拦出了一个游泳池，比珞珈山更美好些，只是湖水不如珞珈山的水清，如果你能陪我散散步多么幸福。当然到一个新环境，因为有工作任务，什么都不熟悉，还没有感到有更多的休息时间，好象比在家时理智一点。但我知道，在一次一次的通信中，又会慢慢使我狂热得不能忍耐的。亲爱的，离开你，很难生活得美好呀！

昨天主要是到的书店，这里的新华书店很美，是三梯级的房间连成的，分栏很醒目。我已买到王民泉翻译的《收获》，且开始热情地读起来了。最近从汉口到火车上，我读完了《阿里泰到山里去》《真实的故□》，后面这本小册子，如果你没有读过，我很希望你读读它，对我们都是很有帮助的，你需要我寄给你吗？

五年计划开始时，如果不留在高级宣传部，我很希望我们一同到一个工厂去住五年，我搞政治教育工作或一般的宣传工作，你搞创作，你看好不好？再见，吻你。

你的惠

8月11日晚8时

现决定14日即往岭大，来信请寄：岭南大学马皓同志转我。

12日晨又及

---

① 1939年秋，我带着四川党组织的介绍信到达西安八路军办事处时，第一志愿是要求到抗日前线参加游击队。王明不同意，把我留在延安中国女子大学学习，现在看来，说这是把我引向错误的不可挽救的路，这话当然是不正确的。但我仍然多么向往在前方战争环境中的锻炼呀！——杜惠注

第五十封（1952年8月16日）

小川，我最亲爱的：

今天我收到了两封都是使我最幸福和快乐的信，第一封是人民日报给我的，他们赞同了我对《一条人民铁路的诞生》一文的一个意见（很久前，在中南宣寄去的），并鼓励了我。我虽不是为了获得鼓舞而提出意见，但当一个正确的意见得到党的鼓舞，是多么大的一种推动力量，是多么幸福与快乐的事，甚至使我充满了一种感激的欢乐之情，使我不能不更决心去作好我每一件工作，和更关心更爱护一切工作，这种最幸福的热情已是我多少年未得到过的了。曾经我是得到过的。

第二封就是你的信……

你长胖了，相上也看得很清楚，我是非常高兴的。别的什么都没有，只有一点顾虑，怕将来你那体重和那块头压坏了我，你看怎办呢？呵哈！同时更象个什么部长之流的人物了，我这个小螺丝钉怎么配得上呢？需不需要我给你物色一位陪衬得上的"太太"呀！亲爱的，才一个半月就变像了。多有趣，不知你回来时该是怎样咧。总之，我是很愉快地祝福你健康的。

工作嘛，在中山大学住了三天，因他们马上就结束，我没插手，读了些小说，《收获》读了三分之一。一到岭南，我就把小说完全丢开了，可以说，是全力集中工作的，而且恢复了一二年来曾失去的满脸笑容的欢乐的工作热情，且深感这种热情比过去更诚挚和深沉了。我扬弃了过去总不大爱接近人和交谈的作风，主动积极地接近一切工作同志和有关同学与教师。我深知这次双重任务的艰难与不易相处。我们很慎重和用心，除作本份实际工作外（我负担农艺系教研组），主要是看、听、问全面情况，为中南宣作耳目，我正准备二三日后的一个报告。昨前晚一天是12时睡的，一次是二点才睡的，都是开会，午觉今天也未睡，听汇报了，精神还好，但我懂得要注意不要病倒，准备明天补一补觉。思想上和工作上的进步，使我过得很愉快，我想来想去，根据离延后工作的基本情况和今后的需要，我仍去作一个下层（也许是中层机关）单位的党的工作，作好一摊工作，慢慢在工作中切实培养自己，将来，很远的将来，我一定要把我切身经历过的写出来，我坚决要学会文艺创作的。最近我正开始从工作中学习观察人们的思想与生活，我正开始冷静考虑周围一切，我开始把我能置于一切事物之中，而又能站在事物之上了，不再是漂浮在生活的表面上，处处求表露自己而却盲目地随波流逝了。亲爱的，这些语言，只有在我思想、工作、生活的许多具体表现里，才能理解得最清楚的。当然，这是早就应该作到的，而不是什么值得夸耀的事，你该能了解我吧！

现在我的感情是深沉而又健康的。

这次离开宣传部，才更清醒地感到，钻到宣传处，自己把自己降为一个一般的技术干部——宣传干事，实在可说是又走了一段弯路。自然，这段弯路里，思想作风和工作知识上当然不是毫无收获的。现在这也不是后悔的问题。不过认识到这点，对我今后发展是有好处的。对以往全部工作来说，除接受党的分配外，也或多或少曾为名、位、爱情与享受以及对领导人的挑选，变动过自己的工作岗位与工作性质。那时历史条件也有些关系。今后我将把自己的发展，依据党的最高利益，坚持不逾①地随祖国建设阶段的开始而确定下来。我将奋不顾身地去争取为党与人民的工作成就，当然在确定的工作方向上，爱情生活是考虑的仅有的一个问题。我热望我们在一起，但如不可能，实在不能在一同工作的话，我相信，我们仍然是能够永远至真至诚地热爱的。

从大学教师思想改造工作里，深感今后任何一种技术工作和业务干部中，都必须配备党的政治工作人员。只有保证了党的领导，才能使一切人为新社会服务。而任何一处党的工作的有成效的前进，都可以产生辉煌的文艺作品。《收获》我虽没读完，我真热爱极了，我是读得十分细致的，感想也很多。

你的工作吗，我不敢轻易作建议，不过，祖国建设开始，也是该确定方向的时候了。

相片暂时不能去放大，请原谅吧。离市区远而又没有时间，这里环境很

---

① "逾"应作"渝"。

美，北端临珠江，江中有军舰，可爱极了，将来可能就拍几张。现在连散步时间都在谈问题咧。再见吧，亲爱的，紧紧吻你。

你底惠

1952年8月16日夜12时半

第五十一封（1952年8月21日）

我底最可爱的人儿：

也许一二天之内就可以收到你的信了，可是不能等到它，我已很想念你了，虽然我们忙得不堪设想，没有一点休息时间，洗澡常常都是在天亮洗脸的时候，中午最多能休息半点钟，最近正帮助教师检讨过关，除会议就是研究他们的检讨，忙碌的原因之一，工作还十分紊乱，领导无力和不统一是一个原因，在这样的情况下真是难于工作咧。我比以前有了很多进步，但也还有缺点和很多困难的。

我想到你10月回来后将不再去北京，我是多么地快乐。我告诉你，我们的工作必须在9月底前结束，所以10月里我是一定能回去了。亲爱的，我们热望着的幸福生活召唤着我，使我感到好像回到新婚时的美景一样哩！不过在繁忙的工作中，只是很少想到爱情和个人的一切问题的。

好，再谈吧，你最近好吧，工作很有进展吧！亲爱的，拥抱你。

你的最诚恳的人儿

1952年8月21日晚11时

第五十二封（1952年8月23日）

我底最可爱的健壮的黑牛：

正是今天中午，正是休息日的前夕，我非常渴望着爱情的温暖与抚慰的时候，收到你的信，我偷偷地亲着像片，我幸福极了。我底人儿是多么的可爱和可贵呵。

明日星期日要工作一整天，研究下周过关的农艺系几个教师的检讨报告。为此，我挤今晚时间去看看电影和买点东西。我和杨启伟借自行车一同出去的。电影未看成，买了皮鞋、衬衣和零物。首先到的新华书店，《幸福》又没买到，买了两本小书。在这种工作中，确没时间看书，《收获》看了三分之一多，至今还放着，带来的《苏联画报》第6期，至今未能读完，原是计划读完寄你的，我希望你到北京后如能买到精装《幸福》，就买一本马上寄回家。如你能写信请肖殷给买，现在寄我也好。

我已给小林写第二封信，第一封寄了张照片，第二封送了条有鸽子的手帕，他一定高兴得很。今天收到爸爸信，现在也回了。

我是确定在9月底可以回去了，我想，我回家后，请一段假，带着小林去看爸爸，最主要的是去接你一同回来。你看怎样，这次的别离虽也是幸福的，经常有不能压抑的热情冲击着。甚至如果你那里还在北戴河，我是很愿到北戴河去接你，让我们在海滨上留下一双永不分离的恋影吧。我底爱，我底生命的鼓舞者，我底欢乐和幸福！

翟定一同志已把相机为我带来，但我还未见到他。我从吴云同志处才知道他是来与老家的妻子离婚的，办完事就会回去的。这些天我会照了相片送你。不过，现在除了你拿着相机，我一点也不喜欢在任何别人面前照我自己。但为了你，我总会照一两张给你的。似乎我最近胖一点。

工作吗，党调那里，就到那里吧，我最近什么也没有想了。毕竟我们的社会，即使在党内，也还不比苏联，那里都不可能是那样令人满意，有如理想的！

亲爱的，再见吧。以后的信用平快好了。紧紧地吻抱你！

你底至爱的惠

1952年8月23日晚12时

第五十三封（1952年8月24日）

亲爱的，我底爱：

昨天从岭南骑车去广州，来回估计有20来里路。上下石子路很多，过于疲劳，还摔了两跤，手也跌破一块，夜间辗转不能安眠，最后熟睡了一会，一个甜美的梦把我唤醒了，你和我带着小林，在聚餐，你一边吃吃，一边抱吻着我，你说，"今晚是告别的"，我们都愉快而深恋的样子，好象你是又要到哪里去一个短时期，周围都没有人，又象在自己家里……

亲爱的，没有爱情的生活，的确是多么平淡，每当一接到你的信，我的心就活跃起来了，世界上的一切都更加光亮了……

好，他们催我吃饭，再见吧。

狂吻你！

你底野玫瑰

1952年8月24日晨7时

第五十四封（1952年8月28日、29日）

我的最亲爱的：

怀念的热情又炽烈起来了，这两天感情非常激动，一股热流不时地流过我的身心，希望亲吻和拥抱你，希望享受紧靠在你身边的安眠，这种心情是在1周来工作的顺利进展和较有秩序安排下产生的。这次在工作中与上下级同志及群众都处得较好，我开始关怀和爱护每一个人，自己的工作也努力，所以紧张繁忙的工作中，生活得很愉快，然而，正是这样，就愈加想你，愈加想用最无私的爱与热情去燃烧你，也渴望得到你的鼓舞与关注。是的，幸福的日子不远了，我多么盼望它的到来，但愿今后我们不再发生什么口角与波折了吧？

我收到了小林的信，阿姨握着他的手写的，我感到真喜欢，小东西很爱读书，同你一样。我写过两封信，给他送过一张带来的专为他准备的像片，和一张有鸽子的手绢，信封都是有花的。

亲爱的，李冰要买的表，我准备借公家带来的钱，他那钱就留着你用吧，不用寄来，但不知邮寄表会不会受损失，请告诉我。

李季来信了，都是使人快乐的思想和事件，小为当选为小机关的模范了，又怀了孩子。我准备祝贺她，寄给她书和别的小礼物。

亲爱的，这里有一个同志，现我们一同工作的，党派他到体育方面学习的，他已开始教我游泳前的体操，当我懂得做操用力时，它就对身体效用很大了，好久就准备入水游泳，但没有一天挤出时间，最近又连雨，游泳池放水洗刷，一直没机会，为了不落后于你，不使我的健康成为我们幸福的工作与爱情的负担，我仍决心要学会游泳，他将正确的步骤与方法教我，他是一个朴素而单纯的同志，也热心。过两天我就开始学了，亲爱的，为我愉快吧。

（8月28日晨）

早上写到这里，我就去上操了，午饭时，正如我所期待的，收到了你的信，这里，每次信都有同志给我扣到手里，直到答应请客才给我，所以午饭后我又请几个同志吃了菠萝和香蕉，回来躺到床上才一次又一次地读你的信，从你那寄来的信是相当慢的，21号的今天才收到。

工作前进着，也不断发生着新的问题，当然，我们要不断解决它。但我自己仍未挤出多少时间读书，报纸也常不能好好看。这是我长久以来工作中最主要的弱点，现在我决心慢慢克服，亲爱的，帮助我吧。

你，我的好哥哥，为什么一直未提到睡衣，我离开汉口前寄你的，一定早收到了，你喜欢吗？穿着合适与美丽吗？告诉我吧。我有一件同样的呢。原先我做了一件红色条子的，后来我不愿意穿这颜色，而觉得小为穿它很美丽，我就送给小为去了。

（8月28日午后）

你关心朋友们是非常好的，对××的帮助，我是很赞成的。稿费也处理得很好，亲爱的，信上我猛一看叫我去看王匡时，心情好象有点不愿意，但当我往下读到"这是个好同志，与我非常要好"时，我就决心去看他们了。我觉得我早已生长了一种更爱你的朋友的感情，我觉得我有责任去爱你所爱的一切，我已开始幸福而且骄傲地生长着这种感情，我觉得我完全可以代表你，你也就是我自己，在灵魂深处，感到我们任何一分钟对待任何事物的思想感情都好象如此一致，没有丝毫分离，好象正如尼古拉耶娃所写出的："她躺在他的手臂中，整个地——柔软、温暖，紧抱着。她的身体不象是世界上任何其他女人的身体——是他自己血肉的一部分，忍让、谅解——几乎就等于是他自己的身体。她把他紧抱在两臂里，而她的双臂也就是他的双臂的延续，她的肩和他的肩合并成了一体。"亲爱的，我现在却比尼古拉耶娃的描写感觉得更深切，我感觉不论我们相隔多远，没有一分钟我们的心、我们的思想与感情不是融合在一起的，我们的理解是完全一致的，你，就是我自己。最近接到爸爸的信时，我不觉得是你的爸爸，而完全就是我自己的比亲生的还亲的爸爸，就因为现在与你的关系，达到了从未有过的最高度最深切的一致。亲爱的，你就是我的生命，我的一切。

你勉励我，我一定好好学习。

你嘱我注意身体，我一定听你的话，争取多休息。但这不完全能由我自己决定的，会议往往弄到很晚才结束。现在已产生这样的结果，最近的一周来都只在夜间睡5个小时多或6小时，午间很少休息，今天早起忽然病了，又是感冒，现在是午后4时半，我还没去休息，因听不懂广东话，我多半未参加他们的检讨会，只是看材料、个别谈话、听取详细汇报等。现在他们在开会，我到办公室来看了报纸，才继续又写我的信，写完我就去睡觉。只有一点点感冒，并不严重，休息休息就会好的，我的人儿，别为我着急吧。

翟定一来了，带来了相机，同时已买到两个胶卷，今明天就来。这星期日我决定出去玩玩，买表和小东西，我会洗相片寄给你的。

亲爱的，再见吧。

紧紧地紧紧地拥抱你。

你的心

1952年8月29日午后4时半

第五十五封（1952年8月31日）

小川，我底心爱的：

今天我早上出去买表，依力袈一般全是120万。这种表现在很少，选来选去就觉得这只最美好，不知李冰同志满意不满意。

小为当选了机关工作模范，又怀孩子，双喜临门啦，为了祝贺她，我买了《时间呀前进》和小花手绢送给她。还给你买了一条比较大方些的。感冒未全好。我只稍稍走了走，下午就找到王匡了，田蔚在医院生孩子，另外两个孩子也不在家，他正好立即要去审查一个广东戏，他就把我带去了。他说你来时也看过一次。

由于对你的感情，我一见他，就感到象老朋友似的，他也很热情。别的谈的不多，只谈了些所看的戏的问题，以后他要参加座谈，就叫车把我送回来了。他曾把我介绍给好几个人，并介绍我是你的爱人，我沉默地微笑地接受了，内心是平静而愉快的。我很自信不愧为你的爱人，因为我诚实地工作着，而且用良心爱你，爱同志和朋友们。而且十分信任你对我的爱。自信和互信在爱情上多么重要呀！而这自信与互信，也是密切联结在对党的共信上的。不论工作和爱情，一旦缺乏这些信任，该是多么可怕呀。我的《收获》在这两天病了读了不少，快读完了。其中，不论安德烈和瓦荔雅的爱情、华西里和阿芙多蒂亚……我觉得现在我每一点都能深深体会，当他们痛苦时，我也很难过，多有意思。

我已向王匡借《幸福》，他说他准备带给我。我还准备下星期六去他们那住一些宿咧，那时田蔚就回来了。

亲爱的，还说什么呢？星期六和星期日，没有爱人是非常寂寞的、为了这，我就索性昨晚把同学组长们召来开了一整夜会，开到12点，开得很高兴，我们彼此都很亲爱。今天找了找王匡，心情才又好了些。赶快，赶快让我们在一起吧。

好，再见吧！

拥抱你！

手绢是送你的，作为你生日的礼物吧。

惠1952年8月31日晚9时20分

第五十六封（1952年9月2日）

亲爱的：

你生日前的信，今天才收到了。祝贺你在这33周岁前后所进行的新的伟大的创造活动吧，祝贺你身心的健康和优美，祝贺我们日益增长和巩固的理解与爱情！

我已开始学游泳两天了，每天清早6点半到7点，在水中学半点钟，是开始学腿的姿势。他们说我进步还不慢咧。这里的水，我很喜欢，是暖暖的，使我一点不感到冷的刺激。我也就不会生病了。

亲爱的，最近我这样想，如果你调北京工作的话，我就去学习吧，我有时真感到还是个小学生，一切都需要从头学起，去读它三五年书吧。如果不成，找个轻点的工作，在工作中去读也可以，总之是很需要读书。

好，不多写了，再读吧。

轻轻地吻你！

蕙君
1952年9月2日午3时

刚才去邮局给寄表，他们告诉我还要到海关报税，到总局才能寄，或要有你们那边机关来证明，是个人使用不是出售才能免税，我想不寄了，见面时给李行不行？

第五十七封（1952年9月6日）

小川，我底至亲的人：

今天我按照约定到王匡、田蔚这里来住了。田蔚刚生了一个女孩子18天，我们间谈了一阵，现在9点半，王匡回到他办公处去了，田蔚开始休息，我就坐到他们给我住的房间来写信。现在我怀抱着一个最大的希望，是王匡刚才提出的，他主张让你一写完就到广州来走一趟，看看土改展览会，他说这展览会的内容是极为丰富的，正适合你们目前工作的需要，而如果你真能到来，我就在这里等你几天，和你在此度过一个幸福的假期，我们可以一同游泳，重温我们在延安那种初恋新婚的生活，甚至我完全感到这里是比在北京的秋天更美的，亲爱的，请考虑，尽可能地来吧……

《收获》我已剩40多个页就读完了，今天已带来，写完这封信，我就读完它，我真爱它，爱他们每一个人，一想起他们的工作与生活，我就说不出的欢喜，如果你来，我可以在这里借休息时间写一篇心得，再请你修改，你看好不好？读完《收获》，我立即将开始读《幸福》①，中午饭后即回去，也许回去后可以收到你的信。

好，我不想写什么了。工作吗，你既不会有时间来了解，也不熟悉这一类工作，离得太远，也就觉得没什么可告诉你的了。

吻你，热烈地。

蕙君9月6日晚9时50分
广州广播电台田蔚处

第五十八封（1952年9月7日）

小川，亲爱的：

昨晚在田蔚处写了信。今天上午与王匡一同去看了《新生命》②，一直被激动着和刺痛着，吃过他们的丰美的午饭，我就回来了，我快乐地收到你的信，它也带给我更多的鼓舞与激动。

这些，首先改变了昨天我信中的提议，我想，我们工作一完，或者集体

---

①疑为前苏联作家巴甫连柯（1899—1951）的长篇小说《幸福》（1947）。
②疑为何非光自编自导的抗战电影《新生命》。

在此游览一二日，我必得和大家一同回去，吴云那时要留下休养，我就负有更多些的责任。我不能象想像的那样天真，留下等你，也不该如此，我会在走前去看土改展览会的。对于你们，我也希望你们能集体来看一看。

去北京，可不可能是一回事，事实上，也许到那时，我就不会有那么多决心和兴趣到北京的，因为我还并没作出什么至少首先使我自己满意的工作，我也就不会有那种真正快乐的休假，过去提出，只仅仅是为了你的原故。

但对于你能调北京，因为那里有毛主席，那里代表着我们整个祖国，也代表着整个东方的和平与自由……你也既然那么热爱它，我是赞助你而满心欢喜的，当然，如果你有决心且得到允许到下面去，我是赞成到北京后，要求到平津一带一个新建的重工业厂矿去，我追随你，让我们一同去开辟一角新的园地吧。实在说，你在下层工作，尤其是有一个明确的较长的目标与计划，而从头一步步地迈向前去的下层工作，你似乎还没作过的，因此你的知识仍是片断的，实生活仍是贫乏的。不知是不是这样。如果真要决心将来有一些伟大的创作的话，爱情方面，你底忠实的妻子是可以随时伴随着你的，而城市生活，甚至某些政治上的享受，是应该暂时抛弃的，象《西北利亚交响曲》①中似的，象安德烈要去开辟乌格伦县似的，象瓦林蒂拉开辟五一农场，象达维多夫去组织救护列车，象一切那些从一无所有中创造了模范事迹的人们一样，应该去到那需要我们开辟工作的最困难的地方，而离开机关办公室，离开已使你有点满足和有一些益处的《思想杂谈》。亲爱的，我写得这样尖锐，但我并不是如去年一样不重视《思想杂谈》。亲爱的，我最近读了一遍你的《工作方法研究》，我又曾企图从头到尾读完《思想杂谈》，将来我会有那么一天一定要读完它们的，我不再是不重视你的作品的人，我完全相信它们是有益的，而且你们，首先是你，为大家的各种杂谈开了头，这些都是应被鼓舞的。然而，你说仍将这样地写下去，我却似乎不大满意。也许我的了解是错误的，也许你也正是想到在实在无法下去，只得坐机关的情况下说的，那么就原谅我的多言吧。

---

①1947年前苏联出品的电影。

我自己的近几年的计划，也没成熟的意见，一方面想去学习三两年，真正在政治理论等方面作个初步的系统的准备，再出来根据一定的目标与计划作一番工作。但又想或者现在首先还是需要工作，等到工作中真正切实地创造出一点成绩来时再去学习。还没有定见。爱情方面，顾虑是毫不存在的，但一方面，我还不是也不能如《西北利亚交响曲》的男主角和《旅伴》中的政治委员达维多夫一样，暂时对爱情生活完全置诸不问而投入工作；另方面，我不是安德烈，而是瓦荔雅，我的工作是居于你之后的，不能由我的工作来决定你，这两方面使我在考虑到自己的工作时，就不能不想到适当的迁就，我这性格，如果生成一个男子，也许就能更利于创造性的工作了；或者如果是更年青而没有恋爱的任何牵扯的时候，当然我并不为我目前这种情况去苦恼。

从土改到进学校，这两次外出工作，我都是作得不好的，很不满意我自己。两次虽心情不同，但内心深处都还不够热情与深入，周围既没有严格的批评，也没有强有力的指导与鼓舞。我收起了去年表现得最突出的那种要求一切工作最完满的叫嚣与指责，但却也失去了应有的积极的帮助与批评，我还不是把自己摆到最正确的岗位上来。我曾也不能不因此减低了一些自己工作中的积极性。一个人前进中是经常出现些细微得有点一下捉摸不到的新的奇怪的东西的，唉，达到一个最完满的共产党员是多么不容易呀！但我们终于是要达到的！我也曾想，与你在一起，我们间的一种有益的竞争心，相互鼓舞，特别你对我的有说服力的批评，与有益的帮助，也许我就会工作得比现在好，也许在你面前比现在更积极些……也许不一定，也许更消沉，有些地方，我真好象弗洛斯雅。不，后一种情况不会有的！

亲爱的，不谈了吧，我好象仍是一个很不成熟的性格，我需要一切新的培养，我们伟大的事业中，好象有无数的手，无数的银光灿烂的门洞开着，召示着我，我是应该象别洛果夫一样确定地走向一个，而坚持不渝地钻下去，最好的伴侣是在这事业上的鼓舞者，而我现在却还不能确定走向一个门去，紧随那一只手，所以我又想还是先学习吧。

呵，也许我们就应该是这种工作材料，随着分配接受任何不同的工作，永远是一个政治干部，而不是一个什么技术人员吧。

好，再谈吧。

惠1952年9月7日晚10时正

第五十九封（1952年9月7日、8日）

小川，亲爱的：

你的信给我带来很大鼓舞与快乐，但对你的工作，我还不能立即有什么成熟的意见，我想好好考虑一下再谈，也许见面时再谈。

我已读完《收获》，正读《幸福》，将来一定要和你好好讨论的。

（9月7日晚10时多）

今早我去游泳回来，现已9点，还未吃早饭，已经不能开早饭，只好自己去买东西吃了，但因很疲倦，我正躺在房中休息。

想你，真是非常地想你。但什么也不想谈。只愿快快把相片寄给你看看。照像总比人的本来面目显得漂亮。多气人，我在镜子里看来看去，的确老了！……而在相片上却显得这样容光焕发，倒使我有点生气了。

亲爱的，许多许多的话，以后再谈吧。热烈地吻你。

你底人儿9月8日晨9时

第六十封（1952年9月10日）

小川，我的天使，我的幸福之神：

这两天除了必要的工作外，我拼命地读书，想了不少问题，有时好象你突然出现在我面前，我尖声地叫着你，拥抱着你。我多么想你，多么想同你一同开始新的工作与生活，然而回家的日子又拖长了些，这里要27号结束，我们在此玩两三天，预定下月一号动身回去，你，能来吗？如你能在24、25号来，我俩一同回去多好！这样你得牺牲首都的国庆节。

《幸福》读了将近1/2，我不断被激动着，唤起了我对生命、前途、进步的更多信心，所以我更快乐了些。

我好象比较确定了，我想请求到图书馆工作，最好是允许我到图书馆里自修3年到5年，由组织上特别照顾减去我一些图书馆的琐碎事务。我38岁以后再出来工作，亲爱的，这并不算迟——这就是我的第一个五年计划，在那里我将用近两年时间研究完马列主义的基本著作，一年读世界文艺名著和文艺理论书，两年读历史、国语、自然科学，或者还可以学俄文。或者在图书馆里团结几个青年积极分子，组织课余阅读组（阅读马列主义原著和文艺的小组），我来组织和领导。亲爱的，我觉得，我的一切光辉的远景都必须从学习开始，而在工作中那种细水长流的实在有点象半死不活的学习，我是跟不上的，而我也已有自修能力，开始出现了读书的决心和毅力，所以我就想到图书馆去——这里是幸福之宫，我已清清楚楚看到，活了33岁，我还完全是站在人类智慧的门之外的，过去的客观与主客条件造成了我没有好好学习，用最坏的话来说，我真是个不学无术的人，我好象一只蜉蝣，我是在知识的海洋的一角的表面上滑过的。我最近读了你的《工作方法研究》，我很爱那篇《阿里的盲目性》，我甚至觉得，我在许多问题的观点和工作的方法上是很盲目的。亲爱的，但我不要紧，现在认识这点且决心纠正这点并不晚，我将彻底改变我，第一个五年计划之后，我要成为一个有几种基本知识的人，我自信我是祖国的优秀儿女，我也看到目前有一切条件来有目的有计划地创造自己的未来，我有决心争取自己成为一个知识丰富的人。亲爱的，任何一点都不会离开你来想的。我打算如果你到北京，我就在机关图书馆，我会永远地伴着你，直到我们最后的成功与胜利，我会在课余好好参加一二种运动，五年中要把身体锻炼好，且要成为一个有风趣的人，建立起最美满的爱情。至于孩子们，那是好办的，将来培养他们还有的是时间，而目前首先需要培养我们自己。甚至我想很快就写好一份请求书，一旦要确定或调到新工作地区去时，我就把报告交给组织。亲爱的，为了似乎已肯定了我自己的五年计划，我有了目标与方向，而变得活泼起来了，快乐而激动。组织上会同意我的，因为我现在作任何工作，都无益，亲爱的，如果你考虑后，觉得这方向是对的，就鼓励我吧！

　　前两信因怕考虑不周影响你，未发，现在仍寄去供你参考吧！

热烈地拥抱你!

你底蕙

1952年9月10日

第六十一封（1952年9月12日、13日）

我底最亲爱的:

……

今天就收到了你7号发来的信，每次信都给我带来很大的幸福，然而别离是这样的长久，有时简直觉得最好的信也不能满足爱情的渴求，不知你是不是这样?

亲爱的，我完全相信游泳对身体的益处，我已学了一个礼拜，近日因特殊情况停了三天，我想再过明天又可下水了。巴甫连科写到海水盐粒子对人体健康的好处，使我都很想得到海水浴咧。在回去之前，我至多还可学半个月，我想蛙式的基本动作可以学会了，回到汉口还可和你一同游一个时候。亲爱的，只有现在给了我们各方面最好的发展条件，多幸福，多美好!

亲爱的，你的肠胃又叫我很担心，到北京时好好看看吧，记着详细问问医生，饮食方面应怎样注意吧，我离汉前，我曾告诉过妈妈和弟妹们，叫妈妈不再找工作了，以后就替我们料理家务，我们的孩子们和弟妹们，以后礼拜日可由她负责接出来过个快乐的假日。如我们在一起工作，都出去了也有人照料，梅梅将来送去了，她也可以帮助我们一些，最近数月来，有时看到银幕上，苏联同志工余回家有母亲照料是很幸福的，当然她还不够象那样，但她仍是很良善的，将来你回来，至少你可在家起伙，由她给你做。幸福的家庭，是会经常给人以鼓舞的，有时我真为这种幻想陶醉了。

药、手巾以及可能带回的水果，我都会带回的，不久前我写信给李季，请他寄200万来，因买表钱要还的。剩下钱可以为你买些东西，亲爱的，如果你身边东西太多，书可邮寄到汉口吧，或者，如果真调北京，暂存爸爸处也可，确定不调时，爸爸再给我们寄来也可以呀。

这封算寄到北戴河的最后一封吧，下次就寄到水华处了。至于离广州时，我不想打电报，我不大愿意。

好吧，亲爱的，再见吧。

吻你再拥抱你！

你的心爱的人

1952年9月12日晚7时半

亲爱的，进行了一阵子思想改造（我在宣传部时），现在发现我的雄心、我的理想仍然没有被杀灭，而又复活了，我读几年书以后出来，一定要到一个地方去，象被钉子钉住一样地在那里深深地干它几年，直到完成一件什么事业。我觉得我对什么都还能发生兴趣，也还能从头学，至于究竟作什么，我就先不想了。但某些方面，如美术和舞蹈方面，可说是完全放弃了任何打算的。读书，研究问题，学写东西，深入工作和斗争，我希望我将来还能参加人类最后一次而却是我的第一次战争。一想起王明同志阻止了我参加游击队，到现在还怨恨他咧，而且这种怨恨好象愈来愈强烈了，也许直到永远。亲爱的，我完全不能平静地生活，必须每天每天充实自己，就是这样的人，亲爱的，但我现在对将来是充满希望和幸福的！

读到苏娜和伏罗巴耶夫的重逢，使我更怀念你，更想望不久的同返幸福的生活，甚至有时觉得这最后几天也是最难耐的！亲爱的，再见吧。

永远属于你的蕙君

1952年9月13日夜12时

第六十二封（1952年9月14日）

亲爱的，我底人儿：

今天我一气读完了《幸福》，因为要找到我所希望和预料的幸福的结局。我是读得比较粗糙的。将来我还会重读它的。

亲爱的，一开始，我就担心着怕列娜跟伏罗巴耶夫好了，我不愿意他爱她，我觉得他完全不应该爱她，而应该完成他和苏娜的幸福。当然他唤醒了列娜的灵魂深处的智慧，他是对的。而事实是正如我的希望，正如一切良善的人们的愿望，最后也就使我感到了很大的幸福，列娜是良善的美好的，但我一直并不太爱她，直到最后我才爱她些，看到野苹果一段，虽然这段话是很可爱的、宝贵的，然而从整个性格来说，我没有与列娜共同之处，尤其她那种胆怯怯的性格，我简直没有而且绝不能有，我不爱这个。至于想到她那种感情和处境。当我想到你把我比作野苹果时，我甚至很不高兴呢！为什么能随便地、不假思索地比拟人呢，我真有点生气，我有点想哭，我只能有苏娜那种幸福，我倒爱苏娜咧。对全书的人物，巴甫连科都写得这样深沉，每一个人都有点多少使人感到沉重，完全找不到《收获》中那种比较轻松、比较自然的困难与幸福生活。当然，巴甫连科是描写了最深刻而又最丰富的时代。我还没有细嚼它，更谈不上分析与研究，还只能是这样一个总的感觉，他写列娜远比苏娜更深沉些，甚至好象是更高贵些，然而不知为什么我不太爱她（列娜），也许因为她的情况离我太远的原故？

亲爱的，我读小说，甚至已发展到这种可怕的偏向，报纸读不下去，报告也听不好了。现在，一方面渴望你的抚爱，也可说是期待我对你的爱抚，我好象成长了，感到如果我不去关怀和爱我的唯一的人儿，我就不能生活下去，另方面我就只渴望钻到图书馆去，什么工作现在也不想作，也就好象更不能作。对目前的简直没有兴趣。不过我并没有厌烦情绪，看来都觉得我过得很平静。我不过是有点偷懒罢了。今后，我绝不再到这类象今春土改和现在思想改造运动的、这种既不懂话又是短期突击运动性的地区来工作，这种情形真害人不浅！

昨晚我看了一眼干部的跳舞晚会，就急急地跑回来写信，正写到可以完而好象还没有完时，灯就熄了。

今早起来出去吃早饭，回来洗衣服，又玩了两次康乐球，现在准备给爸爸、妈妈、小妹、泮头乡（昨天我收到一封他们的信）写信。然后再看些报纸，开始读《地主之家》。

亲爱的，我不知道我这种读法将产生什么效果，我读了一本就急急于立即又开始另一本，而并没有抽时间去把读过的心得等整理起来，你看怎样？

指导一番吧!

亲爱的，不知怎的，什么也不想，就想你。而且常常想得要命。有时我想，是不是当人生活得太幸福，就不能去完全①奇绩，你看，好些故事都是写他或她在遇到个人很大的暂时的不幸中去创造了奇绩的。我不知道，这话也对也不对，亲爱的，快点，快点让我们回去吧，快点让我们在一起吧，这两三个月，好象把我们的感情与理解，丰富到最高峰了。

紧紧地紧紧地拥抱你。

你的心肝14日午

第六十三封（1952年9月14日）

亲爱的，我的宝贝：

今晚看电影，是《俄罗斯问题》，是分两批看的，我先看了，大家出来很不满意，看不懂，听不清，反觉乱七八糟。我就自告奋勇地为第二批作了一个简单的介绍，为了大家获得更大的教育，我觉得我不应该沉默，我讲话时有点害羞似的，不够详细，但中心意思讲得很明确，他们欢迎我。但我很惋惜没可能准备得更好些，我事先不了解：这里的师生对解放以来的电影，是很少人看过的，连团员也不例外。可怕。

亲爱的，这件事情，使我现在很真切地体会到，一个人当群众感到需要你时，你能为大家献出自己的力量时，是多么幸福，我很理解伏罗巴耶夫在乡间宣传鼓动工作后的感情。我将来一定要到人们需要我的地方去！当人们需要我，那怕需要我死的话，我是会多么幸福而愉快地走向前去呀！我多么渴望，多么希求人们需要我呀！

1952年9月14日晚11时1刻

① "完全"应作"完成"。

第六十四封（1952年9月21日）

亲爱的：

这3天内收到你3封信，我真高兴极了。不过，其中一封是你8月3日写的一个短字条，主要是附来了水华同志给我和给他姐姐他们的信。这信是直到前天才由分局转来的。不知他姐姐后来到汉口时到底怎样，有没有人帮助照顾一下，以后是否又到北京见到了水华同志，你们也许还一直不知道我没收到此信吧。那天分局是作为挂号信转来的，当时从地址来看，还使我大吃一惊咧。

这里已进入忠诚老实运动第3日，下周末大概可结束这一运动，但还有些善后工作，也许直到10月国庆前夕才能离开学校。又听说这边准备要求留下我们再开展医学院的忠诚坦白运动，我想我们是不能留了，家里也没什么人，我们会坚决争取回去的。

亲爱的，你不能再服安眠药，这样连续几天地服是不行的，或者用看比较易使人疲劳的文章来催眠也可能有用的。你怎么搞的，失眠是发展得很厉害吧？如果需要治治病，你在北京多待些日子也是可以的。

我们准备工作结束后，还在此留二三日，看土展会并玩一玩，10月1日恐怕得在此度过了。我们就等着在汉口相会吧。

李季已为我寄来200万元，还在王匡处，我要工作结束后才到他那去取。还了李冰表钱，已不能再买表了，水华的你就在北京买吧，送他一只我是十分赞成的。这里金星笔没有了，因为全部出口了，买不到，还告诉你，我的派克51被盗了，已找不回来了，我只好再买了。因此我将永远不用美国笔了，一种损失，总使我有点觉得对不起，但再不用敌货，我却感到光荣而快乐咧。

李冰的表买成120万，我记得是告诉过你的。现先把发票寄去，请你交他好好保存吧。公司说这可以当保票用的。这里顺便想起很久前一事。我在汉口走前曾问过铁夫，何时要相机？他却早已买了一个莱克机，好象比我们的好一点，这一个就一直留在我手里了。你看要不要把它送给王匡或卖掉，或仍让我带回去?

忠诚老实运动以来,上、下午和晚上都开会,今日有人和我谈他自己的问题,我向王匡打了电话,告诉他们要结束后才去玩了。他在此每天值夜班,工作相当繁重,他希望中南再配备一个负责人,希望铁夫来,我很同情他的要求,你将来也帮助他一下吧!

现把水华写给他姐姐的信还寄回去,我不想保存,更不愿扯掉,还是让它回到他手里吧。

好吧,我什么也不想再谈了,你到北京后,会感到新鲜的快乐的,也许也不需要我谈多少甜蜜的话的,你争取好好休息几天吧!

再见吧,亲爱的!

蕙君1952年9月21日晨

寄去一支兰草花,爸爸在我小时告诉我,这两朵肩并肩开放的就叫"蕙兰",因而还为我取了一个"若兰"的号。为我好好保存着她吧!

第六十五封(1952年9月30日)

小川,我的最亲爱的:

现在我还没有确定能否回去,这里要留下我们,准备再开辟新战场,但也可能中南要我们回去,今天下午吴云去与中南局打电话,也许晚间就可得到最后消息。从我个人来说,我真非常想回去,非常想你和孩子们,但现在从整个情绪来说,比过去真有很大进步,也不大想,一切采取平心静气听从组织决定吧,实在要是回不去,就不回去吧。王匡到说,如果我不回去,他很希望你来他这里住下写一两个月,从他谈到你时,可以看出对你的友情是颇深的。

……

我准备今晚到王匡处,明天他给我一个记者证,我可以在台上照些相片。

这次我比以往工作稍深入一些,了解了一些人,在同志中,也了解二三个人的恋爱生活情况,旧中国的旧意识,差不多还在每件事物上残留着,改造，一切都需要进行改造，使用文学艺术这一武器来进行改造工作，也太需要了，亲爱的，不能说我文字上有什么进步，但我渴望学习、渴望进步确是实在的。而我并不幻想很快掌握这武器，我知道每件事都有一个艰苦的斗争过程，我应该把每件工作都看得更艰难些，然后下最大决心去努力争取。

亲爱的，大概是12号的信里，有3张照片，两张是我俩合照的放大相，一张是我在此相馆照的单相，难道你还没收到吗？我寄的平信，也许会掉了？相后是写了"献给我亲爱的"话的，你设法查一查吧。

亲爱的，对于列娜，我也是爱的，就把我比作她也是毫无关系的！我也曾想，有一点我特别像她，就是从小就任自己去长大，任自己去思想，从没经过什么培养和帮助。这一点好象很象。今后我们要凭我自己的决定去争取工作，我要争取钻进图书馆，以后也永远不打算作行政工作……一般地说，我不想听从分配工作，我要凭自己去开辟我的发展道路。这些话不知是否会使你不高兴？亲爱的，也许事实并不一定如此严重的。

你说，将来一定写小说，我很拥护，但你说先写热河的，我却不大同意，我到很想写现实的。解放三年来的，最近想了些片断，还没认真去想一个完整的故事，一方面没时间去想，另方面我总觉得我还不能很快写，我首要的还是学习，至少学习到具备些基本知识才能练习写。不过与你生活在一起，你可以给我各方面的熏染，我会学习得快些的，这点我感到很幸福。

亲爱的，对孩子们给予更多的关心与爱护的感情，也在我心中生长起来了，除了工作学习，我一定把家庭生活搞好，还有我的弟妹们，今后我也必须负更多的责任，主要当然是思想上的关心和爱护，我已深感到：只要生活在新中国，而不是不可挽救的坏人，我都应关心、爱护、争取教育，对我的弟妹们，甚至孩子们，以前都总把他们看作负担，不爱他们，不真心诚意关心他们，舍不得为他们花时间，这样使他们也感受到人生的淡漠，我们也就不能争取教育他们，不能把他们培养成最好的人。这也可说是苏联文学对我的教育吧，亲爱的，今后我会象一个祖国的最优秀的母亲一样，无条件地去爱一切人的，当然不只是感情上爱人们，还一定要努力学习，提高为人们创造幸福生活的能力。

刚才收到张海同志给吴云同志一信，我折看了，写道叫我早些回去，我想决定提出回去了。如走，最迟4号晚动身，走时给你去电报。

亲爱的，再见吧，我希望我们能很快在一起！

拥抱你！

你底蕙

1952年国庆前夕

……

在《苏联画报》上看到齐奥列里介绍自己导演的《难忘的1919年》，使我又想起我曾幻想过写的《伟大的决心》，我很想写封信给他，告诉他我的心愿，我的渴求指导与帮助的心情，我要怎样努力、经过些什么道路才能成为人民的作家，才能把我所爱的和所憎的，在艺术里表现出来呢？我仍然是先去学习，自修他三五年，然后到前方去——如果还有人类最后一次战争的话，或者随着党的中心环节转动，去观察各种各样集体中的人们。

我的青春过去了，我不能成为一个舞蹈家和音乐家了，我决心要成为一个作家，成为一个洞察一切人们灵魂深处的匠人。

又及

第六十六封（1952年10月3日）

亲爱的：

已决定我回汉口，很快你也回来了，我该多幸福！

我要带书面总结回去，必须在此等一二日，5号晚再起身，到家是星期二晨，你能在11日晚上（星期六晚）到家最好了，我们可以马上过一个休息日，亲爱的，我多么想同你玩玩！

这里王匡给你买了一部红色布面的、上海版的《鲁迅全集》，有8成新，20大本，90万元。他说虽贵一点，货很难买到，我便决定给你买下了。本来广播电台也争着想买，他们让给你了，以后再另寻找。你满意吧？

部里，听说许多人都下厂了，我回去参加工厂方面的办公室工作。我争取不参加工作，作图书工作员去，如不成，只好等调动工作时再说了。

国庆我和广州市人民同欢了。游行那天，我在街头照了些相，我第一次照游行队伍，还不坏，成功了。晚间，王匡带着我们一直把汽车开到了越秀山顶上。越秀山广场能坐观众10万人，但这天山上山下、路上坡上，以至路旁所可能爬上去的树上，都站满了人，观看一二十丈高山下大会场上舞狮等表演。我们9到10点，到处走了走，闲谈，游玩，最后仍没找到一个能看到的地方。皎洁的月轮挂在高空上，前面的广州市，到处是矗天的霓虹灯彩，远远的锣鼓声、歌唱声、欢呼声都被山上的欢笑声所淹没了。我们在草地上坐了一会，就下山来，王匡他们回家办公了。我和广播电台一新识的四川女同志，一同去岭南文物宫看焰火，但没有票未能进去，我们又转回沙面去看水上的游行，以后我们两人花了15000元在一只小船上游划了两小时，船上主人是一位慈爱的老妈妈和一个小男孩子，水上游行是最美的了。我和她躺在船头上，月光抚照着我们，我们象亲人一样闲谈着，有时又坐起来看周围点缀得很美丽、欢唱着的游行般只。我让她谈着她的家庭，她的经历，她的工作。我就静静地听着，我现在争取了解和观察一切人们，我处处争取主动，谈我自己已完全没兴趣了，因此有关我自己谈得很少很少，我们成了朋友，到1点时我们回去，我睡在她那里，她的爱人土改去了。我们虽都没亲人在身边，也过得还快乐，人民的欢乐，整天使我也都充满了幸福！

昨天我又回到岭南，睡了一大觉，下午参加总结大会，晚会餐，后又是全校师生的狂欢晚会，这里虽反动落后思想曾严重统治着人们，但经我们热情帮助、诚恳引导，他们绝大多数转变了，前进了，热情地靠拢了党，认识了过去的错误，但并没有又背上悔恨痛苦的包袱，这点当然与我们党的政策："自觉自愿，不追不逼"，"热情、诚恳、耐心、爱护地帮助"，"宽大处理"等分不开的。想到这里，我就觉得，往往在我们党内、机关内，对待同志、干部的思想改造和批评自我批评时，反到不如对旧知识分子热情和耐心，给人留下深深的痛苦烙印。唉，真可怕。亲爱的，我敢说，这么多年来，我就没有感到过具体的党和同志的温暖与热情。我遇到的多是那些×一样的领导人，我，要感到象工人农民一样所感到的党的温暖，当然是不可能的（我也并不那样奢望）。但是，我连象那些反动的落后的旧知识分子所感受到的党的温暖都没感受到过，然而这些知识分子所感受到的党的温暖，农民所得到的解放，我却是代表过党给过他们一份的，不管这一份比之全体来讲是怎样小！然而我这个给过一部分人以幸福的人，却没有得到过什么爱护，特别是在发生了缺点和错误的时候，我没有感受过热情的慈母的关怀与帮助，且得到的是可怕的待遇。当然我并不怕，也不再为这些去痛哭，虽然我痛苦，但我会去关怀一切人，爱一切人！

1952年10月3号

这几天既未工作也未走成，跑来跑去，完全成了自由兵。今天吴谈了谈总结，我更明确了这次工作中的情况，我是[①]

第六十七封（1952年10月8日、9日）

至亲的同志和朋友：

我早上刚到家坐了一会，就到办公室去了。因为书籍（给你带回来《鲁迅全集》）行李，全是我自己找挑夫帮助搬上搬下的，所以回到家已快8点了。不久就接到你的电话，又紧接着收到了信，亲爱的，请原谅吧，我的确是疏忽了，甚至我都没注意到这么久你没得到我的信，实在我并非没有写信，你收到表时会看到的；另外有时情绪不大好时，也写了信，只是后来这种信就没有发，当然这种信并不多，但毕竟是还不能完全没有。

亲爱的，我多渴望你能早日回来，但当然不希望你草草地完成工作，我只好慢慢等着你。我带回来的杨桃，小林叫我留着等你，但不能了，这东西很快会坏的。我们约好了：等着你回来再吃带回的荔枝与菠萝罐头。

---

① 此信未写完。1982年1月重读这些信时批注：过去错误处理过我的机关只不过是西北公学和社会部，后来遇到的作风不好的领导人也不过三两人。因此不能把一切都说成不好的。2010年9月6日批注：我始终是一个极为坚强、坚贞的共产党员。尤其近30年的新时期里，我们党在不断改革开放的大道上前进着。一些先进分子（李锐等也促进着党的改进）……使我也一直在健康地愉快地前进着。——杜惠注

我今天把小林接回来了，他更可爱了，也长胖了些。小梅梅打痛了他，他气极了，一定要回击。我花很大力气才劝阻了。从我土改去后，梅梅性格变得很坏，这点多少使我感到遗憾咧！以后希望我们能经常注意培养她们的性格，也许可以很快改好的。

你买那些东西，你喜欢你就买了吧，我不觉得我需要什么，但只要你为我买了，只要不太过分的话，我一定快乐地接受它。毕竟是不年青了，又经常还有忧愁相伴随着，穿什么衣服也不好看了。要买蓝色，就买最浅的。红要鲜红的（小梅的），或者小林买金黄的。我广州回来时，想给孩子们（包括弟弟妹妹）每人买双红胶凉鞋，钱没了，索性什么也没买了。你买东西时，我希望给弟妹们每人买一件，你看好吗？给我母亲也买一件，还有小为什么的！

小林催我睡觉，我不写了。再见吧！

拥抱你！

惠1952年10月8日晚9时3刻

亲爱的，夜里和小林睡在一起，很清楚地梦见了你：我们愉快地争论着对一个什么问题的不同观点，以后正当我们上床了，好象久别后狂喜而又羞涩地亲吻了，你把我抱上了床，我就忽然醒来了。亲爱的，真想念你极了。

1952年10月9日晨7时

第六十八封（1952年10月10日）

亲爱的，我的幸福，我的快乐：

你究竟何时归来呢？冬已来了，我多么期待你尽可能早地归来呀！孩子们都更可爱和更愉快了，当我一热爱他们的时候，他们好象立即就变得活泼快乐了。

你告诉梅白吧，他爱人在电话上说：病已好了，不来武汉治了，请他勿念。

你说将来一定为我找到一个最适合的工作机关，你是这样说的吗？如果是，你是打算找什么机关呢？能在回来之前告诉我吗？中南局已分配我在资料室工作，先暂到工厂办公室，至少四个月才回资料室。我是愉快的，至于怎样想，回来时再告你。

天太晚，我不多写了。

拥抱你！

你的蕙

1952年10月10日晚11时

呵，有一重要事情转托你吧：

王匡要给别人讲新民主主义到社会主义，他很忙，没时间看书作系统准备，需要找别人的讲授提纲、讨论题目及给同学指定的参考书，拿来转播。我问过张海同志，他说这里没人讲，只有问中原大学和北京人民大学。中原大学我问了。你设法在北京为他问问吧。一定帮助他吧！最好能找到寄他，至少也给他写信吧，你好久没给他写信了。

蕙又及

第六十九封（1952年10月13日）

亲爱的，我的人儿：

本来打算不写信了，怕你收不到。准备迎接你星期六能归来，看来也许要到下星期一才能到家。接到你的信，9号写的，又不能不赶快说几句了。

通过电话又来写这信，话儿也不少，但不知从何说起。你回家来首先需要的热情，我想是早就准备得很充分的。如果就不说充分的话，我想至少也是够你享用的。但热情和时间到底怎样支配、怎样使用，我还没好好想。我想，主要的我们可以用来一同读书，谈些问题，请你准备些问题和我研究吧。很欢迎！

上次信中有说忧愁常伴随着我，其实，并非如此。我现在愈来愈充满了愉快和健康的情绪，我是理智多了。

为了表的事，我已给袁永熙同志（团中央学生部秘书）发了信，你收到我的信，也许已把表拿到手了吧？不知是否他在路上因受检查出了问题，亦或是其他原因未送去。好吧，等你回来，看看到底是怎么回事吧。

我今天已开始到生产改革办公室工作，我已调离宣传处，在资料室任副科长。①凭良心说，我真不想作任何负责工作，不过，现在也不想表示任何意见，既来之，则安之，暂时对将来什么也不想它了，暂时只好作什么就学什么吧！

好，再谈吧，拥抱你！

惠1952年10月13日晚

第七十封（1952年12月1日）

亲爱的小川：

想你到了南昌，就忙着开始工作了吧？工作进行得顺利吗？群众的意见很有帮助吧？

这星期六，我和小为、利文玩了玩，又和小为到街上走了走，洗澡后，把小为带到我们家一同过的星期六夜，星期日我们便关着门在房里读了一天报纸，为了准备学习讨论会。

我不能下厂去看看了，又给我分配了查定工作，不能下去，真是有些失望呢。

一到休息也就想到你，想到经过这两年的锻炼，如能在一起生活该多好，会一天天在思想上深入了解，会在关切与互助中建立起真正同志的爱，加上多年的爱情的深厚基础，是可以很幸福的。有时忽然想到，你也10来岁就失去了慈母，以后不久就在战斗中奔走，得到的温暖和爱抚也是很少的，整个我们这一代，都经受了许多苦难，今后对你一定要更加爱护、体贴！特别在工作上多关怀和帮助你！而我，当然也热烈地要求你这样作，并十分信任地期待着你！

惠1952年12月1日晚

---

① 我已从中南局宣传部的宣传处调到了部里的生产改革办公室工作，并到了江岸铁路机车厂作调查研究工作。——杜惠注

第七十一封（1952年12月3日）

我亲爱的：

为什么还不来信呢？难道真把我忘了吗？也许明天可以收到信？

寒潮的来临，真把我们冻坏了，下了一个晚上的雪，风雪昨天才停了，已发炭了，不过我们房子还没用过。一个人生着火也怪没意思，我就索性不回屋了，往往休息时间也就用来开会和工作了。

这样冷，你需要什么吗？来信吧！

九思同志来信了，寄你吧。李峰同志也来信了，谈了不少马列学院的情况，但要夏天才招生，我是合条件的。现在忙，我就没多想了。如你需看信，我下次再寄你，现在保存在我这里。

天铎同志回来了，张海同志也回来了，据张海同志说，医生要他休息，说他随时有昏倒的危险。

我身体很好，吃饭睡眠都不错，请勿念。剩下的，就是有点想你。再见吧！

你的惠

1952年12月3日晚

李凡夫同志的《禹北通讯》已交来，上写"对内刊物，注意保存"。如需要，我想可设法寄你！

第七十二封（1952年12月8日）

我最亲爱的，我的小川：

今天当我散步在铁轨和火车头的两旁，当我感觉到这里一切都显现着生命的力在欢跃、在奔驰、在搏斗时，我好象被从未有过的热情冲击着，我又忆起了我们一同进入天津，一同南下，这也象我们最熟习的火车站一样，机车吼叫着，人们欢呼着，到处都歌唱着胜利的劳动、幸福的生活，我也在胜利中前进，伴随着我心中最喜爱的人，我真想大声地呼喊和高歌，我生活在多么美好的气氛里呵！

我真想你极了，如果我们能一同在群众中工作，一同生活在这样奔腾着的劳动人民的生活洪流里，该多有生气、多幸福呀！整个白天忙碌着，夜里拥抱得多么甜蜜、多么温暖呀！

我们8个同志是早上坐汽车来江岸机务段的，安顿下卧室，这里工作组长和党工团负责人简单介绍了一下情况，晚间我们自己又开了开会。大家研究决定，我和另一同志去江岸机厂，这里机务段留下5个同志。我要明天才开始工作，今晚好象一个休息日。我和另一女同志住在工会主任让给我们的俱乐部接连的一个小房里，工人同志们学习后都散去了。除了不远的轨道上不时有一两声火车的叫声外，周围十分安静，我正是在这样的情绪里怀念你的。亲爱的，让我们年假时，一起过一个最幸福的假日吧！

昨天晚间，保姆的丈夫忽然回来了，从乡下回来购买建筑材料。我带着梅梅睡觉。她现在真可爱极了，比小林温柔和听话得多，她向你说着一些听不太清的孩子的可爱的话，因与妈妈睡在一起而狂喜着，小小的圆脸和圆眼睛都更可爱了。真的，当你不深入她小小的心灵和生活圈子时，你发现不了什么。而一旦你深入到她生活和心灵时，你会觉得她是一颗闪闪发光的金星，真可爱极了。

小林也可爱极了，星期日我看了他，他表演了唱歌和跳舞，走时，愉快而深情地送别了我。

……

今早我走前还给梅梅输了血，为了使她免出麻疹或至少减轻。我想，世界上的确再没比母亲更伟大的了。一个作母亲的人，当她感到人们真正需要她的时候，她真是最无私最勇于牺牲自己的！

再谈吧，亲爱的，给我写信到中南局吧！

你底蕙

1952年12月8日晚10时

第七十三封（1952年12月12日）

亲爱的：

今天从江岸回来汇报，下午3点到家，恰好收到你、李季和爸爸的信，我非常高兴。

正好沈亚刚同志把哈农表演会的票给了我，也许是为慰劳干部在厂里的辛苦牺牲了他自己的。

因为表演者迟到，所以我们要在剧院坐一个钟头，我就借这机会写信来了……

明早我又下去，也许年底才回来，工人、工厂都真太可爱了。

现在把工厂里写给你的一封信也给你，现在心情也是如此。

梅梅真太可爱了，你回来会更爱她的。

将来工作我也没想了，除了根据党和当时当地的群众需要来工作外，我觉得只要有个人的幻想就是痛苦，所以我决定什么也不想了。而且有信心在今后，到那里就作好那里的工作，这一点已从这次到生产改革办公室开始了！同时，看来，我一辈子恐怕只能作政治工作，而且到处也需要我作政治工作了……好，表演者快来了。再见吧！吻你！

最后祝你们胜利！

蕙1952年12月12日晚8时

第七十四封（1952年12月21日）

我底亲爱的：

你的两封信都没说明离开江西后要回一次汉口，我虽盼望过却没有敢肯定，也因此在工厂写过两封信都没发给你，我曾想也许你会以为我没想你或者冷淡了你，但等你回来看到这些信时，立刻就会了解你的亲爱的永远忠诚而又热恋着你的蕙君的。

昨天我又回来汇报，决定再去召开三五个小座谈会，星期四、五即可回来了，我到我们的卧室转了一转，没发现你回来的任何迹象，以后才知道你回来过了。好像到处寻找着我的人儿，我很快跑到文联，问了你回来后的一切细节，他们告诉我你是健康和愉快的，是那样地不顾休息地工作着……这一切对我都那样亲切，我多么热烈地期待着这个年假的幸福生活呵！

亲爱的，愉快地工作吧，适当地休息和运动一下，幸福和成功都等待着我们呢！再见吧。

拥抱你，吻你！

你的心爱的蕙君

1952年12月21日于武汉文联

第七十五封（1953年1月19日）

亲爱的小川：

今天出去听××同志传达反托派问题的报告，我提前出去到了李季处玩了玩。听他说，你们都中煤气了。亲爱的，怎么样？为什么关心到我时到很小心，而自己一个人却不注意了？现在好了吧？听到你病了，我是很不好受的。你们工作任务重，很疲劳，就要特别注意身体。尤其是我不能照顾你的时候，就得自己学会管理自己才好。

听说你礼拜三或四、五回来送李季，我很高兴，让我欢迎你并热情地等待你吧！

我听了李一清同志有关中南五年建设计划的报告，看见祖国一角的伟大远景是十分鼓舞人的。回来时，让我给你们传达吧！

好，再见吧！

热烈地吻你！

你的惠

1953年元月19日夜10时

关于调工作的问题，上午我给熊复同志写了一封信，附上一阅。

熊复同志：

中宣部调小川同志去工作的事已宣布了。不知我的工作怎么样？如果把我留在中南工作，我当一定把工作做好。如果能把我也调北京去工作，我是很欢喜，并决心把工作作好的。如果中宣部也决定调我去北京分配工作的话，那就请组织上来个调干部的信吧！

虽然我能力比很多人小，但我却不愿作为一个附属品被爱人"带"到光荣的党中央所在的北京城去的！

有同志认为，调丈夫，妻子就是不言而喻的被携带的随从。甚至认为这是一种调工作时的不成文的法规，我对这种论调和不成文的法规是不同意的。我请求党的中宣部不这样作，在事实上毁弃这种作法吧。这是对发扬千万妇女干部工作积极性和热情有关的。

熊复同志：你知道，一个妇女干部，不只需要热烈的爱情，而且特别需要党组织的正当的关注呀！以上意见，如有错误，请教导我！

此致

敬礼！

杜惠敬上

1953年元月19日

第七十六封（1953年1月20日）

我底最心爱的，我底最美好和圣洁的人儿：

你上船后，我就上了公共汽车，第二次车人少极了，在车里等了20分钟。以后到车站路才换我们自己的车回来了。一路上心情十分平静而快乐，感到一种多少年来从未有过的充实。回来，梅梅和小林全不在家，看来，他们今晚是不会回来了。我去跳了一会舞，听着音乐，想着我自己的人儿，你的微笑，你的抚爱，你的言语和你的心，一秒钟也没离开过我。回来了，我不能不写，不能不告诉你，房里虽然空空地只有我一人，而我却一点不寂寞，好象你还坐在我身边哩！

你说，将来你需要我与你一同创作。

这话使我感到了无限的幸福，你底话，为我确定了今后一生的方向。

亲爱的，12年前的1941年秋，当我经过慎重考虑回答你说"我将永远永远地爱你"时，在爱情上你决定了我的终生。经过恋爱，经过共处，经过分离，证明我们忠诚圣洁的爱情是能够互相理解，我们便在爱情上走向了最高的融合，我们结了婚。

而今，我们婚后幸福生活的10周年的前夕，你的话，好象已定下了我今后终生的工作。我决定回答你说："今后我将为争取我们一同创作而活着。""我要争取我们达到人类在爱情与工作友情的最高的结合。"在这一目标下，让我们今后从争取合作上来进一步理解、互助和关怀吧。经过各自几年的努力，到那一天，当我们都已经过适当的考验和准备而渴望着的那一天到来时，我们就来举行再一次的结婚，举行共同工作的最幸福而高贵的典礼吧。我们共同工作的产儿一定会是最伟大的！

亲爱的，我们的爱情是世间最狂热的，我想，将来我们共同工作时的热情，将会比我们的爱情更狂热咧！甚至我会陪你工作到天亮咧！

如果说我以往对工作，经常表现出见异思迁，很易被某些热情所吸引，我想主要就是缺乏这样一个人，使我能够终生为之而学习和工作。而长时期看来，这个人只有你才能够胜任，只有你才能决定我的一切，我今天之所以感到从未有过的平静和充实，就在这里。

亲爱的，我觉得我真还很年青，特别在思想和精神上，在对新事物的敏感和学习上，我是决心要和你一同争取最广阔的发展前途的。今后，我将把我的一切思想活动和工作学习情况以及任何打算都告诉你，而不去求助于外人了。在最近，甚至可说就在今天以前，有时我与别人说的比对你谈的还多，希望求助于别人的有些也比你多。从今天起，好象这一切将必然要起一个绝对不同的根本的变化了。我想，今后我的一切，只要你愿了解，我都一切听从你的了。亲爱的，好象今后，我将在不只是爱情和生活上，而且在工作学习和一切思想感情上，都将是毫无保留地属于你了。只要你愿意而且决心学着做的话，你是完全有充足的力量和条件来理解和帮助我的！

今天，已开始把我们的爱情提到一个新的水平上来了，它将把我们引导到无限美满和幸福的生活与最有成效的工作路上的！

再见吧！

永远伴着你的惠

1953年元月20日

第七十七封（1953年2月4日）

我亲爱的：

我虽没有跟你去，心却好象早就随你一同过江了。你走后，我很想你，真愿在你身边多待些日子，不去，只不过是嫌待的时间太少了。亲爱的，你该是会理解我的心情的。

那天我们走到"太平洋"，他说要等三四个钟头，我们就出来了，真后悔没让你送我们去，要那么样我们就可能跟你过江了。

这两天陈健同志叫我休息休息，我就在家玩了玩，同小林玩得很有意思，这孩子很多时候是非常非常可爱的，只是一时淘气起来就骂人。

今天去看了鼻科，小小地动了一下手术，还好，慢慢可以好，明早就开始上班了。

王英不愿住楼上，看我母亲未来，又要求搬下来，我们就又搬上楼了。

宣传部部务会议已开过，你我调动问题已在会上宣布，干部也配备好了，听说本周四、五要开全体干部大会宣布这些问题，有一个女同志来代替我的工作。

又有同志劝我最好先独自去北京办理一下孩子们入托儿所等问题，以免将来麻烦。我也拿不定。工作不大安心是真的，心情虽属愉快。不过没什么，明天一到办公室，也许就安定了。

昨晚带林、梅都去洗澡了，孩子们真狂欢啦。今天看病后又为小林买了些小书和剪贴图画，他回来就直剪到9点还不想睡，真可爱极了。

你正忙吧，心情愉快吧？

袜子昨天就织起来了，现寄去，请就穿上它吧！

我给劳荔和德昭同志写了信，写法与那天有些不一样。给劳荔寄了一张照片。

爸爸来信了，寄给你吧，我还没回信。

你星期日说的给我的第二信，到今天还未收到，熟的同志也没有拿。

倪、龙等同志结婚，还是送书吧，我正设法筹备钱。那天的都用了，今天买书买了约4万元，都是小林要的。今天也带他去看了鼻子，书是一同买的。因没带诊疗证，自己又花了万余药钱。你看多糟糕。好，再见吧。

吻你

毛袜要来邮局寄，也许就不寄吧，先把信寄你。

惠

1953年2月4日晨

三、北京时期（64封）

第一封（1953年5月7日）①

我底最心爱的：

我应该很愉快地告诉你，那种严重地病倒了的现象已完全过去了。当天下午我去看病，医生说不象感冒的现象，因为我不发烧。他说主要是疲劳过度的衰弱的现象，他叫我每晚可以吃安眠药，让脑子得到充分休息，精神得到尽量的恢复，他又说穿得和盖得太多。那天我就从晚9时多一直睡到第二

---

① 1953年春调中宣部后，我们住在中南海乙区庆云堂东房，往东不远即中南海。我在熊复同志办公室做秘书，小川先后在理论处、文艺处工作，任副处长。当时，毛主席住甲区，乙区属中宣部，丙区是国务院。——杜惠注

天，虽然非常非常想你，但我一直保持了休息。这两天都睡得较早，精神已大见恢复。今天突然想改变生活规律，仍恢复早起，5点就起床了，在海边看了一小时半《联共党史》，又轻轻地跟着上了上柔软体操，感到精神很好，早上吃饭比较想吃些，只是不到11点半就饿得完全无力了。我仍相信，孕妇也是需要锻炼的，生活必须在和自然条件，在和各种不健康的情绪以及惰性等斗争中才能发展。我不相信孩子那样容易掉出来。最近生活杂乱，情绪也不振作，的确需要一种新的生活。亲爱的，当然我会十分注意，不会闹出什么乱子的。

我亲爱的，不知怎的，你一走，就给我带来、就燃起了我心灵深处的最强烈的怀念，没有离开时好象也过得比较简单，有时似乎有些淡漠。稍一离开，却这样地思恋。我们是永远不能分开生活的。我真不满意你走时那么多人在我房里，要不然，我们可以多么热烈地亲一亲呀。

为了控制和转移那种难耐的怀念，我开始重读《钢铁是怎样炼成的》，这次每句话留下的印象深刻多了。早上开始从头读《联共党史》。我想至少在你回来以前我能坚持，回来后你再鼓励我吧。我深深感到，不知怎的，一跟你在一起，依赖性就大了，很多休息时间都在等待着你的抚爱，书也读不进去，集体活动也抛弃了，你不同我一起参加，我的兴趣也没了。但你一离开，一方面使我又深深怀念你，另一方面自己好象自然地更有力量来管理自己的生活了，娇弱的情绪也减少了，你说究竟怎样回事呢？今天晚饭后，我还参加了合唱咧。亲爱的，你快乐吧，我是生活得愉快的。工作上的错误①已使我不是难过，而是鼓起勇气更好地工作了，为了我的健康，你也愉快地工作吧。

乔木同志3号当天就写回了信，我就一直盼着你的。②刚才收到时，一看，又使我哭了，你的热烈的挂念使我感动，我总是一怀念你就想哭；但冷静下来一想，不是很幸福而快乐的事吗？我就又好了。

亲爱的，还说什么呢？笑雨又来工作了，每天回去，黄寅大概很快就到

① 记得是办公室发出的一个什么文件里有个什么错误。——杜惠注
② 当时郭小川随胡乔木赴河北、山西调研宣传工作。

红罗厂，今天10点后我和他到海边散了一会步，作息时间已改变，每天上午10点后，有一次工作间的散步，午睡到2点上班。

生活不困难，钱还不少，请勿念。

星期六或星期日，我一定去看看老人。

好，再见吧。

拥抱你！

在晚上睡得较早，勿念。

你底惠

1953年5月7日

梅梅很可爱，许多人都爱她，性格有很大改变，身体还好。

第二封（1953年5月14日）

我底至亲的人：

你为什么还没收到我的信？这是使我非常奇怪的。在收到你第一封信的当天晚上，我就把信送到收发室了，信中充满了甜蜜的愉快的情绪。……但是为什么还没收到呢？你到董东同志那请他们再查查吧。而你的信来得多快呀，12号的信，今天就收到了。不过我早就急切地期待你的来信了。

亲爱的，我只要身体舒适时就是很愉快的，但不大舒服的时候还是常常有，现在就在不好的时候……也许是离开了最抚爱我的人的原故吧！不过，我决心要在和你一同生活时，变得更温柔些，以后一定不再爱生气了。当然，这与你对我的爱抚和关切的态度的关系也是很大的。

我的宝贝，我一直想着，你的失眠，你的腰疼，恐怕与疲劳有非常大的关系，特别与那种疲劳，即整天坐着、用脑而缺乏合理的科学的健身运动，或者偶尔又遇过分的体力疲劳（如五一节站的太久），这些情况就使你发病。因此你一定要注意，怎样把生活调剂得更合理些，要有卫生的健康的生活方式，甚至包括少抽烟，起床后叠被子、开窗户等。你要争取能洗洗澡，如果不成，晚间用温水擦擦也是好的。我们的生命和幸福的日月还长着咧，不注意保护健康怎么行呀？亲爱的，你说是吗？

我的肚子和胸部都又长大了一点，吃东西还是不太好，24号我去协和检查，这次我很愿意再生个女孩子。

我已和刘敏一同学习，开始学《联共党史》第9章。现在读起这几章来真是特别亲切，使我很感兴趣。

朝阳门外在修路，无汽车，三轮也难走，爸爸给我打了电话，我未回去。①小林接回来了，与梅梅三人玩了一天，大家很高兴，只是都很想你。

钱还有，不用担心，我一月50万，加梅梅的16万多，我伙食只需最多20万，其余的我分成四周来用，这样一计划，直到现在还有钱，可用到月底，还抽出了三万五千元给土改乡的主席买了支钢笔，只是把衣服留到下月去做了。小林的皮鞋也许月底可以买。

亲爱的，王骏超②同志带着爱人、孩子即将赴青岛休假了，你的假期是20天，我是10天，我很想你回来后，或到7月，我们带着孩子去休假，过些最清闲和狂热的日子。到青岛只一天一夜就到了，多美好呀！去时还是带个保姆，好照顾孩子和做饭，那时可以从爸爸存的款中取出一点钱，你赞成吗？

马次青③同志来信了，给我们放大了4张照片，并赠我们一张他的半身放大相。现寄你两张，以慰你业余的怀念。

好，我不多写了，愿你多来信。

吻你，热烈地！

你底惠

1953年5月14日

---

① 郭小川的父亲和继母住在北京市朝阳门外吉市口二条租的一个小院。
② 应为王俊超，中宣部干部。
③ 马次青，杜惠在延安枣园西北公学的同学。

第三封（1953年5月16日）

亲爱的：

14日晨发了一封单挂号信到山西省宣，内附有两张照片。前次发到董东处一信，现在已收到了吧？甚念！

笑雨让我代他发信，我，也很乐意再写几句。

从昨天心情又有些难过起来了，中央已批下来关于我们的错误，不给乔木同志处分，给熊复同志起以下人员都要处分，现正在各支部展开讨论。自然，我还是要坚强起来，把工作作得更好的。

笑雨给送来40万元，怎么拒绝也不行，我已存下，准备待你回来需用时再用。今天星期六，晚饭后准备带孩子去看爸爸。

身体比前些时好，梅梅非常可爱，请勿念。

亲爱的，再见，吻你！

你底惠

1953年5月16日

第四封（1953年6月24日）

亲爱的人儿：

离开前我们过得很愉快，这给我很大的影响，一直我都想着你，很高兴，特别想到你那天真的羞涩，在同志们面前不好意思说是送我，我就笑了，觉得很有趣。①

我们的睡铺不是小房间，而是一间敞车，比较吵一点，我吃了一片安眠药，睡得还好。第二天4点20分就到了沈阳，中央局童大林和霍遇吾同志都在车站接我们。当天就住到东北旅社了。这里正住着波兰文工团，还有一些

---

① 杜惠随熊复赴东北参加东北局宣传工作会议，郭小川至火车站送行。

苏联同志，我和他们打过一次康乐球，很有趣。

我们23号上午参加全体的预备会，东北局宣传部长刘子载同志谈了谈这次会的要求和议程，熊复同志谈了胡乔木同志意见及我们的要求，就散会让大家酝酿去了。下午召开了工矿宣传座谈会和农村宣传座谈会（我们召集的），听到了些好材料，但都未谈完。晚间他们看波兰文工团演出，我就参加了熊复同志与张蓓、海棱（雷波）、方石三同志的谈话。我在白天还碰见王进同志（刘抗的朋友），这可告刘敏，王进同志已调东宣任干部处长。

昨晚饭后，我们到公园走了走，这里公园很不错，花草的修饰比北京中山公园好，地方也很大，听说是这里唯一的一个。我们旅馆是在和平区，是沈阳市最繁华的区，苏联最大商店秋林公司就在附近，但每天下午6点关门，还没时间去。

今明是小组会，我们分别参加，其中再参些个别谈话，最后是两天大会。有半天是我们召开的全体座谈会，征求意见。

然后我们会去参观飞机工厂、亚麻厂、鞍钢等。两周内是可以回去的。亲爱的，热烈地亲切地等待着我吧。

小梅梅请你好好照顾她，没有我在，她会更爱你的，对她耐心些，那也是个很自尊而多情的小东西咧。

好，再见。

拥抱你！

你写信留在家里好了。

你底惠

1953年6月24日晨9时

第五封（1953年7月1日）

小川，我底亲爱的：

东北局宣传会议已在今天上午结束，下午熊复同志给他们谈谈时事问题，我们休息。今晚找沈阳市宣谈话，明早赴鞍钢，星期六（4号）早上回沈阳，下午东北宣找我们座谈，当晚9时半搭车返京，星期日到家。

这几天，很想念你，你好吧？我的可爱的。

一周多来，除参加会，还参观了抚顺露天煤矿及制油厂，参观了两个军事工厂。在这里遇到一些熟人，你认识的有叶克，抚顺市宣传部长，他爱人是你在一二〇师的同志，叫黄慕海（现叫吴微），也在市宣工作。还有热河省宣传部长鲁森，另外天心和江帆现在市郊写作，不能回来，约好这星期六他们回来时来找我，还有光震，今天收到天心信，才知他在东北局农村工作部，我准备马上就打电话找找他，也许今天可能见到。还碰到一些我熟习①的人，延安自然科学研究院的李雪，现是111厂副厂长；海棱（雷波）现刚调来东北新华总分社任社长……不过，因会议和参观后的疲劳，我一次也没出去访什么朋友。我身体很好，亲爱的，孩子还在肚里老老实实地睡觉，但乳房里已开始有乳汁了，这个小宝贝一定会比小林和梅梅更幸福的！

我借了些钱，在苏联秋林公司买了一点布，一件你的条子花衬衫布和两段女同志的花布，别的什么也没买，想给爸爸他们买点人参之类，但太贵，没买。

在这里看了一次波兰马佐夫舍歌舞团在剧院的演出，别的就什么也没去看，想到将来回北京，什么幸福的条件都有着，所以对这里一切都不大爱好。

好吧，亲爱的，再见吧。

甜甜地亲吻你！

你底惠

1953年7月1日

---

① "熟习"应作"熟悉"。

第六封（1953年9月12日）

我底最心爱的，我底宝贝：

你一走①后，我就非常地想你。在分离中，才真正更深刻地体会到现在我们之间所达到的，这种无法形容的紧密的联系，无论什么时候，也无论在哪里，都感到一种不习惯的孤单。到处都是我们的朋友，到处都感到朋友们对你的爱和对我的爱，也就处处使我更怀念起你。中宣部这种欢乐的笑声是到处洋溢着，而我们常是其中笑得最响亮的，我每一发出笑声也就想起你。

我整天很快乐，但却也很寂寞，今晚特别感到这点。昨天到小梅梅那边住了一宿，半夜约3小时不能睡着，很清醒，离开你真不习惯，今天连这边的空房子也很叫我留恋了。刚才和小庞、许、杜、黎澍同志在田家英处玩了很久，回来许、杜又到我家坐，我给谈了许多主席的故事，过得真愉快，只是非常使我想你。

下午还听了熊复同志传达总理在政协常委会的报告和结论，坐了4小时，很疲劳，但内容真精彩；其中还有毛主席和资产阶级代表人物的谈话，真好极了。这次政协常委会，主要就是向他们明确提出国家过渡时期总方针，特别是对资本主义改造的国家资本主义问题，在他们中进行讨论以取得一致意见。然后将此问题对全国进行教育。今天传达还不算完了，接着还要传达富春同志和陈云同志的报告。你回来时我一定详细告诉你。

亲爱的，在乡下好好注意身体，随时注意吃药的效果和反应，不要太孩子气了。好，再见，我热烈地等待着你！

紧紧地拥抱你！

可告李杏春，下周他孩子回来我会照顾他的。

你底惠

1953年9月12日晚10时半

---

① 郭小川赴保定等地调查农村支部教育工作。

第七封（1953年9月18日）

小川，亲爱的：

期待你的来信好几天了，今天收到信时真特别高兴。你问走后我怎样，这问题你从我第一封信里就得到最满意的答复了，那信一直在你桌上放到现在。

看了你的信，我也有些难过，你的身体和心情使我负着重负。我想了想。十多年来，自始至终我是非常热爱你的，而现在我是比较更善于爱护和关心你了，只是偶然的还有些孩子似的任性和闹气。这主要是由于我各方面的负担都愈来愈重了。但冷静地考虑下你的身心和工作情况，我决心在今后更好地负起对各方面的责任，我不仅在思想上心情上比过去更健康，身体也比过去更健康了。今后我一定要尽一切努力，除把工作作好外，更加细心地爱护和关心你。近日有一件新的大事，梅梅下星期一即送入托儿所了，姨母①已于9月12日起身离川。今后我有更多时间来爱你了。我想在我产假期间，好好研究下调剂你的生活和对你的帮助。可以肯定的，我将愈来愈会关心你的。病并不可怕，主要在于今后我们怎样来控制它，你就不要忧愁吧！

亲爱的，我在家一切都好，对于我们的爱情，经常是有人在那编着愉快的故事的。

水华寄来150万元稿费。我存了200万。星期日拟带两孩子去看爸妈，提前过节。星期一小林、梅梅同上托儿所，梅梅真高兴极了。好，再见。

热烈地吻你！

怕收不到，或者只寄这一次信。

你底惠

1953年9月18日

---

① 杜惠的姨母郎紫筠，后来大家都称她"娘娘"或"郎婆婆"。

第八封（1954年8月20日）

小川，亲爱的：

六号就收到你从满洲里的来信，以后我一直等着你说的到莫斯科①那天的信来，直到今天才收到了。原来信只走了5天，是并不慢的。

我不知道该怎样写信封给你，问了问谢玉珍②，先就这样写吧。

看到你的信和风景片，就想到你的生活该是多少幸福。我把乌克兰农业展览馆的几句读给有的同志听了，大家都多么赞美这种奇景啊，可爱的莫斯科，真代表了人类的光荣。

你走了，我很想你，好几次在梦中梦见你和我热烈地生活在一起。这两天忽然想到自己不会生活，不会爱你，又难过起来了，流了不少眼泪，脸儿也好象消瘦了，我的欢笑声也好像被你带到莫斯科去了，想起来，觉得自己真是多么无用啊。在一起，并不觉得怎样分不开，一旦真的分离，生活就觉得这样难过，又一次证明，好像我们是永远不能离开的。实在说来，前些日子，也就是因为在一起玩得太少了，总使我很不满足，我也就不高兴了。我这个人，总是需要狂热的生活，前些日子，我就觉得你的热情愈来愈不够主动了，也许是年龄的关系，也许是长久的机关生活过得太平静了。回想起来，前些日子，文化娱乐生活过的太平淡了，很久不看什么较好的电影和演出了，星期日也不善安排，过的很不好，而这些都会影响到我的心情的。但，我总是一年比一年成长了，现在不是老生活在怀念和幻想里了，读书使我感到了很大的兴趣，现在一有空闲时间我就读书。早起开始上操、跑步，中午也开始游泳了，我相信不愉快的情绪总会很快过去的，我想我一定要宝贵你走后的这些时光，一定不让自己变得不健康和白白地度过了，一定好好运动，愉快地生活和好好读书，让你回来时看到我一定是很高兴的。至于前些日子的

---

① 小川带一个小组到前苏联访问集体农庄四个月。 ——杜惠注
② 应为解玉珍，中宣部干部。

别扭，就让它过去吧，等你回来以后好好再来补偿过去的时光吧。

好，让我告诉你一些消息吧。

前不久一次部务会议，讨论《宣传通讯》的工作，我也去参加了，最后，李部长曾宣布，习因顾不过来，不担任宣传部的工作了，现陆定一同志是正部长。目前正大搬家，据说，要来三四十个处级干部，中南海我们的全部房屋都分给处级同志住，一般同志全都搬到北大去，每天班车来回，各办公室仍在此，个别的处，如出版、科学等处及图书室要搬出去办公。张敦前天找我谈了一次话，说一院房子也不够了，考虑到晓蕙也搬北大，所以外面多给我一间，中南海就不给你房子了，你的书怎么办？他们还未具体解决。将来或者仍给一小间你放书也未可知。

各省市已陆续选出出席全国9月15日人民代表大会的代表，我们部里也当选不少，陆部长、张、乔等，还有许立群、杨刚同志，我曾以为你会被热河省选出，后来看没有。9月15号开全国人民代表大会消息已在报上公布，想你已看到了。

世界民主青年联盟理事会8月6号在怀仁堂开幕，十几号结束，前些日这前面很热闹，挂满了各国国旗，结束时还在劳动人民文化宫召开了大会。从今天起，我们游泳池①有4天不能让我们去，要招待客人，大概也就是招待他们。

艾德礼来华，曾要参观中南海，我们各处都忙着进行了大扫除，他主要是到政务院，欢迎他那天是在紫光阁开的会。

最近我们召开了工矿座谈会，振球②也来了，我和他玩了两次，到北海走了走，是前天晚上。他说曾收到你信，不想回，不知说什么好，因为他比你进步得太慢了。他作宣传部长，不太感兴趣，工作太多，他很想专一门，对学校教育很感兴趣，但这次他不会有变动的。

最近前前后后各地都将召开宣传会议，传达贯彻第二次全国宣传工作会议，笑雨在你走后二三天即去内蒙古参加会议去了，黄寅又有了孩子。

---

① 当时中南海的露天游泳池在丙区（政务院区），毛主席和中宣部的同志也在那里一同游泳。——杜惠注
② 陈振球，郭小川在延安时的同学。

李季有信来，现寄你一看，我曾给他回了信，希望你在莫斯科能写信给他，由我转也可以。小为，我已去看过她两次了。

我这两周都去看了看爸爸，他又病过，我去时已好了，在那住着还满意，只是妈妈买菜排队困难，为此生过气。晓蕙将搬北大①，小林已考上小学。梅梅和他都好，上周回来我带他们玩了一天。小林鼻膜炎很重，苏联要有这方面的好药也请带点回来。

你走不久，海默②去北戴河时送了200万人民币来，钱是放在收发室的，我没见到他，他至今还未回来，他还以为你是坐飞机走的咧。我们这里只有个别人出去休假，有的人在家中休息的。石西民同志今天去了北戴河，别人去的很少。

你走后，翰伯同志、光远等都问你带党的关系没有，他们说支部、总支部不知道你带没带，觉得手续上有问题，希望你给他们来信说明一下。

今天开部务会，据说正在检查部的领导工作。

好，我就谈这些吧。再见，吻你。

相片照的不太好，还是寄你看看吧。

蕙君

1954年8月20日晚10时前

第九封（1954年8月26日）

小川，亲爱的人儿：

也许还未收到我的信，也许正焦急地等待着，也许生气了，以为真不理你了，但这是不会的，也是不可能的。

林默涵同志也收到你的来信了。你们的计划确定了吗？快告诉我吧。

昨晚宣传部组织了一个大会，中央及市级宣传干部参加，部里有各处负

---

① 指北京大学旧址，1954年后中宣部办公大楼和家属宿舍逐渐全部迁入此处。
② 海默，郭小川的好友。

责人和我们这样的干部参加，由陆部长作台湾问题的报告，讲了讲目前提出台湾问题来的必要性和对此应有的认识，讲了讲国际形势，目的是叫宣传干部很好地进行宣传教育工作。最后由熊复同志谈了谈人民代表大会和今年国庆5周年的宣传计划要点。今年国庆节是非常热闹的，各兄弟国家政府有代表团，熊还说有贵宾，我已经猜过了。其次还有些资本主义国家的来宾。全国人民代表大会5号就开预备会了。这些是给我们很大的鼓舞，想到工作和生活在祖国的首都该是多么幸福，多么光荣啊。我也立刻想到，不知你能否在国庆节前回来，来与我共度这最幸福和最狂欢的一天。国庆节前夕毛主席已被正式选出来了，让我们来共同庆贺他的当选吧。昨晚的会是在中直俱乐部开的。我有些耽心失密，所以信中也不敢告诉你更多些，你的意见怎样呢？

今天晚饭后游泳回来，又看了电影《萨特阔》，是一个追求自由幸福的神话故事，很美。你也许能在苏联看到吧。

这几天心情很好，每天活动也不少。想到国庆节我真高兴极了。如果不能观礼，我一定争取参加游行，真不愿在广场上老站着，什么也看不到，但还不知道能不能争取到呢。

好，先写这些，过两天写一点再发吧。

蕙

1954年8月26日

第十封（1954年8月31日）

亲爱的：

我想快该收到你的信了，工作已经很忙了吧？我很想知道些你工作和生活的详情，可以使我感到更亲切些。同时也很想知道些苏联同志的有意义的生活和习惯，也会使我感到快乐的。

国庆节快到了，如果可能，我是很想你能回来的。

今天乔木同志召集部务会议，给他们报告了苏联宣传部的一些组织机构、工作方法等工作，听说最后谈到你在那工作还顺利。

今年国庆是非常热闹的，于光远暂时也不去苏联了，要留他参加观礼。

四中全会问题已决定9月底前传达到一般党团员和积极分子，据说全国人民代表大会上要宣布，之后由他们传播到人民中去。目前到处是一片忙于准备迎接代表大会和国庆的气象，就是现在，我们旁边上房里，熊复同志正召集开会，研究国庆中放映的电影问题。呵，这上房并非二院上房，而是一院上房。

我在上周六花了一整天时间搬的家，把两间变成一间，已搬到一院东厢房北头第一间来了（和二院王素敏同志住的一样）。因为房间十分困难，原来他们准备连你的房间也不给一间了，后经我要求说明你的一些书籍必须找间房放放，才给了这间。北大准备再给我一间。准备你回来时，我就搬北大住。晓蕙她们也搬去，爸爸不动。搬家那天，我上午为你晒了一上午书，有的都长霉了，下午搬来一直安放到晚12时才休息。现在把书都是背靠背地摆两排在书架上才搁下了。安了一张小床、一个长沙发，小林现在就住在沙发上。但看来比原来两间房时摆得还好看一些。

我们外边和东厢南二间都是图书资料阅览室，相当拥塞。

最近我的学习时间增多了，工作中也看点书，准备把这几年的《宣传通讯》和《建设》都慢慢翻一遍。同时我已不和理宣处联系，已改为专管国际时事宣传了，这对我还是较有兴趣的。最近有好几个同志报考马列学院，我考虑过后，除不太愿将来作理论工作外，也感到你走后，家里这几摊我走后困难还是很多的，甚至孩子要看个病都是很困难的，因此我也就没去了。本部秋季运动会开始报名了，我参加了几个项目。天已秋凉，差不多已无人去游泳了，因为中午我们仍不能去。

王匡来过信，没说什么，寄来了几张相片，寄你看看。

笑雨星期六已从内蒙古回来，首先问的是你来了几封信。黄寅肚子里又有孩子了。

李季大概是9月底回来。小为已到纱厂工作，每天很忙，并且很远，住在东门外，每星期是星期二休息，礼拜六照常工作，有时晚上开会也不能回来，肚子也很大了，实在也无法，别的地方工作也不太合适。

莫斯科是否也开始冷了，你带的衣服如何，在那里有什么困难没有？

李普到北戴河休假去了，也是20天，还没回来，现在谁休假都不能带爱人去，真是遗憾。

好，就谈这些吧。再见，拥抱你。

蕙君

1954年8月31日夜10时

第十一封（1954年9月7日）

我最亲爱的人：

你9月1日的信，我是昨天收到的。今天忽然才又接到你托李友九同志带来的东西和23号的信。使我真高兴极了。

有时我很想你，这些信又使我们的热情和怀念在增长着……

你们的书出来了，详细的一些事情过两天就写信告诉你吧。

好，再见。

吻你！

你底蕙

1954年9月7日午后6时半

第十二封（1954年9月8日）

我最亲爱的：

9月1号的来信收到了，勾起了更多的怀念，要给你写信的心情简直不能压抑。你走后，差不多也经常梦见你，有时闹别扭，有时很幸福。如果你在国庆节能回来该多好！有时是非常想你的。

表，既已买了，就让我谢谢你吧。我现在戴的，只要不坏，我是准备戴到永远永远咧。本来应该是给我买什么我都很高兴的，但我想日常生活用品还是少买点好，带回来多了，别人也会看着不好的。

你的病又犯了，使我很担心。但也正好借此机会尽可能在苏联好好检查一下，可能彻底找出病源并彻底治一治，也许以后就会好的。

诗，好好地写吧，我多愿意看你从国外寄回来的诗呀，那将是寄给祖国最美好的信哪。

这封信还没写好，正好遇到我的同学、赵世南大姐的侄女施光度完暑假回莫斯科，又恰好在这之前几小时收到你托李友九同志带来的东西，这样我就把你买的书托施光给你带去了。我估计这封信到会比那些书和信还早收到的。

这里实际生活和报上的主要消息，都欢乐而忙碌地准备着迎接人民代表大会和国庆节，我们周围的修建工作正沸腾着，运动场也修整了，将要全部让给汽车了。我们的庆云堂一院也全油漆一新了，让出来了会议室和东半个院子，我住的没动，文艺处的办公室搬过来了，图书室都搬北大去了。

啊，告诉你一件我最快乐但还不够满足的大消息，上星期五下午，我从背后看到了他——我们最亲爱的人，他离我约1丈来远时，回过头来跟两个跟着他的孩子说话时，我看见了他的又黑又红的微笑的面孔。可是时间太短，一下他就走进甲区去了。最近只要天好，他还常出来游泳，我真希望能够好好地多看他一会。

翰伯同志收到你信后，他说支部研究一下，看以后这类问题①如何处理，你要不要补手续，待研究后告你。

光远说留下观礼后才去莫斯科是开玩笑的，而是因为他们代表团里有人要参加人民代表大会，所以要10月初才能一起走。

你和笑雨的书出来了，我已为你分送了你的弟妹和我的弟妹们各一本，也给了爸爸一本，最后一本给你带去了。爸爸看后说很好，叫我再拿几本他送人，我准备再去买些给他，稿费笑雨取去了750万，给了你810多万。现我们共存有950万。给你交了40万党费，8、9月的党费也另外交了，以后也每月为你交党费。我本要给100万交笑雨，请他慢慢给你买书，他不要。这次带

---

① 出国是否要带党组织关系的问题。——杜惠注

给你的书中，有两本就是他最近给你买的。

小林 3 号入学了，是我亲自送他去的。学校组织了高年级学生欢迎他们，但我走时，他还是难过了，流了泪。这周回来，学校情况以后再告诉你。我们为他订了每月半磅牛奶，从 10 月到 12 月。

小梅最近很瘦，每个月减磅，不知何故，我准备写信请幼儿园负责研究一下，这事使我很难过的。

爸爸还好，只是偶尔过几天又犯一次。本周六是中秋节，准备带两个孩子去看他。现在林梅都是两周一同回一次。

我给冰如写了封信，建议他们先分开工作，将来考虑一个时期再最后决定。

昨夜我梦见你回热河县政府取书，给人从头上打了一棒，把你头都打肿了，我大哭了一场，从梦中哭醒了。现在想到你要有什么病疼的事还很难过似的。多可笑的梦啊。

你带回来的东西，我看都还好，但好象也不特别怎样。糖，文艺处同志都吃到了，另外准备送点给爸爸妈妈，我不能吃，太酸。

好，再见吧。吻你。

现在的信即将过重，爸爸有一条就不寄了，也没写什么。

蕙君

1954 年 9 月 8 日晚 11 时

第十三封（1954 年 9 月 16 日）

小川，亲爱的同志和朋友：

在这个全国人民最欢欣鼓舞的日子里，我正准备把一张印着主席致开幕词和有少奇同志的宪法报告的第一届全国人民代表大会的报纸寄给你时，收到了你 9 月 10 日的来信，这给我增加了多少的快乐啊！我想要是你能跟我一同看到这情景有多好！

昨天下午本来是学习讨论会，但大家午睡时就准备着听广播了。我连午睡也没睡着，兴奋极了。我洗了洗澡，穿上了干净整洁的衣服，只躺了躺，怎么也不能睡，就出来了，才将近两点钟，记者已开始到来了。我们这庆云堂第一院的上房会议室是中外记者休息室，西厢房是记者办公室，已不时有外国记者来到了。两点三刻时，广播里已传出会要开了的预告了。我是多么愉快而骄傲地期待着他的声音啊，因为他要宣布开会，这是我们事先都早已知道的。三点正，他宏伟而坚定的声音响起来了，他宣布了我们的总任务。他说我们的事业是正义的。正义的事业是任何敌人也攻不破的。在他的每一个字里，充满了胜利的人民的信心和力量。在他的每一句话后，都传来了千万人民通过他们的代表们的热烈的掌声。我一边听着一边想，不知你在莫斯科是不是也在收听祖国的广播，不知道第二天是否就能看到中文的莫斯科报纸？不知你今天在怎样地想？广播里随后告诉我们选出主席团，主席团正到旁边屋里开会，会议就暂时休息，祖国的伟大的歌声响起来了。随后就是少奇同志的报告，他的语言那样清晰而有力，报告那么丰富，解决了那么多的问题。我真担心他太疲劳了，他一直报告到7时25分才结束。

今天我本要航寄报纸给你，但看到你20号就离开莫斯科到集体农庄去了，那就算了吧。寄去也是看不到的。

最近我也很忙，生活也比较愉快而平静了。你刚走的那些日子，我的心情是不大健康的，休息时老想起前些日子生活中的一些不愉快的事情，对周围人们我也不太喜欢，对孩子们也不太耐烦。现在好了，工作和生活都愉快起来了，都感觉到更充实了。现在工作上我又负责国际时事问题的宣传了。你知道，我一贯是对这方面很感兴趣的，我已写了两篇小东西，胡维德同志看过，已送审去了，不知能否登出，登不登不要紧，我是很喜欢研究这方面问题就是了。学习讨论会也就这周内举行的，我第一发言，谈工业化问题，我写发言提纲就死死地干了一天，还没准备完，因收听全国人民代表大会，讨论推迟了，但我也很有兴趣。今天还在党小组会议上讨论了国际时事问题，我作了日内瓦问题的中心发言，也用功地准备了一下。很快我就转入研究对沿海渔民的宣传教育问题了，准备写述评，这问题和秦川同志一同研究。总之，工作是很有意思的，也很有趣，我很安心而且善于专心集中研究问题了，我相信我会慢慢把工作作的较好的。至于生活呢，比较平静，但闲空时间真不多。这周又因传达棉布棉花统购统销去了一个晚上。总之生活是愉快的。最近你不在家，我支配时间和选择材料都比较自在，又有一点钱，我就在星期日花了一点时间去做了两件衬衣。我想你回来是不会责备我的。除你走前，有点开玩笑似地说我想去苏联外，现在我简直一点也不想。我觉得我的现实生活是很优美的，工作是在前进着的，所以很安心。当然不能不想你，你要回来我是多么高兴啊。每次收到你的信，就引起我更多的怀念，秋夜，迷人的秋夜，思念的秋夜也降临了，我们要住在一起多甜蜜呀。

许立群问了我你的地址，说要请你带东西，不过我还没问他要买什么。

我想起，李季的信我还未复，也许他快回来了。现在我毫不困难，我一定把他的钱还是给小为买东西去。

好，亲爱的，夜深了，快12点了，再见吧。

祝你

快乐！吻你。

蕙君1954年9月16日夜11时3刻

第十四封（1954年9月20日）

我底最心爱的，我底宝贝：

在祖国这些最美好最热烈的日子，你不在家是多么可惜，你不能与我一同度过这些最幸福的时刻，我多难受啊。我现在多么想你能立刻回到我的身边，多么想你同我一道去天安门前看看，看看狂欢和歌声与欢呼声震荡着全世界的我们人民的队伍啊。六点晚饭后，我回到室内①刚收听了人民代表大会通过宪法的公告和正式宪法的条文，听过了大会上代表们的鼓掌声和欢呼声。现在街道上到处都传来了万岁的口号声和欢腾的歌声与锣鼓声。我的脚步已

---

① 我一直住在中南海庆云堂小川的书房内，工作在此房东边的《宣传通讯》办公室，此室在中南海岸边。——杜惠注

踏出门外去了三次了，但是没有你，我一个人真不愿出去看的。好像还在天安门放过好几响花，探照灯也向天空发出欢乐的光芒。我随着祖国，随着光荣的人民一同狂欢起来了。我笑着，心也跳着，也更加使我想念你。这样的夜里我一定会梦见你的。

前两天给你写了一信，因为写的不够热情，所以压了两三天还未发，有了今天的美好的补充，就还是一同发给你吧。

今天上午娘娘、小蕙已搬到北大。现在小林、梅梅是两周一同回来一次，我每隔一周有一次很清闲的休息。你以后回来了，我们一定坚决保持这种作法，使我们每两周有一次单独的游玩。我很希望你学习一下苏联同志怎样愉快地渡过他们的假日，怎样愉快地陪爱人休息和带孩子们游玩，以后你回来也这样作吧。我多么希望你能带着我度过很多最美好的星期日！

现在北大给了我们两间小房子，以后星期日和假日，我们都可在北大住了，来回跑时间少了，吃饭也方便些了，有意思的活动时间也就增多了。将来我们一定把生活处理得更好吧。认真想来，同时也是无数次的考验证实了，恐怕这一辈子，我们两人是永远也不可能分开的。

我想了想，请你送给我一些苏联花布吧。好像我还是最喜欢这类东西了，别的似乎我都不太欢喜。我把这两种布样子寄你看看，一种是苏联的棉绸类的花布，一种是波兰花绒，不一定这种花色，但这两种质量的、你认为大方又美好的都可买点，每种约8尺（中国尺）或3米都可。如有困难，看好了，将来回去再买也可以。

爸爸去苏联红十字医院①看病，他们说要各市立医院检查过、需要介绍给他们的才给挂号，爸爸不准备去看了。上周忽然被开水把脚背烫了一下，到门诊部看后已快好，星期日我送的电影票，他两位老人仍去看了电影。这说明不严重，你可不必过于挂念，老病还是有时犯犯，但最近还好。

孩子们都很想你，前次你带回的糖和玩具他们都很喜欢，老问你为什么还不回来。你在什么地方，他们都很清楚。

---

① 即现在的北京市友谊医院。

前天晚上《学习》杂志社举行跳舞会，因为都是一些中宣部的熟习的人，我也去跳了，到十一点多才回来。你这次到苏联跳过舞吗？准备不准备学一学呢？你在苏联期间作什么运动没有？怎样度过你的休息时刻呢？你长胖了没有？写封信详细谈谈你的生活吧。

再见。

热烈地吻你。

你底惠

九月廿日晚十时三刻

从广播里告诉我们：今夜全国各大城市都沉浸在狂欢里。外面街道上的万岁声和欢腾的声浪直到现在还不时地传到我的耳里，你也听到了吧。最近的报纸你能读到吗？

第十五封（1954年9月27日）

亲爱的，我最爱的，我的幸福：

在祖国这些最美好最幸福的日子，你没有在我的身边，使我总感到幸福是不够圆满的，我的幸福里缺少了你是不行的。愈来愈感觉到，爱情已把我们这样紧密地结合在一起，无论欢乐，无论忧愁（如果偶然还有的话），在心灵深处都没有一分钟能不想到你。

北京时间今天下午5点3刻，全国人民代表大会宣布了选举第一届中华人民共和国主席毛泽东和副主席朱德的消息，怀仁堂欢腾了，北京欢腾了，全国欢腾了，人们狂欢的的声波象大海的巨浪一样起伏着，我的心也随全国人民狂欢了。我们都向往着天安门的狂欢的群众活动，吃中饭和吃晚饭时，连黎澍同志和陈翰伯等也谈着今晚要到天安门。晚饭后，我们的支部大会也不开了，人们都涌出去了。我因为小梅梅在家，又没有你伴着我，只好压抑着狂热的心，守在收音机旁边。但这也正是给你写信的好机会，让它代表我的狂热的拥抱和接吻吧。

我在这些欢乐的日子里，差不多每分钟都怀念着你，感到我们两人共同度过的狂欢节日仍是太少了。明年希望能有一次我和你不带孩子，两人手挽手地拥挤进狂欢的人群里，谈我们要谈的，唱我们要唱的，舞我们爱舞的吧。如果你愿意陪我走遍北京，走遍全国，走到天明，我也愿意。让我们在夜雾中拥抱着，让朝霞看见我们亲吻，但并不一定需要睡觉。

那些狂欢舞曲是多美啊，那些歌唱祖国、歌唱伟大的毛主席的曲子是多么激动人心啊，它们好象使我愈感到年轻和幸福了。

别的，我什么也不想谈了。

欢乐地期待着你的归来吧。

深情地吻你！

你的蕙君

1954年9月27日晚11时

呵，刚才10时半又宣布了：刘少奇同志当选为全国人民代表大会常务委员会委员长，副委员长13人。……全国人民代表大会常务委员会秘书长彭真，委员65人，最高人民法院院长是董必武同志，最高人民检察院检察长是张鼎承同志，国务院总理是主席提名大家通过为周恩来同志。

那么再告诉你点什么吧。

铁夫已决定来中宣部，作什么还未定，10月内来。

晓惠已搬北大，昨天爸爸妈妈都到北大来玩了一下，吃过中饭即回了。

还有一事要请你原谅的，就是从庆云堂二院搬一院时，报纸放了几天忘了搬过来，全部被管理科收走交给印刷厂了，我没来得及查出来，后来才知道。我觉得是一种错误，但只好将来你回来再设法补救了，也许你很着急和生气，责备我也是应该的，如何解决或者你先写信来告诉我也可以。

好，再见吧。

蕙君夜11时半

第十六封（1954年10月20日）

我最亲爱的：

你10月11号的信，昨天收到了。前几次的来信，也都早已收到。从你每次的信里，我都感受到很大的幸福，你一次又一次地告诉我在家停留的时日增多了，使我非常高兴。离开快3个月了，怀念的心情真难以控制。可是你的归期是一再拖延，也使我很不安。多么盼你快些飞到我的身边啊！多么盼望我带孩子去到飞机场里迎接你，我们手拉着手回到温暖的卧室的那一天啊，凉悠悠地秋冬之夜，有时挂着一轮明月，是多么迷人的夜呀，也是多么使人怀念情人的夜！最近差不多每夜梦见你，有时那么清楚地觉得你回来了，我们拥抱在一起……

可是，从9月27号以来，我没有写信，我老是觉得你已到集体农庄去了，我不愿让我的话老放在罗焚①那里不能说给你，另外也因为业余时间多被孩子占去了，星期日更杂乱了。

今年国庆节前夕，我把两个孩子送到北大娘娘处后，独自从王府井到天安门前走了一圈，再回到中南海。伟大节日来临前的宁静，说明人们都正蓄积着更大的热情和力量，准备迎接即将到来的10月1日的最美丽的黎明。我当时唯一的思想就是感到：今后的国庆节，我们应该有时放下孩子们，独自出来走走谈谈心，谈谈祖国和我们自己的一切最美丽的事情。

10月1日我站在天安门前少先队员紧接的后面，也就是红旗招展的仪仗队的前面，位置是最好的，主席的动作以及他不时与××××、××××谈话的姿态，我们都看见了，只是看不清脸面。地平面的抛物线形，毕竟使我们的视线看不到游行大队，只能看到骑兵的头顶和高举着的旗帜与标语画。今年热烈的情景太多，我都不说了，只有一点可告诉，这次主席离开检阅台正中，先向西走去后就下去了，广场上狂热的群众等待着，东边各观礼台的人们也等待着，谁都不肯散去，总理出来招手答礼，从西走到东，最后人们

---

① 罗焚，在我国驻苏大使馆工作，是我和小川在延安的好友之一。　——杜惠注

还是不散，狂热地欢呼着……最后主席又才上来了，从新向东边走去了，广场上一片狂欢和他的伟大的爱的招呼交融了，他最后走了，人们才满足了，带着最大的欢乐与鼓舞回家了。晚间，为了使孩子们仍象去年一样欢乐，我仍带着小林和梅梅到了天安门，还带着别的同志的两个老太太和两个保姆。从中山公园前门挤进去，从后门回来。今年公园后门只准出不准进了。如果能和你一起该多好。不过我仍担负了我们两人的担子，使他们欢度了国庆节。

李季回来约两周了，他明春再去玉门。我和笑雨、黄寅去玩了一个晚上，看了他近日写的一首诗。他前次说那《我矿一青年》已寄《中国青年》，尚未发表。上星期六我又去住了一宿，星期日上午我邀他们去中直俱乐部看了《自然之子》，中午请他们吃了四川馆，我才发现，原来这馆离我们北大这样近，待你回来，一定陪你好好吃几次。

最近考虑到梅梅身体不好，非短时留在家中，北大房子不够住，中南海也住不下，你回来我们更无处欢聚，我便作了个大胆的决定，把中南海那间住室退了，你将来参加文艺处集体办公（大概是两人一小间办公室），我们在北大活动楼分得一大间房，做你的书室和我俩的宿舍。想来想去只这一法合适些，不知你是否同意。

再有一事，似乎前有一次信已谈过，又似乎未谈，首先要向你道歉。从庆云堂二院搬一院时，全部旧有报纸当天忘了搬，第二天是星期，到以后又忘了。过几天就再没找到。据管理科说，可能作废报纸交回造纸厂了。因当时盘石同志搬来，也很急，许多东西很快清除了。我自己疏忽了，犯了这一大错。不知你准备怎样责备和处罚我，一切我都接受。

夜太深了，容我明晚继续吧。

热烈地吻你，愿我们梦中相见。

蕙君

1954年10月20日夜12时

第十七封（1954年10月22日）

亲爱的，我的美人儿：

最近你寄回来的相片，我都特别喜欢，我觉得都显得特别英俊，实在是很美，比过去照的绝大多数相都好。

你说将来陪我在中南海海边看画册，你说将来晚上陪我一同在灯光下放大照片。但不知那时你是否真有那么多时间陪我玩，不知这些美丽的设想是不是真能变成现实啊？

最近我学习得很坏，几乎甚么书也没有看，客观原因是梅梅在家又长虫子，我差不多每晚回北大，和孩子们挤在一小间房里，时间就无形地溜走了，但主要的还是自己最近又散漫了，没抓紧时间。工作，倒写了一点东西，发表过一篇述评和两个宣传工作者注意。但研究问题也不多，一没有具体任务就有些松懈，系统地提高自己很不够。至于安心问题可说到中央后已完全解决，这两年可说在工作中没闹过什么思想问题。曾想到马列学院也不过是想提高一下，能回来把工作做的更好些。从他们考试看来，如果要去是完全可能考取的。但我考虑到3个孩子还有老人，你又不在家，去了也不好，以后等着中央的轮训算了。工作中当然缺点是很多的，是需要不断提高和锻炼自己的。但我现在很看重我的工作，也有一种普通党员的朴素的自豪感，我愿意做一辈子，如果党需要我的话。最近看到又来了这么多的干部，更感到自己工作是有丰富内容的，党的宣传工作真是丰富而多彩的，我们是多么光荣和幸福啊。

亲爱的，我愿你这次在苏联，能研究和考虑将来我们两个如何更建立起真正共产主义者的新的家庭生活，如何把孩子们培养得更好，如何使我们之间真有更深的友爱和高度的思想互助，能共同地很有成效地利用工余，共同休息共同娱乐共同学习，我们必须不断培养新的感情，创造新的生活，否则真会感到平淡和苦闷咧。我们都太不会去组织对方和推动对方来共同创造新生活了，也许我们单独活动时都是不错的。

亲爱的，搬家的问题我曾多次考虑，也动摇过几次，最后还是不得不搬出来了，也许你很不高兴，那只得请你原谅了。反正有一年时间你是不会管文艺处的，你不会天天去办公的，待一年后回来，也许中南海就快全部搬出来了。我主要考虑到我们能有一间较好的卧室，能在星期日有和孩子们一同休息的地方，朋友们来了有聚谈的地方，你近一年从苏联来往北京时有可以自己写东西的地方，晚上我躺在床上时能看到你坐在桌旁做着什么或向我谈什么。寝室和你的办公桌建在一间房，我是感到特别幸福的，为了这些我就决定搬出来了。现在吉韦清他们也是住在北大，在中南海和白汝瑗共用一办公室。你白天可以到中南海文艺处的办公室的。如果晚间有电影或什么事，我一定陪你同去同归，那有多好呀。

王震将军写信来向你要《新观察》，我已买到给他了，他已于14日离京去汉口。

祖春同志据说要到中央办公厅来工作，天铎同志到赵毅敏同志处工作。但详情都未听说。龙卧流已调来地方工作室，方玄初调来了学校教育处，铁夫也据说要来，但又说不一定。

你带回的特种药，有一次礼拜六，不少人来要，大家对它十分热衷，不少同志请你给多买些回来。李季也有人在玉门时送给他，他也诚心诚意地信服它，我问他需要买什么东西，除此不需要任何别的。张际春同志爱人还请你打听一种针药，一针可避一年的。

王惠德请你为他买一副乒乓球拍，最好的，还请你给买最近新出的政治经济学教科书，能买到最好，买不到也就罢了。刘敏希望能给她买一件象游船一类的能活动的玩具。

吉韦清请你给他买些鹿茸精，他身体不好，我已把我们未吃的那瓶先给他吃去了。

我同意你的意见，布类不要买了。但请为我买一套上等化妆品，等你回来时，我为你容吧。如果能买到一支很精巧、笔尖又特别细的钢笔也好，如果不合这些条件就不用买了。

我们住的新房子，就是活动楼（以前宣传会议时祖春住的）楼上西边中间的一间，对面是杜晓彬，楼下是刘敏，还有吉韦清、童大林等住在这里，星期日到是很热闹的。

我身体很好，只是腰疼的较厉害，但要每天花时间去看病或扎针，又觉得不合算，等将来再说吧。

最近我们请苏共中央宣传部副部长斯特列普霍夫同志来部座谈了3次，收获不小。还听了一些重要的报告，都等你回来我给你传达吧。我想最近正值中苏两国国庆前后，又是《中苏会谈公报》的消息传遍各地的时候，你一定到处受到热情的欢迎和爱护，生活在这伟大时代和旅居在伟大的苏联国土上，该是多么幸福，愿你没有一分钟感到寂寞！

好，要说的话很多，也不知说了些什么。

小林、梅梅都是很想你，常念你、问你，现把小林的画寄两张你看，最有意思的是他自己想的电影放映机和放出来的打仗的片子，他们都实在可爱极了。

李普的信写的实在平泛，还是我催他才写的，原拟不寄，后遇翰伯同志去莫斯科就带去吧。

笑雨的《论小品文》寄你，他请你修改，回来好发表。

好，再见吧。

热烈地吻你。

蕙君
1954年10月22日夜10时半

第十八封（1954年10月30日）

我底最亲爱的，我底宝贝：

你的归期日近了，我简直每分钟都在盼着你的到来，有时夜间简直激动得睡不着，我想象每天晚上有你陪着我是多么幸福啊！

让我吻你又吻你吧，让我们紧紧地拥抱吧！

炽烈的青春之火正燃烧着我，我相信你也正是非常地想念着我。

理论战线上，王学文同志对我国过渡时期社会基本经济法则的观点，引起了热烈的争论，《学习》杂志正在组织这一争论。文艺战线上，正展开对俞平伯研究《红楼梦》的资产阶级唯心观点的严肃批判，很热烈。但我对这些都不想多谈，你很快回来就能详细了解了。李季的诗已在这次《中国青年》上发表，刊物还未来。李普最近写宣传指示、提纲等不少。笑雨的详情我说不上来。

好，亲爱的，再见吧，快11点我想睡觉了。

啊，不少人要我转（告）你给他们买避孕药，你就多带点吧。问到于光远需要什么时，他说只要老婆和孩子的，他自己是什么也不用的。杜晓彬则想你为小羊买个洋娃娃回来。

好，再见吧。

热烈地拥抱你。

你底忠实的蕙

1954年10月30日晚11时

第十九封（1954年11月9日）

我底心肝：

你从克拉斯诺达的来信，直到6号才收到，这些天真使我想念坏了，每夜差不多都要在思念中醒来又慢慢睡去。我也觉得我更爱你并不是因为分离得太久，而是因为我想过了一些问题，把自己锻炼得又进一步了。我需要更爱你，也应该更爱你，同时也需要你更多的爱情。

让我们好好度过这两个月的甜蜜的相聚吧。

我想，礼物能少带就尽量少带吧，太多了行路不便，花费也大，送这个不送那个也不好，同时最重要的是，苏联许多东西大概在北京慢慢都能买到。六部口现在除了苏联糖果，就还有女子的装饰品和餐具等，王惠德那本政治经济学教科书，北京也已出版，我问过他，他已有了，可不买了。

水华已回北京一周，送审你们的剧本，昨晚来沙滩玩了3小时，谈了许多。邓老、杜、周、荒煤等都看了，看后的意见比水华想象的效果好，11号他即再去东影修改补拍。他的意见我都记下来了，等你回来的当天，我就可以详细告你。他说准备给你去个电报，要你早回来好一起商量最后的一些意见。片子要在今年底前完成，他希望你一回来就能去长春。

提笔前想的很多，一时又说不出来了。

我不多写，热烈地期待着你的归来。

吻你再吻你。

你底蕙

1954年11月9日

第二十封（1955年12月13日）

我底最亲爱的人儿：

今天我到中南海还不算晚，安排好了，还吃了稀饭和鸡蛋，实际上等他们到了8点20分才出发的。9点30分到通州地委，上午没谈话，秦川①领着我们在街上就游荡过去了。下午地委和我们谈了谈合作化中的宣传情况，3时就出发到了离市区不过10里的东西稍靠南的古城乡来了。下午和晚上我们找在此地搞兵役工作的同志和乡干部，简单谈了谈当前他们的工作安排后，我们自己详细讨论了工作要求，近几天的具体部署。明天着重是了解全乡的一些基本的发展情况。

古城乡是全区比较好的乡，但也不是什么重点，并无什么特殊好的工作条件，但工作做的不错，所以深入了解很有意义。

主席指示前，此乡合作化已达80%，现已到91%，由15个社已并成3大社5中社。党团员都各有约50%。详情以后逐渐告你。

从通州市到古城，也是大汽车和秦川送我们来的，一路上我特别注意了道路，但又不算太难走又不好说清楚。市镇往东大路，我们是某某乡秘书带路送来的。秦川说你来时他还要来，不过也可能是说说玩的。你自己来必须

---

① 杜惠随中宣部宣传处处长秦川等同志到通州农村作调查。

有某某乡里人带路才行。我很好，乡下是冷些，但我并不冷。请勿念。如你来时已下雪，当然也可以给我带来一双红的短毛巾袜子和黑毛背心。不过不带来也不怎么需要。但象这种乡村，来一天恐是了解不了什么东西的。

热烈地吻你。

你底蕙

1955年12月13日晚10时20分

小川，你如能来，请千万别忘了把照相机带来，因我忘了这事，同志们都觉得很可惜。这次来的同志中会照相的也不少，一定没法带来吧。我们就在古城乡要住上10天，然后到离古城1里多的大台去住5天。预计28号回地委去，30号回京，回到你的温暖的怀抱里。

第二十一封（1955年12月19日）

我底最亲爱的，我底小川：

为什么还不来信吧？好几天说写信，时间很散乱，所以也没提笔。这次是我几次下乡以来最愉快的一次，这次与妇女、与群众接触较深入，很能和她们谈，比过去更亲切，也不觉得生活上有什么困难。只是仍很想你……

这乡的特点，我杂乱地写了一些在给编辑室同志们的信中，我是想能搜集一些新型妇女的材料，写一篇《古城乡的妇女干部们》之类的东西。同时想了解一下中、贫农中的个别典型户和未入社的典型户。我请他们把我的信给你看看，希望你能给我提些意见。

这里夜里有热炕，睡觉很好，白天也不冷，即使昨晚下了一点小雪也不冷，不带袜子和背心了。现在这样完全可以。我还是希望你来的，一定带着照相机。同时你如要来，如果是要来找乡干部谈一天，那么最好先拟好谈话提纲，否则也可能人不易找或找不齐，结果一等就得到11、12点才能开会。

星期日天气那么坏，不知你和孩子们怎么玩的？你这些天好吗？每天都是很晚才回家吗？写文章的成绩很不错吧？你如果来，可以从通州顺北运河往南，到魏庄（一区古城乡的魏庄，在运河东岸，离通州约3里），运河堤上可行汽车，然后走2里路就可到古城乡政府，比通州往东经六河乡好走。

希望你来信。23号以后我们准备到离此1里多的大台乡去住。

吻你……

蕙

1955年12月19日晚8时30分

第二十二封（1956年1月18日）

我底亲人，我爱的：

信，收到了，我真高兴极了，你知道，我已渴望了好几天了。

我们已结束在沪的工作，明日12时38分火车离沪去杭州，大概下午4时可到达。我估计要在杭州待两天，然后去慈溪，这段有火车可通，从慈溪可能到观海卫，这地方在海滨，这就会使我想起你在海滨的情景。我想这里也不过两天时间，然后在宁波待两三天。再到更南方临海的，接近一江山岛的黄岩去，宁波到黄岩还不知要坐几天汽车，反正这一路是比较困难的。在黄岩恐怕要5天时间才能办完事，因要到学校还要到乡下。然后我准备回到宁波后坐海船回上海。我要争取缩短沿途的行程，但口号是"又好又快地完成任务，作为向社会主义北京的献礼"，亲爱的，这个时代，这样紧张的工作，是一生中多么幸福的时刻啊！想到北京这些日子的狂欢，想到全国各地跟着掀起的社会主义热潮，想到他，特别是一看见他的面容时，幸福的热流就穿过我的全身心，激动着我的心灵，使我好象在天空中飞舞着一样了。

上海，狂潮般的欢乐声也荡漾在全城和城郊了，后天将在我们饭店的面前的人民广场上召开庆祝盛会，可惜我已不能亲自参加了。不过我的心，我的热情是不会离开祖国的伟大的人民的。就是现在（晚10时正），我们窗下街上的锣鼓声和欢呼声正象大海中的波澜似地不断起伏咧。

亲爱的，礼拜日或星期六晚上，带小林他们去观赏一下广大群众的热情吧，我们仍然到外面去看得太少了。

啊，我底宝贝，刚才沈容来我这坐了一会，她是今早到此的，她说你也上了天安门的主席台，好，让我祝贺你得到这样多的幸福，也让我们感谢祖国给你这样大的光荣吧，你是不是好好地看了看主席呀？是不是深深地记住了人们脸上的笑容呀？好，亲爱的，写吧，写吧，让我预祝我们最敬爱的人和无数的欢乐的人们带给你的美好的成就吧。

我读书的时间仍然很少，工作是紧张而愉快的，今天直到下午3时才吃上午饭，晚饭往往是很晚的。学习，真成问题。同时夜里睡得很不好，整夜整夜地作梦，有时非常激动，这两天怀念的火又燃烧起来了，简直就恨不得飞回你身边睡一宿再来访问，有时又回忆起初恋时那种望一眼就会心跳的情绪又敲击着我的心。青春和爱情将随着社会主义的胜利而更美丽更浓密。

把孩子们的鞋样寄来吧，你所需要的那种鞋上海也没有，但也可寄一样子来试试看。

好吧，不多写了，晚安，夜已10时半了。热烈地紧紧地拥抱你和吻你。

你底蕙君

1956年1月18日灯下

第二十三封（1956年5月15日）

我最亲爱的人儿：

今天11点10分平安地到达了汉口①，昨晚不到10点就睡了，一夜睡得很好，所以今天不太感到疲劳。在车上一连气读了你那本可爱的小册子②，《草鞋》这一篇，这次读起来使我特别喜爱，因为它除了政治上是很好的以外，还显得特别美，把我们战士的生活的美表现得很动人。《老雇工》我也很喜欢。对《向困难进军》的意见更接近你自己的批评了，不是最初我所感到的那样严重了。以后我又读了《儿童文学选》里的前3篇和第4篇的一部分，每篇都使我很激动，我很爱读。

---

① 杜惠接受中宣部审干办任务，赴湖北调查某同志历史情况。
② 指郭小川新出版的诗集《投入火热的斗争》。

昨天路上阳光美极了，今天一清早就是阴天，过了武胜关就一直下着小雨。到武汉还飘毛毛雨，下午才开始转晴，这里已连下4天雨了，一路上我都注意了冷热，所以一点也没不舒服，只是牙更痛了，有些东西简直就是囫囵吞下的，一点不能嚼，明天决定去找医生去。一分别，就觉得和你的心更贴近了，送我入车厢时那种相互间的甜蜜情意和充满了快乐的留恋神态，都好象是过去所没有过的，给我增加了新的力量和更深的怀念，而这种怀念又是如此平静与使人感到愉快和幸福，象春日的和风吹得我暖洋洋似的。亲爱的，我们的生活为什么这样有意思，这样地美丽！你一定也正在说：真是个坏东西，总叫人这样地想你！

今天一下火车，我先叫三轮到了弟弟他们那里，中山公园前的大道变化非常大，从渣甸路南口已有一条直通中山公园大马路东头的大道。从中山公园大道东口（过铁路的那里，以前你到讲习会看我时从解放大道拐弯的地方）起就修好了几个街心花坛，都很美。公园正门修了一个矮矮的观礼台，是五一前赶造的，它正面对中苏友好厅的大门。梦侯①他们办公室就在这大厅的东壁，住的院子是租的一间房，也就在他们办公室的东邻，是别有风趣的。中山公园的树林更茂密了，绿荫荫地显得比以前更可爱了。我在家吃了饭，姐弟间的热情使我感到家庭比过去是更温暖些，更有朝气些。以后我就到六合路和怡和村去转关系，两次往返怡和村，我深深地怀念着我们共同在此渡过的那些美好日子，我用手抚摸着门前那条小溪水，我编织了两支苇叶小船，让它顺水漂呀漂呀向北漂去了，好象它给我最亲爱的人儿带去了无限的温存。我轻轻地哼着歌，好象又回到了在延水边的少女的热恋时代了。

下午6点时，我来到了作家协会分会，找到了淑耘，她跟我谈了一些××同大家的所谓关系问题。她忽然，不，是我问起方纪经过此地没有时，她告诉我，今晚8时方纪走，现正在此，你看我好象赶来送行的，多巧啊。饭后，7时多，方纪、黑丁、李蕤、刘迟同志回来了，玩到9时，方、刘离去上轮船了。方纪叫我告诉你，他和刘准备在宜昌待三五天，再经秭归、三峡等地各待

---

① 邓梦侯是杜惠的大弟弟，当时在出版部门工作。

一二天，到重庆待到月底，再去昆明，约六月底回重。他打算没有写出作品前不写信，不过今天已为《长江文艺》留下一首诗，题为"我又来到了长江"。

本来我是住市组招待所，他们一定要我填级别，一填就要给我特殊待遇、单人房间等。我不接受也不行。晚上来到作协分会，他们都叫我住此，我就答应了。这信是在李蕤隔壁、方纪刚走留下的房里写的。告诉李季、小为来到这里——他们曾住过多日，我们谈心最多的房子，使我非常想念他们，好象他们的温暖还一直留在那住过的房间里。在这深夜里，我还很想去找他们似的。好，亲爱的，再见吧。

紧紧地拥抱你！

你底蕙

1956年5月15日夜11时半

第二十四封（1956年6月23日）

我底最亲爱的人儿：

火车刚一开出去[①]，我底心就感到这样寂寞，这样怀念，为什么不让我在楼上多亲你一阵呢？可恨的那离别前的一刻真过得太快了。亲爱的，你好象带走了我的一切，幸福的日子多么使我不满足啊！

昨晚收到你的来信，我感到那样的温暖，好象接受着你的亲吻和抚爱。而你，大概是心情的扰乱致使你变得有些糊涂了，18号离开我，写信却写着16号，你看多么可笑啊。

你说你在火车上几乎不敢看我，心情紊乱……为分别增加了重量。我还没能够很好地理解。难道是你还在为我底工作问题难过么？或者是以为我还在因为工作问题而伤心？你真是个可爱的傻孩子，还是以老经验在看我的现在。其实，我那天夜里想到将来的工作问题伤心过后，你不久就已把我治好了，你底诚挚的纯真的而又那样炽热的爱，就正是对于我的百病仙丹，万应

---

① 郭小川去青岛学习并休假。

灵药。当然最重要的，现在我所处的环境和我自身也都与前几年是不一样的。亲爱的，不管怎样，我现在总是非常喜爱中宣部这环境的，无论如何我还是舍不得离开它的，而且《宣传通讯》也还不是完全无所作为的。××已调走了，这是领导上的英明决定，虽然这决定是来得太晚了，但对我们编辑室的同志们来说，对党的这部分工作来说，总算是个福音。×××来了后，已增加了我们的信心和力量，现在××同志又来了，信心和力量更增加了。而我自己最大的问题——业务能力和思想水平问题，那就下决心来慢慢加以解决吧，而这方面可能性和现实性也都愈来愈接近了，今天虽不可能去学习了，明年是一定可能的。另方面，我现实里仍是有工作可做的……又想到，老调工作也不是法子。而说来说去，我是舍不得离开中宣部的。因此，在那第二天一早起，我就又愉快地去上班了。

我底宝贝，你难道还没看出来，我的情绪一好起来，我是多么地热爱你，简直就想不停地亲你和拥抱你，那天我是多么舍不得你离开我，离开北京啊，要是事情由我决定的话，我一定不放你到青岛去，让你永远在我身边，在我怀抱里，让我们无论到哪里，总是在一起。

你知道，我这次从江南回来，特别是从多情的西湖回来之后，爱的热情好象是那火山的喷口，好象那温泉的源头，在胸中燃烧着、澎湃着，一回到你的身边，我简直不愿你离开我。我是打算如果我去青岛，还是不带小林和梅梅了吧。让我们来创造那比新婚比初恋比久别更甜蜜更幸福的生活。

谈到这里，我是多么向往那种生活；让我们一起工作，一同访问，一同研究，一同学习，你写作，我整理材料，这该多么有意思，多么美好！

另外，离开《宣传通讯》的工作①来说，象沈容那样，到处跑跑采访，总是去捉着那些最新鲜的政治生活事件，当然我还是很动心的，但总是各有优劣的。

我们计划在下周一周内完成全部结论，而且是必须完成的，完成后，不知是等着领导批示、修改呢？还是有什么新的情况呢？还是就可以先休假一

---

① 《宣传通讯》停办了。我想到新闻电影制片厂去工作。——杜惠注

周呢？这都还要过些天，甚至直到完成结论时才能知道。反正我是争取去的，亲爱的，你等着吧。

你底多情的姑娘

1956.6.23深夜

第二十五封（1956年7月5日）

我最亲爱的人儿：

我的工作已完全结束，参加了一次张部长召集的本室工作会议，下周准备补读党刊和了解一些业务工作情况，然后从青岛回来即正式开始工作。《宣传通讯》将不断改进，我仍是多么喜爱在这里工作啊！

现已确定14晚即下星期六晚离京，这已得到行政上和党支部同意，也已和孙岩①同志他们商定了。同时亦已请管理科开始为我们买票了。票一买好，我就立即再写信给你，我想不用再打电话或发电报了。

昨晚小李②来到我们房里，谈了许多有关我们的爱情生活和延安初恋的情景，又睡得很晚。一想到我们生活在一起时那么许多数不尽的甜蜜的日子，我的心就禁不住跳荡。亲爱的，我想象到海滨的这一周该是多么美啊！可是，你快告诉我吧，我和孩子们还要不要带毛衣绒裤呢？我们都是比你还怕冷一些的，还要不要带些什么药品和吃的东西呢？书，我想读《静静的顿河》，再读读哲学就不带别的了。小李叫我读《水浒》《三国志》等，你说怎样好吧？我读过的书真是太少了，有时真不知读什么好！

方纪在《人民日报》发表了一篇《三陕纪行》，你要看吗？李纳③去了朱丹处。小灵子7月底要参加留苏考试，如考上了学习1年俄文后才去苏联。她答应从8月1日起，小林可以每天到她那去学钢琴，我多么盼望孩子们能成为业余艺术家。

---

① 孙岩，林默涵的妻子。

② 小李即李蓬茵，廖盖隆的妻子。

③ 李纳是朱丹的妻子，两人都是延安以来杜惠的朋友。

最近部里，小食堂里谈论兄弟党的情况也不少，苏共中央已对陶里亚蒂的批评表示不甚同意，发表了一个关于反对个人崇拜的斗争的申明之类的东西，我尚未看到，据说恐怕还会引起一些新的争论。我们党是不得不发表意见的，但也真不好处理。各国党对苏共批评斯大林问题的意见和苏共这次的申明，据说可能采取或全部在《人民日报》公布，或集印成册发给党内外干部阅读，因这些都是在世界各报公开登出了的。我们不能不登苏共申明，要登也就不能不登其他兄弟党的言论。

最近陆部长和廖、许、国际宣传处姚①要去海滨写作，主要是准备八大的部分文件，也许不能不同时准备对目前国际共产主义运动的必要意见。

我只能这样空洞地谈一谈，我很关心你们能否看到内部文件，如需要，我这次都可带去。报纸需要带去吗？也告我吧。

写到这里，我还忘了早就该告诉你的一个喜讯，小林已在6月29日入队了，上周戴着红领巾回家来，非常高兴，他说他看见周围的一切都觉得比过去更新鲜了。

小蕙在托儿所很好，好象比过去长得漂亮了，有时看来好象比梅梅还漂亮些。应该说，有这3个孩子，把我们的爱情衬托得更加美好与幸福了，你说对吗？

北京协和用电疗刺激法治近视和散光收到奇效，6月30日公布的消息，7月1日去挂号，就已预约到8月底了。真是在这样一个可爱的国度里，只要是好事，就总是供不应求的。同仁也开始采取这一疗法，每天挂号每天看。小林，一放假我就准备带他去看去。要是我们的眼睛都治好了，该又增加了多大的幸福。你想想，有那么一天，我能象你一样看那么那么远又那么清楚，该多有意思！

今天我早上睡不着，原因之一，是因为连日阴雨后开始晴起来了，才5点窗外的阳光就射进了我的眼里。我7点20骑上车子离开了家，8点半来到了中医研究院，经过了反复的诚恳的请求和交涉，才被允许等到所有病人看完后

---

① 廖、许、姚即指廖盖隆、许立群、姚溱。　——杜惠注

给我看，这里现在也是每天应接不暇，都只能预约，要想上午看病真是比什么都困难。这信也就是在这种情况下写的。

好，不多谈了，这个星期六晚上我请了李季、冯兰瑞、孙克悠①去看仙笛，星期日也可能去看看杨雨民同志，现在跑一跑，你回来时，星期日就总是陪伴着你了。

再见吧，亲爱的。

热烈地吻你。

你底小鸟儿

1956.7.5

第二十六封（1956年7月11日）

我最心爱的，我底宝贝：

今天是我感到最幸福最愉快的日子，在游泳池旁边坐在主席②最近的地方，又看他看得最久最清楚，与他握了三次手谈了三次话的日子。以前我那么敬爱他，那么想见他，但却与今天不同，今天以前总觉得他还离得远一些，高一些，而今天这样近地见了他以后，我就觉得他与我们是这样的亲近，就好象是每一秒钟都引导着我，从来没有离开过我的最最亲爱的慈父一样。他的笑容，他的仁慈温厚的神态，已深深印入我底心底，我好象已这样地跟他熟悉，好象一个最被喜爱的孙女儿在她最亲爱的祖父跟前一样，我今天真有说不出来的快乐，说不出的兴奋。而且怎么好象我底任何缺点和弱点，任何脾气和任性……一切不好的东西，都已被他——我日夜祝福的领袖的微笑的慈爱的眼睛消除了。我，我多么幸福，这幸福又多么值得骄傲呀！

午饭前，我值班，到育英小学接回了孩子们，这是带着很大的快乐而又十分负责地完成这一任务的。中午我带着小林急急忙忙从沙滩赶回到中南海

---

① 冯兰瑞是郭小川在延安马列学院的同学，孙克悠是郭小川朋友高铁的妻子。　——杜惠注
② 毛泽东主席。

吃了午饭，因为昨天我已第一次去游泳了，今年规定小孩只要有体格检查证和大人带着就可以去，因此我决定每天带小林去游泳。我们虽然8人1张游泳票，但有些人不去，我就可以尽量多去了。午饭后我就带小林很快赶到池边了。人们告诉我，主席和××同志正在对面布围里休息。我下水去，远远地看了他们一阵。一会，他下水了，我远远地看不见他，我就决定情愿不游了，也要抓住这个最美好的机会。我就跑起来走到池子南边，正好他离池边有一丈远的地方游着。他看到走来这么一个穿绿衣的姑娘就问了：是谁呀？叫什么名字？在哪里工作？听说我是宣传部的以后，他就说：这里正是个好场所，这么多人，你去给他们作作宣传吧！我没答话，只是热情地笑望着他。过一会他又说：那你向我作作宣传吧！我还是只顾笑，欢乐地只顾看他游。他过了一阵又说：你看，叫你去做宣传你也不去。我说：宣传游泳呢，宣传政治呢？他这时正躺在水里，说：耳朵里有水，听不见。怕他累，我就没多说话了，一直看着他，大概有20分钟。我就想到，去把小林和友友①带来问问他好。我手牵着他们来了，看了一会他游，他离我们稍远了点，没看见我们。一会他上来了，等他擦好，躺在那里休息时，两个孩子走去向他敬了个少先队礼。这之前，他已和别的小朋友说过话，问过别的孩子，有一个孩子高兴地跑去和他握了手，过了一会，我们这两个孩子才去的。他问了小林的爸爸妈妈，以后我也走去。我介绍了两个孩子已入队，这学期小林得了二等奖。小林补充友友得了三等奖以后，主席就向两个孩子说："那你们很好呀，都比我强呀，我就从来没得过一个奖。"稍玩了一会，我就让他休息了，把孩子们带走了。以后我们游了一阵。……

亲爱的，我一见他，我就觉得好象我已成为他最爱的孩子了。呀，我多么幸福，多么快乐！

让我把这幸福和快乐也都分给你吧，让你的诗绪大大地丰富起来吧，沸腾起来吧！

今天早上收到你9日的信，那样甜蜜的爱情，这，也正是我在主席面前感到特别幸福与快乐的原因之一。

---

① 友友是郭小林的朋友，中宣部秦川同志的孩子。 ——杜惠注

亲爱的，再见吧！让我用最新鲜最幸福的感情来吻你，拥抱你！再见，等着我的热情吧！

你底爱妻一个永不忘的日子

1956.7.11

第二十七封（1956年8月1日）

我底最亲爱的：

回来了，却又匆匆离去①，引起了无限的激动与思念，夜深了，我仍是那样地清醒，身边没有你，我怎么能睡得香甜？

休假回来的前两天，我还没有确定所负担的具体工作任务，玩的心情又收起来了，所以感到空虚，在这种情况下再听到你的责备的声音，心情也就很不愉快起来了。

现在我已钻入业务工作的浪涛里了，我分工负责知识分子政策、文艺、体育、卫生几个方面的稿件工作，我很感兴趣，都是有工作可做的，已经开始处理了一点有关知识分子的稿件，准备就要重新学习这方面的政策。今天我仔细阅读了中宣部关于3月里的各省市文艺宣传处长会议的报告，我觉得很好，但也想到本部文艺处的工作实在组织得太不好了。

我们也打算以后经常深入到基层单位去做些检查工作，中央机关的人员不经常深入下去，只等着下面的报告才有事干，这是永远做不好工作的。这一点是应该醒悟和转变的时候了。××一走，××一来，我们的一切积极意见都有了出路了。这两天很兴奋、愉快，也就特别想念你。

亲爱的，我热烈地等待着你，期待的激情都不能忍耐了。再写封信来吧，说说你到底哪天可以回来？

你底蕙

1956年8月1日夜11时

---

① 小川到北京西山为周扬准备党的八大上的部分发言稿。——杜惠注

第二十八封（1958年6月17日）

亲爱的，小川：

前天晚上才读到你的信，因为我到京西山区清水河流域，去参加高等学校下放干部现场会议去了，离开家整4天，星期日晚上才回来。这两天就忙着写稿子①。

别离也确是会增加爱情的美，别离也正是为了更甜美的聚会，我怀念着你，等待着你，可这时代，巨大的洪流好象已把爱情冲到岸边去搁浅了。

我白天赶稿子，晚上7至10时开交心会，大家已开始对我提意见，主要是烧我的骄气，翘尾巴翘得太高了。一个人的旧意识、思想作风真不易改掉。过几年回头看看，往往还是那套毛病。

家庭也正在改进，老人们准备接受点街道的工作，孩子们也准备参加点义务劳动。听说上房还是准备让我们住，东房公家作储藏室。我觉得我们现在所需要的不是更好些，而是需要更向下看。生活这样优裕，将来孩子们要经过更多的改造的难关，给社会更多的负担。现在思想一转弯，生活好到成了坏事了。

我想要求跟你同去的那位秘书之类的同志，能把你和茅盾先生看到的访问的和搜集到的某些材料②，写点稿子给《光明日报》。请你帮助我作这点工作。

我很好，请勿念，吻你！

你底惠

1958年6月17日

---

① 我原在中宣部党内刊物《宣传通讯》工作。该刊此前不久停刊，我曾要求去新闻电影制片厂工作，未成。1958年到光明日报社做编辑、记者工作，直到1980年离休。 ——杜惠注
② 小川随茅盾等访问东北。 ——杜惠注

第二十九封（1958年6月21日）

我的同志和朋友，最亲爱的：

又收到你从哈尔滨来的信，真是高兴。

我写了信，可没地方可寄，只好等你的第二封信了。

这次交心确实帮助很大，现在我不仅不觉得有什么不高兴，而且感到很愉快。因为自己往往钻到自己工作中去后，就不考虑自己在各方面的思想行为。

我在昨天的报上又报道了一篇北大的消息，内容也很不错，北大这次的运动确是党的正确的领导思想的一种伟大胜利。

最近这院子里到处大兴土木，在修理，你回来后，一切都会显得更整洁了。①

我甚至想，如果你在海边，能把婆婆和孩子带去渡过一个海滨假日多好！这当然不可能，只是想想罢了。

好，再谈吧。

拥抱你！

惠

1958年6月21日

第三十封（1958年8月25日）

小川，最亲爱的：

现在虽已是深夜近1时了，我还是非常愿意来给你写这封信。想你的时间虽然被挤得很少很少，但的确，没有你，生活里总显得缺少更温柔和多情的

---

① 1953年春到北京后，我和小川先在中宣部工作，住在中南海乙区。后中宣部迁到沙滩，我们也住到沙滩，再后小川到作协工作、我到光明日报工作，又住到了王府井黄图岗胡同6号东院里。——杜惠注

日子。我热烈地等待你的归来！①

伟大的祖国变化快极了，简直可以说是1分钟一个样子。……报纸方面，《山西日报》已树起一面大红旗，我们也派人学习去了。我差点没去成。学校里创造也多种多样，北大搞群众性科学研究，三星期超过了解放以来过去六年的成就的总和。许多尖端科学项目都试制成了。有一种特殊照相术，一分钟可出来照片。有一种特殊电池，象水果糖那么大，一触水即发电，用处很大。好事情简直说不完。主席最近到华北几省作了视察，公社就他一号召办起来的。上周我到北大住了一周。沈容回来了。因东西还未写出来，所以很紧张。

9月初我可能到东北去一趟，约一周，他们要我去帮助建立记者站。本来要到山西，因在北大未去成。

最近我们报上有一些很好的集中的专题报道，震动很大，不是我搞的，但对我们鼓舞也很大。只是我深感自己赶不上时代，力量实在太弱了。

孩子们都很好。小林时好时粗暴，下学期到何处学习尚未解决。他们学习的钢琴都有进步，梅梅说很想爸爸。蕙蕙问：怎么爸爸老住在飞机上不下来？小家伙有趣极了。

老人们都好，最近没闹什么气。听说下月起，所有青年和中年妇女，都要参加劳动了，组织起来了。我们的院也就会发生变化了。

亲爱的，你肠胃好了吧？到塔什干就较热了吧？什么时候回来呢？

好，再见。

吻你！

信据说已到来几天了，可我昨天从北大回来才看到。

你底惠

1958年8月25日深夜1时10分

---

① 这年8月上旬至10月下旬，中国作家代表团赴苏联参加亚非作家会议，小川在苏待了近三个月。　——杜惠注

第三十一封（1958年9月19日）

我底最心爱的，最亲的人：

首先请你原谅，这样久，整整两周未给你写信，实在是太对不起你了，一同来为了突击北大的报道，我差不多什么都顾不了啦，几乎每天都是近深夜2时才回家。事情完了，今天轻松一点，就困得眼睛都睁不开了。一想到给你写信，立即就兴奋起来了。

……

最近中央准备组织调查团到各地调查工厂办教育的情况，由林枫同志负责，分了许多小组，确定我跟林枫同志他们一起走，他可能多走几个地方。21号出发，先到天津，可能还到东北等地，详细路线我还不知道。11月1日前回北京。但跟随林枫同志走，估计可能多回来一二次，出去似乎比在家简单些，我争取每到一地就给你写封信。

衣服已由作协昨天给你寄去，我没来得及写信，他们说每天都给你寄报纸，我就不寄了。我告诉他们把《红旗》《和平与社会主义》也寄给你。

……祖国真是日行万里，向顶峰前进，你回来时不知变了多大的样。全国交通工业展览正在北京举行，还有一些展览也将陆续举办，今年10月1日，一定有大阅兵，该是多么壮观啊！不过明年更会震动世界的。你今年国庆不能回，不要回，否则花钱太多，是对建设不利的，是不应该的。

好，再谈。

拥抱你！

蕙君

1958年9月19日午

第三十二封（1958年9月27日）

亲爱的小川：

我9月24日晨来到了天津，为的是搞一些工厂办教育实行半工半读的问题。这问题少奇同志号召了几次，前一时期亲自到天津来过两次。天津就很快试办起半工半读来了。现在来看，是全国办得最早和最多的。

到天津后，立即找到市委教育部部长梁寒水同志，他让我住到他家来了。我当即下到了一个办半工半读较好的春和织布厂，每天从早到晚都在工厂，所以一直没时间去看鲁荻和方纪他们。方纪在北京，在市委一个会上看到了，他也问到你。

春和织布厂工人学习热情很高，6月初试点，8月10日已在全厂办起了半工半读，工人分4班生产，每人每天生产6小时、学习4小时，有小学有初中有高中，计划7年完成大学教育。这实在是个了不得的大事。

这两天我晚上还回到寒冰同志家，我跟他爱人聂元素①同志很好，晚上把工作情况向寒冰同志汇报一下，也得到他的帮助。今天上午又听了天津市几个厂的半工半读汇报，会后亢之同志参加讨论了天津市的报道问题，他已指定人组织稿件。

下午元素同志一定要我同他们到街上走走，我们就到劝业场看了看。晚上是8月15日，他们请了5位老同志来吃饭，也留我吃饭。晚上又一同到市里干部俱乐部去看了看戏和舞会。然而这跟我的工作情况和心境都很不协调，所以很无味，幸好10点钟就回来了。我决定明天即住到工厂里去，继续深入几天，争取29日把全部稿件弄齐，30日回京。我在劝业场买了几张白石老人画，让你送给外国朋友吧！

你底惠

1958年9月27日夜11时

第三十三封（1958年10月1日）

小川，最亲爱的：

昨天，国庆的前夕，上午我在天津市委参加了一个有关半工半读的会议，

---

① 聂元素是我在延安枣园西北公学的同学和朋友。 ——杜惠注

中午匆忙中去找了海默（他替我从北京带来一封你的信），看了看方纪、小黄，又正碰上鲁荻。跟他们在一起，给了我很多的热情，同志的亲切和纯朴的关怀。但是我还有几件稿件在工厂，我不得不急急忙忙又到了工厂，因为5点50分的快车票已买好，最美丽最亲爱的北京吸引着我的心，我们亲爱的家和孩子们，也好象在北京真的离你更亲近些。海默一直陪着我，从家里到工厂到火车站，他最近正写一个少先队炼钢铁的剧本，三天就突击出来了。这次我更深地感到，海默的确是一个非常纯朴的深切地关心别人的同志。

国庆节前夕坐火车回北京，大概是一切旅途中最幸福的时刻了。到处是迎接节目的紧张的愉快的人群，到处是举世无双的成就，白天到处是报喜队，晚上到处是美丽的灯火，有些人还在紧张地劳动，有些人享受着最自豪的休息。我乘坐着最漂亮的列车，更幸福的是正好和小平同志同车。不过我克制了自己，不想用一个陌生同志的身份去打扰他。

这次我在天津整整一周时间，组织了天津公私合营春和织布厂的半工半读的集中报道。……我组织党总支一篇经验介绍、一篇如何教哲学课、一篇学校的民主管理、三篇工人的文章和一些工人的诗歌、照片。我自己写一消息、一社论。比在北大搞一个月才完成了一组集中报道是大大提高了。我们现在发展了这样一种依靠党组织、依靠群众，抓住一个典型深入地集中地做报道，甚至以两三个版来表现，这方法也是××同志指示的，收效很大。一个典型往往震动了全国。……最近不久有人去报道了航空学院的飞机上天，很突出，还受到报社编委会红字大字报的表扬。我自己也根据党的这一方针，摸索着报道了北大，两个半版，报道党领导群众搞科学研究的伟大成果，稿件的内容和花色品种还相当不错，但由于自己工作上的缺点和客观的某些困难，拖了一个月才完成，有成功也有不少失败的教训。我检查了自己的思想和工作，这次比较好。但还感到跟不上要求。国庆前夕我就是带着这批稿件回来的。我首先还是回到了报社，现在的一切情况，都不能不使自己把工作当成自己的第一生命了。所以在天津那么一个礼拜，我没有一点时间去看看熟悉的同志们。亢之同志也是两次在会上见到。他很热情很关心，首先问到你和孩子们，还打算请我吃饭，可是我说明了一点儿时间也没有，也没能去看他。我比起千千万万工农同志和干部来，还差得很远，然而我是紧张地尽心尽力在工作着。我觉得不这样，我对不起党和毛主席，对不起工作，对不起这光辉的时代，对不起你，我底最亲爱的。当然工作中不是没有问题，客观上也遇到许多复杂的情况、困难和缺点，自己的思想也常常发生矛盾，也常常出现与这一时代的共产主义风格不相符的个人主义思想问题，或者特别是一些片面的偏激的思想方法，虽然比过去沉着一点了、冷静一点了，根本的思想作风的确需要长期改造。不过，每次我总是能够战胜自己的弱点，不断地前进的。亲爱的，以后适当地谈谈思想，谈谈这方面的心得也是很必要的。

昨晚10时才从报社回到家，大家都早已睡了。本来全家老小都报了名，参加街道队伍去中山公园那边观礼，后因阿姨走了，嬢嬢①留家做饭，他们就决定姐姐和小林去，清早三时就得起床，就早早地睡了。

我又读到你的两封信。你总是一次又一次地鼓舞我，给我最大的爱，给我最圣洁的思想。我每次读着，它都给我无尽的力量。

可因为前天夜里在工厂苦战到深夜三点，同他们一起写稿，昨晚仍未能给你写信。

今早小林和奶奶三点起身，4点就出发了。我在报社拿到一张场外工作证，8点我带了梅、蕙、抗美和嬢嬢在王府大街看了看。今年在王府井中段以北，群众都可以四处参观，可以在参加游行的队伍的巨幅标图漫画前走动、参观。老太太、孩子都出来了。游行队伍休息地，群众可以穿行，关系亲密了。这也是发挥游击作风的好处吧！以后婆婆回来了，我带这三个孩子到天安门前（劳动人民文化宫）这边看了看武装部队的检阅。使我很意外，我原以为今天一定有强大的武装部队的示威。可是并没有。只有大炮、坦克和飞机。但是钢铁、粮食的产量和民兵的阵容到是顶威风的。这种示威当然也正是美帝国主义最害怕的。游行队伍一多，也就很难看到什么，我们12点就回来了。

下午睡到4时，起来就开始写信给你。吃过晚饭，现已8点，暂时结束这信吧，想带梅、蕙和抗美到附近走走，小林和奶奶4点回来，5点多刚睡，现

---

①嬢嬢，即杜惠的姨妈郎紫筠，郭小川、杜惠的子女叫她"婆婆"。

在睡得正香，也就不叫他们了。嬢嬢最近街道工作很忙，现在就要去站岗了，站1小时。

我4号起又和林枫同志他们去天津。我很高兴，本来我也是打算争取10月再去天津的。

好，再谈，紧紧地拥抱你！吻你！

你底蕙
伟大的国庆9周年

你信中说美国侵略使你不安，讲话也说不安，对"不安"二字不同意，应说愤怒。我们没什么不安，不安的只有美国。

亲爱的，要说的话很多，干脆多说几句，让这封信过重吧。

明天我准备把几张较好的《光明日报》寄你，再给你寄点画片，让你送给朋友去吧。

你对局势的提法，你在宴会上的讲话，如："不安"，"然而在这里，苏联同志给了我力量"。不安却不必要，真正不安的是美帝国主义。你自己，即使远离祖国，也应该是充满信心和力量的，苏联朋友给了你鼓舞是可以，你自己，要表达你对祖国人民的感情，首先应该是充满了力量的。也可能是我的挑剔，供你参考。

××犯了错误，听说经常抱头大哭，这从好的一面看，可能是一种对党的事业的歉疚，从坏的方面看，正是一种软弱。

鲁荻工作很好，在抓钢，前日坐在天津钢厂高炉前三天两夜，很有气魄，还有生动的故事，还是很有风趣，且更有生气了。

好，再谈！

祝你好！再吻你！

你底惠君
1958年国庆之夜8点半

第三十四封（1958年10月4日）

亲爱的：

我今天上午又随林枫同志到天津，住在市人民委员会交际处招待所里，地址在睦南道，安静极了，工作到最好。但如果没有工作闲住，那就最没意思了，就简直是伟大时代的最寂寞的人了。

我们今天下午就听中央派赴天津的调查工厂办教育的调查小组的汇报。

林枫同志这次主要是研究工厂如何贯彻中央教育方针的问题。中央派了许多调查组到各地，总的就是林枫同志挂帅。

他大概准备在天津呆7至10天，明天要去看新港和亩产12万多斤的稻田，可能还要看看人民公社，主要的还是听市委、一二个区和两三个重点厂谈工厂办教育。跟他在一起真得益不少。中央大概11月讨论这方面问题。我们现在随时要情况汇报，刚才写下午会上情况和林枫同志谈话就写到11点。

我又可能没时间去看方纪、海默了。

亲爱的，周扬同志快到了，给你带去的精神粮食一定是非常丰富的。

好，再谈，给你三张照片。我在想如果要送国外的朋友，还不如送在西山照的这张，所以把底片也寄给你，但一定把他带回来，将来给我放张大的，这张我最满意。再见，

轻轻地吻你。

你底爱妻蕙
1958年10月4日夜12时

我想给你寄画片，尚未寄。我又想，你是代表团成员之一，给你照片和画片送人好不好？

第三十五封（1958年10月25日）

亲爱的，我最心爱的人：

还是让我先来写信吧，你知道我现在是多么激动吗？我都急得真的流出

眼泪来了。我曾在23号给作协去了一个长途电话，告诉他们有你回来的消息时，就打个电话给方纪，我准备回去接你，我想或者是晚上回去，次日晨再来天津，久别后跟你谈一个晚上也是好的。这两天一直在热烈地等待着，可直到今天下午5点半，我才收到市委宣传部的电话，告诉我你明天回来，我又高兴又激动。谁知太不巧了，明天的快车票已买不到了，我亲自跑车站和市内一个大的售票所，都无结果，又是怨恨又是难过，还是只好回来了。

你底惠

1958年10月25日

第三十六封（1958年11月5日）

小川，最亲爱的：

你的来信收到了，叫我又高兴又更加怀念你。我的工作快完了。7号，最迟8号就可以回去了。我一定打长途电话给你。我还将尽力争取同你去跑跑，你知道，我是很愿意学习一下你的采访方法和选用材料咧。我还想要求你，这次出去，无论如何要给我们写一二篇东西才行，这样我也好交账呀！

一个人在外呆久了，真是怪孤单似的。真很想早点回去。也许，可能早点回去。

你们同亚非作家同炼钢的消息我看到了，我是感到很兴奋的。

好，再见吧。

紧紧地拥抱你！

你爱的惠

1958年11月5日

第三十七封（1959年5月11日）

我最亲爱的：

来信收到了，幸福的感情使我醉了。最近这些夜里常常沉迷在甜蜜的回忆里，从最初在延河边的约会，第一次的亲吻，直到热狂的延河之夜的细语，和我们婚后的无限的美好的生活情景，都进入了我的眼前。我非常地非常地思念你，我艰苦的生活中不能离开你，幸福的生活更不能离开你。深深感觉：不管怎样艰苦的工作和劳动，只要每天能睡在你的身边，睡一个香甜的觉，就最幸福了，我就会增长无限的力量，我将永远努力工作和劳动。生活是这样的广阔、丰富，爱情也就显得更加不可缺少了。

只要想到你，我是多么地振奋和激动啊！

你说无论在工作和爱情上，你都是收入的多付出的少。这话也是对的，你常常想到这点是多么好，多么需要。但我更想到：正因为你值得党重视，值得我热爱。你是党的好儿子，是我的最好的丈夫，最可爱的人。你有许多优秀的品质。你是那样地无限地忠实于党的工作和爱情，你始终是那样全心全意地在爱着工作和我。其实我除了绝对地忠于党和忠于你，除了有一颗最纯真的热烈的心以外，我是既不善于工作又不善于表达自己的爱情的。我不管在工作上、生活上，在对你的爱情上，都是有许多缺点的，甚至任性起来还有过一些错误，如曾经撕掉信，和一些莫须有的情感。然而却得到你的谅解和不少的帮助。我原有一个不易驯服的狂热的极度自尊和骄傲的性格，在你的深深的爱抚和必要的帮助下，我是不断地改进了，我没有失去我的可贵的热情，却克服掉了一些弱点和缺点。我是在党和你的帮助下成长的。而你的深切的爱对我更有极为重要的意义。因此，如果要写诗献给我，倒不如替我写一首最美好的诗献给我最亲爱的人儿你。

这信已写了两天，都挤不出时间来把它完成。

今天我又得到了最大的幸福，收到你第二封来信。我在山上劳动休息时，细细地读完了你的长诗，整个故事使我深深地激动着，在两个地方特别使我感动得流下了热泪：一个是将军对这个孩子最初见面时所表现的深沉的爱；一个是将军和伤员一段。我读着，就好象躺在你怀里听朗诵一样。我也认为：如果从抒情方面来说，似乎不如《月下》写得美，但无论内容、结构和每段的情节都比《月下》更丰富了，更深刻了，塑造的将军和战士的性格更深厚了，更美好了。显然是在《月下》之后的，你的创作的进一步提高与发展。

亲爱的，让我用热烈的亲吻和拥抱来祝贺你吧！

只是，我还有一点小小的意见：从整个故事来说，我军歼灭了敌人之后，立即回过头来击敌援军一点，写得不够有力、不够突出，给人印象不深。我是看完了，再回过头来看，才比较明白的。这点是表现将军勇敢、智慧的重要情节，也是将军和伤员那一段和整个结尾的重要引线。我愿你在这里着力再好好写几行，在这里造成一个胜利的欢乐的十分振奋人心的高潮，这样一方面可以在这里转换整个故事和前面那样一种低沉的悲痛的气氛，另方面使读者更明确地看到：警卫连的牺牲换来了多么伟大的代价。因此要把我们的胜利好好着力地多写几笔，用最大的热情和欢乐的心情来写。

其次个别字眼上还有几个小意见：第16页"因为"二字似可不要。第18页"警卫连长"是否可改为"当时的警卫连长"更好？或者想别法一看就能分辨出。第18页后来的"连长"是否改为"少年"更好。第32页最后"太阳突然从高空下堕"一句，我认为"下堕"不好。我记得，大雾过后，正是太阳愈升愈高的时候。下堕总不是使我很高兴似的。

亲爱的，总之，我是很爱这首长的诗的，等我回去了，你再朗诵给我听吧！我的意见不一定恰当，甚至可能词不达意，仅供你参考吧！我们这里劳动是相当沉重的，大家都很累，时间非常紧，甚至还睡得不大好，我也没好意思给别人看这诗。也许听到我的意见，你就非常非常满意了。就将原稿寄回吧。

已经深夜了，熄灯号已吹过1个钟头。好，再谈吧。啊，我忽然想起，你不是说想来看看我，劳动半天吗？我自然是无限的欢迎。我想了想，也问了问这里的大队长兼支部书记秦海淳同志，是可以来的。不过，我想最好不要只是一个人来，多有几个同志来就好些。我们月中大概14号要休息半天，最好你13号下午来，你们自己在一起住一宿，第二日清早同我们一同上山，劳动半天，再用半天谈谈，晚饭前后回去。不可能时，中午来也可以。路线是：由沙河的柏油马路一直往前，经过小汤山西侧到秦城，这时就到了柏油马路和公共汽车的终点，然后你们由那里一座大桥直奔东道来，经秦城等4个小村子，就到了半壁店村。村西头就可打听到绿化大队队部。来时直接找秦海淳同志。最好带个介绍信，可以同他谈谈，然后请他派人带你们上山。

亲爱的，可能就来吧，不可能也不要紧，时间过得多快，劳动成绩一天天增长，回到你身边的日子也就更逼近了……

拥抱你！

你底人

1959年5月11日晨

第三十八封（1959年8月17日、18日）

我最心爱的人：

今天多么有趣，匆匆地到了车站：幸好并没有误点，还有10多分钟开车。可是一问才知道，车上和直到天津站以前，沿途一点吃食也买不到。就这样一直饿到快三点。才在天津西站买到一点梨，以后在天津买到一包8分一块的、我们早上有时吃到的那种糕饼，全是1元钱1包，我一气吃了5块。可以后又再也买不到东西了，现在已是差5分9点，还有1站到北戴河，我又直饿到现在。从中午后，糕饼再也不想吃了。

但这并非坏事，受受这种旅途生活的锻炼是很必要的。

亲爱的，我要告诉你，一天的火车生活，收获也不小。上午看了看你们给荃麟同志的信，又拿出何其芳同志文章来看，但那样长的理论文章，实在看不下去，也就罢了。

车上的拥挤和闷热，我只睡了10分钟。整整一个下午，我就沉醉在你的《雪与山谷》里，我细细地嚼着其中的每一句火样的语言，它使我充满了无限的激情，使我眼里不断地浸湿着泪水。我更进一步地肯定了这两个作品，找不出任何可以非难的地方，除了极个别的词句可以改得更美好以外。

尤其是《白雪》，它歌颂了我们同志的最圣洁的爱情，也歌颂了我们同志的高尚的友谊，它的美和力量将是永恒的。

我到想到你应该写爱情的第三部曲，但那不应是《严厉的爱》，而应是另外的样子……回去时谈谈吧。

列车应该8时47分到达北戴河，可这次晚点约55分。下车后，天津市工会系统来了约六七十人的休养员，有人招待，他们正在雇车。我拿出了党的介绍信，经过要求，他们才答应帮助把我和另一个青年报的女同志带到海边去。然后我们再步行到目的地，听说那里离安一路也不太远了。现正10点了，他们正在要车子。

不知李季他们睡了没有？恐怕是吃不成什么晚饭了。还有一件有趣的事：我只集中在为了组稿的工作上，实际上把游泳忘记了，连游泳衣也没有带来。

亲爱你，在没有离开你时，火热的情感就有增不已，何况这一分离，你想，是多么地想念你！

亲爱的，努力地写吧，但一定要照顾身体，按时睡眠。

我准备星期四就起身到天津，星期六下午回家。争取更好地而又提前地完成任务。

再见吧，

热烈地吻你！让你做一个美好的梦！

你底惠

1959年8月17日晚10时

记着：把情况跟老人们和孩子们讲讲吧。

12时差几分到了华山、李季处。首先把华山闹起来了，后住在小为、甜甜床上，谈到半夜。今早写几句，又去睡去。

小为、李季、华山都象非洲人，只两个眼圈活动时是白的，真好看极了。

信等一等就交荃麟同志。

亲爱的，再见。

8月18日早6时半

第三十九封（1960年11月5日）

小川，亲爱的：

现在已10时40分，我8点钟时完成了小组这一段形势学习的书面总结，交给了支部。随后给你打电话没有打通，我就去大礼堂看一个苏联片的电影：《小莲娜寻父记》。虽然开始一点没看到，但这片子不错，是一部英勇紧张机智的战斗片。不知你看过没有？

我虽没有回去，当时还是很想你和孩子们。可是一来的确好多书没有看，明天必须看一整天文件；二来正是特殊情况的高潮，也无法回去。你一定会想我，但也会原谅我的。

我们形势学习已结束，收获还不坏，至少比前些日子了解得比较系统些了。今天已传达今后半年的学习计划：学党史，从党史导言、毛选四卷学起，返回去再学一、二、三卷。我真高兴极了。为此，我却对你有一个热烈的要求：要求你给我一点帮助。我想这样来利用星期日：基本上一个月回去3次，这3个星期日，最好你能和我一起读点革命回忆录或优秀的短篇小说。最好你能从《红旗飘飘》上或《人民文学》之类上面选一点，先准备好，星期日吃完饭就一同读。最好还能吸收3个孩子来听。主要请你给我们读，有时我可以织织毛线或作点活。但主要的是把家中愉快的轻松的读书空气培养起来。你的帮助很重要，最好你能给我们读。你读得又动人又好听。如果你能适当的可能地配合我的党史学习就最好不过了。如果一时配合不上，也没关系，能给我们读点好的文学作品也好。总之，如果你能跟我们一同度过星期日，并在这种学习中度过，星期日会搞得特别的美咧！

我在这里什么都好，太极拳已学了近50个动作，这里学太极拳成了群众性的运动。现把这两份材料给你也看看，你一定也感兴趣的。

少奇同志他们去莫斯科了，阵营多雄壮！我们都高兴极了。李季回来了吗？

你最近一定很忙，希望你一定把气功练下去，现在把练气功的一段剪报也寄你看看。

歌词早写好寄走了吧？祝你成功！

小林劳动回来好吗？请你替我亲亲孩子们，不多谈，让我热烈地亲亲你！

整11点，好好睡觉吧！

你底惠

1960年11月5日夜

于中共中央高级党校60班[①]

第四十封（1960年12月20日）

小川，亲爱的：

下午收到你的信，使我感到很愉快。每次你从中央一些会议上所得到的启发，对我也是很大的启发，我热烈地期待着你告诉我一些什么。我们现在每月交两篇短文，出题目好象也很困难，我到很欢迎你根据宣传会议精神给我出些杂文题目。这四年的将近100篇文章，怎样能安排得更好？从哪些方面进行锻炼，也欢迎你多给我提出些意见。我需要你很多帮助！

你首先把作协的工作做好，同时又积极地进行力所能及的写作，我是很赞成的。你继续写作《将军三部曲》的计划很好，这个计划并不小，内容可以很丰富，通过将军——我们这个革命时代的英雄人民的最出色代表——也是可以充分地深刻地反映我们伟大的时代、伟大的党、伟大的毛泽东思想的。怎么能说不是一种雄心大志呢？我以为，一件极有益于革命的工作，不一定表现在数量上，而首先是表现在内容和质量上！你的计划我很赞成，你的积极创作的精神也使我受到很大鼓舞！我也很赞成今后多有机会谈谈彼此的工作、学习、写作等问题，新的跃进的精神会使我们的爱情生活又进到一个新的高峰！

可是，请你原谅，这个星期六我必须回家去一次，因为梅梅老感到冷，

---

① 1960年10月，杜惠被派到中共中央高级党校理论班学习四年。

我要回去想点办法。还是你在家等着我吧！再见。

　　吻你！

蕙君

1960年12月20日晚

第四十一封（1961年2月11日）

　　小川，亲爱的：

　　两封信都收到了。你从鞍山7号发出的信①，今天中午才收到，时间不算快。这些天我弄不清楚你什么时候离开沈阳，同时也忙于一些家务事，也就没来得及给你写信。这次是我有生以来最美好的第一次假期，又是一个十分欢快的春节，你外出了，我是非常想念你的，我已有三次在梦中和你拥抱在一起，生活是那么甜蜜，完全跟我们时常相处得一样。

　　这次你在春节前后去采访一下工人同志们的生活，出去一趟是很必要的。深信，工业建设中的战斗气息，会使你更饱满更健康地回到你的工作岗位上来。你的振奋的精神对我们的爱情生活，对我们家庭的幸福是不可缺少的。

　　亲爱的，安心地工作，愉快地生活，身体最好适当地锻炼一下。人是从劳动中产生的，没有适当的体力劳动和运动的锻炼，不可能保持永久的健康。这点我还是要说一说。

　　我们都很好，谁也没有病，请勿念。

　　孩子们都很想念你，都叫我在信上代他们问你好！

　　吻你，拥抱你！

你的蕙

1961年2月11日夜

---

　　① 郭小川到东北鞍山、抚顺访问一个半月。

第四十二封（1961年2月27日）

小川，最亲爱的人：

17日与23日信都收到使我愉快极了。17日信收到后，估计你在鞍山已收不到我的信，故未复。今天收到23日信，再寄去抚顺，到正好。

亲爱的，祝贺你完成了新作的初稿，你真是辛苦了，你总是那样地热爱工作，一天也不能停止劳动，这是多么可贵！但你一定要注意健康，初稿完成后，无论如何要好好休息两天，并从群众的生活激流里再吸取新的滋养。

到抚顺我也很同意，煤的生产是一关键，两个年假，各煤矿工人同志都没有完全休息，而是轮休的，他们是十分艰苦的，他们给了人们光明和温暖，他们是非常需要大大歌颂的。祝你取得工作和创作的新成就！

我，一个月来，完全是家务事，就为了把孩子们三月份伙食安排好，我就计算和分配了一天时间的粮菜票。从这一月里，想到婆婆过去的确是非常忙碌和辛苦的，以后我应该更体谅她一些。孩子们还听话，23日，几个都开学了。婆婆还无电报，不知那天回来。我明天下午去学校。孩子们已可以自己按时作息，请勿念。

希望你一定在星期六回来，我一定在家里等你，最好让我们带孩子去接你，你可以给我学校来电报。

寒假就让它这样过去吧，今年夏天我们一定要过一个最美好的暑假！

从你走后，几乎每天夜里梦见你，有时的梦是顶好玩的。也许那时你也正在做梦吧！

到学校后，我可是要忙一个时期，因为寒假里除读了革命史，什么别的任务也没完成。不过，我决心每个星期日都回来，一定把星期日过好。

好，再见。

吻你！

你底蕙君

1961年2月27日午

第四十三封（1961年10月18日、19日）

我最亲爱的，我底川：

日子过得多快，一周又过去了，星期六又来到。夜夜你都让我睡怀里，勾来无限相思。算来，你即将到达广州了[①]，我的前一信可能又比你先到了。这是14日离校前写的。我等待你的来信。回家正好收到你给孩子们的明信片。我知道给我的一定是寄到学校来了。真的，星期日晚读到了它。我感到非常幸福。可是我11日寄到李普处的信，不知你那天才能看到了。

亲爱的，你去福建自然是非常好的。看看建设时代里唯一响着炮声的一角，多么有意思。至于你提到的别后的怀念，我想谈不上什么不健康。我们的爱情给了多少工作的热情和力量，它始终是推动我们前进的。让我们更多地在一起吧，让我们一同去吸取祖国广阔原野上的滋养吧。我至亲的人，你也许没有忘记，这次的想念有着一重更深的意义，正是我们相爱的20周年纪念呀。记得1941年那延河上的金色的秋天，记得那透着微寒的月夜和星夜吗？我们怎样被第一次的纯真、高洁的青春情爱所激动！自从那时以来，我们的心没有一分钟不被彼此的爱情所占有。多次的经验说明，我的过分的狂热有时会对你闹一点小脾气。你却那么深刻地了解了这一点，那么爱护和体谅这一点。这么至诚的爱，总在我们分别中带来无限深沉的怀恋，这是很自然的了。在你年龄和身体条件的不断变化中，我到很愿意今后能多跟你在一起，学会较多地照顾你。也许，跟你在一起，只会是我更多得到你的照顾。不过，我知道，只要跟你在一起，也就是你最好的休息和最大的愉快了。自然，我们还不能不面对现实，今后在我们的生活里，分别仍是不会少的。

我底宝贝，你已经到福州几天了吗？怎么信还没有来呢？跟前线的同志们、英雄们谈谈，替我也问个好吧！在鼓浪屿好好游几次吧，小心可别叫鲨鱼吃了。那里有鲨鱼吗？可能没有的吧。带几个美丽的贝壳回来！

---

① 小川到南方了解作家们的工作和生活情况。——杜惠注

热烈地吻你，拥抱你！

你底爱妻蕙君

1961年10月18日午

今天收到你从福州的来信，欢欣至极。过两天再给你写信，祝你丰收归来！

10月19日午前9时

第四十四封（1961年11月13日）

我底最心爱的人：

广州的来信，10日午我正听过总理报告的最后部分回来，就读到了。这是最大的幸福又加上最大的幸福。总理9日上午起开始向我们——17级以上的全党干部报告，第2天上午才完，共讲了8个小时。这是终于会响彻在全世界的最宏亮的真理之声音。你在广州或者在昆明也该听到了吧？而一听完报告，我就知道，革命的最圣洁最热烈的你底爱情又会陶醉我，真的，等我还未吃完饭，寝室阿方就向我报喜讯了：情书来了。

亲爱的，我的心灵的美化者，你知道，我愈来愈不能隐藏我底爱的狂热，我不能不告诉熟悉的女友，我太想你了，我们的爱情太挚热了，谁都离不开谁，信更是不能不写……幸福鼓舞着我！

你，我底人，工作自然要完成好，但无论如何，争取早两天回来吧，我已久久地伸开双臂在等你！等你回来后，一般地我就可以每到星期一早晨才返校了。

你星期六打来的长途电话，我是听得很清楚的，你显得太紧张，甚至一如你过去拿起电话筒时一样，有点严厉得吓人，我的话你就不易听清了。本来我已写好草稿，跟你好好说几句话。可是，电话里总很难表达爱人们的深情怀念，何况又不易听清楚。所以我不喜欢长途电话。

我为你把《人民日报》和《参考消息》都准备好了，等你回来时才读它们。还为你做了些好吃的咸菜，等以后菜不多时，你有吃的。我又开始进一步锻炼身体，除仍洗冷水澡外，又开始迎接黎明的长跑了，这两天刚开始跑步，全身，特别是背部和腿肚子，又酸又痛——正是走向强健的表现。

我每周都回家，因为孩子们想着我，老人也想我。现在每周回去都过得很愉快，小林、娘娘都很关心形势，也提出些有趣的问题，两个星期日我都与他们讨论了这些问题，很有益。中国人民这几年的觉悟，的确是不能小视的，老如婆婆，小如小林，都是主动地读了《人民日报》上的一些消息和社论的，多可贵的事啊！

孩子们都好，小蕙不断问我："爸爸快回来了吧！""我想她！"我亲她时，总是要代你亲她一下。

我已几天不听广播了，北京说来也奇怪，几个月买不到2号电池。有人说北京电池厂也出此产品，不知怎么没出？有人说是上海出产的，几个月才往北京分配一批货。到底是怎样，也不清楚。其他东西仍十分困难，现在餐馆大吃兔肉，有时做得简直象猪肉似的。昨天我返校时，去海淀一个较大饭店吃了饭。

长途电话时本要告诉你：以最大的热情写一首给阿尔巴亚的诗，比给我写10封信还重要。话还没说，你已写了，我们的心完全一致，你快寄一张《羊城晚报》也好。亲爱的，我准备给广州再发一信，然后即可寄信到昆明，1至2封。你的行程早告我。再见，拥抱你！

你底蕙

1961年11月13日午

第四十五封（1961年11月20日）

我底最亲爱的，我底川：

一到历史上的重要时刻，你就想多写东西，你就总是热烈地投入战斗，这多好，这是多么可贵的品质，我多么爱他，为他祝贺！我也不断被鼓舞着，真想发言，就是不会写。

亲爱的，北京仍不算很冷，偶然的比较冷些的天气，才到零下1至2度，只有一天到零下4度，平日则都在零上4至7度间，这里都是指最低温度。据预报，今冬北京天气又是暖冬早寒，你返京注意适当加衣服。我一切为了你的快乐，我将以最健康的姿态出现在你面前，争取今冬能坚持冷水澡到底。小林、小蕙也还在洗冷水澡。小蕙是在每星期日早上，我抱过来给她洗的，她真好玩极了。我想悄悄地告诉你，我愿在毕业后的一个春天再为我们生一个小宝贝，一定怪有趣的。

亲爱的，不谈了，等着你，让我们紧紧地拥抱吧！

你底蕙君

1961年11月20日黄昏

第四十六封（1961年11月26日）

川，我底心肝，我底光亮：

收到你的来信，叫我如何狂喜！你去西双版纳走走是完全对的，怎能到一趟云南，不观赏一下她头上的珍珠呢？你安心地再好好工作和旅行半月，争取8至9号回到北京来，实在不可能，就在15至16日回来吧！成都也是需要适当看一些地方的，特别有些地方，对你这个诗人来说，是决不可不看的！这几天我又不太着急了，你总得比较心满意足而归才行哪！

告诉你，这是你相当关心的，北京各机关都将在12月1日起生暖气，我们也不例外。这两天我学校的房内温度一般是13度，而家中我俩的卧室则只有9度。我到想到一件事；今后每年的国庆节后到生暖气前，你一定争取到南方去度过，这个时节你留在家中，室内温度对你是非常不相宜的。我想，组织上一定会照顾你的身体条件的。

我写到广州去的两封信，李普寄给你了吗？

昨晚回家，已收到你带回的东西，今早已交曹琳要带给白羽同志的虾米。这些东西是李季从大楼带回的，我就送了两个罐头和一碗虾米给李季先吃。我们自己早上吃了一个，又用一点虾米搅在中午饺子馅里，大家吃着很高兴，也更想念你。

收到你前一信，你谈到在打长途电话时那种狂喜的心情，我已感到我对待这次通话的想法是有缺点的，我常常不够了解男性的那种紧张和焦躁的热烈神情。亲爱的，请你原谅我！

告诉你，今天收到有关廖经天同志受野马咬伤的不幸消息，使我心中十分难过。现将信寄你，如果可能，你在昆明给他打个长途电话，或发个信好了，如果认为必要还可就地给他汇点钱去，也许他正急需你的援助。我过一会即给他先回一信，表示慰问，并说明等你回来再给他去信，再商量是否可做一点可能的帮助。

今天听曹琳说，白羽同志是发疟疾，还住在医院。详情我没有问。李季今天早起即陪外宾去游八达岭去了。

亲爱的，不多谈了，我刚洗过冷水澡，又看了看报，从《参考消息》看到高士公开跟随印资产阶级反华，可恨已极。现时已近11时，准备给老廖写一短信。

再见，用最愉快的心拥抱你！亲吻你！

你底爱妻蕙君

1961年11月26日夜

第四十七封（1962年1月22日）

小川，我最亲爱的：

整天里，许多时间我的脑子都被一种幸福的情感所占有，也为你的创作问题所占有，总是有着跟你说不完的话，现在我们的思想、生活、感情是多么丰富多彩啊！

我先想到的是：你用和平和安祥这样的字眼来说明厦门的建设生活还是不大合适的，仍然要反映那生龙活虎般的、海潮般激越的建设景象。

我又进一步想到写厦门的重大意义：……厦门正是祖国这个伟大巨人的缩影，屹立在太平洋之滨，面对着最疯狂凶残的美帝国主义侵占岛屿，既不麻痹睡觉，也不胆战心惊！只要它敢稍一蠢动，我们就以雷霆万钧之势，给以致命性打击！最终是要赶走美帝，解放祖国母亲的爱子台湾的。美帝不滚开，中国人民是决不放下武器的！

厦门这一主题，有着多么巨大的现实主义！

我也就想到：你是否需要在厦门干脆多待些日子，三四个月甚至再多点。好好抓住这个题目，写一组有历史意义的、有时代最主要特征的、政治和文艺光辉融溶得很好的诗篇。让××主义者死亡之前再吞食几颗诗的炸弹。让一切争取解放的人民，把这诗当成最雄伟的战歌！

事实上，我们党是全世界被压迫人民的旗手。而文艺方面能不能让我们出现最高峰的作品呢？自然有各种方面的高峰，我现在是说抓住厦门写出鼓舞世界人民反××××和帝国主义斗争的最优美的新诗，这正是我们最迫切的需要。

亲爱的，我还想到，可能完全是不切实际又多余的设想，为最近如此迷醉的情谊所鼓舞，我还是写给你吧。我设想，你今年完成两大组诗就很好，一组如上述，一组就是歌颂中国人民克服艰苦困难。继续跃进以建设祖国的宏伟壮志的。你下半年的计划自然会是如此的。我想说一说，是要表示我的愉快的关怀，同时也可以帮助你更有计划更有目的地及早搜集资料进行学习了。

想到你到厦门的重大任务，我感到这次我们虽然带着孩子去度春节，但各方面一定要使我感到真正象一个老战士出现在人们面前一样，不是去度蜜月，而这种革命者的激情会比蜜月之情更甜蜜更火热。

亲爱的，我这样长篇累牍的废话会使你感到不愉快吧？会妨碍你的创作构思吗？我已发现我的简单化可能妨碍你，以后我还是得少说一点了。比如你用"厦门哪，你在那里？……"这样的开头，现在想来并不一定不好，甚至的确是很美妙的开头咧！也许这正象一条看来不见园亭玉宇的曲折的清幽的小径，慢慢走来，一步步把人引向了最美妙的仙境。在艺术上你尽管大胆地去运用你喜爱的构思吧！

亲爱的，经过这两天的交谈，又经过今天的这些思考，我好象一下子长大了，好象突然一扫过去那种优柔的闲情逸趣，好象要陪你去完成光荣而神圣的任务一样。——而这就最后把我陪你去厦门的热心坚定下来了，厦门之行的价值也突然飞升了，对孩子们一定也会带来很大的教益。而爱情生活一定是空前美妙的。

好吧，就写到这里。

热烈地吻你！

你底蕙君

1962年1月22日星期一夜11时写完

第四十八封（1962年4月2日、3日）

小川，我最亲爱的：

今早一来学校，房门外就放着你的两封信，一是从鼓浪屿25日发出的，一是从鹰潭29日转来的，别的什么事我都忘了，一下完全被它吸引住了。

你到广州走一走，也很好，我也认为是必要的。看来，你不换换空气，改变一下沉闷的心情，厦门的诗也是写不出来，或者写不好的。看来，有时一定说死了只能到一个地方去深入几月或几年，对有些人的情况并不是恰当的，甚至反会造成创作上的苦闷和失败咧。你走一走，会很有好处的。处在我们这样一个不断激变着的时代里，没有朋友和亲人谈心，谈政治、谈思想、谈创作，恐怕也只能造成损失的！这样一来，我也到相信，你什么时候回厦门、什么时候写厦门，都是可以安排好的。

亲爱的，如果要到武汉开会，会后是否干脆回来住三五天呢？我知道，大概我不说这句话，你是不好意思回来的，从心里来说，我们彼此都很盼望过几天从思想到感情都火热的日子，让我们在深情的怀念中再分别，再走入各自的战斗岗位，会使各人都带来丰收。你说是吗？你回来，最好住在颐和园，我争取请两天假到那儿去休息，同你谈、玩，陪你看看书。完全可以让人家不知道是你回来了，我可以请假休息几天，吃几服中药也行。回来，你可以不必多住，最多五六天也就行了。可是，不能不从另一面想想：一回来，即使短短几天，会不会必须去看看一些同志，结果增加你许多烦扰，或者总要过问一些与你过去有关的工作，这又使你创作分心，加之往返路费、时间，是否会使你的整个创作计划受到影响，甚至别人会不会笑话你又专门为杜惠回来一趟，浪费！因此，我虽说出了我的心里话，究竟怎样安排才好，还要请你多多考虑，一切以你的工作和身体为重。

亲爱的，当你离开一个时期，即使是短短的，就好象有千言万语要告诉你；可是，也许当你一回到我怀里，用火焰般的爱情燃烧我的时候，又会什么话儿也没有了。多么有趣的生活啊！

4月2日晚10时半

亲爱的，昨天信写到10时半，我就控制住未写了，为了睡好就躺下了，睡得还不错。现在又提起笔来，要告诉你的事还很多。这两天我逐字逐句地仔细读了《将军三部曲》，这次是真正读透了，将军和老虎连长、营长……深深地印在我的脑子里，形象是那样鲜明、生动，有如《夏伯阳》电影里许多场面给我留下的印象一样。自然，你的将军和战士完全是中国的优秀革命传统的典型，是我们最熟悉和喜爱的。想起以前，我却没有完全读明白它，这两年欣赏水平多少是提高了一点吧？亲爱的，说实话，许多地方所描绘的深深地革命情谊，使我感动得流泪，我真是很喜爱它的。我已把你的许多作品找来，准备全部仔细重读一遍。我还觉得，在五干会提出发挥优良的革命传统的号召下，《将军三部曲》的出版，有它的特殊意义。

好，先写这些吧！已9点，我该开始学习了。

紧紧地拥抱你！

你底蕙
1962年4月3日晨9时

第四十九封（1962年4月17日）

亲爱的小川：

8日从新会的来信，以及13日从广州的来信都收到了。收到你从新会来信的前一两天，我正发了一封信去新会，又寄去一个小包裹，内两条新裤衩、一件游泳衣（是给××用的）。你4月份的粮票，娘娘在你离开厦门之前寄的，到时可能你正好离开了。这些你都想法查问一下吧。

亲爱的，你的愉快的情绪总是立即会感染我，读着你的信我真高兴，但愿你写出更好的作品来！但愿你跟陶铸同志的谈话取得最满意的结果！我也很希望你能从今后永远地专一于创作，不要再管什么行政事务，还希望你能更早地得到确定。我看来在党校再住2年到3年就一定会毕业了，以后一定同你一起在南方工作，我争取作个记者，自由地出去采访。近日调查专业，我已填了第一个志愿是文艺，第二个志愿是中共党史，第三个志愿是政论。我也喜欢报社的政论之类的工作，但如果到《红旗》我是不喜欢的。我们即将开始学政治经济学，主要读《资本论》，这多么好，我一定好好用心读！现在我们已开始和59班一起学习了，专业也将合在一起。这个星期日（即15号），我没有回家，主席和中央负责同志在接见人大代表和政协委员之后，接见了我们学校的全体学员和部分工作人员，使我十分兴奋。可是我也不安，看到主席的身体也不如前两年好，不象前两年那样红光满面，可以想象，这几年他们是担着多么沉重和艰辛的担子，多么操劳啊！

亲爱的，你暂时先不回来，我也同意，的确从多方面考虑，回来几天，短短时间没有多大用处，而耗费和意见不会少。我赞成多在下面去住一时期后，或者写些东西后，再说。我还觉得如果我的暑假期间，确定在南方过，你可以一直不回来，等着我假期去，如果在北方海滨过，那就到时再回来。如果五六月你从北京跑一趟，暑假我就去南方，你就很不上算了。在今后的假期里，可能都得花些钱的情况下，不能不考虑到这些方面了。同时，我想今年暑假如果在北方海滨，可以把两个女儿都带去，小林即留在京，让他到党校来住。如果在南方海滨，甚至只带一个梅梅也行，把小林、小蕙、嬢嬢都送到党校来住，让他们每天去颐和园玩。还有一个方案，甚至一个孩子不带也可以，不过你可能太想念梅梅了。这个你可以先初步考虑一下。

对于你的身体，有一点我十分担心，好几次写信要说说都忘记了，发走后又才想起。化工部的彭涛同志和最近的马锡五同志，都是患肺癌死的，医生都说吸烟过多，加之彭涛同志过去认为自己身体好，熬夜较多，就突染恶疾。我希望你无论如何少吸烟，如能有决心戒烟更好，如果写东西时疲劳，把吸烟变成吃糖也是好的。你最近感到身体好些，也希望你不要又一下过劳。特别不能睡得太晚，千万不要饮酒。去年年底一个时期和朋友们一谈即到深夜，又畅饮，这是使我们发生肝大的重要原因之一，很值得警惕。医生还说，去年底我感冒和患痢疾时，恃自己身体好，坚决不肯在医务所躺床休息，是引起肝大的原因之一。这也是教训，以为自己身体好，又没有经验，往往就会做出傻事来，后悔也就晚了。你如果发生感冒伤风之类的小毛病，还是注意休息两天，免得影响整个健康。你千万不要因为身体精神好一点就马虎起来，健身锻炼事实上要坚持下去。

昨天星期一上午在家，忽遇徐迟，他是诗刊发电报叫他回来的，最近陈毅同志召集诗人谈诗，原说上星期六，后改为这星期四、五，时间决定得很仓促，可能他们未能通知你。徐迟还好，没有什么变化，他说一直未收到过你的信。

曾到立波同志家玩过两次，他最近即将陪贺龙同志去新疆，是王震同志一定要他去的。王本人不去，而将去东北。

沙汀同志请人带来不少麦子，可惜北京买不到好米，普通大米也很少。

我争取最近带孩子们去照张相，寄你。

好，再见！

吻你！

你底蕙

1962年4月17日深夜

第五十封（1963年3月23日）

我底至爱的人：

你19日从延安饭店发出的信，我22日才收到，我的信你一定还早一天收到的吧。你一定会意外地高兴的。我以后都在信上加贴2分邮票，寄航空是比平信快一两天的。

你准备好好深入一下好八连，我是很同意的，我已经读过报告文学选辑里的那一篇了，好象感人并不深，我还不明白作为选辑里的一篇，它到底好在哪里？等我以后读了你的，一定会学到较多的东西，相信你一定可以写得比《黄金季节》更有意义更动人！

我这几天正开始读茅盾同志的短篇和长篇，先读了《春蚕》《秋收》等5个短篇，我就极为感动，旧社会农村的破产景象压迫得你简直透不过气来，我一下就非常喜爱他的作品了。我觉得他的作品比鲁迅的有另一方面的力量，有另一种吸引人的东西。现在我还没有力量，将来我要好好比较一下。现正读《子夜》。

《诗刊》来了，你的我已读过几遍，无论如何是改得更好了，象"小兴安岭的山哟，雷打不碎；汤旺河的水哟，百折不回；林区的工人啊，专在这儿跟困难作对！"都非常好！总之我非常喜爱这首诗。张蔚辞也说，有些地方改得非常好，但我还未跟他细谈。不过，我还觉得：如果写"专爱在这儿跟困难作对"，加个"爱"字，就更有味了。结尾还是觉得没有力量，虽说"不尽豪兴不停杯"，这句话在这儿倒显得豪情不够了。……或者根据"想它千岁"那句来演化也可以。这只是我大胆乱讲一通罢了。[1]

亲爱的，又是礼拜六了，你离我心虽不远，可比任何一次分别都更怀念。我只好回家陪表弟、表妹玩玩了。

还有许多要告诉你的话，下次再谈！

吻你！

你底惠

1963年3月23日

---

[1] 《祝酒歌》一诗，发表前曾反复修改，并多次征求一些同志的意见。我在高级党校60班的同学、诗词爱好者张蔚辞，也提出过不少好意见。在《诗刊》发表时，在"谁不想干它百岁"之后，有"想它千岁"句；结尾为"咱们不尽豪兴不停杯"。当此诗收入《甘蔗林——青纱帐》诗集时，"想它千岁"改为了"活它百岁"；结尾改为了"咱这是瑞雪丰年宣誓的会"；同时，将"专在这儿跟困难作对"改为了"专爱在这儿跟困难作对"。——杜惠注

第五十一封（1963年3月30日）

我底亲人，亲爱的：

好几天不来信，把我想坏了。26日发的信，29日才收到。我也好几天没给你写信，一定也把你想坏了吧。我是怕你30号前离开上海，收不到。

你既决定4月上旬才完成这篇作品，也好，事情总是要一点一滴进行的，而且不认真深入生活，就不可能写出真正感人的东西，你就安心地写吧。今早小林听说你在好八连，他说，他很希望你写一首好八连的好诗，我说我一定把这意见转告你！他们今天全班到香山春游，昨晚住在我这里。

好象有很多话要说，我从那儿说起呢？先说去新疆吧。亲爱的同志，从我的情况看来，还是暑假期间去最好，而且最好不要延长假期，至少只延长不太多，要考虑到怕学校不同意，同时我还是很舍不得离开这儿的按部就班的课程，何况往往一开学，就有一些十分重要的精彩的政治报告呢！因此，即使你5月中从福建回来，在颐和园写1个月，6月中到北戴河住到7月中也可以。在北戴河可以半休息半写作，你说对吗？

你的《大风雪歌》我早读过了，只是忘了告诉你。写得还可以，当然也有点一般。不过收到王力先生一封鼓励的信，寄去，你给他回信吧。关于反修的寓意问题，我这样想：影射没多少力量，还是不写好。我们党已经把所有问题基本摆出来了，影射早已落在这形势之后，如果好好研究和酝酿，是可以写一首雄伟的正面的有如《国际歌》之类的战歌的。这类诗能否发表，我看是由怎样写来决定的，我们早需要有与《再论分歧》可以比美的诗篇！

亲爱的，就此停住吧。吻你，再吻你！

你底惠

1963年3月30日午

第五十二封（1963年4月1日）

小川，我底最亲爱的：

星期五收到你寄到学校的信，星期六又收到你寄到家中的信，我被幸福燃起的热情是你最熟悉的，梦中也象一直在你的身边。

星期六我同着家人去看了俞振飞和言慧珠的《游园惊梦》，好极了，最近8、9号他们还将到学校来演出《奇双会》，可惜你都不能与我同赏，只引起我更深的怀念！

星期日，我到冯牧新书房（即《诗刊》社后院你住过的书房）坐了半小时，谈到你的诗和好八连。他觉得你最近这两首诗都稍显空，他说同样的感情有时反复表现在过去的作品里。我听出他说得比较轻微，意思只是一点感想而已。30号的《光明日报》上登了《解放军报》记者的有关好八连的报道，头版整版，2版还有1/4版，这篇写得很详细，相当感人，我是昨晚理发时读的。但冯牧也觉得这类生活细节如何选材很重要，如有自来水而不用，情愿用井水，他觉得在城市来说，也不一定好。这次《解放军报》报道的比上次《人民日报》那篇，在写一战士到高级饭馆吃饭后的情况就好些。上次那篇好象给人一种不舒服的感觉：战士生怕自己被批评是犯错误而不安，为此才坦白自己的行为似的。使人从他身上也感到一种不好的压力。我急急地看这篇长报道，为的是想象你们将怎样再写这个连，等着看你们的成果。如果可能，早点使我能看到才好。这篇长报道里使我最感动的是，母亲的4毛多钱就是全家的全部财产，交给战士，而战士只用9分钱买支铅笔，余钱又交回母亲。只有这样的最受苦受难的、最纯朴善良的中国最底层的人民的后代，才能有好八连那种一分钱都看成人民财产的高贵品质，没有这种历史背景，就觉得拾一分钱交连队太没意思了。而母亲那4毛钱的艰苦攒积过程，似乎还可多说两句最紧要的情况。该文中还有一点最使我感动而又还不满足的，是连队上下之间的最亲密的同志友谊、体贴、照顾、关怀，在雨中去替战士站岗的队长等等（可能我记不很确切）。只有这样的现实生活（加上那种历史背景），才能使这些战士没有一点私的影子，象在延安时代的生活一样，除了革命没有别的，不仅生命交给了人民，一丝一毫的物质、一点一滴的心灵活动好象都是透明的。而整个国家、整个人民又都是他们的，都占有他们全个心灵！我为了你，为了你的辛勤的劳动，也把我的心交给你！作为相互的启发，亲爱的，听听这些不成熟的想法，吻我吧。

下午我又到葛洛房间里坐了一小时。他谈到你的诗，他说他觉得《祝酒歌》前3、4稿，轻松、丰富，后来几遍受到怕别人批评提倡喝酒的影响，有点拘谨，最后登出的定稿还是好的。只是觉得还是长了一点，他说林默涵同志也有这个意见。他又说：你这一年多来的作品，比过去大大前进了一步，读者反映中也能看出来。还告诉我，《祝酒歌》已译出来，将在《人民中国》发表。他一直比较热情地谈到这些问题，还谈到，当他在乡下看到高尔基对托尔斯泰夫人的评价时，想到我。希望我能为你安排最好的写作环境……我说希望你今后不要受任何外来的对创作有妨碍的意见的影响，他说你过去有时也受到一点影响。他也认为没有最饱满的情绪写不出《祝酒歌》。他问了你的住址，说准备给你写信。他下乡约10天，了解了不少情况和人，看来准备写点，我也鼓励他写，他说不愿放空炮，没肯定说写什么。

我知道你忙，我想先告诉你这些。《林业报》上的《祝酒歌》，最好看后剪下再寄给我保存。要买的书决定了打上圈我给买去。再见，亲爱的，吻你，拥抱吧！

你底惠

1963年4月1日午

第五十三封（1963年4月2日）

亲爱的，我底诗仙：

刚一午睡醒来，就发现有人插在门把手上的一卷杂志，正是你寄来的《上海文学》，我立即读了一遍关于你去年诗作的评论，我将还要多读几遍。

它使我不能不马上提起笔来写点什么，爱恋好些诗篇，更引起我对那诗人的怀念！

我是爱这篇评论的，有分析有研究，说出了道理，叫人信服，是从思想上、艺术特色上都抓住了你去年诗作的一些主要特色。读了它，对我也是一种提高，这里看出：不仅好的作品对评论家是巨大的鼓舞，好的评论家对创作也是多么重要的鼓舞！好的创作好的评论对读者都是很大的享受，也有很大的提高！而好的作品，如果没有好的评论，我们就总不容易看得那么明白！

亲爱的，我想你也一定受到他们的巨大鼓舞的，这里我还想向你提出一个建议，找这两位评论者同志谈一谈，请他们把最后一段谈到你诗作中不足之处，具体地详尽地交谈一下，这是很有帮助的，回来也可以详细地转告我。今后你也可以交这样两位朋友。

我底宝贝：你这两天正紧张地构思，也许已紧张地写着初稿的最后章节吧？你休息得好吗？每天跟那两个同志下去打打羽毛球吗？睡前最好散散步、烫烫脚，尽可能好好休息一下。我希望在写出战士们的克勤克俭、严格要求、批评、锻炼的同时，充分生动地写出他们有色彩的诗意的文化生活和最光辉最充实的内心生活！好八连既已有好多报道了，这一篇就不那么容易写，亲爱的，不用着急，多考虑考虑，主要要好，不要过分赶时间。这里同支部的一位原在《展望》作编辑部主任的杨天南同志，也很爱读报告文学的，他说他很喜爱你的《白银世界的黄金季节》，他认为是比较少有的好作品。他要我给他弄到一本你们上次会上的报告文学选，我把那本送给了他。他还特别地、简直是非常地喜爱我们的梅梅，他自己只有两个儿子，一个女儿也没有，爱人身体不好，也不能再生孩子了。我要送一张梅梅的照片给他。

再见！亲爱的！

你底惠

1963年4月2日下午

第五十四封（1963年4月4日）

亲爱的：

我总想快快地再给你写封信，每天都好象有许多话要跟你说，总是，刚才发走一封信，心里的话儿又来了，要谈的也都是一些有意义的东西。看来，将来非跟你在一起工作不可了，非跟你整天在一起研究哪、商量哪、讨论哪不可了，要不心里就觉得怪沉闷！有时我又想，你这几天正紧张地写作，我却老找你蘑菇，一些不完全的想法反而扰乱了你吧！

总之，我希望你们这篇好八连在文学艺术上、在刻画人物上能成为不朽之作，毫不看出教育人教训人的面孔，真正起到潜移默化的作用，真正成为最优美的作品。昨天《人民日报》上柯岩的《雷锋》真是一首难得的好诗，我一天打了3次电话要向她祝贺，也没找到她。

你先让贺敬之转达好了。也许柯岩已下乡了吧？那首诗里我还是最喜欢前两部分，感情最饱满，调子也最美。第3部分好象稍差，最后部分也还好。你说是不是这样？

啊，我要告诉你的是，《上海文学》上那篇文章，我几乎完全抄下来了。本来是作摘记，可全抄了。接着我就一首一首抄你的诗，准备把你去年的诗全部抄到小本上，这样我可以理解得深一点。这是很有意思的。以后你的诗出来一首我就抄一首。别的同志的好诗我也抄，不怎么好的我就剪下来和你们讨论。

这几天北京又很冷，你在上海冷吗？不写了，好快点发走，你快来信吧，我底人儿！让我吻你！

你底蕙君

1963 年 4 月 4 日

第五十五封（1963年4月9日）

我底亲爱的人儿：

昨晚刚给你写了一封由陈雪萤转交的信，今早我又想，也许你在上海还能收到我的这封信吧，还是再寄一封到上海吧。原装在雪萤信里的照片，我又取出来装在这封信里了。

告诉你，张蔚辞写了一篇关于你的《祝酒歌》的评论稿，准备作为向学校交任务的文章，想给贺敬之看看，共同研究一下。贺敬之行踪到底定不定，请来信告我。这篇文章我还未看，他会给我先看了再寄出去。这周我未能到葛洛处去坐，《祝酒歌》收到什么反映还不知道。下周我会告诉你的，现在我也非常关心这类事了。

刚才正把这信写了一半，教研室唐天然同志来，谈到《祝酒歌》，他说从时代的豪情壮志来看，这首歌当然已经超过了李白的《将进酒》，还说他非常喜欢这首诗的艺术形式和语言，他说是你过去诗中把古典诗词和民歌体结合得最好的。他认为诗中只要写到的概括性的地方就非常非常好，而只要写劳动、生活那些实的东西都冲淡了豪情，有些景也可以不要，如果这些都不要，只要那些概括的三四十行，就是最好的新时代《将进酒》了。后来加入张蔚辞，共谈了近3小时。他的意见很有启发，你回来后可以一起谈谈。详细的没时间写了。他谈到柯岩的《雷锋》，觉得好多句子完全是贺敬之的，没有柯岩自己的风格了。

亲爱的，就写到这里吧，现在已中午1点3刻，我要睡一会儿。再见，吻你!

蕙君
1963年4月9日

第五十六封（1963年4月11日、13日）

亲爱的：

刚发走了信，吃过晚饭，就想起还有两件事要告诉你：

一是《山东文学》3月号上，有一篇谈到你的《鞍钢一瞥》里的几点艺术特色的文章，我已读过，觉得还是有道理的。过两天还准备细读一遍。你看看，把你的意见再告诉我。

二是在晚报上剪下两个小常识，需要你很快看看。我看，由于对你的增长着的信任，也不着急了，我希望你平心静气想一想，有没可能把烟戒掉，至少先尽量少抽。抽烟，除报上说的那些以外，对你的气管炎、鼻炎和心脏都特别不好。人民这么需要你工作，你现在正处在创作的黄金时代，烟对你坏处是太大了。我相信你能比过去更认真地考虑这个问题，而且我也相信你比过去任何时候更有毅力来解决这个问题。不知为什么，我最近好象从你身上看到一种从未有过的精神和力量；任何好的意见。你会排除一切困难来接受它！我发现你也从没有过的听我的话。亲爱的，你说我这观察对吗？本来纸烟是国家的一笔很大的收入，如果不是真正科学的分析，报上是不会登出它的毒害的，你会相信的。

亲爱的，最近身体怎样？瘦了一点吗？肠胃好吗？可能累瘦了吧？如果戒了烟，可能睡眠会慢慢好些。当然不可能一下就好。

亲爱的，上信寄去的买书的单子，现在看来，暂时不买也罢。至少我得1年半以后才能慢慢读了，以后再慢慢买吧。

好，今天先写到此，我希望明天收到你的来信。吻你！

蕙

4月11日晚11时半

收不到信，又不知你的行踪。我刚才3点1分记得给张沛打了个电话，问你的稿子寄回来没有，他说刚收到，看了觉得太长，还比较好，说你到苏州后再到杭州。快来信吧，这是我寄杭的第3封信了。

1963年4月13日下午3时半

第五十七封（1963年4月19日）

亲爱的，我底可爱的坏东西：

星期三我读到了你在《上海文学》发表的《林区三唱》之三：《青松歌》。我到很喜欢这首，几乎每段都喜欢，从"而青松啊，决不与野草闲花为伍！"直到"一样的抱负"我都特别喜欢。我要引几句，实在可引的太多了，不知引那里好。只是最末是否可以不点明？"青松啊，是咱们林业工人的形图！"是否太露了？这里我也想起来，上次一个同志告诉我，你在《祝酒歌》后注上饮酒是林业工人的劳动保护而必需的一点，他认为是对诗意的大大损害。

他甚至说这一注就使饮酒的豪兴索然无味了。你看怎样？我到觉得这话是有道理的。你的精神、感情是高的，又是朴素踏实的，但象这样的地方是否还应该放得开一点？以后对一些不必考虑的地方应不去理它，不要受它干扰。还告诉你，最近人民、北京两台都广播了《甘蔗林——青纱帐》。

贺敬之的雷锋颂歌（题目忘了），是上星期六晚上10时，在葛洛桌上才发现，立即读了。感觉那诗从首到尾愈写愈饱满，愈有力。但还未细读，还说不出更多的感想。先向他祝贺吧。还有，五一朗诵会上，将朗诵《祝酒歌》。

这周，赵树理同志来作了一次漫谈，真正是漫谈，但谈到些农村生活十分有趣，也看出他对农村的透彻的了解，回来再告诉你。

朝闻同志送了我们一个民兵的塑像，有1尺高，本来是春节送来我们欣赏的，可给《人民日报》退回了（说你未去大楼办公，他们就不收），在美协收发室压到现在。那天朝闻问我，查问了，才送来的，很好。

你底蕙君

1963年4月19日晚灯下

第五十八封（1963年5月30日）

我底最亲爱的同志：

你是怎么的？你不是说就回来吗？怎么忽又来一电报要6月中才回来呢？我真怀疑是不是电报译错了？回来之前是一直待在厦门还是再去井冈山？你知道，发去厦门的两封信都给退回来了，他们这些人做事也是又负责却又不思考，也不想一想，把信留一留，你未到，他们就立即把信退回来了，真叫我不高兴。雪茧那里还转了一封信到厦门去，不知你收到没有？现在把退回来那两信也转你读一读吧。看看我是怀着怎样热烈而又急切的心在等待着你的归来啊！想念极了，有时想得久久地睡不着！不过，如果可能，你在厦门多住几天也是必要的，近几年一下再去厦门也不是那么容易了，既去一趟，就应该尽可能深入一些。

亲爱的，谈到深入，我不能不告诉你，最近听到一同志说：象你们那样下去，尽让别人当贵宾招待，也没什么意思！特别有人说你和×××过去经过一些锻炼，游山玩水地走一走还可以，其他人没有真正在基层锻炼过，也跟你们去到处逛，就不大好，特别是他们到东北一趟，又没写出剧本来，而北京舞台上剧本荒很严重，他们是去搜集写剧本的素材，跟你们跑也没什么必要……

　　这个意见不管是不是非常恰当，还是值得认真考虑的。你在写好八连过程中，可能真正深入了一下战士的生活，但恐怕也还没有同吃同住同劳动了，现在跟好几个同志一起，就不易深入了，希望你特别注意这一点，也提醒他们一下，不要老住在招待所，到连队最好也真正能跟战士同吃同住同劳动才好。对于我们，总是需要不断地重新投入工农兵的最基层的生活里去的，真正去过一过普通的平凡的群众生活的，你说对吗？这里我也就想到了不久到新疆的问题，如果完全是到处游山玩水，也是不好的，可以看几个重要的地方，但必须到一个点真正跟基层群众同吃同住同劳动一周或10天才好，只有这样才稍稍称得起是比较深入采访。我现在对那种走到那里都被当贵宾招待的生活也实在是不感兴趣的，实在觉得没意思的。要尽是这样的情况，我也就不想去新疆了。特别是你们几个受到群众注目的人，一同去，到处走马观花，到处受优待，一点不真正深入群众、深入基层，这影响会很坏的，即使写出几篇比较出色的作品，那也是不光彩的。亲爱的，这一点是我们去新疆之前，要首先考虑并解决的。我觉得，在这方面，你们也有责任做出好榜样来。

　　再见，吻你！紧紧地拥抱！

你底蕙
1963年5月30日灯下

第五十九封（1964年7月9日）

小川，我底最最亲爱的：

　　那天，你刚一走，我就后悔起来，觉得我那种犟牛脾气一时硬扭不过来，真是不应该。本来你在家的时日并不多，我却没有跟你好好多谈谈心，最初总找些生活琐事麻烦你，影响你的创作和学习。临走时，又那样不冷静地批评你。对你是可以好好提出意见的。这几年，我最清楚和最深刻地体会到，你在自我改造，你在对待批评、自我批评等方面的不断前进的步子，虽然你常常一时会表现不愉快、不高兴甚至生气，但你实际行动上是能接受意见的。一旦当你认识到一点什么应该做的事后，你是行动很迅速而且坚决彻底的。家务劳动实际上你已不断在开始做，而且比较愉快和比较自觉，我却往往看不到你的进步，要求太苛。又如你这次向陶提出的计划，说参加"四清""五反"，决心就那么大，那么快，而且从我历来对你的理解，你在实际运动中会和工农群众结合得很好的，你是一个踏踏实实的革命派。你有许多可贵的、也是我最珍爱和学习的优良作风，只要你一注意，就会使它们大大发扬和发展起来。我深信，这两年会使你各方面取得一个很大的跃进，而我们的革命事业正需要你这样一个跨进：

　　亲爱的，我底最亲的人，你那天一走，我就再也不能睡了，本来我是很疲倦的。我拿上一点必需的东西到了三医院，谈好不住院了就作抽血检查。我就到颐和园游泳了，下午回到了学校，住在医务所病房疗养。正好碰上学校传达中央工作会议，我想你一去也正听传达，一定会心情愉快，大有收获的。我们传达得比较详细，林枫同志非常负责，加上她的很高的政治水平，传达了共5个半天。听说作协只传达了两小时。上周开始我们又转入做毕业鉴定，我的初稿已交上去，细长谈了一下，比较满意，意见不太多，觉得我在文艺专业两年中，作风等有较大转变。其实我知道，进步远远不够，而且这两年还是一直有牢骚的。不过，我从来都是本着对党忠诚老实的态度来检讨我自己，这次也一样。不过，从进一步严格要求自己，从听到主席对文艺问题的批语，从今后如何更好地为党工作、更好地改造自己和作孩子的榜样来说，我准备更深刻地检查自己。

　　亲爱的，也由于这个原故，使我也更关心起你来。

　　我首先应该向你检讨，这几年我自己思想上的弱点和缺点也对你起了一定的消极影响，多少也妨碍了一些你的工作和身体。为了你，也必须更快更好地消除我身上的不健康的东西。同时，你一直对我是注意帮助的，只是在我自己还没真正解决问题以前，你的帮助就未能发挥更大的作用。正是由于跟你在一起，我的缺点和弱点才没发展到更大。也正因此，我是很愿意同你一道工作，甚至一同搞"四清""五反"的。

我将以新的精神投入工作，而且争取今后几年内各方面都有一个大的进步。

这，也就不能不使我更关心起你来。

亲爱的，我初步是这样看的：这几年你在创作上无疑是一个相当大的跃进，做出了一定的成绩和贡献。但相对地说，你在思想锻炼方面似乎有所减弱。这几年你的情绪波动相当多，正是由此产生的。细想起来，最近你跟×××的几次谈话，是不好的。我觉得最近你的这种不健康的情绪有所发展，而且表露也愈来愈明显，又毫不自觉到它的不良影响和对你的危害。我觉得，在你自己没有严肃地对待这些问题时……对你的赞扬都有过分的，都是有一定不良后果的。甚至包括我这两年对你的作品的越来越大的喜爱和赞美，也多少产生了一些不良的影响。亲爱的，在这里的确暴露了你的爱听好话不爱听批评的致命的弱点。你常以不搞新诗创作了作为思想上的安慰和逃遁，事实上，不把这个根挖掉，你搞什么工作一到稍有成就，不就会露出这个尾巴吗？我是语重情深，你好好想想吧，我底好人！

昨夜的信，我本想作废了，所以重写了上面这一张。现在看来，昨夜的信还是寄你看看吧，看后你愿意就把它烧掉好了，太没有条理了。

昨夜停笔后，思索并未完全停下来，房内又出现两三只蚊子，弄得我到三点才开始小睡了几觉，感到肝区又稍有疼痛。今天我特别注意休息，就趴在床上给你写信了。

亲爱的，在广东，各方面都要重新注意了，钱尽量少花，也别给我们买什么，也别跟熟人下馆子，我也要真正从勤俭节约来锻炼自己，看能不能真正跟一般同志水平一样生活。

我们可能下周谈工作，20号以后就结束了。

暑假我有两个考虑：先想到广东去跟你一同参加划阶级试点。再一个考虑，利用这假期认真帮助一下孩子们，一方面我再休息一段，每天去同孩子们游泳两小时，另方面给他们每天读1至2小时党史和毛选的几篇重要文章。每周用两个半天（1次2至3小时）去和平里北头公社菜田里，带孩子们劳动。试一试这种新生活方式，伙食还是让孩子们吃好一点。你看怎样？恐怕是采取后一办法的可能性大。

亲爱的，就写到这里吧，让我紧紧地拥抱你！

你底蕙君

1964年7月9日上午10时3刻

亲爱的，信还是先寄到办公厅吧，因你从东莞的信老不来，我多希望你快看到我的信啊。

葛洛很关心你的稿件，如能改，早寄来。下次信中还可谈谈这篇的改法。

蕙又及9日晚

第六十封（1964年7月12日）

亲爱的：

老收不到你从东莞的来信，叫我心焦。

昨天已宣布我们的工作安排，大多数同学回原机关工作，我也是其中一个，仍回《光明日报》。只有×××被分配到《人民日报》去。

我想了想，回光明就回光明吧，反正那儿也是一样工作，光明的具体情况到也是一个锻炼人的环境，我学习着自己处理各方面的关系好了。回去的时间，大概总得在20号毕业以后才去谈话，具体工作由他们决定吧。在这之前，我还要去检查一次身体，如无问题，不需要休养，我就开始工作了。至于什么时间搞"四清"，也只好由报社统一安排。我也准备向你学习，什么意见也不提。

这两天我正进一步修改鉴定，今天星期日，我没回去。改完鉴定，明后天再回去看看。孩子们正考试，也忙着呢。

亲爱的，最近又想你想得非常非常厉害，热情燃烧得久久地不能入睡，太久的分别实在不能忍受。

来信吧，我的爱！

再见，吻你，紧紧地拥抱你！

你底蕙君

7月12日午前

第六十一封（1964年7月16日）

小川，我底最亲爱的：

最近《光明日报》版面上十分热闹，有三大讨论正开展中，哲学方面一个大争论，是我们学校教研室二同志引起的。他们的基本论点是："合二为一"是客观一切事物的本来面目，是事物的根本规律，而"一分为二"只是分析事物的基本方法。这篇文章一出来，有少数赞成的意见；而引起了许多的批驳，认为是与马克思主义的革命的辩证唯物主义根本对立的，是修正主义的。学校发动我们全校每个小组都座谈讨论了一下。……

亲爱的，资产阶级思想一泛滥，学术界就会特别活跃，而这也正是大大发展马列主义和运用马列主义原理的好时机。

冯牧在电话里告诉我，暑假他出不去了，正在准备整风，我没细问，详情只有到星期日回去才知道了。

你怎么样？身体好吗？很忙吧？我想起广东蚊子极多，你要不要蚊帐？快快来信吧，我非常渴望知道你的一切。

再见，吻你，拥抱你！

我想到："让青春放出光辉"，也许这到是一首好诗的题目！

你底蕙

1964年7月16日夜

第六十二封（1964年7月17日）

亲爱的川：

今天你该已从报上看到了"合二而一"的问题，原来背景是这么严重，与×××同志有关系，我们也听了课，原来一点也没有发现，当然在给我们讲时，没有给新疆班讲时那么严重，那么详尽。在新疆班讲课中大概他又进一步发展了这个观点。

问题既然这么严重，我们的事也就多了。今天学校已通知全体学员，延长学习，至于延长多久，2周、3或4或5周都不一定。林枫同志讲了，暑热也好，放假也好，对革命者都是可有可无的。主要为了讨论"一分为二""合二为一"，还学习"九评"。这样，我也就准备一直住在学校，适当注意休息，每晚去游泳。今天晓蕙已放假，我已把她接来。梅下周放假，她愿来即来，不愿即住在家里也好。最近你来信就直接寄学校好了。

不知你何时回广州，前两信不知看到了没有？

最近问题不少，听说公安方面，内部也出了点重大事件。希望你下乡特别注意下安全，甚至可以用用化名，不过这要得到组织同意。

新疆克里木同志来了，他和别的一位同志正在翻主席诗集，可能要住到10月以后。他问你好，他的两个大女儿给他写的信里还问到我和你。前晚我们支部看青艺的《豹子湾战斗》，我找了一张票，连同我的一张，请了他和铁衣、甫江二同志去看，他们很高兴。他们要去了你的通讯处，说要给你写信。

我今天抽了血，跑回和平里看了看，没有你的来信，使我很失望，快来信吧，我的宝贝！

你底蕙君

1964年7月17日灯下

第六十三封（1964年8月5日）

我底至亲的人：

我象在阴雨季节盼晴天一样盼着你的来信，今天孩子们才到城里去给我取来了。我是晚上9点多，在看完八一制片厂的《革命歌曲表演唱》影片之后，才拿到信，立即读完的。事实上，我无数次擦干眼泪才把它读完的。亲爱的，我后悔，我的单纯的好心，引起你那么大的痛苦，相隔千里，想安慰你一下，也是无能为力呀。你的心情使我真想大大地痛哭一场，我跑到楼下，在熄灭了自己的悲痛的感情后，我要给你写一封愉快的信。

亲爱的，虽然我在信中谈到你要注意自己的缺点，但对你的主要的基本的方面，我是看得很清楚的。这些年我对你的了解不断加深了，我认为你并没有什么大不了的缺点和问题，只要注意就容易克服和改正的一些小问题，是很容易解决的。党和群众对你都有基本的了解，我的一点想法不应引起你的那种情绪，你的脆弱的感情应该冷静地加以克服。要不然，会使我太难过了。

……

今天传闻文艺界整风，点了夏公、阳公、邵荃公、田公的名，不知确否，我两周未回，以前也一直未敢向葛、冯等人了解。

亲爱的，我觉得我们一方面要警惕自己，严格要求自己，检查和批判自己的任何一点非无产阶级思想，但也要实事求是，客观地分析自己。我觉得你这些年来尽可能地到工人群众和士兵群众中去作了些了解，尽自己力量反映了些社会主义革命和建设的群众声音和画面，唱出了革命群众的豪情和革命干部的胸怀，从你的诗里可以看出一些不断前进的时代的脚步声。我觉得你的感情，是和党的要求、时代的要求、群众的生活，一步比一步密切的。你基本上反映了时代的一些重大侧面，你并没有太落后于时代。你应该看到这基本的一面，应该有信心，应该懂得我提意见时，总是肯定这一基本点的。只是更高地要求，从党的号召和要求来看，你和群众结合得不够深，反映时代也有时就不够深。非常自觉、非常愉快和健康地深入到群众生活中去的精神，往往在开始时不够。一旦深入下去，你又有许多优良品质使你能很快和群众打成一片而且非常热爱他们。你还不是完全摆脱了各种不健康不愉快（有时可能表现为顺则骄）的人，虽然你基本上是一个只要投入工作就忘我地、奋不顾身、勇往直前的人。因此，如果我批评你几句，也不过为了你更快地变为一个解除了任何一丝不健康、不正确、不愉快的私念的彻底的社会主义革命派而已。这，你有什么可紧张和难过的呢？其实，当×××向我反映到那些据说的情况时，我和他争辩了一大场，我说我了解你的发展过程，你有你具体的发展过程，你是通过自己的道路，不断地和党的号召一步比一步结合得更密切的人，一步一步走向和人民群众结合得较密切的人。我说，我了解你，当你一旦下决心和工农兵结合了，你会很快表现出成果来。你应该庆幸，旧社会给你的思想负担并不算太沉重，而革命军队和党的机关给你的抚育很深，加上你固有的许多优良品质，你可以坚定地毫不气馁地在自己的岗位上为党的事业做出愈来愈多一些的贡献。知识分子的骄傲自满自然很有害，而知识分子的脆弱性也是十分有害的。你再不要让这两种弱点一时这个一时那个危害你的心灵和身体了。亲爱的，让我们都更好地听党的话，更轻装地更健康更愉快地前进吧。

亲爱的，已深夜1点半，我并不想停笔，等着你的来信，下次再谈吧！

让我紧紧地拥抱你！

你底蕙

1964年8月5日深夜1点3刻

第六十四封（1965年5月19日）

亲爱的小川：

18日晚回到家顺应潮流收到你的来信，计算起来，你离开家已整整一个礼拜了。一周来，想你已经搜集了相当丰富的材料，也许已开始进入比较紧张的构思中了。

这次提笔写信，也跟你有些相同的感觉，彼此都又有了进一步的变化，思想是更成熟一些了，也更单纯些了，情感比过去又更深刻些了。

至于写作，内心深处，我也是对你充满了信心的，在这样跃进——尤其是革命思想的"大跃进"时代里，在世界反帝斗争高潮里，加上你的勤奋努力和善于工作，这次同样是可以写出好作品来的。也就是说有党有人民有你的智慧和长期积累的经验，可以写好。

　　这里，我最担心的还是你的身体、健康。你的肝转安酶曾到那样的高度，说明是受过严重损害的，现在还不能不注意。你能不能答应我：首先不能采取上午、下午、晚间都工作的办法，中午你得认真躺床2至3小时，晚上争取9点后即躺下，稍看一点材料，保证安静地入睡，不能用脑和活动过度。其次我建议你把工厂的写作计划可以打算稍长一点时间，不要搞得太紧张太匆忙，每天还是要松弛一下，甚至可以安排看点反法西斯的影片，帮助休息。最后，我不同意你准备再写设计革命的文章。设计革命固然是很重要的也是很需要的，相信四川也是搞得不错的，你可以作为调剂和休息适当了解些情况，但不必写。我认为要写，还是应该从中央了解全面情况后，再选最突出的点。而且这个问题报上已开展了半年多的宣传报道，好的典型很多，资料很多，强中还有强中手，需要全面比较和研究，需要从中央有些了解。你可能因为初次接触，觉得十分新鲜，但不一定就是最突出和理想的。可能地方上同志总是鼓励你多写一篇。你还是要稳扎稳打，不要一下去就眼花缭乱了。一次出去，时间太长不一定好，而你的精力是应该适当使用的，应该集中，应有必要的休息和间隙。

　　任何事情过分了就会走到反面。你不能不注意体力，同时一次写得太多，对别人也是压力。还是有计划按步骤进行吧。

　　四川是个好地方，你不能二三十天就一直在工厂搞突击采访，还是每周安排或10天安排一点休息日，出去走走，看看风景区、名胜古迹，但也不要太累。回来可从三峡回来，我倒建议你在完成工厂的文章后，酝酿一点诗篇。革命高潮的时代，也多么需要豪情壮志凌云霄的诗歌，至少我，是多么想读一读能充分反映眼前伟大时代的革命抒情诗！为此，等你完成工厂的任务后，在川东或者三峡多看几天都是可以的。

一个阶段里，不仅写报告文学，同时也写诗，我想你是可能的，试试看吧。但这一切都不要过累了身体。

好，再见。

蕙君

1965年5月19日晚10时半

中卷

子女、友人致郭小川

一、子女致郭小川

郭小林致郭小川（1970年11月30日）

敬爱的爸爸：

您好！十四日收到了您的信。为什么到今天才回信呢？主要是担心我把信寄到湖北时，您已回京，就收不到了。现在，信寄到北京时，可能您也已在北京了。另外，对于您的训导，我也反复地考虑了一段时间。

从十二日到廿七日，我是在团部度过的。十二日到二十日，在计划建设股帮助工作，刻计划表、统计表之类。后几天，团里召开全团连以上干部会议，传达兵团[①]团以上干部会议精神，传达北方农业会议精神。连长说为了回去宣传大会精神，留我听了几天。二十八日，因内蒙古建设兵团要求我团参观访问，也到我连来，需写一写标语、口号，我又在大会结束前回连了。

现在我连大批人马已上山伐木，今年水利会战没有我连的任务，团里交给我们的任务是采伐一千五百方木材。我过一些日子也要上山去。今年，在全国一片热气腾腾的大好革命形势推动下，在东北农业会议精神的促进下，我团上下鼓动，决心明年粮豆亩产跨纲要。当前的全团连以上干部大会就是为了这个目的而开的。今年，我团平均亩产三百多斤，计划上缴粮十万吨（尚有几千吨未缴完），为国家盈利八百余万元，这三方面在全兵团都是头一名，超过了比我们人多地多的十八团。但是，这是远远不够的，潜力还很大，比起全国，比起大寨，还差得很远。目前，就是要狠反"骄"字、狠破"满"字，抛掉过去那种四平八稳的状态，较快地改变兵团的落后面貌（今年全兵团还要给国家亏损一千五百万元左右）。要搞好人的思想革命化，建设大寨式

---

① "兵团"指的是"黑龙江生产建设兵团"，1968年组建，20世纪80年代初撤销。

的企业，粮食产量要大幅度提高。要跨纲要，关键当然首先是人的思想，其次的关键就是肥、水两大问题，过去过多地依赖了老天爷，不变水患为水利，粗放耕作，采取杀鸡取蛋的掠夺式经营方针。不搞积肥造肥，不搞能排、灌水的稳产高产田，使得全民所有制的大机械化的国营农场比集体经济的机械化程度不高的人民公社还落后，体现不出前者的优越性。兵团组建后，情况迅速转变，但还是远远不够的。今后，就是要苦干，"关键在于一个很大的干劲"。今冬明春，我连将大搞积肥，争取明年在白浆土地上夺取亩产四百斤的成绩。现在，全国各地，到处都在跨纲要，到处都是大丰收，确实是"形势喜人，形势逼人"呀！我们再那样混下去怎么得了？

关于那首习作①，我打算尽快地把初稿弄出来，然后再和您讨论。说句实话，我是酝酿了许久，也颇费了心血的。私下里，我对这前几章还是很喜爱的，一些青年看也是称赞和鼓励的。我记着杜甫"语不惊人死不休"的话，我常想：外国人能使语言比较活，比较巧，难道我们就不行，我决心为中国人争口气。另外，似乎表达深切的感悟，不把语言精雕细琢一番，效果就不好。所以，仅止于喊"热爱""热爱""热爱"，恐怕是不够的，也不太感人。再有，要有普及，也要有提高。所谓提高，大概就包括由不懂到懂这样一个过程。样板戏很多唱词，别说别人，就连我和许多学生凭听是怎么也听不懂的，看了剧本才明白。而诸如"朔风吹，林涛吼，峡谷震荡""……万千气象"，一些句子，很多群众未必一开始就能理解，反复地听了，学习了，就逐渐明白了，鉴赏力也就逐渐提高了。所以，我窃以为，这首习作还算一首成功之作（尽管还未写完），它表达了对伟大领袖发自心底的诚挚，深切的敬与爱。

您所说的要突出政治、注意政治与我的想法是一致的。动笔之初，我就打算了，不能就事论事，首先要写出热爱的感悟来；然后，还要写我是怎样"理解了伟大内涵"，形象地指出，仅有朴素的感情是不够的，要通过斗争实践和不断学习，理解毛主席为什么伟大。这样，热爱的感情才能如原子核聚变反应（太阳内时刻进行的四个氢原子合成一个氦原子）产生的热火一样，

---

① "习作"指的是郭小林当时创作的长诗《誓言》，600多行，未发表。

将熔化一切。

接下去，我还准备写一写对主席要真正从感情上爱，不能形"左"实右，仅仅口头上喊，心里却又不照主席的思想办事，甚至从"左"的方面去违背主席，搞什么"忠"字舞啦，像章搞得太多、太大啦，语录操啦等等。最后还要写一下由热爱主席到必须落实到行动，去干革命、去创造，指导自己前进。总之，要和学主席哲学思想这个当前形势合拍。

以上，不深不透的，凌乱杂沓的，是我的一些想法。爸爸，我希望我大胆的陈述能使我们进行一次积极的讨论。肯定，我有不少片面、偏颇的地方，甚至有不少错误的想法。爸爸，您可不应当客气。

梅来信，说明年一月中回京，她们那个小集体要散伙。我不太了解情况。据说：有关方面准许知识青年回京另行分配。如有可能，您最好是把她俩送到工厂、或部队、或生产建设兵团去。由于今冬任务紧迫，连首长意见这一两个月我不能回去，要回也得春节前后。不过，那时您已不在京，回去也没意思了。好在现在不是"鸿雁传书""鱼传尺素"，书信往来挺方便，您休假也有较多闲暇，一切都可以函陈。

预祝您治好病，镶好牙，养好身体，如苍劲古松。

又及：因不久要上山，请您速寄我一副绑腿，另外，再寄一个军用书包。要快。谢谢您。

您的儿子 小林上

一九七〇·十一·卅

郭岭梅致郭小川（1973年7月30日）

爸爸：

这几天开完公社团代会（女儿被选为副书记）又在团县委值班。不料，连续高烧（39.8℃~40.1℃）三天三夜，白天38.3℃~38.7℃。[1]本想忍过去就

---

[1] 郭岭梅小时候每月发烧感冒，身体很弱。1962年做过手术后，不再经常发烧。

算了，何必花那笔药费。结果烧起来没完了，扁桃腺炎症，又红又肿，鼻炎、腰疼、腿酸……求医生、找老华，都爱搭不理。又离开爱生、保吉和同志们，气得我大哭了一场。没想到眼泪能退烧，一下从39.6℃降到了37.9℃。现在小惠已经给我打了针，很快就会好了。

山眉①已考完，很快就要由县级向地区送名单了。起码她有80%以上的保证。小惠今年已算"吹"，连补考的可能都没有。明年努力吧。

杨贵同志一直在新乡，不久将参加"十大"。工作忙。等爸爸信。

女儿 梅

73.7.30

郭岭梅致郭小川（1974年4月22日）

爸爸、妈妈：

你们好！

月初接到爸爸的信，一直忙得晕头转向的，也没顾上回信。不知现在爸爸是否已去干校？情况怎样？妈妈还那么忙吗？

本月十四号，我们四队②领导班子正式宣布了，调整了党组长和会计，原队长银科是好同志，副队长新发是团结对象，都没有动。小冬③任副队长兼会计，我任政治队长，负责整个小队的全面工作（注：党小组长兼生产队长）。担子很重，斗争也很激烈。一个小妞，管一个小队，在全县甚至更大的地方之内，恐怕都是少有的，也算是新生事物吧。新生事物的成长，总要经过艰难曲折，总是困难重重的。很多不懂的东西，需要慢慢学会，在干中在苦干中学。很多歪风邪气、错误思想，需要斗垮，而更需要教育群众、团结群众、

---

① "山眉"即现代诗人远千里（1915—1968）的女儿远山眉。

②1971年郭岭梅和郭晓惠从内蒙古莫力达瓦达斡尔族自治旗（当时划给黑龙江省）转到河南省安阳地区林县城关公社胡家庄大队林业队落户。1974年，郭岭梅和赵小冬从林业队调到第四生产队任职。

③ "小冬"即赵小冬。

做大量艰苦细致的工作，才能树起正气。现在有相当一部分青年对我们非常不服气："黄毛丫头还想领导我们！"——这是一种习惯势力，只有用事实打破它。我和小冬已经开始完全独立的生活了，加工粮食、做饭、打油盐酱醋、烧火、腌咸菜，还要起早搭黑地领着社员干。这几天，每天晚上开会，早起天不亮就去浇麦地。有点累，腿也疼得很（注：从小风湿性关节炎）。但是看着翠绿如画的麦苗，想到丰收的美景，心里就分外甜了，也就不知从哪来的劲头，再累也不怕了！

四队是个穷队，每个工分值0.31元，还不兑现。我们又要误工做饭、整家务，挣的劳动日要比在林业队（注：知青集体）少三分之一以上。加上自己起伙，油盐酱醋……什么都要自己买了，不再有大队的补助，经济上是要开销大些，而收入下降些。尤其现在，农业要投资（队里盖房、买化肥、猪仔、农具……），队里一分钱没有，我已拿出积蓄的一百多元，同时计划在必要时拿出全部储蓄款支援队里，自己的生活就尽量克勤克俭些。

这次小炎①回京，很想让她带些钱去、捎些东西回来，因为这一年甚至两年之内，我都必须尽可能的不要外出，当然更不能回家了，要坚持小队工作，要踏踏实实的扎下去。可生活上实在没有精力操持，工作紧张，更要善于休息，我生怕自己累病了。不是吝惜身体，而是怕不能完成任务，辜负党的期望和培养。

说真的，一想到跟家里要东西，我就脸红：这么大的人，还是家里的负担。但现在顾不得想那么多了，希望爸爸妈妈在可能的情况下给予"援助"。因为这次小炎出差，带东西非常方便。以后就难说了，我又回不去。

请妈妈捎些衣物（或让小炎代买也行）：解放鞋36号半一双（要瘦点的）；军绿高腰球鞋23号一双；24公分黑色和深蓝色锦纶丝袜各一双（现只有一双）；如有2.7尺宽幅面的深蓝双面卡、能套裁的可买9尺；要一条深蓝色双面卡布裤（裤腰2.2~2.3尺，裤长3尺）；没有单外衣穿，只有一件，连换洗都不行，现已穿了两个月了，还洗不了，希望做两件单外衣，深蓝色的双面卡，

---

① "小炎"即现代杂文家、文艺评论家陈笑雨（1917—1966）的女儿陈乔炎。

一件照小陈的单军装裁好（袖长、身长各放两寸），一件照铁路制服裁（小炎知道）。请妈妈麻烦一下，找上小陈那件单军衣（那件衣服肥瘦都合适），在百货大楼就可以全部裁好。

另外：请妈妈捎些咸菜来，要一大瓶儿"盐酸"（兰村阿姨家常吃的那种：江米酒腌辣椒白菜）；要一瓶儿辣椒油或炸辣椒面（不要再放花椒了）；要一把薄的轻的菜刀；要一瓶味精（大瓶的）；多要几斤白糖，夏天累时极想吃糖；要几罐减价椰子酱（据说处理货0.25元一个）。

小炎在一边催着，顾不得写别的了，盼妈妈爸爸来信，很挂念家中情况。

梅梅

74.4.22

郭晓惠致郭小川（1970年4月9日）

爸爸：

你好！

现在，我已是回到托尔苏①的第五天了，好久没给你写信了，你的牙安上了吗？现在身体好吗？吃饭怎么样？忙吧？生活一定很有意思吧？……姐姐给你去了好几封信吧？那在家的一些事我就不说了，告诉你我在外的事吧。

本来决定10号走，后来又想去一趟河北省安平县王玉坤那儿（"全国五亿农民的方向"村），当时是我、姐、大妹②、楠四个人想去。我们四人商量好9号去河北，没想到临走前一天因楠、姐事太多，忙不过来，我和大妹就两人去了。我们是9日上午出发，11日到河北省安平县，待了五天，16号回北京。16日回京时妈妈也走了（12日），张楠的姐姐也走了（14日），孙永红等四人也回托尔苏了（10日）。后来我和大妹在京收拾了一下，25日离京。姐和楠准备去一趟哈尔滨待两天，我和大妹准备先出发到天津时到大妹的姑姑那

---

① "托尔苏"即内蒙古呼伦贝尔盟莫力达瓦达斡尔自治旗西瓦尔图公社托尔苏大队。
② "大妹"本名杜红，是当时与郭晓惠一起在托尔苏插队的知青。

儿住几天。于是分成两路，姐和楠现在还没到托尔苏，估计明后天。

我和大妹去河北这趟收获不小。那是抗日根据地，解放前受剥削很深，抗日时经过很残酷的斗争，贫下中农觉悟高极了，对党的政策理解得非常深刻，对党和毛主席非常热爱，人非常勤劳、俭朴、热情、真诚、忠厚。我们去后没有显出调查的样子，只是学习学习，老贫农党员们对我们好极了，给我们讲了从合作化道路的第一步——组织互助组开始到人民公社的一段段过程。本来还想给我们讲讲旧社会的苦、抗日时期的斗争故事，再和他们到地里劳动一段，教我们农活……哎！结果因时间有限，他们又因搞清查运动，忙得要死，这些都没实现，我们可惜死了！明年准备还去，受几次深刻的真正的"贫下中农的再教育"。我们这回主要是了解到一些具体数字、合作化过程及当时的思想状况，现在的生产队人口多少、劳力多少、土地多少、农业税多少、余粮卖多少、党员多少、文化程度高低、群众觉悟高低、地富占多少比例、经济地位、经济基础……当时觉得了解到很多，现在细想起来，太不够了，浅而不深，浮而不实，当然时间也太短，明年再去的决心是下定了。

现在已回到旧环境、旧同学、旧老乡之中，可是我要开始一个新的生活，充满着斗争、充满着希望、充满着朝气的生活，痛弃自己以前那种虚度时光、无所用心的生活，彻底来一个变化。这个变化的动力是谁给予的呢，爸爸，就是回京四个半月来接触最多的大妹的哥哥、她哥哥的同学等人。他们给我的力量是不能用语言表达出来的，我第一次理解到"同志"这个词的最深刻的意义。真的，爸爸，我的嘴、手太笨，写不出我的心情。我回到旧环境中了，可是我觉得我变了，变得爱想问题了，变得有热情了、成长了，这些变化的动力就是那些同志给予的。那时你已走了，主要是这次探家的后半段时间，给了我希望，给了我目标，给了我信心、力量和办法。我写不出我所有的感情，我只和你说说我现在想的吧：我认为我的主要问题是——本质好，可是狭隘，注意小的方面，如群众关系好，不怕苦、爱劳动，能适应环境，学会了大部分达（达斡尔族）语，群众对我印象不错，学了一些自然科学等，这有好的方面也有坏的方面，尤其是去年后半年，自己想不到大的方面（政治、祖国前途、国家大事），可是如果不解决根本问题、没有大方向，我们那些小优点是没用的，终归会丧失掉……他们帮我指明了方向，用的是毛泽东思想；他们给了我力量，力量是来自于爱人民的心；他们给了我办法，就是用唯物辩证法去观察、分析、解决一切矛盾。于是我有了奔头儿，有了希望，我心里充满了热力，不是小资产阶级的"五分钟热气"，而是持久的、坚韧的、遇百折而不回的热情。我不能放松改造主观世界，可是不能象以前那样把全部精力放在琢磨自己身上，而是"在改造客观世界的同时改造主观世界"，只要是我能凭着一颗爱人民的心，凭着毛主席辩证法的武器，那就能有持久的热情、百折不回的热情，方向明确，根子扎实，再掌握了办法……信心、勇气、力量，就朝气蓬勃，就勇往直前……

爸爸，我和你说的这些不是一时冲动想起来的，其中想的很丰富、很激烈，也很激动。可是你也不能光看我说的，我现在还随时表现出好多虚荣心，自以为是，思想里"私"字太多，这封信里没准还有的，真的，爸爸，我和你说的这些，和别人是不能说的，这不能说是我现在的表现，而是我所希望的，尤其是第二页，这还只能说是我自己的对以后我的希望，自己的好坏要由群众来评，我在这封信里很可能是暴露出我的虚荣心了。反正我要朝着这个方向努力，这是每个革命青年的方向。我现在只能说是懂了一些道理，还没有把它变成自己的东西，并不是自己的，要改造自己，是要下番苦功夫的，要来一番脱胎换骨的改造不是口头上说说就行了，这是最值得我经常注意、提醒自己的一点。

以后再说吧，爸爸，盼着你的来信，你对这信怎么想的？

妈妈给你写信了吧？她现在大概挺苦恼的。

妈妈和你说我和大妹去安平时没买票的事儿了吧？大妹当时确实没钱，也不想花咱家的。妈妈来信说我的我觉得很对。回来时我们都买票了，我那样很不对，没有正确对待全局、局部的关系问题。如果你觉得我没说清，那以后有时间我可以好好检讨。

爸爸，快来信吧，告诉我你的情况。再见！

祝咱们在毛主席指引的光辉大道上携手前进！

女儿 蕙

1970.4.9

郭晓惠致郭小川（1975年6月17日）[1]

爸爸：

又是好久没给你写信了，听说妈妈转去了几封，那上面简单地说了些情况。

妈妈是七日晚上从北京出发，十一日早从安阳来到林县的。先到四队[2]住了两天，老乡们非常热情，都来看"岭梅她娘"。房东大娘又烙饼又炒鸡蛋，工作组的同志向她讲四队的斗争胜利……

华山[3]伯伯也住在胡家庄（昨天出发去北京了，杨贵来电话让他和我们一起去大寨），还来四队和我们一起吃了顿芝麻酱面条。昨天我们刚从郝家山回来，我陪妈妈上去玩了三天。她身体真行，走三十里山路也不累，上去又跑了两个山头看了看人参、黄芪泉，泉眼，"神仙洞"。山上的人也是非常热情。今天准备去县里找车参观红旗渠。

四队忙极了，小麦今年受了风灾，比去年大约不减产，如不是那场风总要又增产二万多斤的。……现在各队小麦还未打完场，正在同时抓紧种秋庄稼。

小冬的爸爸已解放了！现在在湖北某部队农场等待分配，具体结论还未下来，已发了领章、帽徽。听说"五一"前后解决了一大批，张楠的爸、妈也回家了，她的姑父（彭）现出来到了陕西……总之，问题正迅速落实，党的政策总是要治病救人的。你们那夏天气候好吗？有个安静的环境学习也难得，我相信问题解决的日子也不太远了。

---

① 原件没有标注写信年份。信中提到"妈妈是七日晚上从北京出发，十一日早从安阳来到林县的""小冬的爸爸已解放了"等，再结合当事人的回忆，断定写于1975年。

② "四队"即郭小川的长女郭岭梅作为知识青年插队的河南省安阳地区林县城关公社胡家庄大队第四生产队。

③ 华山（1920—1985），广西龙州人。20世纪40年代开始发表作品。1954年加入中国作家协会。著有报告文学集《远航集》，短篇小说《鸡毛信》（后改编为电影文学剧本），新闻特写集《踏破辽河千里雪》《英雄的十月》，长篇报告文学《战士嘱托的报告》等。1963年下放到河南林县劳动，直到1976年调回广州。

另外，告诉你个小事：郝保吉结婚了，那个人26岁，带了一个四岁的小女孩。事情办的挺美满，我们也为他高兴，今后他的生活能安排好，工作起来也安心了。

山上没有种小麦，现在还在种土豆，计划打够山上人的补助粮。山上主要是消息闭塞，不能参加下面火热的阶级斗争，我想只好利用时间多看些书吧。

我们种有当归、黄芪、党参，据说这几种药较缺，你要的话我可以买。山上还野生着大量丹参，这种药作用是活血化瘀，《自然辩证法杂志》上谈到用它治疗冠心病、心肌梗塞，效果很好，急救是制成丹参溶液，静脉滴注。我想大概也可用它泡酒，或配药吃。这种药也缺，这次让妈妈拿去点，想法捎去。如还要我可以大量供给。

希望爸爸多注意积极地治病，尽量运动，减少烟、安眠药。只要身体好，今后总有用的。华伯伯也放下了他的小说，现在在队里出出主意，参加些劳动，大家都很爱听他讲话。

我们前年引进的小麦良种"矮丰2号"，今年林业队扩种了七亩，完全抗住了风灾，今秋大队就要推广，最多一穗能长一百一十多粒籽。我们大队要成立科研小组了，我当争取参加。今年如有上学机会，我当然也准备试试。反正以后还要回到基层，这几年能学习学习，多跑跑看看，我想还是有好处的。

祝爸爸

坚强，愉快！

小蕙

6月17日

信又放了两天，昨天、今天参观了总干渠和三个干渠。妈妈又续了四天假，明天回队里再待两天。她钱没多带，所以打电报让爸爸汇五十元，特说明。

19日

二、友人致郭小川

秉昌致郭小川（1976年2月21日）

小川同志：

你好？小林①好？代问四所全体同志都好？来信收到了，信情尽知，请放心。

你来信给我的指教，不胜感激。的确，当我们回到北京的时候，应当马上写信给你和县里的同志们，却没有做到，讲客观，时间确实紧些。我回到北京以后，就马上给从各省选调的新同志办起了学习班。一直没来得及给你们去信，实在抱歉，并望能谅解。

梅梅②她们已经来过我这里了，我带她们到人民大会堂看过了，她们没能在我家好好玩一玩，没能在我家吃饭，使我心情不安。

你的总理的悼念诗③，除了我爱人看过外，别无其他任何人知晓，关于保密这一点，我是完全可以做到的，请放心。晓东同志已经回武汉了，我想他也会给你保密的，等他回来后，我再将你的意见传达给他，可以吗？

当前，"反击右倾翻案风"的运动，你了解得不多，我也是彼此。因为回京后，其它事情可以说什么都没做，只是忙于人员的选调、办学习班、待分配等问题，难以谈一些这方面的问题，很抱歉。

另外，你的身体应当引起重视，年岁大了，身体弱了，疾病来了不大容易治疗，望能多加保重。

此致

---

① "小林"，指郭小川的儿子郭小林。
② "梅梅"，指郭小川的长女郭岭梅。
③ 指郭小川的诗作《痛悼敬爱的周总理》。

革命敬礼

秉昌

七六年二月二十一日

陈残云①致郭小川（1971年10月18日）

小川同志：

奉读复示②，至喜，知你身体尚健、愉快地工作。每次给你的信，转了几个湾③，还④转到你的手上，是出乎意料的。

曾遇黄秋云，他曾说你去了武汉，给我写了你的地址，还说你身心均好。他已调到省出版社，负责文艺组的工作。……

上个月，我省曾举行了一次全省性的创作会议，200多人参会，我在会上作了一次表态式的发言，算是老一辈人中的代表性的发言。文艺这一行已经有点生疏了，说起话来似乎不很顺畅。

在年龄上，我已经是老人了，政治和思想还是很幼稚，赶不上跃进形势的要求。但身体还算好，还有一点创作愿望，争取在新的起点上继续前进。

过几天要到东莞县深入生活，所谓深入，顶多是下马看花，尽量争取贫下中农的再教育。领导上给我的任务，是两年之内写一个长篇小说，这任务是有信心完成的，写得好不好是难以预料，只有尽力而为而已。东莞，你是去过的，我曾在那里当过两年副书记，现在它是我省平原地区学大寨的先进典型。这一点对我是极为有利的。

我省正筹备出一个文艺刊物，棠丘参与了这个工作，准备元旦出版。

李季、严文井等同志身体都好吧？希望致意。不尽，

---

① 陈残云（1914—2002），原名陈福才，笔名方远、准风月客。广州人，新加坡归侨。著名小说家、剧作家。主要作品有：诗集《铁蹄下的歌手》，长篇小说《香飘四季》《山谷风烟》《热带惊涛录》，电影剧本《羊城暗哨》《椰林曲》（与人合作）和《南海潮》（与人合作）等。
② 查《郭小川全集·书信》（广西师范大学出版社2000年版），未见郭小川写给陈残云的"复示"。
③ "转了几个湾"应作"转了几个弯"。
④ 据前后文，"还"应作"才"。

并致

革命敬礼

陈残云

1971.10.18晚广州

陈祖芬致郭小川（1975年12月3日）①

老郭：

来信早已收到。你连夜给我看作品，给我"挑毛病"，你这么鼓励我，我真觉得，要是今后写不出东西来，那太对不起你了！

我和小邢②本来准备在接信后的那个星期天去看你的。可是，正好那天有朋自山西来，又住在我家，忙得不亦乐乎！后来，我帮人搞一连环画脚本；后来，又赶一儿童剧，瞎忙一气，心里老惦着去找你，可就是没去成。明天又要下乡了，只好匆匆写封信跟你告别。

老郭，你的信尽管是深夜"涂鸦"，可是，真给人力量呵！有你这么好的一个老师，我是太幸运了！真得"有股疯劲"才行！可就是，我的毛病很多——你在信中已经准确无误地点到了我的要害处。我的生活底子太差，又很少深邃的思想。所以，你说要挖掘人物内心世界和提出当代重大问题这两条，对我来讲是很棘手的，非常非常的棘手。

你说的对，"作者的雄心似乎是小了些"。我甚至有过这种想法：重大题材自己完成不了，不如选些轻巧的题材。不过，想想也是，一开始学写作，就想走捷径，真没出息！冲这点也成不了气候！我想起以前曾看过你的一篇报告文学，题目好像叫《旱天不旱地》，我记不清它发表在哪年了。这部作

---

① 信纸的页眉处印有"北京市朝阳区文化馆"，落款"小陈"，推断写信人是陈祖芬。陈祖芬，1943年生，上海人。1964年毕业于上海戏剧学院戏剧文学系。1978年开始创作报告文学。曾任北京市文工团编剧、北京市朝阳区文化馆干部等职，1981年任北京市文联专业作家至今。曾任全国政协委员、北京作协副主席。著有《陈祖芬报告文学选》《陈祖芬报告文学二集》等。

② "小邢"即邢益勋，国家一级编剧，享有国务院颁发的政府特殊津贴。毕业于上海戏剧学院戏文系，原中国青年艺术剧院编剧、院长。著有《邢益勋剧作集》。

品，不仅当初看的时候有一股震撼读者的力量，它的真正巨大的力量，实际上是过了大约十来年之后，直到这一两年（《龙江颂》演出了）才波及了全国。一篇文章，能如此地驾驭当代，它的价值，纵使有多少篇雕虫小技，也是无法比拟的！老郭，我真希望你不停顿地写作。像你呀、贺敬之呀，这是我们整个阶级的骄傲！多少读者等着读你们的新作，你们的——划时代的——诗篇！老郭，写吧！你得挑起这万斤重负。写吧，在大风浪中，才能叫革命青春留住！

我扯远了，因为我多么希望，而且也坚信，你将写出更多无愧于我们这个时代，也无愧于老郭你的作品来。我呢？在写作的道路上刚刚学步，我真有点六神无主，既弄不清我到底能不能写，也拿不准究竟重点该往哪方面发展。我们文化馆的工作，使我一会儿得写这，一会儿得写那，什么形式都得尝试一下，可什么也写不长。加上我们有大量的组织工作，写点什么，往往得挤时间。当然，什么都得一分为二，我们这工作，好处是下乡很方便，只要主观努力，便可以尽量地减少蹲办公室的时间。这在一些大单位倒是很难办到的，这也是文化馆最可贵的一点。不过，就是工作太杂。我并不反对什么都写写，这也是不无好处的，但长此以往，我就该成"杂家"了。而且我本来兴趣就广，什么都爱写写，所以小邢常担心我将来什么都写不好。他希望我攻诗这一门，我未尝不愿如此，但是不行呀！工作、时间、身体等等，使我只好不断地变换文艺形式。

不过，我得有意识地把精力集中到诗和小说这两方面去，特别是，尽可能地下乡蹲点，去熟悉、了解、研究我们的贫下中农——当代英雄的形象。（我喜欢农村，远胜于工厂）反正，头脑里装的形象越多，对每一个活生生的人的了解越深，作品才可能有些深度，也才可能提出一些较为重大的问题来——我说"有些"和"较为"，是因为我的自信还不足，我不知道我有没有能力和眼力，我只知道我会努力地去干。

明天我又要去中阿公社南皋大队蹲点，这次的主要任务是抓我区若干公社的小说创作。当然，只要能和社员接触，写作就有源泉，只要身体别再出什么故障就好了。（我还在半休，这次是我愣要求下去的）

再谈了，我得稍稍整理一下行装。小邢、小赵①自建团以来，经常一天三班。小赵最近去长春观摩了，估计一两星期内业务就能上马。他俩还将重返体委。到那时候，小邢就能去看你了。（他正上班，此信他就不写什么了）

　　祝
一切好

小陈　12.3

戴维夫致郭小川（1953年7月18日）②

小川、杜惠同志：

梅梅真可爱，就诊时老是对我笑。她泻肚是因为肠内不洁的关系，我想，服药后就可以慢慢好的。

肉汤下面暂慢给她吃，麦片可以。我忙着，不容详谈。梅梅后天再来一次。致
礼！

弟　维夫　七·十八

邓普致郭小川（1975年11月1日）

小川同志：

早就收到您的信。您说要到外地走走，就没有给您去信了。现在快半年了，想已满载回京，盼早日读到您的作品。

---

　　① "小赵"为赵云声，笔名笙声、云声，吉林梨树人。1965年毕业于吉林大学中文系。历任中央实验话剧院编导组长、艺术室主任及中国国家话剧院编剧。著有中篇小说集《中国报刊连载小说精华》（上、下），长篇小说《崇祯王朝》《蒋家三代婚姻与爱情》，话剧剧本《了了恩仇》《皇姑屯风云录》《戊戌政变》等，电视连续剧剧本《金漩涡》《乱世风云乱世情》《尴尬人生》等。
　　② 此信仅标注写信的月和日，无年份。页眉处印有"日新联合诊疗所地址：汉口南京路八十号"，又提到梅梅（郭小川次女郭岭梅）幼时（据信中对她的描述，当时不足两岁）看病情况，而郭岭梅生于1950年11月22日，于是推断，此信写于1951年7月18日。

这半年我也到外地走了走。六、七、八三个月，到了伊犁地区，钻进阿拉玛里山的深山老林中体验生活，接触了哈萨克、内蒙古、柯尔克孜族的牧工同志，但主要是接触在牧区接受再教育的来自大城市的汉族知识青年，打算以他们接受兄弟民族的贫下中牧的再教育为题材，搞个故事片的文学剧本。九、十两个月回到石河子，集中精力写本子，直到昨天才脱稿，题为"到天山去的年青人"。回过头看了看，好像还有点剧本的味儿似的。但到底行不行不敢吹牛了。

您不是劝我搞故事片剧本吗？现在搞出来了，还有没有人要啊？要是有人要，我打算先寄给您看看，问题不太大的话，请您转给熟识的搞电影的同志，如何？这不算"走后门"吧？

听候佳音，先致谢意。

问候杜惠同志好。

此致

敬礼！

邓普

十一月一日

浩然[1]致郭小川（1970年2月13日）[2]

小川同志：

读了你的信，听了学鳌的"描绘"，比较详细地知道了你的近况，我的喜悦心情是难以言表的。

昨日中午挤车到通县，夜八时赶至红旗剧场看评剧彩排（是任务，非看不可），近十一点吃上"晚饭"，而且还跟一位同志喝了二两烧酒——想用它

---

① 浩然（1932—2008），本名梁金广，祖籍河北宝坻（现天津市宝坻区），当代著名作家。著有长篇小说《艳阳天》《金光大道》《苍生》等。

② 原信无写作年份。信中提到郭小川"恢复了组织生活的好消息"，而郭小川正式恢复组织生活是1970年6月，故推断此信写于1970年。

代替安眠药片，好好睡上几个小时。回到住所，学鳌正焦灼地坐在灯下等我，一口气把你们相会的情形告诉了我。结果，我们两个都失眠了，四点钟他劝我吃两粒安眠药，我不想睡，没照他的意见办，如今是清晨六点，他可能在朦胧之中，我从床上爬起来，坐在这晨光初照的桌头给你写这封短信。

要说的话非常多，到如今又似乎无须多说了。大概是前半个月吧，一位关心你的同志，知我们关心你，把你恢复了组织生活的好消息告诉了我们两个……从那时起，我觉得党已经给了你新的生命，我们就并起肩头，一同沿着革命的大道前进吧！

群众、朋友和领导，都不会忘记你。这点，我从许多文学爱好者对你津津有味地议论、想方设法地打听你的"下落"，甚至某些谣传等等现象上，都深深地体会到了。正因为这么多人关心你，才加重了我对你的关心。

人民需要自己的歌手，你、杨沫、柳青、志民（后两位近况不知）是能唱出无产阶级好歌的歌手。我们对你抱着希望，而且是抱着极大的希望。经过"文化大革命"的战斗洗礼，这种希望更有了坚固的基础和百倍的信心。这就使我那对你加重了的关心越发强烈。

希望你千万不要急躁。趁机会总结一下过去的经验和教训，包括各方面的；做好准备，以便参加新的战斗，为党立新功。

我这一段十分紧张，春节不回家，继续战斗；加上，估计这几日看望你的人不少，不便谈心；跟学鳌商量，等过了节，致远同志回来，约个时间，聚会在一起，畅谈一番。你会谅解我的。

问杜同志和你的女儿好。

祝节日愉快。

握手

浩然　二月十二日

贺敬之致郭小川（1974年1月2日）

小川：

两信均已收到。冯恺生病的情况我比你知道的晚。她怕我担心，老不告诉我。今天收到信，才告诉了我真实情况。看来，病是不可轻视的。但她坚持不回来治病，也不愿在本地去住医院。

目前就是暂时停止了劳动，工作照常。她的精神是好的，老实说，使我有些感动。我回信给她，没有说别的，只是鼓励她以共产党员的态度对待一切困难。我只建议是否可以春节时回京来检查一下病。（目前我还不知道用什么办法能实现这一点。我上次信上说要给乔羽写信，现在来不及写了，你是否就此事和乔商量一下，给我出个主意?）你来信说已经给她买了药，真谢谢你。我还想到一点：肝炎需要营养，特别是糖。目前她们在乡下每天只有两顿糊糊。你可否给她买些巧克力，以补病之急需？如雷平未走，可仍托她带去。如雷已走，可寄去。但要注意：一、事先不使她知道。二、包装要严，最好和药品在一起，注明是药品，以免弄出不好的影响。——你看可以吗？如可以就再麻烦你一下！

你信上说二月中下来，不要这样。身体无论如何还要一段休养时间。杜惠查病结果，望告。不知怎么的，一下子你们三个健康的人都病了，我倒还算是"壮丁"了。可见，事物的发展，常常会走到他的反面的，不要紧，都会好起来的，一定！

这几天传达中央工作会议。工作又往前走了一步。春节前可能更忙一些了。春节时大约要回京几天，据说还要留京整训几天。

不多写。祝你们

健康！

敬之

元月二日

胡万春①致郭小川（1973年11月9日）

小川同志：

今天收到你的来信②，心里真是高兴。

十年来，我没忘记你请我吃狗肉畅谈，也没忘记在人民日报办公室和你的见面。想当年，你既要管人民日报文艺部编辑工作，又写那么多文章、作品，真是一个充满革命激情的同志啊！你是个不多的十分能写的老同志，我确实常惦念你。前些日子，看到报刊上有你的文章，真为之高兴。我想，你是个党一手培养起来的老同志，党总是要很好使用的。你也一定会把有用之年华贡献给党的革命事业，也一定会保持充满革命青春的。

……

浩然同志常给我一些信，也寄一些他的作品给我。过去也好，如今也好，我是支持他的。他为人勤奋，对同志、战友也诚恳，是个不错的、大有希望的同志。对希凡同志也是这样。一些老作者，如今还能有机会为党为革命做一点事，是不那么多的。要珍惜啊！要十分珍惜啊！

前些日子，我给希凡同志一封信。我感到"评红"文章，目前还是他那篇写得有点分量。但我还是向他提了些建议，真的班门弄斧了。有便希你向他打个招呼，我只不过起个"打气筒"作用，不必当一回事，参考一下就算了。

你对我提的两点希望，我都听进去了。请放心，我会这样。我很感谢你的关心。

---

① 胡万春（1929—1998），原名胡阿根，浙江鄞县人。当代工人作家。1946年后任上海钢铁六厂及二厂学徒、工人、工会副主席，上海市第三、四届人民代表大会代表，中国作家协会和作家协会上海分会理事等。1952年开始发表作品。陆续出版了短篇小说集《青春》《爱情的开始》《谁是奇迹的创造者》《特殊性格的人》，中篇小说《阿粹斯号》《内部电影》《铁拳》《战地春秋》，电影剧本《钢铁世家》《家庭问题》，话剧《激流勇进》等；另有长篇小说《蛙女》《情魔》等。

② 查《郭小川全集·书信》（广西师范大学出版社2000年版），未见郭小川写给胡万春的"来信"。

我有可能，会把写好的东西打印出来，寄给你看看，也寄给一些老同志看看。我希望你也这样，这是很好很好的事。可以互相帮助、促进。另外，也让一些老同志留着吧！

我们是共产党员，万不能做旧势力的保守派！我们要为新生力量的成长鸣锣开道。近期，上海文艺丛刊发表了短篇《金钟长鸣》，我觉得这是少见的一个好的短篇。为此，我赠了一首诗给作者：

看竹
——看板桥新竹篇有感

百尺竿头红日升，成竹未衰有春笋。

但看新竹将成林，一代更比一代盛。

九斤老太梦吃日，笑看新人超旧人。

我还年轻，今年实足四十四岁，一九二九年生。我感到自己还有漫长的生活道路要走，风物长宜放眼量啊！你今年也还不到五十岁吧？如果五十五岁还是中年，还是不老啊！

我们与老人比起来，是新人。与今天的新人比起来，是老人。《看竹》不仅是看今天的新竹，也看昨天的新竹。一代比一代好，才是真理。但愿我们永葆革命之青春。

一个革命同志的历史是自己写的，不是别人写的。在未来的生活道路上，让我们为自己写上无愧于一个共产党员称号的历史吧！

很希望今后多读到你的来信。真的，收到你的信，心里十分高兴。

打火机寄上。修好后，我打了一下，尚好。可惜，有些掉漆，是你摔坏的吗？有什么事要托我办，请告。握手！祝你身体好！

致革命的敬礼！

胡万春

1973.11.9

胡万春致郭小川（1973年11月29日）

小川同志：

信①及剪报都读到了。打火机等区区小事何必再提。

你的诗有充沛的政治热情，我看不出有什么"牢骚"。但是，从你信中说的，倒使我想到一点，在人们还不十分了解你之前，最好在观点上不要含蓄，政治态度力求鲜明。我对诗不十分懂，但我的意思你一定会明白的。

五十四岁不算老，你还有许多事可以做。暂时不发表作品，我觉得对你目前状况是相宜的。但是，不要放弃写作，写好了，放着。要相信，党中央一定有部署。全国这么多文学战线的老同志，都还未出来。将来，党一定有安排、打算。你应多作准备。你要看得远一点，千万不要只看鼻子跟前的情况。你要多写，写好作品，以备将来。

我也常有不甘寂寞之情绪，希望你打消了它，一切要从高处看、大处看、深处看。

你记得我上次信中的话吗？一个人的历史是自己写的，不是别人写的。你好好写好自己的历史吧！（不是指写作）自己说的每一句话、写的每一篇文章、做的每一件事，都是一笔历史账。要重视一句话、一篇文章、一件事，任何时候不违反原则。要学鲁迅！！我读了他公开的文章，不公开的信，每一字一句，都如其人。他爱憎分明，有高度的原则性。他是真正做到"三要三不要"的。几十年如一日，真不容易。要"俯首甘为孺子牛，横眉冷对千夫指"。写作不是我们的目的，当作家更不是我们的目的，我们共产党人的目的只有一个，那就是革命。少想到个人，多想到党、国家、世界。即使你生前一篇文章也没发表，但你是一个高尚的人。当鲁迅写那些短小的杂文时，他想的只是战斗，根本没有想到这些杂文能不能使他将来成个伟大的作家。这就是他的伟大啊！

这么一想，那些确实或不确实之舆论，就不会使你情绪激动了。相反，

---

① 查《郭小川全集·书信》（广西师范大学出版社2000年版），未见郭小川写给胡万春的"信"。

听到反面的意见，可以鞭策自己，鼓舞自己，使自己找到具体的克服困难的前进方向。"迎着矛盾上"，这是先进的动力之一。从历年来的印象，我总感到你是很有作为的同志，将来还大有希望。一个人身体不够健康，就要去吃"补药"。我感到：反面意见，是十分好的"补药"。我们的弱点是：糖吃得多了些，对良药害怕了。

信写到这里，使我自己感到有些惶恐，我是不是在"教训"同志了？我近来常常要警惕这一点。因为有同志尖锐地向我提过意见，"好教训别人"。确实，我过去有这个毛病。对你，还不至于。我想：为了达到我上次说的互相帮助，要说心里话、老实话。你一定能明白的。

匡汉两次来信提到你，他对你很有点感情。他很关心你，要我怎么怎么向你写信。看看：露底了。不要紧，你是个热情奔放的、有政治热情的同志，"打气"也用不着吧？

我对生活充满了信心，我不比二十年前刚开始写作时差。你的诗，正好附合我的心情。你也按照自己诗的意思上吧！诗言志，要把自己的一切行动、思想熔铸进去。

我很想把上海的一些有关情况转告给你。但时间太晚了，已十二点了。下次吧！北京怎么样？说说你了解的情况吧！

对"评红"看法，希凡认为我像小青年那样热情奔放"有点头脑发热"了。他说："老胡：大概头脑发热了。"因为我把宝黛说成"造反派"了。有时，我也会说过了头的。听到他的话，我笑了起来，仿佛年轻多了。

希凡对我是挺好的，我知道他。

剪报附上。过几天，我再寄上我的新作品让你在养病的时候解解闷吧。

再见！握手。

致礼！

胡万春

1973.11.29深夜

又及：赵纪彬的《关于孔子诛少正卯问题》一书，值得一读。这书你是否没有？我可寄上。

胡万春致郭小川（1973年12月3日）

小川同志：

前信大概已收到了吧？

因为超重，被退回一次，又航空寄上。想把拖延时间补上。估计可补回一天时间。

上次信因时间晚了，我未及谈一点上海情况。上海目前的创作干劲很大，市委十分重视，最近景贤同志提出要正面写×××××。关于写这方面题材，有些人还有"文化工作危险论"的影响，不敢大胆写。《金钟长鸣》《第一课》是带头文章。目前，正组织力量在写。许多新作者都下到作为选题的厂里，深入生活。也有一二个长篇在修改，有的正在出提纲。

明年一月，上海正式出期刊，每月一期，颇似上海文学，目前正紧张进行组稿工作。

我写了一篇四万字的小作品，名叫《女干部》，已送市委写作班。他们提了一次修改意见，我又写了二稿。可能编辑部要开一个座谈会讨论。我甘当小学生，希多方面听听意见。当然，我们老作者要求严一些，这是应该的。使我惭愧的是我自己感到落后了，要努力追上去才行啊！

我确实很关心你的情况，我希望你精神面貌方面更上一层楼。请你原谅！我总是要这么说。我在两年多之前，还受各种各样"流传的说法"影响，有时不免有情绪。精神状态像波浪一样上升、下落，时好时坏。后来，我感到自己上当了。"文化大革命"以后，社会有了变动，那些失去既得利益的社会阶层是不满的，他们不希望有更多的人好好为党工作。所以，他们制造种种流言来挑拨离间。如果我们本身思想上有情绪，正好被利用了。我们的消沉，就是他们的胜利。再说，你是一个很有"名望"的作家，人家能放过你吗？另外，也是既得利益有所失去的，自己不注意，就会"共鸣"。我们是共产党员，要排除掉一切私心，老老实实，能上能下，能官能民。党用我，好好干；暂时不用，就安心学习。

我在一九六二年困难时期曾写过一首诗，收集在小说《心声》里。我后来把这首诗改了几个字。一个业余作者把我这首诗刻成了印章。我印上一颗，共勉：

言志

风雨起，葵萼扬，葵花永远向太阳。

钻天杨，不怕长，迎风挺立真坚强。

共产党员有理想，头如葵花身似杨。

我是不会写诗的，你才是诗人。但我是表示一个自己的志气。

真没想到，我与你已有诗歌往来了。

今天暂写到此，致以革命的敬礼！

胡万春

1973.12.3

计永佑致郭小川（1973年8月3日）

小川同志：

《万里长江横渡》，七月廿五日到干校，然后贴在学习室墙上……

从传抄、吟咏、评论的情况看，这首诗起码在干校，引起巨大反响。……

下面的看法，部分是我个人的，部分是一些同志的。

三个问题：格律，政治抒情，诗在内容上的巨大容量与主题的集中——是在处理材料与主题方面提出的问题。

依我看，这首诗在格律上的一个显著的特点是巧妙地把中国古代的长短句揉进了现代诗词。押韵，上口，长短句相兼，很经得住读。从古词韵中为新诗开一条路子，这是一个有意义的尝试。

不知道您是否有意这样做的。初读，就使人想起不少词牌，一查，也果然相似。也许是古词读多了，不知不觉中贯通自然了吧？

对于长短句格律的运用，极其相似，而又不拘泥，这一点重要，否则又会落入俗套。写诗的人也吃苦。但长短句毕竟在上千年中经住了乐理的考验，从中吸取有益成分，必有教益。

从"红日，红旗"到"万里长江横渡"一段，长短相兼，又极为严整，几笔就勾抹出一幅壮阔的画面。"拉开""敲响""抬起"几个拟人的动词，把"红日""龟山""蛇山""长桥"都写活了。

第二段，对整个中国革命史作了最概括的叙述。结合领袖的生动形象，进行了广阔的政治抒情。这一段在表现手法上妙极了。既是写游泳，又是写历史，既写了领袖游泳中的现实形象又写出了革命史中领袖的作用。既有生动的形象，又有巨大的概括，既有现实的因素，又有深刻的历史内涵。而这一切又压缩在短短的几句之中，承前启后，为其后的整个政治抒情与高潮的出现都在相当的历史深度上做了伏笔，点出了主题：继续革命。

上面所说的特点，不只是第二段，而是通篇。只是越读，使人心潮越高，汹涌澎湃。

我喜欢李瑛的诗，但读后不满足。究其原因，大体上是他的诗容量还不够大。写现实，往往缺乏历史深度；写哲理，又往往离形抒情；写事又往往揉不进诗人的意境。我这是眼高手低，胡说八道。但对于读诗，可以有这个"专利"吧？

《万里长江横渡》巧妙地处理了写诗中经常碰到的几对矛盾：

丰富的现实图景与巨大的历史深度。

形象的生动与高度的概括。

深沉的抒情与哲理上的指示。

叙事与抒情的统一。在以抒情为主的诗中如何处理事随情走（不是通常视为常规的情随事走），以抒情为目的，避免无关的描述。叙事即抒情。

再回过头来读格律，《横渡》中，不少地方巧妙地运用了格律，让它在诗的分段结构上起作用。古人有所谓"韵眼"，大概就是这样的东西吧？在几个自然段中，出现几个三字韵或四字韵。余音绕梁，似尽又出，味道无穷。格律为诗的意境的进一步推进，起了大作用。属于这种韵眼的，如"催绿竹""辈辈出""发万树""风太急""云水怒""云中舞""拨云雾"……

几点不同意见：

写横渡，没有横渡的场面。

面太广，青年、老年、无产阶级……都说到了，不集中。

"拉开了……图画"不搭配。

第一点意见是一般性的。诗，取材角度不同，不一定千篇一律。第三个意见是不了解拟人法的特点。

第二条意见，是一个不易解决的问题。我和几位懂诗的同志讨论过。我觉得这恰好是诗的一大优点：容量大而主题又集中。古往今来，从一个青年到整个无产阶级都要在大风大浪中继续革命。诗中反复强调这一点。许多警句，都是在这个主题上出现的：

> 在大风大浪中
> 才能叫
> 革命的青春留住
>
> 大风大浪
> 一直在谱写
> 无穷无尽的英雄谱
>
> 革命者
> 宁愿在大风大浪中
> 照见自己
> 改正失误。
>
> 大风大浪
> 已使我们的新人
> 辈辈出！
>
> 只有跨过大风大浪

才能接过

前辈的开山巨斧

后三段，既是游泳又不是游泳，更是步步紧扣主题。不同的意见是：从现实的风浪跳到历史的阶级斗争的风浪，成了借题发挥。

我总的感觉，诗是好诗，主题深刻，铿锵上口，一气呵成。

蚊子太咬，灯光又暗，信是跳着写的。腿在下面叮得直跳，理不系统，胡论八道，姑妄听听罢！

我写的几首歪诗，经改过，寄上。请于百忙中赐教！

灵芝大量上市了，丁力成了灵芝迷。

干校正学习会议精神，拖泥带水，一个多月还未进入主题。

祝您

好！

永佑 8.3

《横渡》，我爱人来信要看，《体育报》买不到，干校只有两份，按有关规定白天不许拿走，真难。可否寄一份？难，就算了。

计永佑致郭小川（1973年9月7日）①

小川同志：

几句歪诗，寄出已经一星期，想来您会收到的。您正全力投入"□□□"，暂时可能无暇顾此。不忙，有便时再读吧！

写诗，我这是第一次。缘由，也只是由于您的鼓励。我是怀着一种答卷的心情写的。老一代人，看到一个小孩，歪歪扭扭，走会了第一步，心里很高兴。我猜想，您会以这种心情对我的"诗"做一些鼓励。但，我需要的是鞭答。

---

① 此信共5页，正文2页、附录的诗歌3页，均写在"文化部咸宁五·七干校笺"上。第1页页眉用钢笔字标注"药，我已给舍妹写了信，祈于便中选购。计永佑9.7"。

这些诗，倘其中有一两首，还有给别人看一看的价值，初见无须"大修"者，便中可否寄给河北文艺（吴太□处）或河南文艺？

上一封信，我冒冒失失地请您帮助联系借调一事，觉得心情很不安。我总会出题，但却较少考虑实际困难。去干校闲得太久了，太希望去工作。借调、借用，不管什么都行，只是希望在真实的战斗中耗取生命。

还有一个很大的希望，我总是去想，倘有机会在您身边，哪怕工作上三个月，学习您怎样思考、取材、创作……我很希望帮您抄抄稿，收集些素材，讨论些问题。于是，我就产生了一个想法：借用几个月。

我希望很珍惜地利用这几个月的时间，程门立雪。

河南事，蒙您惠助，千分感谢。但单独来调很难，我看不急为好。等统一分配之日再说罢。

……

葛根片对心绞痛有奇效，对平衡精神有明显效果。久吃，大约可以解决您的失眠问题。我记得您讲华山同志心绞痛，不妨请他一试。

买药，我可以保证到底，尽请放心。还有一种医治心血管系统的新药可能问世，他们目前保密，制出后再说吧。

祝好

永佑

九月七日

一首诗，做为□□□□吧！

赠小川同志

在乡村的小路上，

刺骨的寒风中。

我背着书包，

默念着动人的诗句：

"斗争，这就是幸福，

这就是最富有的人生！"

透过结霜的帽檐，

我看到，地平线上，

一抹朝阳，

冉冉东升！

从此呵，

多少激情，

在血管里沸腾：

是你——

一位不相识的战友。

把我引向富有的人生，

引向战斗的航程……

十年过去了，又是十年，

那诗章，那火一般的激情。

总是炙烤我年轻的心胸。

宁可少吃一餐饭，

情愿赤脚过严冬。

我用一分一角的节省，

去换取你精装封面的诗行。

一字一句地咀嚼，

字字句句谱深情。

多少次呵，

当我道别知心的战友去远征，

当我向亲人做最初的馈赠，

我总是忘不了写几句，

深烙在心坎里的诗章。

终于呵，

向阳湖畔，

一个黄花盛开的季节，

诗人呵，

我看到你的身影，

于是，我又一句句、一行行，

想起那诗句。

向阳湖的流水呵，

溢满战斗的豪情。

如今呵，诗人，

你该用那铿锵的诗语，

敲击你自己的心坎，

让大地听到它的回响，

起伏的胸口呵，

拥抱那战斗的人生！

永佑

九月十日

计永佑致郭小川（1973年12月31日）

小川同志：

顷接舍妹转来您给他的信。我大约在一月七八日能到达北京，到时候去拜访您。不过您不要专为等我而耽搁去林县，反正有见面机会。我本应早几天去，无奈我爱人学院正搞运动，小孩又生病，只好等到七八号我爱人放假了。

我来师院，不少人向我问及您的情况，尽我所知，我做了解释。师院这里无□□□说法，只是听说《北京文艺》发表了您的诗，受了批评。不过他们未因此受到什么影响。您的作品还是选入了教材，这里看到的交流教材，北京师范大学十月份送来的交流教材，选用了您的《有关报告文学的几个问题》。印在写作教材295—310页，是由师大铅印的。河北师院一些教师、教研组酝酿请您来讲一次学。但他们苦于无门路找您，他们问到了我。我说您现在在家养病，了解一下您的健康情况再说。

关于买药，据岚仙说，目前她的单位正搞运动，买药暂时成了敏感问题，现在只准本人限购二元的药。我想，总不会影响您用药。此次，能买多少您就买多少，然后我再想办法。一定设法在您断药以前，寄往林县。

您去前倘见不到我，请把您在林县的地址留给我妹妹，以便寄药给您。

祝

健康！

永佑

十二月三十一日宣化

金紫光[①]致郭小川（1972年5月19日）[②]

小川：

你好！多年未见，非常牵念。

前些时曾接到你的来信，当时我因养病，寄居在东郊亲戚家，很少到文化局去。后来病情好转，我才在四月中搬回家，本想前去看你，因创作组集中开会，在开完会后又参加批林整风，集中20天，开完会就又赴河北省看汇演的准备节目，最近刚回京，本当登门拜望，正好唐山市又来人约我前去帮助他们修改汇演节目，一周以后才能回来，故而只好等回来再去看你。我家现住象来街东智义胡同2号，欢迎你和小杜前来。我明晨即和别人一道出发，回来后再联系。

专此敬祝

---

① 金紫光（1916—2000），原名靳思杰，笔名紫光、思杰。河南焦作人。1935年开始发表作品。1938年毕业于延安鲁迅艺术文学院戏剧音乐系。1979年加入中国作家协会。历任陕西安吴堡青训班艺术连艺术教育主任，延安泽东青年干校艺术部指导，延安中央管弦乐团副团长，华北人民文工团秘书长，北京人民艺术剧院副院长，中央戏剧学院歌舞剧院秘书长，中央实验歌剧院秘书长，北方昆曲剧院副院长、研究员，北京市文联秘书长，中国文联副秘书长，国家文物局副局长、中国书画收藏家协会会长，中国戏剧协会理事。著有组诗《青年的故乡》、京剧剧本《逼上梁山》、昆曲剧本《红霞》，编撰《伟大的长征》及主编《延安文艺丛书》（共16卷）等。

② 原信落款仅有月、日，无年份。据信中说"在开完会后又参加批林整风"，推断此信写于1972年。

健康

　　并问小杜同志安好

紫光 5.19晚

君兰致郭小川（1975年5月6日）

敬爱的表叔：

您的来信和汇来的伍拾元都收到了，谢谢您。我也不知说什么好，不过我就觉得这是对我更大的鼓舞和支持，因为这样可以暂时解决家庭生活的困难，使我能更安心学习完成最后几个月的学习任务。

回想起来，我上这四年学很不容易。如果不是在今天，我根本不可能上大学，而我所以能上，这是由于祖国的需要，在学习的过程中又是公费，自己几乎没任何负担，就从这点来说，我就应好好学习，将来把自己的一切贡献给人民。

在这四年中也真不容易，家庭的生活变化很大，一开始还有点东西可卖，可是四年后还有什么可卖的呢？我曾向组织提出好几回要求工作，但我总觉得自己什么都不会，怎么能担当起工作任务呢？就这样凑合到今天，不能说对我学习上没影响。目前还有两个月的学习时间，你给了援助，这使我能安心学习，而且我也一定要加倍努力，胜利的完成这次毕业考试。

表叔：关于我入党问题，真使我伤脑筋。当然首先肯定自己在过去努力不够，更主要由于自己入党动机还不够明确，党当然不需要这样的人，另外家庭问题也是我的一个大包袱，在我自己本身，我什么也没有参加过，问题还不大，就是家庭问题难，好多事情我都不了解，我也不知应怎样做。不过在今天来说要从组织形式上解决入党问题是不可能了，所以我想入党的早晚还在其次，更主要的要从思想上入党，像党员一样的要求自己。我本身还存在很多缺点，这正是需要我努力克服的。

另外再告诉您一件事，季兰在今年五一也入团了，这当然仅仅是他进步的开始，今后要更加努力，争取做一个模范团员。

因为我们已进入了温课阶段，时间很紧，信一直拖到今天才开始给您写。

至此，敬祝

健康！

并问表婶好

姑奶奶好

侄女 君兰敬上 5.6晚

雷奔致郭小川（1964年4月29日）

小川同志：

修改稿读过，改得太好了！已发排，篇幅是三页半，我们再在其它稿中作些调动，即可排下，望放心，并感谢您在病中开夜车帮改，对我们作了最大的支援！

《昆仑行》64.6.28《人民日报》首发大样，我读了三遍，觉得在情景融合、□□结合方面，都比前稿有很大不同，因而对主席的歌颂也更具体，更有壮阔的生活内容，歌颂得也更为有力。这是近来诗歌中不可多得的力作！在大样上，我代为校正了几处排错的字和标点符号。另外有些词句如"又紧""下梢""宣说""思想风传""墨里过移""满身的风波""一个民兵的粗声""迹踪""朝日般的赤诚"等，觉得似还可修饰得更完美。"毛主席啊，将不负您的重托！"可作两种解释，似缺一主语。

去安徽后，望再给我们几首诗！好否？

谢谢！即致

敬礼！

雷奔

4.29

黎丁①致郭小川（？年6月4日）

小川同志：

今天收到杜埃信，嘱转去，您的信他收到了。

我和文艺部的许芥昱去郑州，今晚动身，以后还去广东。回来再看您。

匆匆。

敬礼

黎丁　六月四日

李玲修致郭小川（1974年2月9日）

小川同志：

您好！元旦后的来信收到了。知道您的情况有所好转，我和金锋都衷心为您高兴。您信上讲，要到林县后来信，可一直也没来，我写信问李玉环，她讲您已经去林县，因此写封信来。

我们基本路线教育一直到阴历三十才结束，总结了三肯定、三否定，特别是文艺路线上的回潮表现。在这当中，我恰好病了一星期，结果就有人说：有的人不喜爱工农兵题材，去搞什么轻松愉快的体育片，还说这是反题材决定论的流毒。还有人讲体委根本不支持这个题材，是我为了个人需要才向领导讲体委支持的。看来搞这个东西，正如金锋所估计的，还会有许多阻力，不要以为会一帆风顺。现在看来确实如此，有些人自己搞不出来，也不希望别人搞出来，压制甚至仇视新生力量，像您这样热情扶植的同志确实很可贵。

现在我白天学习……晚上加夜班写稿，又有了新改动，主要是根据上海

---

　　① 黎丁（1917—2014），原名黄赞，笔名褚平、斐斐、周吉光等。福建泉州人。早年曾当过油漆工、纤夫、学徒等，后读过半年初中。1936年底起从事新闻工作，编过多种副刊。抗日战争爆发后，在桂林主持今日新闻社桂林办事处，主编《今日文艺丛书》，并在《新华日报》《民主报》《华西晚报》《新民晚报》《大公报》等报发表了不少犀利的杂文和抒情的散文。从1953年开始，在《光明日报》编《图书评论》《读书》专刊和《东风》副刊等。出版散文集《故人》《怒向集》《剑花拾丛》等。与郭沫若、茅盾、郭小川、巴金、叶圣陶、沈从文等作家、诗人过从甚密。

电影会议精神，加强矛盾冲突，主要是敌我矛盾。……还在继续修改。还有一个精神即是要写"文化大革命"后的题材，我认为《乒乓小将》这两条都符合，因此充满信心，待写出来，如果不支持，我就准备来个反潮流。批孔我想改个名字，叫李秀竹，您看好吗？

岭梅、惠惠好吧？

此致

敬礼！

李玲修

74.2.9

李学鳌①致郭小川（1972年8月2日）

小川同志：

七月廿九日的信②，八月三日中午就收到了。读了你的信，接着读郭小林的诗，我觉得小林的诗风，很多地方象你，这是非常可喜的。我们的革命事业在发展，那一行都需要接班人，希望更年轻的同志迅速成长。对于你这样的老手，更是充满希望，愿老、中、青在革命的大道上并肩前进！

你对我创作上的关心，更使我难忘，等待你的斧正。

李瑛同志出了一本《枣林诗集》，我已寄信表示祝贺。你对他的关心，我也在信上提了一句。你如寄信对他进行鼓励，他当然会更高兴。他仍在解放军文艺社工作，寄信可寄"北京净坛寺一号解放军文艺社"。他家我没去过，记不清在那里了。

---

① 李学鳌（1933—1989），河北灵寿人。当代有代表性的工人诗人。历任晋察冀边区印钞厂工人、北京人民印刷厂党委宣传部副部长、北京市文联专业作家、北京市第二届和第三届政协委员、北京市文联理事。1951年开始发表作品，1956年加入中国作家协会。著有诗集《印刷工人之歌》《北京的春天》《北京晨曲》《太行炉火》《乡音集》《列车行》《凤凰林》《李学鳌长诗选》《英雄颂》《放歌长城岭》《李学鳌诗选》等。

② 查《郭小川全集·书信》（广西师范大学出版社2000年版），未见郭小川写给李学鳌的"七月廿九日的信"。

北京这几天也热，比大火炉旁的咸宁①也许差不多。大旱不雨很久，暑伏那天下了大雨，至今雨水较密。明天我们要集中学习（学一个月），今天匆匆写了这几句。

握手！

（遵嘱随信将小林诗奉还，也怕放久弄丢了）

李学鳌

八月二日灯下

注：我正在市里参加学习，这信写完没来得及发。今日补发。小林的诗转给解放军文艺李瑛同志了。（8.14补记）

李瑛②致郭小川（1973年1月15日）

小川同志：

特给我的李元洛同志的文章，已经读过，感谢他对我的小诗的称赞和鼓励；也感谢你对我的关切。李元洛同志对于诗歌创作问题的思考是颇有见地的，对我很有启发。请代为转达我的深切的谢意。

《解放军文艺》要发谈我的和诗的文章，他们未告诉我，我也未须多问。

上次你说的要去外地搞剧本，想来，已离京了吧？我再过三五日即出发去北部边防；北方冬来得早，想尽早就到，否则，又要被琐事拖住了。××回来，再去看去！

问候你和全家好！

李瑛 73.1.15

---

①此时郭小川在湖北咸宁干校。

②李瑛（1926—2019），河北丰润人。中国当代诗人。出版了54部诗集，多部长诗和组诗获过多种奖项。其作品《我骄傲，我是一棵树》曾获1983年首届全国诗集评选一等奖，诗集《生命是一片叶子》获首届鲁迅文学奖诗歌奖，《我的中国》获全国优秀图书奖。

李瑛致郭小川（1973年5月28日）

小川同志：

这本《红花满山》已出来两个多月了。①拖了一些时间才送给你，原因是想送给你它的精装册，因出版社同志告诉我要精装一部分的。但前些日子又说是印厂没有留下精装的印张，编辑部的工作疏忽了，所以又没有精装了；这样告诉我，我就只好送你这本平装去。希望原谅。

听说你出去了一趟，新近回来了，最近有暇时，想去看你。

逐月寄赠的刊物收到否？

《新体育》上著文已读过，还在继续写下去吧？希望早日读到。

问候你和全家！

李瑛

73.5.28

刘小珊致郭小川（1975年9月5日）

小川同志：

来信收到，信中所谈到的所有问题都是使人不平静的。因为急于托人把一点东西带给你，所以先只能简单说几句。

关于对《水浒》的批判，报上已连续见三篇，我尚未逐一认真细读。正如你所说我们不必做无根据的猜测，但这件事是目前我和史超及其他同志最关心的事。鲁迅的《三闲集》：《流氓的变迁》及《南腔北调集》中的谈金圣叹我倒都看了。估计你早已看到主席关于《水浒传》的批示。我又看到×××八月十四日给主席的一个报告，由于时间关系，今天暂不能抄给你。（随即抄寄）

---

① 1973年1月，李瑛的诗集《红花满山》由人民文学出版社出版。

……又听说美术学院已提出关于"四月份所谈的那些事不要谈了，如有人再谈以后要做口头检讨"，所以对于有些事，我目前想多听听，因为各路消息颇多，不辨真伪，我也就不想明确表态。不知你以为如何？

我的身体情况尚好，虽然仍瘦，但精神好多了。至于你对我的批评也好，骂也好，只会使我感到更加充实，更加有力量，至于别的我都不会有。

我原来珍藏一本75年①的年历，因为里面都是画，所以我想对于你这位美术爱好者也许有点儿用。虽然今年只剩下三个月了，但对一种东西的爱好，是绝不能以时间来衡量的。我希望你尽快能带着这本年历回了北京。

在团泊洼时你托我买洗脸毛巾，一直未办成，总觉遗憾。最近在街上碰到一种全色的，为你捎了两条。我的经验是一放进水里就特别漂亮，你可一试。

史超问你好

小珊
9月5号

刘小珊②致郭小川（1975年9月30日）

小川同志：

满心以为国庆节总可以在北京见到你了，但依然是落空，你的问题究竟何时方能解决，你早就应该回到这个地方，不，你根本是不该离开这儿的，这块你青少年、你中壮年都为之寸土必争过的宝地。我总觉得生活里从古到今，有许许多多不公平的事。但这不公平的事实在不该落到你这样一个善良的人的头上。不瞒你说，这几天我只要一有空，就会想到这件事，但是没有

---

① "75年"指"1975年"。

② 刘小珊，《人民文学》编辑，著名电影编剧史超的夫人。曾经和郭小川一起在湖北咸宁"五七干校"和天津静海团泊洼干校劳动，是患难与共的老朋友。郭小川名作《团泊洼的秋天》的诗稿就是夹在写给刘小珊的信里。遵照郭小川意愿，此信已于1976年烧毁，但刘小珊把《团泊洼的秋天》诗稿保存了下来。郭小川去世后，刘小珊与郭小川妻女仍联系密切。

什么可说的话来表达我的心情，我每天找点事出去办一办，或大门口菜市，或城里的亲戚朋友家，但心中的闷气却反而愈来愈积得厚，压得重了，本来实在不想写信给你说这些废话的，但也只有请你原谅了。

前三天接到汤浩同志的来信，我反复读了好几遍，她非常细致地描写了团泊洼的生活场景。她说下面已经是很凉了，我想，夏天尚且是夜风透心，更不用说是目前了，人烟稀少，你们都应更多自己保重，听汤浩说你的冠心病已全好了，红光满面，如果这是事实，还聊可以慰你家人和朋友们惦念之心，只不过她说你屋里的客人络绎不绝，这应该说是一个好事，但我总觉得有些闲聊是浪费时间的，有些事固然和同志们谈谈没有多大关系，但有些事不谈或少谈为好，不知你以为如何，如果我的意见不对，你就全当一阵轻风吹过吧！

……

最近听说考古方面有个《化石》刊物的编辑干部，给主席写了封诉苦信，主席批示以后科学研究方面的刊物还是要搞起来，另又听说有一青年给毛主席写信提到诗刊的复刊问题，主席已批示同意。

此外，关于天文方面最近陆续发现有十多个业余爱好者，做出了相当的贡献，大多为插队知青，已决定吸收他们参加科研机关。

最近，八一厂导演李俊的儿子由部队回家探亲，他就是这次营口海城地震区受到表扬的116师的战士，他谈到这次地震以后，他们丝毫不考虑自己的安危，一直处于紧张的抢救、盖房等一系列群众工作的战斗中，年三十中午刚搭完炕，晚上就帮老乡包饺子，家家过上了年，老乡们十分感动，部队原来最近十几年来与当地群众的关系都比较紧张，这一次缓和了。据说毛主席听了以后很高兴，认为我们的部队廿多年没打过仗，能做到这样，说明中国的军队还是很有希望。

我听到这些情况以后，感到很安慰，中国人很聪明，也有干劲，有志气的人永远是不会被打倒的。

我们有许多亲人、同志和朋友，虽然各在一方，但当我们共同想到廿六年前，天安门城楼上发出的中国人民从此站起来了的伟大号召与誓言，我们就是再困难，我们心里也还是发亮的，而且感到无比的温暖！

愿你一切都好，如果梅梅在，也愿她和你一样。

小珊 国庆前夕

我正在为你谋一点好酒，如成功可能托昌荣捎给你。

史超附问候。

林元同志在下边过节吗？下月他是否回北京？我帮他弄到一些黄连素（他说他很需要）……如他回京我就不托人带下去了。

杜惠同志可能节期到团泊洼去，如她在，请一定问候她，上次杜继琨要约我一起上你家去，但我们一个礼拜才见一次面，事情一拖就是七天，真要命。

刘小珊致郭小川（1975年9月12日）①

小川同志：

一定又在骂我了，说是把×××的报告抄寄去，但老不见影，这些日子带着史超的外甥女儿看病，差点儿把我自己也跑病了。不管怎么说，事是办晚了，只有请你原谅。

提起笔来，就觉得沉甸甸的，也许与我这十多天来的心情有关吧。想和你谈的，是些不能谈的。而能向你谈的，又不是我所想要说的。因之，我未和任何人通信。

你九月底来信②中所谈问题，我认为都很正确。

信写到这里，忽收到你八日给史超及我的信③，把我原来的整个思路又打断了。说实话，我实在是处在混乱、激愤与迷惘之中了，而且极为烦躁，夜

---

① 此信末仅标注"12日上午"。据信中提到"关于《创业》问题，关于批《水浒》的问题，关于'三突出'的问题的看法"和"你八月卅一日来信"，可推断写信时间是1975年9月。

② 查《郭小川全集·书信》（广西师范大学出版社2000年版），1975年、1976年均无郭小川"九月底"致刘小珊信。然，信中下文说"你八月卅一日来信"，故断定"你九月底来信"应作"你八月底来信"。

③ 查《郭小川全集·书信》（广西师范大学出版社2000年版），1976年8月、9月均无郭小川致刘小珊信。

间不是失眠就是噩梦。看来，我这神经官能症算把我这辈子都毁了，而你老把我当成一个很有头脑的健康人，这样煞费苦心地引导我学习主题思想，而我真不知怎样才对得起同志。你来信提到你在六号也就是在八号前还给过我一封信，但我并没收到，是遗失了还是你忘了发出？看来怕是收不到了。

话再说回来，你八月卅一日来信中所谈的问题我认为都很正确。关于《创业》问题、关于批《水浒》的问题、关于"三突出"的问题的看法，关于当前学习主席文艺理论的考虑，都很对。你愿意在晚年继续创作，而且从现在起就做准备，这的确是我最希望的一件事。不过，你认为过去的那些东西都实在算不了什么，如果作为鞭策自己的动力是可以的，愿意创造更美好的未来也是对的，但没有过去就不会有现在，更不会有将来。正如一年四季，哪个季节都不能缺少一样，春天毕竟是万物齐发的好时光。你在八日信上和史超谈到的这一点我认为很好。一个作家，到了中年和老年，衰退的、成熟的，都有，但你们要争取成熟些，而且的确如你所说，要严重警惕形式主义的枷锁，要与"平庸"作斗争。关于这方面，我觉得史超的创作与你有一定程度的共同之处。我是非常珍视一个作家身上所具备的创造性的。在平常的生活当中找到许多人感觉到而又未说出来的东西。即使说出来，但又未将它们放到更高、更深的角度去展示的东西，这种东西必然是不"平庸"的，但又是最普遍的真理。很感激你把我比成"中午"的太阳，可惜我这个人本来就没进过太阳的行列，我只不过最多借助于太阳的光和热，在一定的条件下，做出一点点本分的工作而已。我绝非谦虚，像你一样，老把"自己笨"挂在嘴头上。而我觉得我自己本来经过刻苦的努力，也许也能在创作的队伍中站上一小会儿……所以我只有退下阵来，找个力所能及的活干干，尽力而为，就不错。至于"贤妻良母"，你别以为好当的，我还真差得远。如果一辈子能赚个"贤妻良母"的称号，还真不易呢。

你每次来信，我都要反复看好几遍，一方面是字太小（你会想到史超和我都已老眼昏花了），一方面我有些地方真看不懂了。你说怪不怪？在团泊洼时，似乎是凡你所说的，我全能理解。你可想而知我当前思想的混乱，还是因为水平低。

树欲静而风不止，这是阶级斗争的普遍规律，安定团结，只有在斗争的基础上才能达到。我们在北京也许比你要了解得多一些，但越了解得多倒越坏了事了。目前总的斗争形式是比较尖锐复杂的。我今天听到一点，明天又听到一点，而今天和明天的有时还有矛盾，而有些还真不是小道，是正而八经的正道上来的，但都是零碎而又片段，这样一来，就绞脑汁吧，绞得真叫人能睡不着吃不下。锅台边转转，有时转忘了，但一不转就又会想到许多、许多……（缺一行）

最近我在厂里看了《海霞》，估计你们也许已经看到了，又在电视上看了朝鲜片《金姬和银姬》，都是写大海和渔民的。我很喜欢《海霞》这部电影，一开始，海岛女民兵持枪而立，在她的脚下，金红色的海潮冲击着沙滩，很奇怪，我忽然感觉到这像是无数革命先烈流下的鲜血在向我涌来，又像是世界人民革命的潮流滚滚而来。就这样一个镜头，竟使我感动得流下了眼泪。我记得在团泊洼你曾经告诉过我你过去连续多少天观察海的变化。我不知道那时候，在平静如镜的海面下面，你是否看到它内心深处蕴藏着的千千万万渔民的故事。他们过去的穷、过去的苦、过去的恨，他们今天的富、今天的甜、今天的爱，他们忘不了过去，他们更珍惜现在，因之，他们要以如钢似铁的斗争去迎接未来。你看那大海，一会儿翠绿，一会儿蔚蓝，一会儿黝黑，一会儿金光灿烂。这正是它——大海，这个最可信任的历史的见证人，在把它的革命情怀向人们呈现。你看在那千变万化的海面上推出一轮红日，大海是那样小心翼翼地托着他，因为他照亮了千千万万革命者毕生要走的路。在这条路上，只许前进不许回头，只许前进不许停留。正如你过去所向我们说过的，一个人能等待分配，但不能等待革命。我是这样想，许多事情都可以等待，包括等待审查、等待结论，但只有革命，不允许等待。可是现在站在这条路上的我，却在那儿非常不争气地站住了。你说这是怎么回事？真叫人生气。

好吧，说点高兴的事你听。史超的《霜天湖》已决定投入拍摄，他经常躲在外面三天五天，最后定定稿。《敌后武工队》，人们也许出于好心，也许觉得尚有点可为之处，因此还要改。但□□□已经不想插手，今后命运如何尚不可知。

前三天才收到阎钢的电话，说是你来信找我要还粮票，我在第一封信里已寄去廿斤，你不至于丢掉了吧？

有几件事托你：1. 看病的发票请转生委①代为报销。2. 报销下来的钱请代我托人去静海时买黄精一斤、黄连一斤、枸杞一斤。北京没有，而医生让我一定吃。勿忘开发票，黄精、黄连开发票，枸杞是自费，不要开了。

……（缺一行）

小珊

12日上午

刘小珊致郭小川（1976年9月24日）

小川同志：

十五日、十七日来信②均先后收到，药也收到了，是翰如同志大儿子送来的。（与你十七日来信同天到，一是白天，一是晚上，都在中秋节）人逢佳节倍思亲，不知梅梅是否已经到了团泊洼？我设想她一定陪你在大堤上散步了，而且是在月下，如果那天没有下雨的话。你说你的梅梅爱她的爸爸胜过其他，我想你这个爸爸爱女儿也胜过其他。你们的团聚确实值得人羡慕。

本来应该马上给你回信，但因为寒风同志（你可能听说过此人，过去在解放军文艺，后来在门头沟"支左"，现调八一厂当编辑部副主任）一家人要在中秋节到我们家来，祝贺我和史超的银婚吉日，所以我在收到你十五号来信的那天就忙起，到了中秋节的晚上客人们走了之后，我就病了。这次是感冒发烧，连病好几天，在这个过程中我送走了史超的外甥女儿（回成都），然后又送史超去青岛。（陈播把他的电影剧本《霜天湖》改成了话剧，约他去研究研究，这样也许对修改电影及话剧都有所助）

---

① 生委，即生产委员会的简称。
② 查《郭小川全集·书信》（广西师范大学出版社2000年版），未见郭小川"十五日、十七日来信"。

读了你这两封信，我是感到很振奋的，信纸上都冒出来了热乎乎的革命气儿，而且战斗的硝烟味儿扑鼻而来。也许你觉得我是言过其实了，但，我确十分珍视你这种斗争的意志，而且已付诸了行动。这种昂扬的情绪感染了我，我确实非常愉快地度过了这些天（虽然我的感冒至今未好）。要知道，在今天这种情况下，在我所接触到的同志们当中（当然我们的革命老前辈们不在我的接触之列），有斗争愿望的人倒不少，但有斗争行动的却太不多了。但，我们是特别需要这样的同志的，在今天尤其需要。关于你所复述的你给中央的那封信的内容，我反复地读了好几遍。要知道，在这方面，我与你这样多年做领导工作的同志是有差距的，倒也不是字面上多难懂，但一些问题涉及面广，要用思考。对我来说，这信是一次学习，一种鼓舞，而且给予我一种政治上的安慰感。

因此不言而喻，你的信是治了我的思想病了。你信上有两句话说得极好：人总不能活一千年，总有一天会化成烟，不过这烟最好是硝烟，带火药味。我想，这才是革命者的一生与它的结束，富有浪漫主义色彩的革命乐观主义。如果用这样一种胸襟去对待生活与工作，对待困难与波折，就有许多问题比较好解决了，比如说大到国家大事，小到个人家庭生活的幸福与否、工作的顺心与否等等。

你谈到你最近很忧愁，不管一愁、二愁、三愁……总还是与你目前的处境有关。这不仅你愁、你的亲人愁，你的同志与朋友也不会例外。每当我想起这些事情，就有一种揪心的感触。死去的同志已死去了，活着的同志也没有真正地"活"着，不是没工作，就是被圈着。像我这一种人倒无所谓，反正也没啥能耐，起不了多大的作用。但像你们这些老同志、老党员（包括翰如、林元等），应该说是个最大的浪费。而且说实话，你们确为革命流过血和汗，为打下我们的江山立过功。虽然我和你的年龄算不上是两辈人，但从革命的贡献上说是两辈人，是我的长辈，你们的处境确实叫人不能心平气和。我从你每封来信中，都可以听到你的心血汩汩地翻滚。革命者的鲜血固然流不尽，但每一滴都值得我们珍惜而又珍惜啊！

你的两句打油诗（日边云有色，窗下笔无声），我认为还是颇有概括性，是文艺界许多同志的一种处境。这并不符合党的政策。我对于你所说的所谓"堕落"有点不同的看法。我觉得似乎你还"堕落"得不够。不是因为你总是想写点什么，尽一个作家（思想家、哲学家）的责任，所以才得到了今天这样的"回答"。你说你仍应该有创作的考虑及准备，这是对的（这也是我一向坚持的一点希望），但对于挨棒子还是要作为一个严肃的问题来考虑。有的同志说到你是"活该"，说你不安分守己、不识时务等等，我不同意这种不善意的市侩式的评论。但我认为一个革命者，特别是个共产党员，头脑应该复杂些，要看时间条件和地点。有人说你老天真，我倒有几分同意。这里有好的一面，你对人对事都赤诚以待，更多看到人家的好处，随好的方面考虑问题。但是有时候你是不是浪漫主义多了一些，而现实主义少一些了，你有时把生活中的真人真事也理想化了。这样难免有时做事不恰当，有时还会上人的当。最近我们身边就有人说你，说你不善于用阶级斗争的观点去看人，甚至于"特务"反而成为你所很亲近很信任的人。我基本同意这种看法。你有时总觉得人家对你才是"真心诚意的"，而对别人则仅仅是"大面儿上过得去的"关系。殊不知这些人，在另外的人面前，也会让人觉得他是仅仅唯一的对其人"真心诚意"的。这些人的确够聪明的，但我却并不欣赏这种聪明。史超经常批评我政治上幼稚，我有时也很不服气，我觉得我从真正认识了党以来，我在政治上大的问题上从不出错（错话、错事基本上没有），但后来我发现我自己的确幼稚、考虑问题简单，也容易轻信人。我之所以没出错，并不是我多有头脑，而是由于我有一个对党的老实态度。当然我不能把"幼稚"这词奉送给你，因为那是不符合实际的。但像你这样的老同志，由于旧社会的经历不多，单纯一些是可能的。我觉得你还是感情用事的情况多了一些。有一次杜惠同志来时提醒过你，说你又是"这个人对我如何如何"，以此判断人的好与坏。我觉得杜惠的意见是准确的。她也提到你脆弱。这些都说明你不够全面，不够冷静，缺乏应有的理智与意志力。我觉得你有任性之处，比如说你不能坚持每天身体的锻炼，有时夜间睡得太晚，白天必然精神差，影响了劳动锻炼等等。你看，我又说了你一大堆坏话，你定会生气了，觉得：好，闹了半天你这刘小珊对我还有这样多的看法。但我想，我是出自诚心，说错了也不要紧，我并不主张你成为一个谨小慎微的君子。但，一个人生活在如此复杂的环境里，不复杂、不谨慎是不行的。另外，我觉得你不要轻易说一个人的好话，也不要轻易说一个人的坏话（无论当面与背后）。我认为，对一个人的认识非经过反反复复的风浪，是没法做最后的判断的。

这里面，包括你对我的看法，我觉得也有许多理想化的东西。当然，你还是抓住了我的要害，也就是你在团泊洼向我提出过的意见，你认为我不够"政治化"，这的确是我致命的问题，也是我这一生都要努力注意的问题。但我的具体的缺点也不知你是看到而不说，还是没看到。我这人一般说给人印象是不自私的，比较能为别人设想，也较有牺牲精神。这些在我身上也确存在，但我的"个人主义"与别人不同，一般说我不能受委屈，而且爱面子。我在朋友关系及夫妻关系上都太重感情太认真，而且很自私，嫉妒心是强的，常常是不能自拔。因此我不仅不能充当"排解人家烦恼的角色"，相反我经常扮演的是"增加人家烦恼"的角色。我是既能大量地支出，但又要大量的收入的人。在这一点上，我与你迥然不同。就这一点，注定了我这一生是个悲剧人物。史超常说，要在旧社会，他一定要把我当成模特儿写本小说，定能把我写的活龙活现。我相信这一点。

说点儿别的，你说目前形势是八个字：大局已定，斗争复杂。我同意你在十七日信中所分析的那样，阶级斗争、路线斗争永不会停息，不必焦躁。最近我也好一些，但大局如何，还要看矛盾的发展。我并没被人牵着鼻子走。但就我的经历及我的水平，我的脑子是不够使了，我想不清许多问题。你说的很对，我确有病态，但政治思想对我也大有影响。我这个人说得好听一点是老实，说得不好听一点，就是笨，脑子发死，很不机灵，而且，太缺乏风趣。我现在发现人还是聪明点好，自己又不吃亏，还讨人家喜欢。而我，又苦自己，又苦别人……

你对《海霞》这部影片的评价，我是同意的。它确实既单薄，又不新颖。但由于导演及摄影的努力，有些地方还能感人。我上次的那点小评论，实际上是我自己情怀的抒发。《海霞》触动了我的联想，谈不上什么评论，所以你看了电影也不必印证，因为在电影里找不到印证。

你说我最好再到干校去生活一个阶段，这倒真是。我自从八月八号离开团泊洼那一天起就没想离开过，但目前看来是有各方面的困难。不过昨天学习会上支部又提出来下批去轮换的事。我看组织上的意见吧。听昌荣说她十月一定去。昌荣对我是特别关心的。你如能再见到她，少和她谈我的病，以免增加她的负担。这次回北京后，她每次见我几乎都要问起我为何如此消瘦（其实我也没到那种程度）。据同志们说我没回北京时她就谈及我的情绪，很关心。

你不要太为黄连这味药麻烦了，固然良药苦口利于病，但弄不到就算了。我的药账翰如已还给我了，不知为何你不肯留下，而且不替我开发票。你自己不报账，还不许人报账。其实除枸杞外，是可以报销的。还不许我和你算账，真叫人难办。

代我向梅梅问好。

如有空仍盼常来信。

小珊

24日夜（窗外秋雨淅沥）

马敬仲[1]致郭小川（1970年8月8日）

敬爱的小川同志：

您好，接信后十分高兴，我和慧敏热烈地祝贺你获得"解放"[2]。雄关漫道真如铁，而今迈步从头越，新的长征又开始了。我预祝你，既有一颗火热的心，何愁不会写出激励人们向前的诗篇？不！不可能。

我热烈地欢迎你到我厂来参观或做短期劳动，到那时我做一个向导是不会成问题的了。目前我厂在抓革命、促生产方面掀起了一个新的高潮，人的精神境界发生了一个很大的变化，先进事迹层出不穷。小川同志，真诚地希

---

[1] 据1974年9月郭小川撰写的《我的社会关系》："马敬仲现在北京市第一机床厂当技术员，从一九五九年认识后，一直有往来。"（《郭小川全集》第12册，广西师范大学出版社，2000年，第344页）另外，马敬仲曾在《工人日报》1986年10月19日发表《我所认识的郭小川同志》一文。

[2] 指1970年6月郭小川恢复党组织生活等。

望你多和工人同志接触，多交几个工人朋友。

回想起来，从1958年起，我们的友谊已有十二年的历史了。你每次的谈话都给了我很深刻的印象，我要向你学习。

我仍在搞自动化的工作，其实一切皆从头学起，啥也不懂。但是干革命不是学好了再干，而是在干中学习，干就是学习。初评我被评为五好职工，虽然我很差，在各方面。

热烈地欢迎你回到北京。

到时一定去看你

敬仲 70.8.8

马敬仲致郭小川（1972年9月12日）

小川同志：

您好！很想知道您的近况。虽然我们很少通信，但是，您，作为一个革命者的形象，以及歌颂其他革命者形象的诗篇都深深地印刻在我的心里。和您认识的时候我才二十二岁，那还是在我的学生时代，现在我已是三十六岁的壮年人啦。我是一个干实际工作的人，不会描述，但，时间记录着我们的友谊。

国庆节快到了，据说要出版诗集。我、还有周围人，关心着新诗的出版、好诗的再印，尤其是打听您……但是出版社的某人说，可能出版贺敬之的《放歌集》以及张永枚的诗集选。我们提出了你的名字，回答是，正在研究。小川同志，我，还有许多年青人读过您的诗，虽然不是全部。当我们在我的房间里朗诵着"甘蔗林—青纱帐""青纱帐—甘蔗林"的时候，每个人的心里是很激动的。我们等待着，虽然我们是不太懂文艺的普通人。

……

原来梅梅来信说，您夏天来北京休息一段时间，但我等了又等，不见消息。不知您的身体怎样？北京出版的一些新书不知您要否？若要，我可寄去。

杜惠、梅梅、小惠等好久未写信了，不知近况如何？慧敏已教数学去了，教三角、几何、代数。小曼身体很好。

盼望着我们一年一度的会见。

祝好

急盼你的来信

敬仲 72.9.12

茅盾[①]致郭小川（1957年5月2日）

郭小川同志：

苏联《文化与生活》约我写纪念十月革命四十周年的稿子，我是觉得这样的应景文章很难写。但不写也不好。同时我又觉得苏联朋友征文的方式也很呆板，不够活泼。我还不知道他们约中国作家写这样文章的，除我以外，还有谁？仅我一人，也太嫌单调。我有这样的想法，我们来组织三四人，我也在内，每人各写一段（长短不拘），一总送去，也显得热闹一点。而且，这已组织好的三四人的文章也可在我们刊物上发表，在纪念十月革命四十周年的时候，这样是一举两得。

如何处之，请速复。即颂

健康！

雁冰

一九五七年五月二日

---

① 茅盾（1896—1981），原名沈德鸿，笔名茅盾、郎损、玄珠、方璧、止敬、蒲牢、微明、沈仲方、沈明甫等，字雁冰，浙江省嘉兴市桐乡市人。中国现代作家、文学评论家、文化活动家以及社会活动家。著有中长篇小说《子夜》《霜叶红似二月花》及《蚀》三部曲等。

荣正一^①致郭小川（? 年11月27日）

小川同志：

昨夜外调从南京回，今上午得你的信。因关于《王道与霸道》一文事，先简复。

《王道与霸道》这篇名是没有的。我想，主席所指当是《且介亭杂文》的第一篇，《关于中国的两三事》的第二小题："关于中国的王道"。刚才我又读一遍，深感这篇千字杂文内容之深刻和宽广，并且和当前的内外斗争完全可以结合起来加以运用。所以，认为主席所指当是它。

主席关于鲁迅的那些话，对我确是极重要的鼓舞和鞭策。当认真理解，贯彻到学习和研究中去。

你的意见是中肯的，特别象"一字千斤"之谓，确应如此要求，庶民不出赝品，不误人子弟。至于"影射之嫌"则不必虑。虽然，我认为以□□英雄自居而欺世盗名者，今日有之，但决不在研究工作中横生枝节。当然，观点不同则是另一问题。这，以后你读稿时便可知。

极愿早日听听你对《红楼》的见解。我对之谈不上研究，译文也不全读，但很想丰富些知识。你何时有工夫，何时来信便了。昨日以后，我的时间又全部"归己"了。

再谈，握手！

正一

11.27

---

①荣正一，江苏无锡人。初中肄业后曾在重庆、桂林等地做工，在无锡当小学教员。1947年在上海纺织厂当练习生。1949后到中共长宁区委宣传部工作。1956年进北大中文系，1957年转复旦大学中文系，毕业后曾在中国作家协会、文化部文艺研究院、上海鲁迅纪念馆工作。1979年到上海社会科学院文学研究所任副研究员。著有《鲁迅思想发展论稿》《论鲁迅精神》等。（上海市作家协会编：《上海作家辞典》，百家出版社，1994年，第198页）

《体育报》文艺知识组致郭小川（1973年8月14日）

郭小川同志：

您好！

来信早已收到，并及时转给了领导和王凌同志，请勿念。您信中所表现出的谦虚谨慎的精神，是值得我们学习的。光群同志出差长春去了，可能不日就回来了。

杂文，我们领导上的意见，就您的方便，如果月前您挤不出时间来，就照您的意见"暂停一段"好了。

关于亚非拉邀请赛的采访和写"友谊第一"诗的问题，王凌同志说，您回京同她面谈以后再定。听说您很快就要回来了，是吗？

《万里长江横渡》，前些天我们去《人民日报》《解放军文艺》等单位，袁鹰、纪鹏同志都说不错；工厂（北京雕漆厂）、学校（北京四十九中）和解放军（□□□□部队）三个评报点，说："《体育报》的报道形式多样，特别是注意了运用文艺形式，版面也比较活泼、清新，有图有文，有诗有画，比较吸引人。杂文《无限风光在险峰》等都比较好。"有两个读者对《万里长江横渡》联名写来了评论，虽然简单一点，但反映了读者的态度，此评论文章，随信寄给您一阅。总之，到目前为止，我们还没有听到什么不好的反映。

上海《□□□》（三封）、广东省军区（一封）、湖北文艺（一封），给您寄来了印刷品，可能是书和杂志，我们转给杜蕙同志了。×××的笔记本（一大一小）挂号寄上，请查收。

此致

敬礼！

文艺知识组

一九七三年八月十四日

田歌①致郭小川（1973年3月23日）

小川，亲密的同志：

离别已十天，使我异常想念！你的身体怎样，是否还像从前？你的革命干劲，值得我学习，也是我最了解的一点。不过，身体是革命的本钱，如果不注意，累坏了身体，到那时啊，你想干也不能动弹。不过，对你的身体，有杜大姐在你的身边，我想，她一定比我想得周全。本来，我应该经常给你去信。一、因为我工作较忙，返乌后，可以说，简直没有黑夜和白天。修改舞曲《葡萄架下》，又要写舞剧《罗光》，人民出版社准备给我出一本诗歌集，特别在每首歌曲的词上，我还要推敲琢磨一番。每当此时，如果你要在我的身边，那我就不会为此作难。另外，我在宝鸡给你发了一信，没有回音，也不知你在北京，还是在外边？故而，才没有去信向你问候！二、应该检讨的是，我也有点懒。这一点，等我到北京后，你和杜大姐就是批评我，我也不会有任何怨言。不过，我要说明一点，虽然近来没有给你去信，但，对你和杜大姐的一切，我都经常挂念。我经常给你打长途电话，也可说明我的心。

听说你的文章即将问世，在此向你祝贺。四月号《新体育》望能寄我一册。一篇文章，你反复六稿，时历三个半月，足见你对文章锤炼如此精心，真是一丝不苟，这种严肃的创作作风，尤值得我很好学习。关于乒乓球的剧本，青艺既请你大笔斧正，我想，你应该当仁不让，等剧本脱稿，千万不要忘记使我一饱眼福。

关于小林和他战友陈恒合作的歌曲，我即使忙，也极愿帮助。一则，对小林的迅速成长，表示祝贺；再则，也想受他们那种蓬勃的朝气感染；三则，所谓后生可畏，一定能使我的耳目为之一新，从中获益。当然，更主要的是

---

① 田歌（1933—2019），山东单县人。作曲家。历任新疆军区文工团创作员、乐队队长、歌舞团副团长兼创作室主任，中国音协第三、四届理事。写有500多首歌曲和一些电影音乐、歌舞音乐和器乐作品。其中广为流传的有歌曲《啊，亲爱的伊犁河》《边疆处处赛江南》《中华儿女志在四方》《草原之夜》《革命青年进行曲》《我为祖国守大桥》《春风吹遍了黎明的家乡》和舞蹈音乐《葡萄架下》等。出版歌曲集《啊，亲爱的伊犁河》《田歌独唱歌曲集》等。

想到你的小林，必当青出于蓝，使我不甚欣羡之至。希转告小林，他写的歌词，如有适合我谱曲的，也可寄来嘛！

关于未来的歌集，我反复斟酌，拟书名定为"放声歌唱"，不知您认为可否。我想，关于我的创作及各个方面您是很了解的，您一定能予以帮助和指导。如果对此书名认可的话，最好请您向郭老致意，请他手笔挥洒，为此书题名，以使拙作为之生色。如有困难，也可请其他同志书写。

新疆出版社欲再版《啊，亲爱的伊犁河》，又拟对此集增删，合计新集子约七八十首（其中您的占很大比重）。我想，这是党对我的培养和鼓励，却之不当。那么，就作为我向党和人民的一次汇报，并想借机听取各界同志们的意见，以促进我今后的艺术实践，更好地为祖国、为党、为人民、为伟大领袖毛主席而放声歌唱。

歌子都很粗糙，没有使我满意的作品，既然组织上要出，那就只好出吧！在这一点上，我还得征求您的意见，望来信告知。

匆匆问好！

田歌

三月二十三日

王成致郭小川（1976年1月26日）①

小川同志：

接读来信，很高兴。自从你打干校回来以后，虽然没有来得及见面，但通过老瑶，彼此的情况是大体了解的。和老瑶见面时，也常常谈起你，你为他的工作所作的努力，使我们十分感动。因为这不仅是干校同学之间的情谊，而且是体现了一位老同志站在毛主席革命路线上对后辈同志的亲切关怀。

附寄的诗，我仔细读过了。承不弃，要我谈一些读后感。不怕你生气，我对新诗不单单止于外行，同时还不爱读。这原因，一则是由于因袭的成见，

---

① 此信未注明写作年份。据信中提到"总理逝世"和郭小川悼念总理的诗，断定为1976年。

总觉得"五四"以来的诗歌不那么成熟，不如古诗够味；另一则，恐怕新诗也确实存在一些尚有待于改进的弱点。但是话说回来，有几位诗人的作品我还是愿意读的，你就是其中的一位。这一首诗，正像你自己所说的，是用眼泪写成的。就诗而论诗，它和你以往的一些好作品一样，有力量，有气魄，感情充沛，节奏鲜明。如果说不足，那就是在结构上似乎松一些。但是我理解，在这样的心情之下，这是一个无法克服的缺点。"至情无文"，你在这种情况下写出一首长诗，已是极难的事，哪里有可能去冷静地推敲、锤炼呢？如果是技术上的高度完整，反倒是不可理解了。我相信，这样的理解也许是符合真实情况的。

作为一个外行，我以为，诗人之所以有影响，就在于他以诗歌的形象语言说出了人们（当然是阶级的或者阶层的）共同想说而又难于表达的话，也在于他唤起了隐蔽在人们心灵深处的感情。你这首诗，表达了对总理的爱戴、尊敬和悼念，它和百分之九十五以上的中国人民的感情是相通的，也是和我个人的感情相通的。我原来想写一首五言律表示一点悼念之忱（我只会写一些不像样的旧诗），但写了两句就写不下去了。原因不在有什么顾虑，而是在于旧体诗的体裁。按惯例，中间两联必须概括逝者的平生功业。这可是太难了，对这样伟大的一位战士，建立了无数丰功伟绩的总理，以我的水平如何能概括得周到？选择一个侧面来写吧，又觉得与五言律的规格不合，有欠庄重。于是废然而止。再说那几天的心情也坏到极点，如果硬凑八句，那就大背初衷了。从这里，也可以说是对我的偏见的一个极好的自我教育。这次悼总理的诗，我读到你的，也读到其他一些业余作者的作品，是新诗，都很感人。但旧体诗即使如赵朴初同志的作品，似乎还总有可看之处，其他无论。所以主席说旧体诗束缚思想，真是一针见血之谈。在要表达这样的至情至性的时候，新体诗就自由得多了。

以上是由于读了你的诗引起的一些想法，大有班门弄斧之嫌，就说到这里为止。

总理的逝世，所引起的巨大哀痛，其深广肯定是空前的。正像我理解你的心情一样，你也可以理解我的心情。北京以至全国各地，数以亿计的人民群众对总理的哀悼，你会从你爱人、同志的信上知道一鳞半爪，这里无法说得更多，也许过几个月在北京见面时可以谈的更清楚一些。

桥牌我从回北京以后，见识了几位高手，在北京大约是第一流水平的。和他们交手，自己也有一点长进。关于精密体系（The Precision System，或译"精确体系"），听老瑶说你在干校后期和郑雪来同志打过。郑雪来现在也是我的牌友之一。原来我想给你写一个提要，但考虑到不见全文，提要也难于理解，所以干脆就借一本手抄的译文寄你。同时又附上一本《桥牌入门》。这是我的一位牌友赠的，其中计分法就有说明。但这是老式计分法。新的计分法见另纸。这本"入门"中介绍的叫牌方法，大体上是美国五十年代以前的叫牌法，即所谓标准叫牌法（The Standard System），或称戈伦（Goren，人名）叫牌法。现在虽然过时，一些原则仍然有用，有空也可以读一下。至于精密体系，是七十年代的产品，优点在于准确，而且比较地好记（有些欧洲叫法繁复不堪）。这个体系是中国人魏重庆所始创的（此人在台湾），后为美国的桥牌专家戈伦写定成书。目前北京最"先进"的体系就是这个体系。你可以先读一读，过些时候，我再写一提要寄你。提要上不列全部叫法，只是要点。一般说，打着玩玩，有这些要点就可以了。要全部记住并运用纯熟，以你的时间和精力恐不可能，也不必要。这两本东西都是抄本，人家甚为珍视，请在一个月左右挂号寄还给我，并请不要转借。

春节我不回家。老瑶于前日动身，他的家务事也真伤脑筋。真是各人家里有各人的难处，又真是"幸福的家庭总是一个样的，而不幸的家庭就有各式各样的不幸"。

盼回信，如果有空的话。

即候

新诗

王成

76.1.26晚

王朝垠①致郭小川（1975年8月15日）

小川同志：

谢谢您给我的来信。您九日写的信②，我是十二日收到的。

这次去干校③，的确是不虚此行。空前地享受了集体学习的愉快，同时看到您目前情况下坚信党、坚信革命，自己坚持革命，对同志始终抱热切的革命责任感。这些都使我受到鼓舞、教育，收益不少。我们还在共同的学习活动中，在互相谈心中，建立了革命的友谊。这些，都是我永远不能忘怀的。

关于《哥达纲领批判》的学习汇报，十二日当天下午在留守处学习时，林元同志尚未提及，但我已和小珊④同志通了气。这样的一个汇报，和在干校相比仍有一定的特殊性，大家在近期并未学过这本经典著作，弄得不好，要不就把汇报搞成了别人很难买账的"讲学"，要不就会成为"老王卖瓜"的经验介绍，要不就抽象空洞、平平淡淡，谈和不谈都差不多。这是我个人心中的顾虑。我一定遵照连部意见及您的嘱咐，现在起便着手准备工作，避免以上三种情况出现，但最后效果如何，心里是没有把握的。

您的信中提到所谓"难听的话"，这是不对的。首先，它不符合我的心情；无论是您对我本人的批评、帮助意见，或是谈到我的家庭的那些话，我都觉得这并不是"难听"，我甚至觉得，如果真是"难听"，那倒也许会更好些。您的话充满热情关怀，同时提到一定政治高度看问题，尤其是送别宴会上的谈话，除了热情和政治高度外，还加上了"策略"，这就不仅是应该听，而且，也许还嫌"好听"了些，对于一个真正的"□□"会员来说，我耽心可能减轻"压力"。此外，我还遗憾地感到，在干校期间，由于某些环境的原因，加上我这人向来的毛病：缺乏革命主动性，向您交谈自己的思想情况是

---

① 王朝垠（1936—1993），原名王朝银，又名蓝宇，湖南永兴人。1959年毕业于武汉大学中文系。历任人民文学杂志社助理编辑、编辑、编辑组长及编辑部副主任、编委、副主编。

② 查《郭小川全集·书信》（广西师范大学出版社2000年版），未收1975年8月9日致王朝垠信。

③ 咸宁干校。

④ "小珊"指刘小珊。

很不够的，这样，也就使我失去了本来可以更多地听到您的意见的机会。对您的意见，我是很愿听的。

……

因种种事情，忙忙乱乱，这封信写了好几天。我需要赶紧结束了。简单再奉告以下几点：

去外贸学院的事，并不是象昨天所得的消息那样已成定局。而仅仅是在联系过程中。闫纲今天先去报到了。

北京的中央直属文艺单位正在学习讨论主席关于《创业》的批示，并批判××十大罪状。学习讨论中，思想活跃。有些我们在洼里①还不敢想的问题，在这里已经有不少人在公开的会上和朋友的交谈中大声地说了。有些单位已出现大字报。

杜惠同志已将布票寄我转沈季平。

问候连里其他同志！

（延明的信，我加了修改，一并寄与）

朝银 75.8.15

王榕树②致郭小川（1973年11月4日）

小川同志：

您好！惠信敬读。知您血压已降，很高兴。再三地领会您对《庐山》的宝贵指点。于是，开了几个夜车，更了一番，但看来还是力不从心的。很想上京看您，但最近正在贯彻十月理工科会议精神，还没有出差的机会。看来，

---

① "洼里"指咸宁干校所在地团泊注。
② 王榕树，福建漳州人。环境核化学家。1959年毕业于厦门大学化学系。天津大学教授、博导，享受国务院政府特殊津贴专家，兼任过环境核化学与水化学研究所所长、中国核化学与放射化学学会理事、中国核学会核化工分会顾问、铜系元素与核燃料循环专业委员会委员、国际放射分析与核化学学报顾问编委、加拿大国家水研究所客座教授、北京大学兼职教授、纽约科学院院士等。曾在《光明日报》《解放军报》《人民文学》和《诗刊》等报刊发表过诗歌与评论。（乔富源、罗振亚：《天津百年新诗》，天津人民出版社，2017年，第186页）

这个月还去不了。汪莹很感谢您的关怀，她很高兴您记得她，再三要我谢谢您。周末，也去找了一趟阴继同志（姓阴，前次我可能没写清楚），遵嘱代谢。他也很高兴，说小川同志真平易近人。托我代告，请您好好照顾身体。他还说《横渡》收到的反映是好的，受欢迎的。阴继是天津电台负责文学节目的同志。人很热情，和我常有些往来，但还不算十分熟稔。我只知道他爱写歌词和作曲，署名"剑青"，在天津的《革命接班人》和《天津文艺》发表过。还没见过他写诗，但他对您的诗，读得比我多。（我六〇年后很少读文学作品）

小川同志过谦了。我是不懂文艺理论的，但我始终认为您的诗，有很高的造诣。这不仅在艺术上有独到之处，而首先在思想上常常寓有时代气息。您的许多作品都洋溢着对党、对领袖、对同志的深情。如我所见到的、听到的，您的《向困难进军》，确是用主席的敢于斗争、敢于胜利的精神鼓舞了许多年青的同志，给人留下了烙印。我自己，则是受《□年》的感染，才试着学写些诗的，虽然我还差得很，写的可能不配叫诗。当然，诚如您自己所痛感的，也有失败的作品。这如同走路，难免要摔跤的。但这首先应归因于修正主义文艺路线的毒害。今天，能认识了，划清界限了，改正了，又能重新焕发革命青春，继续为党的事业做出新贡献，就很值得我们年纪小些的同志学习了。在毛主席的领导下，我们党从来都是允许犯错误、允许改正错误的。您的体会，会比我们深得多。

……

和小川同志接近的这些日子里，自己受到的教益是很大的。您对我改的每一个字，都是帮我思想上提高一步。说真的，过去我写东西，虽不敢孤芳自赏，但要自己改，却往往无从下手，或不忍下手。现在，经过小川同志不断的指点和启发，总算这方面有较明显的变化。就是自己总不满足，总觉得大有改头。自然，小川同志在创作上比我们要严肃认真得多。过去，元清同志就常向我讲过。但恕我妄言，是不是存在着这样的不利情况呢？即文艺界的习惯势力很大，不管您如何谦逊，您总算名家。盛名之下，您的作品发表前怕就轻易征求不到多少意见了。交笔前的情况，恐怕更是如此。那时您们的作品交稿后，责疑和改动之处怕要比一般同志少得多。因此，毛病就更多地留在发表后。这样，自己犯错误还归其一，更重要的是给党的事业造成某种损失。

河南的同志要请您写东西，我看是好事，完全赞同。而且相信，小川同志是能写出党性很强的作品的。况且，交笔后，您错的地方还不算多，多跑些地方（在您健康允许下），对文笔的最大变化——人的精神境界的提高，是会感受更深的。只是大胆的建议您，写完后，多抄几份，尽可能多请同志们、朋友们（不仅是文艺界的，还请年轻的读者，请□报分管政策的领导同志）先责疑和"炮轰"。俗话说：爱之深，责之严。挚友的批评，我感到往往比编辑同志要多得多，因为比较容易做到言之不尽。我自己是这样感受的。比如您，对我习作的批评很中肯，那怕一个词不妥、不清，也不烦指出。再如，兆焕同志对我习作的批评也很尖锐（我们还时常争论），那是因为他首先不是作为编辑，而是作为朋友才□□的。若作编辑，怕常常是能用的就上；不能用的，就说几句"东西不错，但限于篇幅，只好割爱"之类的话——也许是我坐井观天瞎胡说。

先写这些。小林现在主要是搞物质生产，还是搞精神生产呢？问候杜慧[①]同志。

请保重。紧紧地握手！

又及：习作奉上，有时间时再看，不急。

榕树上

1973.11.4夜

王榕树致郭小川（1973年11月14日）

小川同志：

您好！对于《庐山》书作，您思考得那末深，那末多。批评是那末中肯，

---

① "杜慧"应作"杜惠"。

指点又是那末具体。真不知如何感激您的栽培和指点。我明白，用言词是表达不了谢忱的，也非您的本意。要紧的是，努力锻炼提高，做一个无愧于伟大时代的党员，无愧于革命前辈的后代。

《金钟长鸣》未听说过。今天，幸好找到了。连读三遍。很亲切，受到了教益，也汲取了力量。它不仅展现了伟大斗争的一个侧面，而且把党的政策形象化了。多么好的出于公正的同志啊，多么好的新老关系啊！巧娃是可爱的，老丁是可敬的。

本来考虑，按您的第一方案改。（这几天，连日开会，而且小孩患肺炎，夜间得帮助照顾，动笔慢）读了《金钟》后，想再思索些时候，再弄。现在似可以说，对您所费心指点的，比较理解了，修改方向比较明确。但最终的成果，恐怕距您的要求还会很远。我先试着努力吧！有您的指导，又有许多师友的赞助，这条件真是难得的，是不容自己偷懒的。

有机会，一定争取去京看您。如有什么事，我能分担的，请示知，我当竭尽薄力。

我是希望您为今天的胜利继续高歌的，继续为上层领域的革命立新功的。我深信，无论如何，革命战士的青春活力是不能从您身上移走的。只是恳请您宽心为怀，劳逸有当。有空时散散步。必要的看病、吃药是不宜免的。

问候杜惠同志。

紧紧地握手！

又及：

山上的同志寄来照片，拍得不好，奉上，博一笑。

榕树

敬上

73.11.14午夜

王榕树致郭小川（1973年11月20日）

小川同志：

思索了几天，刚刚校了一遍。自己读后，感到虽集中了些，但问题仍很多。除思想深度不够外，突出的感觉是不流畅，末段模式也与前二段不合。之所以敢于急急抄上，是想恳请您在健康允许下，直接修改。如果您有兴致，愿意重写，我是衷心欢迎的。能为您的作品提供点素材，我是比自己写还快意十倍的。这是真的，不是客气，因为我确力不从心。如果说，这一篇我算尽了些微力，我乐意奉献给您。我相信，我们党是非常欢迎老作家焕发革命青春，为繁荣创作立新功的。

匆匆敬报

榕树

73.11.20凌晨四时

王榕树致郭小川（1973年11月26日）

小川同志：

您好！喜读惠函，非常高兴。心脏正常最要紧，血压也基本上可以了，因为血压要随年龄略增。愿您其他项目都好。愿您能继续为党再辛勤奋斗二三十年！

我越来越觉得您是实实在在的谦逊，真值得学习。只是恳请对我，您不要过于谦逊。我寄给您的每一书作，实在如同学生给老师的作文稿一样。能得到老师的批改，并就此能学到许多篇外的知识，喜悦的心情是难于表述的。说真的，我甚至期待您从严给予评分的，看看是20分、30分、40分……以随时知道自己进步或退步。自然，也不敢使您勉为其难。

日前，阳健同志来了一次，说是天津准备搞个"新年朗诵会"，说这次与国庆开诗会不同，全由专业人员朗读，作品质量希望高一些。他来打听您是否有时间写一个，也顺便来约我搞一个。我先告他："小川同志血压高，我不大敢催他写（他们要求十二月初交稿）。我转告就是了。"他还说，上次小川同志的《横渡》，是很好的，只是朗诵却感到闭口韵，较难抒发。这一点，阳健同志来叫我转告。我看，小川同志是喜欢听批评意见的，也转告供参考。（我自己不懂什么闭口韵）

说来惭愧，60年以前，我也胡乱地写了百来首"诗"。但，经《长桥》《庐山》长了很多知识，似乎有点要入门，但当未入门。我现在的感觉是，新诗很难弄，要写得很吸引人，给人（首先要给作者自己）以力量，更难。有您这难得的好老师，很感幸福，也有信心。我想，现在领导上可能先集中精力抓小说、剧本。因为它们在群众精神生活中的迫切感是更强烈的。一部电影，接触的群众，一千首新诗恐怕也比不上。但诗反映生活，似乎更快、更敏锐些，因此现时报刊上诗也很多。创造新世界的人们，本质上都是诗人，因此工农兵中的诗作者尤其多。我想，到了一定时候，领导上会抓诗、抓诗样板的。现在许多同志是进行探索——使诗更密切地联系群众，有好处。您是无产阶级新诗的行家之一，期待您继续开拓到底。

《庐山抒怀》寄后，禁不住又改了几处。因原来想抛砖引玉——请您自己写，所以未敢寄出。现既然，您谦逊不写，我只好弄下去了。受您这封信的鼓舞，也同时再试寄一份给常海同志看看，如他认可，您的改稿是否直接交杜惠同志带给他们呢？请酌定。如常海同志认否，还请您继续改下去，并将改稿寄给我，天津可以发表。

有机会一定去北京拜访您。梅梅要割扁桃体，一定要小心，要找有把握的大夫。我有教训。64年我去天津总医院割扁桃体，是一位实习大夫做的。她把握不大，又很不重视小手术，结果血管没封压好，几小时后大出血，差点没机会认识您了。看来，小手术反而要小心。

问候杜蕙同志！

全家向您请安！

紧握手

榕树

勿挂

73.11.26

王榕树致郭小川（1973年12月6日）

小川同志：

您的信，捎上了您的热诚关怀和栽培之情。这篇习作能在现时给您带上一点欣慰，真是喜出望外。

最近，工作还不算太忙，去京呆几天的时间是大大的有，到市委去开张赴京信也方便，只是家事扯腿。小孩肺炎后，汪莹又连着病倒了——哮喘。我每天除工作外，还得搞些生活上所难负的事，一时走不开。真是辜负了您热诚的建议。过些日子一定去一趟，主要是去拜访您，应放去让您开夜车，因您需养精蓄锐，把精力储存一些，今后党的事业会要您经常开夜车的。

我深感，自己能从睡眠中挤出时间而感到疲困，除了身体好和事业心外，您的引导、批评和鼓舞是很重要的。我将珍惜这个好条件，让每个钟都过得不悔。

您的意见及批注，我思索了二天，觉得体会得差不多，之后才动笔，作了力所能及的修改。现再奉上，请看如何？真的，这一篇主要是您的创作，至少也是主作。当然，如有错误、缺点，那只是我体会不好、表达不善。

另抄一份，还是先寄常海同志。因为文艺部尚未来联系，不敢让杜惠同志为难，只好麻烦常海同志了。

感谢您的栽培，望您珍重。

问候杜惠同志！

紧握手

榕树上

七三年十二月六日

王榕树致郭小川（1973年12月12日）

小川同志：

顷读惠函。遵嘱，再也不敢说感激的话了。小孩肺炎早好了，汪莹的哮喘是过敏性的，老毛病，现已暂好，明天准备上班。这里，我们的医疗条件是极好的。可告慰于您的是，尽管忙得不可开交，但我身体很好。星期天买菜时，顺便称了一下，竟152斤，我自己简直不相信。

那位老同志的意见是很对的，第一点，一"文"一"白"，把自己所感觉到但还表达不出的意思，很好地概括了。高！第二点，"不够新颖"，可能更多的是指习作表现方法不新、思想深度不够。我记得您阅《开来》后的第一封信，首先提到的正是这个问题。一年来，我虽致力于此，在您的指导下（这不是客气，而是事实，恕不免去）虽然有些长进，但距离高一点的标准还差得远，自应继续努力。得便时，请向他代转谢忱。

可能杜惠同志已告您，文艺部已将您批回的那一稿打了小样寄来。说："请推敲一下，如有改动，盼在十六日左右寄还。"我征求了领导上和文艺界一些同志的意见，他们提的，似乎超出您指出的。只是《天津文艺》陈武欣、万力他们说："题目似乎'搏风击语'为宜，因为现在写庐山的，太多，题目雷同。人会以为内容也差不多，就不爱看。"这意见似应采纳。领导上正展开"农业学大寨"会议，忙，看了一二遍，说，好，快给人寄回。——当然这是鼓励继续努力的话。十日晚，市搞了个杂技表演晚会，胡、吴、曾恬等几位书记都陪同陈永贵同志看节目。我幸运地坐在他们的邻排。这是我第一次看到陈永贵同志，他很健康，中式棉衣、棉裤，十分朴实，十分平易近人。见后很受教育。曾恬同志很关心学校里的教育革命，也很关心文艺创作。据说，明年，《上海文艺》出刊，天津要加把劲。我自己，一向是钦佩上海的产品的（无论物质产品还是精神产品）。《天津文艺》的同志觉得有压力，看来，促一促，更好！我们的事业本来就是在你追我赶的热烈气氛中前进的。对不？

这两天，我正发愁。《天津文艺》要我给他们来一篇"有分量的"，或者把《庐山》给他们也可。《庐山》已寄常海同志，而且认可了。我自然不敢擅自处理。另写一篇，写什么呢？急急又弄不出，只好请求他们宽限时间。不写是不行的，他们很强调本地作者有责任多为本地刊物出力。我自明力不从心，也自信从不偷懒。只是关于新诗。我越弄越糊涂。觉得：写景，新诗比不上彩色照相，又快又准；寓意，不如国画形象深刻，烙人心田，也不如散文随心顺意，框框少；言论，不如评论逻辑严密，不如杂文犀利活泼；感染力，远不及小说情节丰富，戏剧性强……有的同志说，诗反映事快，我过去也那末认为，可现在呢？经过这般业余实践，却体会到诗也来得不易，只是誊抄快。记得古人就有这样的话："得来一个字，捻断几根须。"现在写新诗的，怕没有留胡子的啦，可就自己，也是"得来一个字，烧掉几支烟"啊！抽多了不好，也抽不起，可不抽竟象车轮没上增润剂，不好使。总之，新诗的特点应该是什么？为什么需要新诗这个品种？怎样健康发展？这些在您们是不成问题的问题了，在我却连提也提不清楚，很需要求您答疑，可就舍不得让您花费那末多的精力写信，以后面谈吧！

您在作深入生活和创作构思的准备,太好了!我真想利用些业余时间作您的秘书，比如帮您日常誊抄新作，帮您征求些意见，帮您推敲些自然科学的句子——如果您写到的话。

"传说"，听不到最好！（我总不解：老作家挥笔歌今的，实在太少了，面对您自觉继续创作的，却来传七传八）但既然听到了，我认为，只能按您所说的那样去办，提党性。我竭尽微力支持。

感冒，我的经验是大量喝水。您有条件，多喝汤更好！但动物性油脂应少。另外，要休息，或散步，或闭目养神（如熟读一二三、一二三……）。可能您的经验更多。

《庐山》习作要不要再改，如须修改，请按您的方便办。我第一次寄稿往常海同志时，已说了"在小川同志费心指导下……"（常海同志很可信，不会去到处说的）

匆匆。问候杜惠同志。

紧握手

榕树

73.12.12夜

王榕树致郭小川（1973年12月28日）

小川同志：

再三捧读您十五日、二十四日的信，有许多话要向您倾诉，真不知从何说起。

本来，已和市常委的同志约好，23日顺搭他们车去京，所以，十五日信就未及时敬复了。因为我觉得这封信，实际上是一篇很透彻的诗论，读得有许多感受，也还有需进一步请教的问题，想面谈更充分。但十分不巧的是，22日下午汪莹得家信，获悉其父"患脑充血，尚处于昏迷状态"。他一急，又发喘。而我又得四处奔波，找"安宫牛黄"——一种急救脑溢血的贵重药丸。这种药，过去曾为别的同志买过，未料到，自己需寄家用时，竟缺货，幸卫生局同志和我一连跑了两天半才弄点。这样，去京不成，又坐不下来给您写信，真真心如负疚！此事本不敢告您，怕害您添加额外的悬念。但不说，信又无从写起，只好说了，请您千万不要分神。这样，往后我才敢无言不谈的。读您24日的信，我着急的是，在您行前，怕未必再有机会去京拜访您了。而又有许多话想和您谈呢！最近，有二个关于人事变动的文件，其一是主席亲自提名让小平同志任政治局委员，参加军委领导工作，您看到了吧！老同志有丰富的经验，又有痛切的教训，是我们党极宝贵的财富。这一英明决策，将促使许许多多老同志更焕发革命青春，为党的事业做出新贡献。我以十分殷切的心情，期待着小川同志写出新水平的篇章。我实在很不赞成什么"传说"之类的东西流来流去，干扰您宁神构思。（其实，流传对作者的不恰当的批评，不仅仅影响作者本人）我们坚信主席英明的政策，坚信中央的正式文件。那种未盖了大章的"传说"，可供参考，但不必为其分心。指导创作的是主席的思想，是十大的文件精神。

朗诵会26日下午于人民剧院开了。看到相当精彩的表演（有些节目还化装），身临此热烈的群众场面，我首先想到的是您说的那句话："工农兵读者的需要，就是诗的存在价值。"群众的需要，对写诗的人，是鼓舞，也是鞭策。就自己而言，我曾在七四年写出一二篇能比《开来》《庐山》进步些的习作。当然，这二篇，尤其是后者，其主要的作者是您。以后的习作，若无您这样的指点，自己想超过，怕是不易的，虽然已经从中学到了您的许多知识。附上节目单，供一览。此中未署单位的作者，是阳健他们从外地文苑刊物找来编改的。《阵地》颇受欢迎。

常海同志曾来一信，对《庐山》做了鼓励，并推荐长诗《胡桃坡》。我找到了，粗读一遍。觉得故事确是惊心动魄，人物形象鲜明，言语也值得学习——很有民歌的风味。您看过了吗？《将军三部曲》是否有复本？若有，则寄一本，若无，我另去找。我想学习一下叙事诗。有情节、有故事的诗，似是群众更迫切需要的，对不？

要说的很多，先写这些，再谈。

感谢杜惠同志的关怀！

请您一定要注意健康！紧紧地握手

榕树上

73.12.28午

王榕树致郭小川（1974年1月3日）

小川同志：

您的信，带来了您的关怀和您珍贵的创作心得。但最近家事的拖累，不但失去畅谈之便，也屡屡使您添愁，真使我不安，也很不该！但对您——我从心里敬重的长辈，我不能以谎言蒙慰。

这封信，考虑再三，还是决定老老实实地写吧！但愿从此后再报告于您的，都是能使您欣慰的事。元旦前后，我们都未出门，因为汪莹的父亲已故了，享年不算高，才60岁。脑溢血是难治的。这事，算过去了，汪莹也已止悲了，请释念！最近，《参考消息》的文章《生命在于运动》，我看条条是道，值得实践一番。为了无产阶级长期的事业，寿命能更长些该多好。

常海同志年前也来一信，谈及二十六日批发的那版大样，尚未得回示。

并送上了同时送审的赵朴初同志的咏梅词（另纸抄奉）。此词真是精品，令人越读越有味。我愧于新体诗上比不上旧体词。当然，您和别的同志是完全能比得过的。记得主席说过"诗当然应以新诗为主体……"我期待着您，还有许多不认识的同志能写出更好的新诗。我自己也努力不辜负党的培养，不辜负您辛勤的指教。能有这么好的机会和您谈诗，是多么难得的学习条件啊！我十分珍惜这条件，那里会耽误时间呢？（唯担心的是影响您的健康）况且我们最近以来，科研任务一直未下来，有的同志在学做小家具，有的泡在扑克牌里……我不敢偷懒，也不会偷懒。我总觉得自己首先应该是一个共产党员，其次才是一个科教工作者。共产党员就得抓大事，搞阶级斗争。因此，我乐以自己的诗歌习作投入火热的斗争，并与同志们共勉。当然，工作时间应搞科教，忙了，就把诗集口来，但还能读点作品的。有感受，又有充分的时间时，就写点。我感到，脑区的轮耕，和农作的轮耕之益于土壤，很类似，对不对？不敢断言，反正至少可使人不懒散，葆其旺盛的精力。

……

热烈地预祝您在深入生活中获得丰硕的成果。不能为您送行，心里真……

再三希望您保重，留心旅行安全，要散步，最好睡眠有一定规律。如果有事需我办的，请告，我将竭尽微力。

祝一路平安！

紧紧地握手！

榕树上

74.1.3夜

王榕树致郭小川（1975年11月12日）

小川同志：

热烈祝贺您开始了新的旅程，我们工农业战线生气勃勃的战斗景象，将会如同您在《春飘》之二所唱的：象"春风把人吹得心如红火"。我们祖国的大好河山，会使您更加心旷神怡，相信此刻，定会有助于您身体健康，思想丰收，诗也丰收！

反复读您行前的信，很受感动、教育。完全拥护您对书作《草鞋赞》的批评。我将一步一步地努力，力争创作出无愧于我们伟大时代、不辜负师辈们苦心指导的作品来。在自然科学方面也要加倍努力，不辜负党的期望，不辜负您的督促。

汪莹非常感谢您的关怀。报告一个好消息：经多方检查结果已确诊，不是乳腺癌，而是"增生"。目前服用一种碘合剂，从内分泌上控制，肿物已逐渐见少，用不着动手术。这里医疗条件也很好，深谢关怀，敬请释念。

前天，专程去拜访了李元清同志（他已调来新华社天津分社），告了您的近况，我们越谈越高兴。他要我再三向您问候。我们都深信，您一定会做出新贡献。我们都提请您，注意适当休息，睡眠要够。甚至香烟也尽可能少抽些。春节，如果您回家，我们将一同去拜年。

丸药已寄请杨晓杰同志转交了。"善康"一号、二号，今天跑了一整天，方知尚未投入门市部，晚饭后，我刚去找一位卫生局的同志，请他帮忙。待弄到后即寄出。治白内障的药市面上也没，也请他一并代购。不过，据他说，白内障最好是动手术，不太麻烦。

我们家乡有桂圆干、白木耳，据说对健壮身体确有实益，而无弊害。已同时去信请家乡寄些来，待收到时再奉上。

真是"纸短话长"，也恐您在旅途中过于疲劳，就写到这里。问候梅梅、晓蕙！

敬请
安康

榕树

75.11.12

王榕树致郭小川（1976年1月9日）

小川同志：

您好！

十二月初，我出差北京，去拜访了一趟杜惠同志，看来她很好，神色心情都佳，她还让我读您给他们的信，知您身体亦好，真高兴。北大、清华我都去看了。有关文件您已早阅了吧！北京出差后，我又匆匆赴沪。由于我的住址不定，您给我十二月三日的信直到日前才敬读。

昨天，听到总理逝世的消息，心情万分悲痛。散步上海街头，见到一列列排长队等候报纸的人们，有的上了岁数的老同志，还用手帕擦泪水，我象是见到了您，大家对总理爱戴的深情都一样！

本来有许多心得能向您汇报，因为心中总想到总理，心情沉重，下次再谈吧！

主席的壮丽诗篇，我在京时已学习了。因为我在出差中，天津的同志让蒋子龙同志（一位军队转业的工人，小说写得好）和我合写一篇欢呼的文章，据说要刊在《今朝》增刊上。您对主席的诗词一定体会得比我们更深，不知您写了没有？

在上海，见到了一位我小学时的好朋友，方知她专攻心脏病，颇有成绩，据说×××还找过她看过。不知您有否机会过沪，如有，请顺便给她看看，好吗？她是上海第四人民医院谢葆瑛同志，电话246317，我已对她嘱咐过了。

再三请您注意保重。心旷才能神怡。殷望您身体更好，为党做出新贡献。

我今天晚上离沪赴赣，大约等二周，那边的通讯处是江西、上饶、64号信箱。

春节前，我要赶回天津。

匆匆，敬请

安康

榕树敬上

1.9晨

"善康"药，我将再催问一下。

晓雪致郭小川（1973年6月1日）

小川同志：

昆明挥别，刚满一月，不知您现在何处？也许回京了吧，为红旗渠写的通讯完成了吗？

听说北京正召开"五七"干校会议，各省管干部都去参加了。现仍在干校的同志，大多数由各省分配。云南分得一千人，各单位正商定中。少数留在北京或原单位。不知您的工作怎么定？象您这样的老同志，我想应留北京，回《人民日报》或担负其他重要工作。搞《体育报》似不恰当。不知您有什么打算？如果下省、市，非常希望您来云南！昆明气候条件好，您的全家搬来（您来后，小林、小梅他们调来不会成问题），也还是会满意的。

……

云南文艺界领导和骨干力量目前都比较弱，您熟悉的尚未分配的老同志中，如有愿来云南的，您也可向他们宣传鼓励一下。李部长说，我们这里不好莫名要，愿来的同志自己提一下就会实现。他表示非常欢迎！

冯牧同志分到哪里？他如果回云南，正是我们许多同志所盼望的。您如见他，请转告李佳骏同志对他的问候！（前几天我曾寄信给冯牧同志，李队长问候之意是后来才告诉我们的）

盼望您的回信。

晓雪

七三·六·一晚

晓雪致郭小川（1973年7月10日）

小川同志：

来信收读！

非常感谢您对我的鼓励和帮助！

原来是想很快下去，因组里一些杂事拖住，一直未能成行。……

铿尧最近写了一首关于知识青年的政治抒情诗，约300行，象您的《×的风姿》那样的长句子。叫《大路程》，还不错，比他过去的东西要好，有突破。《云南文艺》第一期将发表。

他再三要我告诉您，说在昆明给您的那种药，一定要慎重使用（照他说的办法），千万不能过量。不知小梅试用过没有？

上海人民出版社最近给组织上来信，约稿为他们写一首以朱克家的事迹为素材的关于知识青年的叙事长诗。今年底或明年初，我很可能还得试着完成一下这个任务。希望继续得到您的帮助！

剧本改的怎样？工作完了吗？最近可见到冯牧同志？李季等同志主编的《中国文学》是否十月初正式出刊？

问候杜惠同志和您的全家好！

盼来信，紧握手！

晓雪

73.7.10

晓雪致郭小川（1973年8月6日）

小川同志：

收到您的信和诗，非常高兴！

《万里长江横渡》，我一看到就连续朗读了两遍，确实是好！气魄大，激情充沛，洋溢着鲜明的时代精神！它标志着"无产阶级文化大革命"后，一个大家熟悉的老诗人创作道路上的新开端，一个多么可贺可喜的新开端！铿尧和我省的同志，其他这里熟悉和热爱您的诗的同志，也都为这个新开端感到十分兴奋！希望您继续多写！即使"借用"您的事情的确多，协助校剧本的任务的确紧，您也要挤时间，为我们的时代多写这样的诗！

您在北戴河住到什么时候？工作完了吗？杜惠同志回报社了吗？小林、小惠他们都好吧？为长影搞的是什么××的剧本？前天在迎送外国人的一个名单中看到华山的名字，他是否调回北京了？

我仍有些杂事缠身，滇西、滇南都尚未成行。写知青的任务，因上海又正式给宣传组写了个公函，提出我写之外，是否也可请康朗甩协助，领导研究后，再加了岩峰同志（佤族），共三人来完成，由我主要执笔。（文化局还把它组织一个班子来搞，后未最后通过）我不好说什么。什么时候下去，还未定。如无意外情况，八月下旬是会走了。

铿尧的诗，刊《云南文艺》创刊号，刊物出来后，他就会寄给您的。

希望很快看到您的信！

紧紧握手！

（您在北京见到敬之、李季等同志吗？怎么他们也不写点东西？希望《万里长江横渡》成为老诗人纷纷挥笔上阵的一个响亮的信号）

晓雪

73.8.6

晓雪致郭小川（1973年10月28日）

小川同志：

大约是八月初，我给您回了一封信，寄到北戴河去了。不知您收到没有？

上海人民出版社约写一首以朱克家事迹为基础，塑造知识青年典型形象的叙事长诗。为准备完成这个任务，我到西双版纳来了。已下来一个半月，大约十一月二十号以后回昆明。这两个月，主要是熟悉生活。计划明年一月交初稿。回昆明后即开始动笔。

这样一部长诗，应如何写？希望得到您的指导。

……

您身体怎么样？协助搞的几个电影剧本完成了吗？您的工作岗位最后是在哪里？

小林、小惠他们都好吗？

问杜惠同志好！

希望回到昆明就看到您的信。

紧握手！

晓雪

73.10.28晚上

勐海

晓雪致郭小川（1975年12月17日）

小川同志：

我为改《红旗》约我们省写的《坚持青年同工农结合的正确路线》（载《红旗》第十二期，署名石凌）一文，于十一月十一日到北京。十二日上午去看冯牧同志，听说您已走了。所以未能见面畅谈。

在北京期间，曾见到敬之、李季、葛洛、臧克家、袁鹰等同志。除完成《红旗》给的任务外，还应约为《人民日报》写了一篇百字札记《为巩固无产阶级专政勇敢奋斗》（也是以写作小说的名义，署名石凌），参加了《诗刊》召开的一个座谈会。

我十二月十日回到昆明，才看到您十一月初的来信。前天又收到您寄自林县的信。给铿尧也看了。知道您身体欠佳，都非常想念。血管硬化，既要乐观，也不能等闲视之。要认真对待。一定要遵医嘱，好好休息。不影响身体，走走看看是需要的，有好处的。但最好少动一点脑子，暂时不要考虑或少考虑写作，以免影响身体。我们当然非常渴望读到您的新作，但目前确乎不宜发表（冯牧等同志都谈到），何况身体又有了病。好好养精蓄锐吧，来日方长嘛！

天麻我曾经滇东北买到一斤，但已分给别人了。昆明确不好弄，但我和铿尧都尽力想法。一弄到就给您寄来。"开发票"的部门，可以说完全不可能买到，只有买"黑市"——也要碰。我已开始多方写信和打听。邮局说，每次只能寄二两，买到以后再说吧。

我仍在写作小说，搞政治理论的时候多。诗歌，确很少考虑。《人民日报》那两首，是袁鹰同志从一组歌颂新生事物的习作中临时抽发的。很一般，不过临时纪念一下罢了。

前年上海约的那首写知青的长诗，去年匆匆弄了个四千多行的初稿。出版社认为仍有"真人真事的明显痕迹"。我准备明年初改完一遍。实在没把握，只能算练习笔吧！初稿，手边只有一份，给改出来再寄给您，希望得到您的具体帮助。

袁鹰同志九月底十月初来昆。我把给您看过的那首《将海之行》（作了点修改）给他看，他比较喜欢，认为有"独特风格"，转给了《诗刊》。我离开北京时，李季、葛洛同志都还未看。可能编辑部同志还有些意见。也许不会发表。

铿尧现在负责创作×和《云南文艺》编辑部，工作熟悉的人少，相当忙。他搞了个电影剧本，还在作修改，是北影约的。他将另外给您写信。

我在冯牧同志家里见到小林一次，他确实已经长大成人了！因工作安排的甚为紧要，没能去看看杜惠同志，请您和她原谅！

小赵前天下乡，扭伤了脚（骨折），现还在家休息。问题不大。她问您好！

当前对教育界怪论的批判还在波及全国。我们也在学习、领会有关文件和文章精神，努力跟上。您在林县也都知道了吧？

望多保重！

为革命保重身体！

一定要遵医嘱，好好休息！

盼来信。

晓雪

75.12.17

许芥昱①致郭小川（1973年6月14日）

小川同志：

我从三月十一日到北京起，就一直打听您的通信处，想找你谈谈，好容易最近才从杨沫那儿找到你的住处。

我在美国加利福尼亚州立大学任教授，教文学，现正编译一本最近15年中的中国创作选②。已用了你的大作《甘蔗林——青纱帐》中几首，如《祝酒歌》等，急于要见着你，跟你谈谈你的生活经历跟创作经验。这次我已经见着的，除好些30、40年代的老牌作家外，还会见了浩然、李学鳌等比较年青及最年青的写作工作者，也找着很多30年前在清华、北大搞文学的老友。但如见不着你真是遗憾，天知道我逢人就问起你，问了几个月。

本月20日我就要离开北京，下月初再回来一趟，不过那时的日子就更短了。希望你回我一信，让我来拜望你一两个钟头，如何？最好打个电话，我早晚准在。

我这儿的电话是558851

（房间号511）

许芥昱

1973年6月14日晨

---

① 许芥昱（1922—1982），四川成都人。字芥子。1944年毕业于西南联大。1946年在驻美大使馆武官处工作。1948年获硕士学位。曾任旧金山华文《世界日报》记者、副总编等职。1959年获博士学位。先后在美国讲学和从事研究中国文学的工作，任加州州立大学亚洲研究委员会主席、加州州立大学世界及比较文学系主任等职。1982年1月因山洪暴发罹难。著有《周恩来传》《新诗的开路人——闻一多》等。（《中国近代人名大辞典》,中国国际广播出版社,1989年,第195页）长期从事中国近现代文学的研究介绍，著有《中华人民共和国的文艺界》等，编译《二十世纪的中国诗》《中华人民共和国文学选读》等。
② 此书即《中华人民共和国文学选读》。

许以①致郭小川（1974年3月15日）②

老郭同志：

来辉县第三天晚上，才找见刘玉泉、范清渭两同志，他们正在百泉公社。当夜就挂电话联系罗底的事，听说过了一天还在打电话，不知是否已经去信给你。

这里整天炮声隆隆，锤錾不停。群库干渠正在大量上人，要求四月一日竣工；上八里（有一千米大渠外部质量稍差，郑永和批评了一下，他们马上返工，正在重锻石头重干）、白甘泉等地都在轰轰烈烈大干；马头口赶建三级电站；火电厂为安装另一六千瓦机组正在扩建；张飞城的高空渡槽安装工作快近尾声……这些都是我亲眼见到了的。目前全县各地都在赶铺柏油马路，汽车经常走着走着就得退了回来，过不去！三交口的水电站也正在由石姑娘队紧张施工，我想去看看，一直去不成。现在这里要想走路、坐车，可难哪！

今天去洪川城新城关公社看了一个截潜流的工程，长400米，地面口宽28米，已经挖下20米深，工作面挖成十级、十一级的台阶，人们用铁锹层层往上传递沙石土块，每个工作面成为一点，一点两人，点点相连成线，三千人在这幅壮丽的画卷上铺开，姑娘、小伙，万紫千红，生龙活虎，意气风发，真个波澜壮阔，蔚为奇观。另一面则是大小一百三十五台水泵同时向上抽水。他们要在最近十天之内赶完，如果拍成彩色电影，那将多好！但愿在郑州的电影摄影师能够及时赶到。

我准备多在这里"泡泡"，"泡"到这个月底或下月初，好好受受教育，再回林县去拜读你的第三部，并下去一两个大队。请转告张用山同志或宣传部其他同志一下。

---

① 许以（1927—1997），原名许英儒，笔名小音、许汀。浙江杭州人。1948年毕业于上海民治新闻专科学校。历任文工队员、宣教干事，《解放军文艺》及《人民文学》小说组组长、部主任。20世纪50年代开始发表作品。1979年加入中国作家协会。著有散文《路》《炎热的夏天》《红火，依旧亮着》和小说《人民的女儿》等。

② 原信无写作年份。据信，当时正在修建群库干渠，而河南省辉县的群库干渠修建于1974年，故而推断写信年份为1974年。

敬礼

老许 三月十五日

严文井①致郭小川（1971年11月29日）②

小川同志：

信悉。所告的一些消息和该注意之处对我们很有帮助，谢谢！

今天去干校③开会，遇见了李晓祥④同志，我将体委打算调你的消息告诉了他，并征求他的意见，他当即表示同意。他还问了你打算帮体委写什么书，我告他是写×××，他说："很好。"看来，只要更高级的机关点头，你去体委是没有问题了。

干校领导对你去体委工作的态度如何，是斐植同志所关心的。因此，我即将李晓祥同志的意见告斐植同志，使他们今后可以放心解决你的工作问题。

还补充一点，对李晓祥同志我还说到，在你正式去体委之前，打算先开始写这本书。他也没有表示不赞成，只问，他的身体行吗？我回答：我估计是可以在治病之余来写点东西的，他就没说什么了。

专此。即颂

近好

文井 11.29

---

① 严文井（1915—2005），原名严文锦。湖北武昌人。现代作家、散文家、著名儿童文学家。著有《南南和胡子伯伯》《丁丁的一次奇怪旅行》《严文井童话寓言集》等。

② 此信中仅标注"11.29"，即写于11月29日，并无年份。信中提到干校和计划调郭小川到体委工作，故而推断此信写于1971年11月29日。

③ 1969年10月，严文井进湖北咸宁干校，故推断此处及本信提及的干校即湖北咸宁干校。

④ 李晓祥，时任黄冈军分区副政委，调来担任咸宁"五七"干校的负责人之一。

严阵致郭小川（1972年10月22日）

小川同志：

久未接信，非常挂念，您的健康情况为何？盼多加保重，早日复原。

我最近期间，没有出发，因肝大，在家休息了一阵，肝功能正常，也在服一些药物，问题不大。十月中旬到下旬，安徽在召开一次创作会议，主要是发动性的，出席作者约一百人左右。戏剧作者将占大多数。

前些时候，我学习写了一个有关知识青手上山下乡题材的话剧《决裂》，四幕八场，主题主要是从《共产党宣言》中两个决裂的角度，来写这场社会主义革命。修改稿打印后，将寄上请你指正。安徽省话剧团正筹备排此剧。

不知您最近见过崔嵬同志没有？若见到他，望对他说说，修改本完后，想请您转给他看看，希望能得到他的关怀和帮助。

我尚未动笔写诗，年前年后，如有条件，也想动笔试写一点诗或散文，希望能经常在您的来信中得到这方面的新的教益。

注意珍重身体。

问杜惠同志及全家好。

紧紧握您的双手。

敬礼

回信请寄合肥宿州路九号转我，因这是住处，书直接寄到。

严阵
十·二十二

严阵致郭小川（1972年11月20日）

小川同志：

你好！

最近我到马鞍山、芜湖沿江一带去跑了半个月，看到长江依旧波澜壮阔地奔流，不禁想起了十年前陪同您访问这一带的那些日子。

在马鞍山，遇到一个叫陆第的同志，他正在联系到这里工作，因家在南京。他对您印象非常好，另一个同志戴眼镜的，嘴有点歪，已在马鞍山市文化馆工作，名字我记不清了。

前些日子，安徽开了一个创作会议，北影来了几个人，我不认识他们，对您造成了不好的舆论，我感到非常气愤。

从您的来信的字里行间，我每次都感到有一股火的激流的跃动，这是您对党对毛主席的忠心赤胆，这是革命诗歌的源泉，您最有资格创作，人民在怀念着你，我们要相信群众，我们要相信党，希望你继续坚持为人民写作，暂不轻易发表就行了。

你对我的关怀、爱护、希望，我一定不辜负，时光流逝，年岁日增，是应该认真考虑为人民多做一些有益的事。

遥祝您安好。

问候杜惠同志。

敬祝您

健康愉快

严阵

廿日

严阵致郭小川（1972年11月22日）

杜惠同志：

您好，小川同志好。

我于上月十五日由长春返安徽，过了不久，又出差了，最近才回到合肥，读了小川同志的短信，感到极为欣慰。从信上看，小川同志可能已到南方去了，不知什么时候回来？信上代为问候。

我的男孩阎世宏先来北京人民文学出版社修改中篇小说，我让他一定来看望您。他也喜欢学习写诗，希望您能对他多教育帮助。

我下月初到上海，小川同志回京后望函告。

问全家好

敬礼！

严阵

二十二

严阵致郭小川（1972年12月27日）

小川同志：

给您的信和您廿五日的来信在路上交错而过，现在，恐您已收读了吧？接到您的前信，我的心情是不轻松的，我没有想更多的问题，只觉得我的心紧依着您。可惜不能在这瞬间的看来似乎是困难的时刻，能和您待在一起。这种瞬间，每个人都会经历的。我也有过，我的体会是：在这种情况下，革命的友谊将会给人带来重新投入火热斗争的力量！因为，我更须要您经常不断地督促和鼓舞，我有时懒惰了，可是一想到您还在朝气蓬勃地工作，我很自然的就会责备自己。接到您这封信，我又受到鼓舞，为革命工作，不为名，不为利，长途跋涉，不安于安逸的生活，这就是战士本色，这本身就说明一个人是怎样的灵魂！我一定好好向您学习：沿着毛主席指明的方向路线努力为党为人民工作。

您的计划很好，一个人不能没计划，希望您在保证身体健康的情况下（千万别弄坏身体，因为年岁大了），坚决实践，严格保密。到多方都要求您拿出来的时候，再拿出来发表，暂时隐而不发为好。

河南离此不远，他们今后有意让我多搞点创作，如果这样，我将向这里领导提出一个计划：我打算先为本省"农业学大寨""工业学大庆"的先进单位（省委抓的重点）写几篇散文或特写。把剧本改成，然后着手完成一首歌颂毛主席的长诗，在这期间，我争取到庐山、井冈山、延安、遵义等地去访问一趟，在外出期间，我将趁您在红旗渠或兰考期间，到红旗渠或在兰考来看望您。

剧本改成后，先交省话排演，然后再寄崔嵬同志，请勿为此多费心。

希望你这次不论在京或这省，一定不要宣布创作计划，也不作任何透露，只说接受再教育为好。

动身前望给我一信，以便联系。

问候杜惠同志。

向您祝贺新的一年开始！

紧紧握住您的双手。

敬祝

健康！

严阵

廿七

严阵致郭小川（1973年3月31日）

小川同志：

很久就在盼望你的信了，接读来信之后，全家都很高兴。我认为，诗稿暂时抽回较为适当。看法我们以后见面时再详谈。当然，我一直想听听您对诗歌创作的一些最新见解，而这些问题，在信上是很难谈得清楚的。

希望你能把抽回的诗稿寄给我，供我学习，我想最好能尽快读到它，以便从中得到启发，和学到在别处所学不到的东西。

出版社出集子的事，他们已来信，我把原《琴泉》中的诗删掉一些，又把《竹矛》补进一部分，其他个别诗作了些修订，经调整后共有五十几首短诗，已寄给他们。张永枚的《螺号》已出版，《琴泉》也象那个样子，基本上是经过增删订正后的再版。我在给出版社的信中要求来京和他们当面交换意见，把稿子最后定下来，他们尚未答复。不知你何时离京，到些什么地方看看？走前一定来封信，把时间及路程让我知道。如你外出，我亦不一定急于来京。

最近因公到黄山一趟，那里花木葱葱，风物依旧，只是相识的人不多了，这次我又登上了天都峰。

我在《新体育》上找你的文章，一直没有找到。字写好，就寄来吧。

问候杜惠同志及全家都好。注意身体健康。

（听说《人民文艺》要出版，不知确否？《人民日报》似乎亦开始试登一点文艺作品）

严阵

卅一

严阵致郭小川（1973年5月2日）

小川同志：

我一直在从报上×××的消息中猜测您的行踪。这次见到您上次出发后，我也到皖南跑了二十天，刚刚回合肥。（寄来的《新体育》才知您已经回京）

《新体育》上的文章，早就读过了，因我一直在为此事注视着《新体育》的目录。

这篇文章，我读后认为写得很结实，从内心高兴的是用真名发表，在下面影响极大。这次我在省内走走（也路过南京，在那里看了"万寿台艺术团"演出），与同志谈话中，大家都欣喜相告您在《新体育》发表之文章。这篇文章虽然应该予以充分肯定，但我觉得同志们最主要的是因为重新看到您的为他们早已熟知的名字而高兴。工农兵群众是热爱您和面向您的。

您在北京临行前给我的信，我认为是对当前诗歌创作的极为重要的论述，对我帮助非常大。可惜当前在报刊见到的一些诗大都不敢真正触及当代真正的诗歌主题，而且大都不能摆脱"文化大革命"前一些旧的诗的影响。恐怕这主要是因为诗作者本身没有为适应"文化大革命"后的新形势而在诗创作上来一次从内容到形式的深刻革命的强烈愿望。这方面，还是您来带头实践吧！李纳同志回京我恰好不在家，有一点黄山新茶，以后托人带上。

这次你回京，一定有诗在写，兴致好时，还是先写一幅毛笔字赠我。我不一定喜爱字虽然写得好但没有思想的书法家的作品。您写的字本身好与不好对我来说显得并不重要，最重要的是：您为我写的亲笔教诲，我将引为永远的纪念。

到北京整理书稿的事，已向出版社提出，他们没有答应，也没有拒绝，只说将来再说，不知能否如愿？我主要是想来看看您。

问候杜惠同志及全家都好。

注意保重。

您是否已定在《体育报》？

严阵

五·二

严阵致郭小川（1973年6月27日）

小川同志：

六月十日的信早收到了，从信上知道了您下半年的工作日程，这个日程反映了您热烈的忘我工作精神，它充满了一个革命者的蓬勃朝气，很令人感奋和向往，尤其值得我学习。

您又要动笔写诗，这是诗的喜讯，也是诗的福音，我一直坚信不疑：当今划时代的好诗，将必定出自您的手笔！我说的划时代就是指与"文化大革命"前的一些诗划出一条明显的界限（从思想到艺术），假如说"文化大革命"前那些诗是"新诗"，现在就应该写新诗的新诗了。这方面的榜样，毫无疑问，将由您作出，正因为我们不是唯心论者，而您在多方面都具备了最理想的成熟条件。

关于工作问题：因您一直在中央工作，对地方可能不十分了解，因此，决定要慎重。从我个人看：一般应不做到地方来的打算。千万不要轻易离开北京。北京是毛主席、党中央居住办公的地方，接触面确实不同，从工作考虑、从创作考虑都以不离开为好。这点建议，供您在考虑这类问题时参考。

上次全国体委《体育报》涂同志（原在《人民文学》工作）出差安徽，托他带一些新茶给您，不知收到否？另，您如喜欢红茶，我以后再给您寄。

祝贺杜惠同志到《光明日报》。以后我如果能写出诗来，一定寄您转杜惠同志。《光明日报》副刊办得不错。

祝

健康

严阵

六·廿七

严阵致郭小川（1973年7月14日）

小川同志：

七月九日来信我十三日刚看到，因我七月六日出发到本省"农业学大寨"的几个点去看了看，十三日夜回到家，为了使您在到林县之前能收到此信，就先简短的写上几句。

您善于抓住并表现重大题材，《万里长江横渡》光看命题已使人感到不同凡响。我希望能早些读到它。您七〇年的横渡，迎风击浪，胜利地登上彼岸，在一生的政治上、创作上，都是带有划时代的重大意义的。我一贯坚信，不论在政治上或是在创作上，您经过大风大浪的锻炼考验之后，都已面临着一个更新的更光辉的起点。

我简直心热得也想写这样一首诗。

您到林县之后，希望《红旗渠》的诗能早日问世，象这类的题材才真正算得上是诗的题材，我非常羡慕您，并为您的每一次创造的新纪录而欢呼！

酷暑旅行，望一路多注意食宿。

我如来京，将遵照您的时间安排。

祝

安好。

代问杜惠同志好。

严阵

一九七三年·七·十四晨

严阵致郭小川（1973年7月24日）

小川同志：

正要提笔向林县写信，又接到您自北戴河的来信。我想这封信的第一句话应该是：我为您的《万里长江横渡》的发表，表示最由衷的祝贺！这是一首在全国范围内，"文化大革命"以来见于报刊的最有分量的诗作，它是一个革命历史时期的缩影，甚至还不止如此，他的思想上艺术上的成就是多方面的，象这样的好诗，在过去也不可多得，它是我学习的榜样。假如您一定要我提出一点不足道的意见的话，我觉得（特别是对您这样有如此声望和地位的诗人来说），诗的第一小段的最前面的一两句，还显得不够险奇。英国诗人布莱克有句名言——"打破常规的道路，通向智慧之宫"，我觉得这一小段的缺点就是还没有完全打破常规，因而显得平了，它甚至使全诗的调子受到制约。我认为：象这样重大的题材，象这样伟大的诗篇，第一句是定音句，第一段是起点段，应该一呼即出，象奔腾的万马不可阻挡，象澎湃的波涛一泻千里！第二小点意见是：诗的"横渡"思想得到了充分的发挥和表达，但，与此同时，和"万里长江"这一伟大的浪涛和变化莫测风云的壮丽形象的结合上，挖掘得还不够淋沥尽致。当然，这些要求只能向您提出，正因为您绝不是一个一般的诗人！

关于诗就谈这些，很可能是完全不对的，希望得到您的批评和纠正。

……

《向海洋》要写，但不急于连续发表，对于《横渡》，要注意听听多方面的意见，特别是权威性的意见后，再作下一步考虑为宜。我总的意见是：要多写，要有控制地适当地发表。

不知以上一些看法妥当否？

祝您

健康

严阵

七三·七·廿四

杨匡汉致郭小川（1973年11月1日）

小川同志：

近好！

返回内蒙古已整整一周，在京数日，蒙您和杜惠同志热情款待，谢意难尽；盘桌恳谈，又得到了不少教益。但愿以后再有机会，当面就教于你们。胡万春同志昨天给我来信，您的"小事"一切照办，可慰。

回来后，一是向党委汇报，二是投入下一步的备课。领导上让我于明春二月开当代文艺评论课。但我心中一点数目也没有。无非要讲诗、散文、小说等等。诗我很外行，恐怕日后还要多多请教，如哪些较好、当前创作中主要是些什么弊病，□□□给我们谈谈。

还没见到玛、敖等同志。他们忙于汇演及写长篇；而我这几天受寒腿疼，行动不便，准备过几天看看他们，转达您的问候。有一位作家自远方来，不知从哪儿捡来一些关于您的骇人听闻的流言……这里文艺界是有那么些人，爱播小道，搅乱视听，并以此得意，可见"黑传"影响、流毒之深。我是今年三月刚由报纸工作转至大学文科，开始接触到一些文艺界情况，说实在的，很难同一些油嘴滑舌之辈打交道。社会是个复杂的存在，有点小风即刮大浪，也不奇怪。作为老同志，望您正确对待，经住考验，稳定情绪，象马克思一句名言所说，任它去吧，照样走自己的路！只要无愧于党，只要为人民做好事、写好诗，群众是眼睛亮的。

很高兴地听说您要下林县。什么时候走？走多长时间？在下面多呆一阵比在北京好。那里有群众，那里有战斗，那里有热火朝天的生活，更能激起澎湃的诗情。我周围的一些战友，都很怀念您的几首绝唱。这次下去，祝丰收而归。

刚出《内蒙古文艺》，有半数是诗，刊头是郭老题的字，另寄去；还附一份杨荣国在北大演讲的记录稿。还需什么在内蒙古办的，尽可函告。

身体您多加保重，这是实情。还有杜惠同志，常常不注意休息，这不好

呀！即颂

近安

杨匡汉

一九七三年十一月一日

书于内蒙古大学中文系

杨匡满致郭小川（1973年4月1日）

小川同志：

您好！

信今接，交叉了。我也是24日刚发走一信。

寄去采访本两册，一是恭贺新年，二是送君南下，虽质地不佳，我想，下乡时随手记记什么可能不无小助。

坚持到斗争的漩涡中去，是握笔的同志的光明正道。况且，去的又是好地方。但千万要注意自己身体，干活要量力而行，不能同年轻人比较。预祝您乘风而去，丰收而归。

……（缺页）

匡汉处我改天抽空另发信，让他送送您。他前阵在北大住了一月，与工农兵学员合作一首长诗，四月份还要下厂搞"三结合"创作，五月份打算抽空去上海。万春处遵嘱另去信，转告您的建议。

南下望一路保重。请代问杜惠同志。

匆匆再笔。祝

旅安！

又及：如见冯牧同志，请代问好。给他也寄了一册《文艺论集选讲》，望得到他的批评意见。

匡满

四月一日灯下

杨晓杰致郭小川（1973年6月12日）

小川兄：

这封信我只能告诉你个行止，不打算详细叙谈了。

我是昨日到洛阳的。拖到今日之故，是华兄华嫂到郑州去了，恰巧杨贵同志也在那里，朋友们玩得非常痛快！

我一时无法向你诉说我对华嫂的印象，有一件小事感触至深：华兄不抽烟了！据云是红氏①的建议，我说，这是爱情的力量，两人皆笑而不答。她建议我也停抽，答曰：缺乏动力。郝大夫和我要烟抽，她倒很慷慨，亲自买了铁盒香烟两筒——中州和太行山牌的。亲耶？疏耶？一笑。华兄在她面前，竟是服帖极了！她一忽儿要他吃茶，一忽儿要他吃块糖，当然我们有时也跟着沾光。给人的感觉，用句老话：真是相敬如宾，如胶似漆那样的黏乎。红氏先离去，我和华兄同住二宿，我说，这是你十多年来未享受过的温暖吧？他答：何止十多年，从来没有享受过的。是的，她的感情太丰富、太细腻了！

华嫂临走，给杨贵、郝大夫和我都交代了任务：要华兄何时起床、何时睡觉，应该吃什么、不应该吃什么等等，在那信任与祈求的眼光下，我们都郑重接受了。

你的文章写得怎样了？七月能来吗？也不要太拼命了，要注意身体。我跟华兄议论，十大、四大要开了，你还能来吗？杨贵问我两次，他倒是希望你早日来的。

我的身体有好转，勿念。如赐复，可寄郑州，七日后我就回去了。

问杜惠同志好。

握手

晓杰

六·十二匆匆

---

①红氏指红线女。

杨晓杰致郭小川（1973年7月8日）

小川兄：

你六月廿六日的信，刚才读完。遵嘱之事不及探问，就匆匆忙忙给你作复。为的是，怕你已经等得不耐烦了。

我于上月十八日从洛阳归来。因知你七月南下无望，廿日即登程到豫南去了。此行名曰约稿，实则散心，有友人结伴而行，途中颇不寂寞，又蒙当权派们开恩，提供交通方便，时间不长，竟得漫游六七个县市，行程六百余公里。唯因天气炎热，途中闹起肚子来，一天入厕七八次，膘情拉掉了许多，不过，我有本钱，现在仍不算窈窕。

你给顾文华的信发了吗？我尚未听到点滴声息。编辑部又传下令来，要我们到辉县去。这个县和林县交界，是"农业学大寨"的后起之秀，中央很重视，《人民日报》把它和昔阳相提并论了。如你的信已经发过，顾君决无不同意见之理。属时，咱们想写什么就写什么，有道是：将在外，君命有所不受。问题是：要抓紧跟顾联系。即使我到辉县了，仍可转赴林县的。

河南文艺界人才缺乏，计、丁二位愿来，我想官方一定欢迎。此信发出，我就去跑跑看。一旦有了确定的回音，就尽快告诉你。

……

药物可不必投邮。有机会了，叫人去取，如你决心南下，则可带到林县。我也有东西带给你。这是一件钧瓷小酒壶，呈茄皮紫色，造型端庄浑厚、古朴文雅。酒盅为一种莹润浑厚的乳青色釉器。钧瓷起源于禹县神后镇，宋徽宗年间最为驰名，那时的产品全部为宫廷所垄断，素有"黄金有价，钧无价"之称。宋室南迁后，钧瓷技术随之毁灭。解放后，屡次发掘古窑址，对于研究钧瓷的烧制技术起了很大的作用。现在的产品和故宫博物院所藏的传世宋钧相比，真有过之而无不及。为广州交易会畅销名瓷之一。

你也不要把工作日程排得太紧了，我自信你的体质大不如我。看了你的信我真担心，一事未了，一事又来，谈话、写文章，都是耗神的事，常此下去怎么得了。到林县确如你说，条件不错，干扰小，又专一，兴许会对你我的身心都有好处。还是那句话，要从速下决心。

我的时运真好：昨晚落雨洗道，今日登程归来，刚到陋室，又暴雨如沱，这是洗尘了。写信时，室内凉爽如秋，信完雨止，夕阳的余辉映红了窗子，好不快煞人也！

撰安

晓杰

七三·七·八

杨晓杰致郭小川（1973年7月10日）

小川兄：

你九日信，今日收到了。我万万不曾想到×××会作这样的答复，实在令人遗憾！

我不知你给他的信是如何提及林县之行的？但我总以为，面谈一下会比写信的效果为好。现在，似乎是晚了！！

我哪里能够去休息？除了从林县归来休息了十余天外，一直在忙碌中。这次，本来是等你的回音，作好了准备去林县，你今日的信使我不得不改变行程——到辉县去。这是记者部指示我要去的地方。辉县人民的创造同样了不起，光是一个地下水库就够引人入胜的，这是截的地下潜流，离地面十六米多，筑有一条大坝，又通过隧道、暗渠，把水引上地面，好了不起的工程。

我一两天后即赴辉县，有事可写到辉县县委宣传部转我。

省委写作组王天林去找你了吗？他不知何时回来，我也许在郑州看不到他了。不过，他会把你带给我的药保管好的，我从辉县回来再去取。

余不尽意，只好等见面时再谈了。

盛暑炎夏，极易闹病，千万珍重身体。

握手

晓杰 7·10匆匆草

杨晓杰致郭小川（1973年7月29日）

小川兄：

你的大作和信都收到了，因在山上转，回信晚了，请谅。

虽然咱们没去林县，感到十分遗憾，但我也为你庆幸：到北戴河，可以度过暑热了，趁这个机会完成朋友们的委托，把剧本搞出来，也是一大贡献。

这里和林县一样，山好，水好，人更好！我不打算在这封信里给你介绍了。因为我正在发愁，愧叹自己没有能力把辉县人民的英雄气概表现出来，到处是英雄式的人，到处是生动的事，真有点儿"老虎吃天——没法下嘴"，要是你在，就好了。我们站的三位同志都在这，三个题目一人一个，我分的是写县委的经验：路线、政策、作风。写这种文章，我实在感到吃力。不过，我的这篇，刚才脱稿了，八千多字，看来是个废品，改改看吧。

你的诗，太好了！虽然还是原来的那个构思，但是意境更高了，诗句更凝练了，读后使人感到充满了力量。不只是我这样看，同志们读了也有同感。于黑丁夫妇来这里了，我也给他们看了，他们说很好，向你祝贺。老于是准备在这住下来的，他打算写长篇。他问你的地址，我告诉了，你不会以为我这样作太冒失了吧？

给你写这封信的时候，接到郑州一个电话，让我回那里一趟。我准备明晨登程。还来不来这里？难说。因为我们那两同志还正在采访，他们需要我的时候我再来，用不着我，再说新的行止。

你给弄了那么多药物，使我感动，十分地谢谢。

那里下雨了吗？近两天这里下了，不是倾盆，是倾缸大雨，旱象解除，暑热顿消了。

握手

晓杰 七·廿九匆匆

杨晓杰致郭小川（1973年11月26日）

小川兄：

正在给一位老兄写信，接到了你的来书，让他再等半天吧，咱们先谈谈。

你真是良师益友！我哪个不成体统的东西让你两次谈到，又批评，又鼓励，给了我教益，很使我感动！但是，我总不能原谅自己的草率：除了你已经指出的毛病外，我还发现，用字重复：竟有六个"高"、四个"了"字；一个常识性的错误："锤钻"错用成"锤钎"，钎、钻的用途是何等的不同啊！这种不严肃、不认真的作风，是我的老毛病了，过去我曾向华山兄谈过，表示学习他精雕细刻的精神。现在又犯了病，可见这病症的顽固，以后得决心改了。

写诗，我是个散兵游勇，虽一向爱好，可是个新兵，刚摸到了门框，入门还差一大步。但也有点想法：我是写给工、农、兵看的，必须明白如话。西洋的诗法，我不喜欢。想在古典诗词与民歌曲艺的结合上，摸索点路子。因此，我习惯于顺口溜，曾被人讥为：雅不足，俗有余。然而我终不嫌弃本来是"下里巴人"，何必高攀"阳春白雪"！记得吗？五月份，我的两首顺口溜，在河南报发的并不显眼，而当我到舞阳县采访时，偶尔看到一个大队的黑板报上竟抄它们在上边，我是何等的激动啊！比在报上登的时间晚了一个月。那是七言的，基本上。这很鼓舞了我，五言、七言都可用，群众喜欢。但是，鉴于现代的词汇丰富了，有些词组、短语，很长，也不一定受五、七言的限制，大体整齐就行了。这是形式问题，更重要的是内容。上边说到的那两首七言顺口溜，群众（社员）所以喜欢，我想，主要还是写了学大寨中的两种思想，跟他们的生活、斗争扣得紧吧。你瞧，我竟自吹自擂的向你"班门弄斧"，太不自量了！没法子，我也是"对你，愿意说什么就说什么"而已，也没喝酒。

……

赵氏的大著收读了。我看那体例，颇似章士钊氏的《柳文指要》，繁琐得可以。钻故纸堆，我向无兴趣，我只了解孔囗少就足了，不愿深究。

病，我也想开了。据说，主席讲过："药医无死病，死病无药医。"这是辩证法。药是要吃的，一旦药救不了，就听其自然。你也要达观些，五十出头，怎能称作"老朽"！至少再活上二十年。

林县之行往后推，可以的。我希望你和梅梅一同南下，不要再拖了。梅梅这孩子真够□□的了！预祝她顺利。

问杜蕙好！

握手

（又及：《河南文艺》明年一月创刊，于□□负责。现在订户已达十万份，"文革"前仅二万份）

晓杰

十一·廿六下午

杨晓杰致郭小川（1974年2月14日）

小川、周原、陈健兄：

来信早收到了，迟复为憾！

你们赴兰考后三日，我返里小住，四日后北上，至新乡、安阳、林县搞内部反映，今日事毕，就给你们写几句。

……

小川兄来豫事，小庄已将始末告诉杨贵同志——他们在学习班住在一起。来，当然是欢迎的，我以为，还是不担什么职务的好，沉到贫下中农中间去，滚一身泥巴好了。挂个名有什么好？会泡在会里，还会被行政事务缠住，要不让缠，那可难了，你说呢？倒不如沉下去的清净。……你要提理由，我看无非是两条：一、身体不行；二、主要是到工农兵中间去锻炼，改造世界观。新太给老杨商量过，也是这样的意见。

周原、陈健兄的那个剧本怎么样了？我还是那个意见：要有路线高度，要有针对性，要有时代气息。比如《杜鹃山》，写二八年的事，却针对现实，提出了党指挥枪的问题；又比如《火红的年代》，写反修、反洋奴哲学，难道那个时候就是如此的明确？这是源于生活，高于生活，为当前的阶级斗争服务，唯此才能取胜，且不可拘泥于真人真事了。乱放炮，不知有无道理，仅供参考。

广播局出了大事，我的工作暂时照旧，这里不说了。

问钦礼、俊生同志好。

握手

晓杰七四·二·十四 匆匆

杨晓杰致郭小川（？年5月25日）

小川兄：

十时许，收发送来了你寄的杂志和信件，我连忙停下手头的工作拆阅，读着读着，感情的浪花随着你那热烈的语言而翻腾起来。咱们相处的日子，在头脑里映起了电影；你与华兄的会晤，似□□一样"先验"到了我的脑际。……现在，我把思想的羽翼收回来，匆匆忙忙给你写这封信。

上月廿七号我才离开林县。此行可谓丰收，除赶了四篇稿子外，还写了六首诗，三长三短，共约四百余行。时间紧，水平低，当然都是些粗制滥造的东西。《河南日报》已经发了两首，随信寄去以请教正。其余，仍在修改中。

可能由于太紧张了的原故吧，身体顿觉不好，头晕，不思饮食，下肢浮肿。就诊结果：血压一一五——六〇，胆固醇二百八十，动脉硬化引起了浮肿。但我并不沮丧。以近四十之年而告辞人世，不甘心。我们的老祖宗……也决不会批准我现在就去报到。我在积极治疗中。

"五一"过后，我到偃师县岳滩大队去了。这个大队的支书刘应祥是中国农业科学院特邀研究员，全国有名的小麦土专家，我们是老朋友了。今年他们的麦子很好，大田亩产有希望达到八百斤以上，试验田可望超过千斤。在这里半月，又搞两个报道。一是对内：科学种田夺高产；一是对外：农民科学家刘应祥。此外，还得诗三首，约六十余行。我越是感到身体不行，越是要拼命干。我有我的想法。

你离开林县后一直无消息。在林县，听吴冷西说，华兄①进京了，我信，又不信。因此，担心你在穗见不到他。梅梅她们也为此着急。说起梅梅你可能知道吧？她来郑州参加团代会了，不巧，我正在岳滩。回郑后，她已经走了，给我留下一封信，仍是询问你和华兄的消息。并说，山眉②的妈妈和罗工柳夫妇五月下旬去林县，要我也能去一趟。我已给她回信说：消息不知道，我也不可能去。谁知华兄竟回去了。他什么时候回去的？是从京城回去的吗？我多么想立刻奔赴林县啊！然而还是不可能，我近日又要到洛阳去了，估计得半月时间才能回到郑州，那时再说吧。

写林县，什么时候都行。如在七月，希望六月下旬你就和顾文华商妥。否则，怕有任务一大堆，晚了脱不开身。你说呢？

记得杜惠要石板岩的稿子，县里印发了，现寄去两本。

见到红氏，请代问好。"生不愿封万户侯，但愿一识韩荆州"。不知能否在河南见到她。她近日如去林县，切望你能通知我：电话或信均请洛阳市革委通讯组张何良或张固国转即可。

握手

晓杰

五月廿五日上午十一时四十分

又及：老狄在家当官了，忙得很，晚上才能见到他。他看到了你的信和书，一定分外高兴，我想。

玉环致郭小川（1974年1月13日）

老郭：您好！

来信收到了。得知您已离开北京去林县了，临行之前我们没有见到面，

---

① 华山。
② 山眉即远山眉，远千里之女。

非常遗憾。那个星期天主要是怪我，我原来已说好准备去看您的，但那天不巧，别人给了我一张电影票，内容是《解放》，共看了8个多小时，从早晨到晚上一直是在电影院里度过的。晚上回到家里，别人就告诉有我电话，当时我已想到可能是您打来的，所以我马上给您打了几次电话都说不在，第二天我与刘芳平又打过两次也没有找到您，后接到信才知道您已走了。

您是我们的长辈，对我政治上的进步如此关心，我是非常感谢的。前些日子我对解决组织问题，思想上有些急躁情绪，觉得组织上找自己谈过好几次，准备解决自己的组织问题，但又老不讨论。一九七三年过去了，自己又长大了一岁了，但自己也及时向组织汇报了思想情况，取得了组织上的帮助。入党，首先要解决思想上入党，动机明确了，就会经得起组织上的考验。将来等我被批准入党时，我一定写信告诉您。

您来信讲，希望我与您的女儿岭梅和晓惠交个朋友，我是非常愿意的，她们两个响应毛主席的号召，走与贫下中农结合的道路，给青年人做出了好榜样，这一点就是非常值得我学习的。他们通过三大实践的锻炼，无论从各方面的收获都是很大的。岭梅在林县搞团里工作，希望她把林县的好经验多多向我们传授，我们可以在工作中互相交流、互相帮助。这封信就请您转达我对她们俩人的问候！

您来信托付给我的事，我一定能够办到，请放心，随信寄去田歌同志的那首歌。

最后希望您多保重身体。

此致

敬礼

玉环

元月十三日

臧克家①致郭小川（1959年4月15日）

小川同志：

你的《奇闻》②，我抽空读了两遍。想象驰骋，布局奇特，不流于一般化，这是你的优秀处。有些地方很好，我划了记号。

但是，如果仔细考虑，有些想象还可弄得更完美些。……有些提法不甚稳妥，例如"我们不要五四时代"③等等。

我划的样子附上一阅，不一定对。

昨天同北大同学谈"诗史"，颇有意义。这部稿子我觉得可按你的意见改改题目，叫做"新诗发展概况（或'概略'）"，口气就比较小一点。这部稿子，如果头四章修改后大致可用，《诗刊》六七月份先刊出，以后几章再分别讨论修改，如果等到整个弄好，那恐怕需要许久时间，而且永远也无法达到"完善"。刊出后再经读者提意见，然后进一步修改。你以为如何？

《李大钊》④修改发表后，我希望你再翻一遍。出版时，我又加了修改。

从明天起，就忙了。大会我只能参加重要的几次，怕也不能终席（时间太长）。人大常委会对病人有特别照顾，车子可以停在中南海西门外，不能支持时，出来可以很快找到车子。我已同总务科研究，并请刘钦贤同志与张僖同志谈过，要一部车子专用。

调金近同志如有困难，其他同志也来不了的话，那就叫徐迟多顶一顶，我尽可能地多想一些，多抓重要环节。当然，能调到顶好！沙鸥几时走？

克家

1959年4月15日

---

① 臧克家（1905—2004），山东诸城人，笔名少全、何嘉，中国现代著名诗人。著有诗集《烙印》《罪恶的黑手》《古树的花朵》《凯旋》等。
② 指的是郭小川创作于1959年4月5日的诗歌《朗诵会上的一段奇闻》。
③ 查阅《郭小川全集》所收入的《朗诵会上的一段奇闻》一诗，已无"我们不要五四时代"，应该是郭小川听取了臧克家的建议，做了删改。
④ 指的是臧克家发表在《诗刊》1959年第3期的诗歌《李大钊》。

周明^①致郭小川（1975年10月5日）

老郭同志：

近来好！

来信于卅日收到，并于即日晚转告许廷钧。我们为老同志的热诚关怀所感动。

何其芳同志信附上璧还。文学所^②事，根据了解的情况分析，可以作罢论。那里原先对我的吸引力，是不空疏，能学到东西。

现在文化部系统的同志都说：留守处、静海干校要归口并（黄）村。问题是如何归并。若是简单的干校搬家，许多同志是不干的。留守处领导至今未宣布这件事，有关人事的一些工作则很紧张地在进行。

据说，要先后办六个刊物：文学、诗刊、戏剧、电影、音乐、美术。难的是刊物一把手与编委不易物色，有些同志不愿干。袁水拍同志那一摊，"十几个人，七八条枪"，真难为他。自然科学学部重新学习了主席今年五月关于《化石》杂志编辑来信的批示。中央是通过这两封信作典型来推动中央级刊物工作，下边要看如何执行了。

听说您已写出了长诗初稿，高兴极了。我不懂诗，却是个诗歌、散文的热情读者。我想不少群众，尤其是青年，都有这样殷切的心情。希望您能早日回北京，我们以先睹为快。

这次我不回干校，是想抓紧时间治病。医生初步断定是植物神经功能失调，由劳累过度和心情不快所致。前者大约是读书时间多了些，后者主要不是为工作，学文史的学生往往有"杞人忧天"的毛病。我对历史上那个"杞

---

① 周明，陕西省周至县人，散文作家。1955年兰州大学中文系毕业。"著有散文和纪实文学集《在莽莽的绿色世界》《记冰心》《文坛记忆》等十余部；主编《社会问题报告文学选》《中国新时期报告文学百家》《历史在这里沉思》《二十一世纪报告文学排行榜》《中国当代散文检阅》等大型丛书。历任《人民文学》常务副主编、中国作家协会创联部主任、中国现代文学馆常务副馆长、中国散文学会常务副会长、中国报告文学学会常务副会长、冰心研究会副会长等。"（修晓林：《文学的生命——我和我的作家朋友》，上海文化出版社，2016年，第131页）

② 疑指中国社会科学院文学研究所。

人"有些不同的认识：他想事情缺乏根据，盲目悲观，是不应该赞成的。但是他思路阔大，有想象力，真情实感，想的是大伙儿的"天"，并没有关在家里做家具，或养热带鱼。汉语中的"爱"，原意是深远的思虑，并非狭隘的忧愁，如《离骚》。那个"杞人"立足点对了，是可以引申出"天下兴亡，匹夫有责"的精神来的。

哟，扯远了。说了一段孩子气的杂感，供老同志一笑。

来信谈到了大好形势，我想，还是主席说的辩证、切实："前途是光明的，道路是曲折的。"让我们既充满胜利的信心，又时刻保持清醒的头脑。一个革命者的劳动，只要经得住群众的检验，经得住时间的检验，其他是可以在所不计的。

望为党的事业多加保重！

周明 十月五日

朱九思、王静①致郭小川（？年11月9日）

小川同志：

给你的信寄出没几天，就接到友唐同志的来信。正好杨岩同志在京治病，关于我说好之事，他已再次相托。

西安电影制片厂的负责人钱丹辉同志，多年不见，最近他途经武汉，来玩了一下。据他谈，压力很大，因为片子出不来。陕西之所以一再打你的主意，我看与此有关。希望你争取。我与钱很熟。这次他来，才知道他在那里工作。

明年大学招生全国统一在夏季，九月开学。不过今年招生出了些问题，因此中央下达了十九号文件，今后就很严了。

今后动向，望及时告我。

---

① 朱九思（1916—2015），江苏扬州人，武汉大学肄业，日本国立广岛大学名誉博士，当代著名教育家。1937年加入中国共产党，历任华中工学院（华中科技大学前身）副院长、院长、院长兼党委书记等职。王静为朱九思的夫人。

祝好！

杜惠近况如何？请代为问好！

九思　王静　十一·九

读者致郭小川

何桂林致郭小川（1973年10月5日）

敬爱的郭小川同志：

您好！给您这样的诗人、作家写信，我真不知从何说起。想了几次，觉得还是从头说起吧，从我是如何爱好起文学的说起吧！

我对文学的爱好是受舅舅的影响。从我上小学开始，一直到初中毕业，每年的暑假、寒假都是在舅舅家中度过的。我的外祖父当时在欧美同学会工作，大舅在人大常委机关印刷厂工作，二舅在广播事业局。舅舅们都很喜好文学，他们在一起的时候经常是谈论报刊书籍中哪些文章写得好、哪些文章写得比较平淡，虽然意见也有不同的时候，却很少争得面红耳赤。我和大表弟都很喜欢听他们谈。

舅舅家有一点藏书，大约七八百册的样子，不仅有当时出版的一些小说、诗集，还有像《宋六十名家词》之类的古典文学书籍。在舅舅家，经过允许，每天我吃过早点就到那小书屋去读书，逐渐就成了习惯。开始只读《钢铁是怎样炼成的》《卓娅和舒拉的故事》这样的一些小说。因为当时才上小学五六年级，不懂得学习写作技巧，只是看故事，因此短篇和古典文学是不读的。后来长篇都读过了，就读一些《明清故事选》一类的中短篇，也读了一些诗。《红旗歌谣》就是那个时候读的。

欣赏发展到较高的程度就是模仿。渐渐的我开始练着给班级的墙报和学校的黑板报写点稿子了。竟然给刊登了一些，自己受到很大鼓舞，兴趣更浓了。

"文化大革命"中，我写了很多大批判稿件和传单。尽管现在看来有些文章不同程度地存在着缺点、错误，但是仍然可以说是受到了很大的锻炼，感觉到了笔杆子的重要。

作为首都半工半读水泥工业学校69届毕业生，我和20多个同学70年代初被分配到山东淄博建材机械厂工作。在近四年的时间里我几乎没有断过笔。今年8月，我们车间办了油印小报，领导和同志们叫我也负些责任。这样就使得我对迅速提高文学水平的愿望越来越强烈了。

……

您的诗融汇古诗、民歌和现代诗的不同特点，独具风格。在我读过的《昆仑行》中，我最喜爱的就是《西出阳关》那篇中"来出阳关，以为阳关会把我们怨；临近阳关，以为阳关会把我们拦；出了阳关，才知阳关以外最把我们盼"这6行。6行，不算多吧？可它却把来、临、出阳关的情活跃纸上，就好像我们一道过阳关一样，穿过狭窄的关隘，看到一个豁然开朗的世界，不由得感到阳关外的可爱。

由于我想要树立的风格恰恰是您的风格，而且我也到了长时间不写点什么心里就别扭的地步了，就使得我不能不大着胆子写信给您，希望您给我以一定的帮助，使我两三年一直停滞的水平能有所提高。一篇好的作品，不仅要求有好的思想内容，而且要求有好的结构和语言。要想作品的思想内容好，作者本身必须先要有好思想。而要有好思想，就必须"认真看书学习，弄通马克思主义"，在党、团组织的帮助下，不断提高三大觉悟。不然，尽管自己本身就是工人，写不好工农兵，不能很好地用文艺这个武器为工农兵服务。至于结构和语言，这些是写作的技巧和基本功，除要刻苦练习外，有必要向您这样的老作家和诗人学习。

我想，在这里可能用得着"抛砖引玉"这句成语，我把自己写的几篇东西附在后边（略），就算浪费您的一些时间吧，也要请您耐心看一看，谈谈您的看法，您觉得怎样？

最后，如果可能的话，请您把自己以及谢冰心同志（她的散文和短篇我感觉很好）过去发表过的东西给我寄一些来，以供我学习和参考。

因不知您的地址，只得托《新体育》编辑部的同志转给您。

祝您有更多的好作品问世！

何桂林

73.10.5

黄河清①致郭小川（1970年8月18日）

敬爱的郭小川同志：

我热爱诗，也常练笔。只苦恨不得要领，未能入门。您是名满天下的诗人，而能耐心阅读像《太阳颂》这样单凭政治热情而写成的练习，关心青年的进步，使我惊喜万分。您这种热心为无产阶级文艺事业培养新生力量的精神，使我激动得产生许多联想。

文艺是为政治服务的，而"政治，不论革命的和反革命的，都是阶级对阶级的斗争，不是少数个人的行为"。历史上，政治斗争未有不结党结派而成集团的。从事文艺活动的人，自然也必须积蓄力量，组织队伍。

纵观历史，从战国诸子百家到清代桐城派，都是不同的阶级和阶层在不同的历史时期，为自己的阶级利益服务的。各派无不积极宣传自己的主张，发展力量，扩大影响。"五四"前后社团纷纭，也是如此。只是比较自觉地认识到自己使命而积极斗争的，成绩就更大些罢了。

唐宋古文运动在文学史上呈现一派星汉灿烂的辉煌景象，光耀上下，虽有多种原因，但韩柳欧苏之流的大力招收和培养人材，实在是一个重要因素。

在韩愈、柳宗元之前，就有扫除魏晋以来的绮丽文风的客观需要，陈子昂等也作过努力。但因势单力薄而成效甚微。及至韩柳相呼应而出，大势方成。并非他们单独的两个有多大的本事，而是他们两个组织和培养了社会上那股力量，因而形成一股庞大的社会势力。其时，韩愈勇为人师，作《师说》，所谓"韩门子弟"广布天下。韩愈同贾岛在路上相遇，地位十分悬殊，因推、敲二字而交成知己，可见其注意搜罗人才。柳宗元与韩愈不同，"避师

① 黄河清，原名黄万泉，笔名黄河、河清、小读。壮族，1937年生于广西省钦州市钦州镇。北海市文联主席、主任编辑。1958年考入北京大学西语系英语语言文学专业，1962年曾赴西藏中印边界冲突前线任翻译，有感于川藏壮丽河山以及我军将士革命英雄主义，每日一诗为纪。1963年毕业后分配到北京国防科委某研究所任翻译，从事科技情报工作。此间曾随代表团出访苏、捷、意、英等国家。1966年7月至10月，在英国伦敦任职。回国后始作长诗《太阳颂》2000余行，在郭沫若、郭小川指点下，分节选发。（莫文军主编：《广西少数民族人物志》，广西民族出版社1998年版，第621页）

名"，但他自己说："在京师，后学之士列仆门，日或数十人。"韩愈说他被贬到柳州之后，"衡湘以南为进士者，皆以子厚为师"。其门徒广众之盛况亦可想而知。

欧阳修倡导古文运动，亦因团结了梅尧臣、苏舜卿、王安石、苏氏父子等，才能扭转一代文风。其后，苏轼亦效法前人，网罗人才，大力培养新生力量，时有"苏门四学士"的美谈。所谓三四弟子学士，只是其中佼佼者也，当时他们热心指点者，何只千百！

无产阶级文学运动的先驱者鲁迅和高尔基更是十分重视这个问题。高尔基一代创作天才，十月革命之后回国，其主要精力都放在组织和培养新生力量。而鲁迅对文学青年的极端热忱，这是我们所熟知的。

诚然，今天和过去，已非一般的时代不同。经过"文化大革命"，我们进入了崭新的时代。无产阶级文艺光辉灿烂的前景正摆在我们面前。无产阶级文艺的发展和繁荣，主要不是靠几个执笔弄墨的人。广大工农兵业余作者，是我们时代文学创作的生力军、主力军，是我们的希望所在。但是，绝不意味着放任自流，就会"流"出一个惊天动地的文学创作的黄金时代。不选种护苗，不深耕细作，不流血流汗，哪有丰收的希望？

这是要花力气的事。要花费前所未有的力气，从政治上、思想上、组织上、技术上落实培养新生力量的工作。我们的社会制度和新兴的无产阶级，比历史上任何社会和任何阶级都强千万倍，我们又有战无不胜的毛泽东思想，因此，我们完全有信心、有力量，创造出比过去任何时代光辉千万倍的文学艺术！

建国以来，诗人辈出。但窃以为其中峥嵘卓立者，要算您和贺敬之同志。有多少青年作者把自己成长的希望寄托在前辈的帮助上面！作为一个青年诗歌爱好者，我对您是十分敬仰的。所以，当杨匡满同志告诉我您有空读《太阳颂》时，我的激动是难以形容的。我像旱苗儿渴望甘露一样渴望得到您的指教！

关于《太阳颂》的创作意图和过程，杨匡满同志很了解。我想，他或许告诉过您了，信已经写得太长，就不在这里啰嗦了。

此致

革命敬礼

黄河清敬上

1970.8.18

黄河清致郭小川（1970年10月25日）

敬爱的郭小川同志：

您好！杨匡满同志告诉我，您正在看《太阳颂》诗稿。您在百忙中仍关心青年单凭政治热情写出来的拙作，使我十分感动。

为了更好地得到您的指导和帮助，我想简单汇报这首诗的写作过程和一些想法。

我放过牛，做过小贩，当过拉木板车工人（长途运输的工作）。是党和毛主席给了我上学的机会，并把我培养成为一个无产阶级的先锋战士——共产党员。从这个朴素的阶级感情出发，我心中一直燃烧着歌颂伟大领袖毛主席的强烈愿望。1965年春，开始构思《太阳颂》，但并未敢下笔。1966年底……我因病从国外回到北京，把在苏联、捷克和一些西欧国家的亲身经历同祖国发生的伟大革命比较，两种国家的面孔真是天殊地别！他们是日落西山，死气沉沉，一切都被下流无耻的商品广告所淹没；我们则如旭日东升，生气勃勃，红旗如画，展示着人类的前途和理想。于是，我第一次站在世界革命的高度来认识毛主席领导的中国革命和毛泽东思想的伟大意义。我为自己生活在社会主义中国而感到万分骄傲，万分激动。当时我这样概括祖国最鲜明、最本质的特点：

　　　　啊！向着全世界。
　　　　我骄傲的说：
　　　　这就是我的祖国，
　　　　一面阳光灿烂的

毛主席思想红旗，

这就是

我——的——祖——国！！！

当时，创作的冲动已不可遏制，我利用在病房的二十多天时间，废寝忘食，一口气写完《太阳颂》的初稿。同志们读到初稿，都很热情支持。在同志们的鼓励和支持下，利用业余时间，长诗断断续续修改了两三年，改成现在的样子。

我为什么以整个革命历史为广阔背景，把诗写得那么长呢？从一个侧面，选一个角度，抒发自己的革命激情，歌颂毛主席，不是很好吗？应该说，后者是一种好办法，是写作上"费力讨好"的办法。事实上，这种热情洋溢的颂歌，已是"千箩万箩堆满仓"。但是，这种短诗我读了许许多多，不管它们的容量有多大，总感到分量太轻，还得不到歌颂毛主席的感情上的满足，尤其是感到它们不足以为伟大领袖立传。因此，我才产生了写《太阳颂》的想法，自不量力，努力选择一条写作上"费力不讨好"的道路，以整个革命历史为广阔背景来歌颂毛主席。

当然，这也不意味着刻意去写史。而是分别在各个历史阶段中，力图突出毛主席在某一阶段中的伟大贡献和毛泽东思想的某个方面，加以歌颂。如《红旗卷起农奴戟》一章，突出歌颂用农村包围城市、武装夺取政权的伟大战略思想，以"左"倾机会主义路线为陪衬；《天欲堕，赖以柱其间》一章，突出歌颂人民战争、民族统一战线的光辉思想；《一唱雄鸡天下白》一章，突出歌颂敢于斗争、敢于胜利的彻底革命思想。但恨自己力不从心，未能如愿！然而，只要得到有力的支持和正确的指导，对进一步改好这首红太阳的颂歌，自己还是充满信心的。诚望不弃鄙陋，给予指教。

此致

革命敬礼

黄河清敬上

70.10.25

黄河清致郭小川（1971年2月13日）

郭小川同志：

惠书早就到了。但碰巧我回家探亲去了，直到八日回来才能拜读。读后需要认真消化、摘录，故又拖了一个星期。迟复为歉！

收到您的长信，兴奋了一个星期，喜悦的心情是难以形容的。您是这样深入浅出、谆谆善诱，使我受到很大的教育、启发和鼓舞，进一步明了长诗现稿存在许多严重的缺点：史实多，感情漠；矛盾揭露不充分，写得不强烈、不感人；音韵错乱，排列不太一致，语言差；等等。对您的耐心指导，我万分感激！

音韵上的缺点，六八年初，郭沫若同志也批评了，意见和您的相同，只是没有那么详尽。从那以后，是开始注意了。但受原稿的束缚，几次修改都未能大力变动，今后一定坚决改过来。写短诗，我对押韵和诗行的整齐是比较重视的。但根据自己读诗的体会，一首长诗，一个韵管得太远，诗行老是一个排列方式，却会给人一种呆板、疲倦的感觉。因此，自己写时，想适当变化。但没有做好。有些小段的韵变换太急，往往不是自己的心思，而是词穷了，呼之不来，只好凑合。

我完全赞同您关于语言的主张。白诗素以明白易懂著称，其语言却异常华丽。每读《长恨歌》，对其光华闪烁的艳丽辞句，是十分赞叹羡慕的。自己的语言不美，不是有别的主张，而是由于接触文艺的时间短，基本功差，力所不及。我把中学时期可以利用的全部时间，先是狂热地献给军事著作，后是哲学著作。在大学，嚼蜡似的啃了五年英文，随后又在国防科研方面做了六年的外语工作。我多年来关心的东西，和文艺相差很远。我学写点诗，是从六二年底去西藏参加管理印俘工作开始的。那时刚走出校园，完全被边防斗争的英雄事迹和西藏的壮丽河山所激动，就在日记上胡乱写出来，对诗的规律是无知的。从这样一个起点，到六六年写《太阳颂》，作者的功力是可以想见的。自己没有超人的才能，也没有写作时间（若不是在医院住了一个月，我想初稿是出不来的）——《太阳颂》能写成现在这个样子，全靠由于热爱而产生的歌颂伟大领袖的热情，和不畏艰苦、锲而不舍的努力。

所以，信中提到关于驾驭语言、捕捉撼动人心的历史事件和场景、组织作品的波澜和高潮等方面，都是自己的大弱点，而且，是短期内不能跨越的大障碍。

虽然如此，我决不气馁，有决心迎着困难上、踩着困难走。写，不是为了个人的功利。知难而退，不写，那是对宣传毛泽东思想没有热情，对毛主席不忠的表现，也辜负您谆谆教导的一片心意和同志们的期望。无论如何，一定要尽力而为。遵照您的意见，我正着手拟订一个计划，用加强学习的方法，弥补自己的缺陷。一定要把《太阳颂》作为一个完美的艺术作品来要求，向困难进军！

来信分析各节的问题，很具体，帮助很大。可惜您没有工夫谈完，诚望有空再谈谈后四节。再者，关于诗句常常失之于硬、直的症结，亦望举一二例加以点破，以便能更深地领悟。

初读来信，对您不骄不躁、谦虚谨慎、谆谆善诱、诲人不倦的长者风度，已是十分敬佩。及至信末，知道您爱他人先于爱子，更是激动。虽十分珍爱您亲笔指点的墨迹，但惠书岂有不遵命退回之理？开始不知退信事，读时乱画了许多圈圈杠杠，请原谅。

良师益友，古来难得。得向您就教，实在是生平称心快意的一件大事，感到很幸福。

紧握手

黄清河

七一年二月十三日南宁

附上元旦寄给杨匡满同志的纪别诗一首，夫事物虽异，而情趣同也：

霜染红枫燕山别，

雨洗翠竹湖广分。

关山迢之人千里，

情谊依之心比邻。

难复劝杯助诗兴,

可常寄书说险韵。

为催百花齐开放,

须同青帝备雷轮。

黄河清致郭小川（1971年3月20日）

郭小川同志：

您好！很长时间没有读到像样的诗作了，看到您的《万里长江横渡》，十分高兴。读后，对您前信提出的问题，如"抓住主要的撼动人心的事件或场景，充分描写，充分展开，一直造成高潮"等等，有了更深刻的领会。我打算进一步把这首诗和信结合起来学习，这对修改《太阳颂》将大有利益。

来信要提意见，就先从"第一印象"说起吧。读第一遍，感到全诗写得很好，其中，从开始到"一支无声的号令"句，从第六页末至第七页末，以及第八页"以最纯洁的无产阶级感情"以下，这几段激起感情的波澜最大。我是很重视第一印象的。因为，第一遍抓不住读者，就说明诗没有感人的力量，那就是失败了。作为一个普通读者，第一遍抓不住他，他是不会再读第二遍的了。

细读几遍以后，觉得全诗是经过精心构思的，写作上充分运用了复迭错综的手法和长短句子交错的好处，给人一种感情热烈、气势奔放的感觉。

至于长短，看来是可以再压缩一些。办法是否从这两方面看乎？

一、把感情表现得更集中些，提炼得更炽热些。如开头几个"十万"是起到了烘托的作用，诗句也不错。但换个角度，用高度抒的概括性的句子开头，这样恐怕不但可以压短，也能使感情更灼人。又如，诗中有几处类似第一页的"——只因为……"这样交待性的叙述，也可以设法用更精粹的诗句来替代。我写《太阳颂》时，也常常为这种交待事件和背景的事所苦恼。因此，常慕《长恨歌》……用"渔阳鼙鼓动地来，惊破《霓裳羽衣曲》"来概括安禄山事件（当然，这两句还包含有其他内容）的简练手法。

二、牺牲一些复迭的排笔的问句，使诗轻便灵活一些。这首诗有点像古诗中的长律，这种"句无单出"的写法，固然利于加强感情，造成气势，但往往伴随而来的是长，而且，有时弄得不好，会犯类似"合掌"的毛病。如第五页的"伟大胆略"和"伟大气概"，虽然落脚不尽相似，但第二个"伟大"并不比第一个"伟大"能给读者更多的更新的东西。

再者，是关于个别地方和个别词句的想法。

全诗在热情歌颂毛主席的同时，也表达了作者在继续革命的道路上永不停步的坚定决心和誓言。描写横渡队伍的寓意是明显的。但"为岸边……聚集着浩浩荡荡的革命队伍。让我们快上岸吧，站进队伍之中"这两个"队伍"怎样处理才好？希望避免被读者误会为作者有"归队"的意思。

P1，"高耸入云"会不会和绿柳"掩映"矛盾起来？"威镇"，尤其是"镇"字已有凌空压顶的意象，不要"高耸入云"也可以。"飘展在欢腾的江上、空中和周围四处"，改为"飘展在欢腾的江上和三镇四处"，如何？

P2，"各种艰难险阻"，"各种""各样"这类词不带多大感情色彩，换"重重""万千"之类如何？

P3，"而今天——我们却是在这最美好的风光下……"这句是前十行的归结句子（"向往之情""巨大满足""非凡幸福"，今天都一下子实现了），很是关键的地方，应该落到实处，似乎用"正是在这江都水面"之类更简洁确实的句子为宜。用"最美好"之类的抽象句子收不到实处。

P4，"胸脯"虽有"包容天下"来修饰，但用来写伟大领袖，仍恐失之不够庄重。

P5，"归宿"在哲理上是对的，但似乎可换别的振奋人心的词更好。"粪土"，它的引申意义是鄙视，不放在眼里，不在话下。但它原义的色彩仍然很浓厚，把它和"难""险"放在一起，有点别扭。

P6，"你不见"能换别的更好。

P7，"一切都试过了"，"试"字不好。"全无迷雾"，能换别的更好。"投向毛主席开辟的英雄门户！"比"投向"更进一层，意义会更显积极些。另外，"英雄门户"似乎有点费解。

意见就是这些。

自己没有学过什么写诗的理论，写作和欣赏能力都很低。本来不敢也不应乱说，但知道说错了您不会介意，而且会得到您的帮助，所以才大胆妄言。

近来，按照计划收集资料进行学习，有些收获，对修改长诗也有了些新的想法。但信写得太长了，已经占了您的许多时间，下次再谈吧。

紧握手

河清敬上

1971.3.20

黄河清致郭小川（1971年4月9日）

郭小川同志：

您好！给您的回信转去转来，耽误了二十来天，没有寄到，很抱歉。大概您是有新的任务，到武汉部队去了。

近来按计划学习，有些收获。但南宁的资料很缺，拿到手的都看了一遍。现在打算用第二章《谁主沉浮》来作试验，看看修改有什么问题，及时总结，更好地推动学习，为以后的大修改作好准备。工作很忙，业余时间很少，估计要个把月才能结束这个小试验。到那时，一定送上一份试验品，向您就教。

好，祝您工作顺利

河清敬上

71.4.9

黄河清致郭小川（1971年5月1日）

郭小川同志：

您好！收获的兴奋心情，驱散了一个月来艰苦奋战的疲劳，抓住节日的空闲，向您汇报重写长诗第二章《谁主沉浮》的简况，并请杨匡满同志转送上新稿一份，请给予批评指导。

认真学习了您的长信后，尽自己能领会的精神，读了一个多月的书，三月底开始抓工余时间（实际上多是睡眠时间）重写了这一章。这次改写，带有试验的性质，完全打破了原来的框框，全章七百余行，原诗句子留下的不足十行了。试验着重遵照您关于"抓住主要的撼动人心的事件或场景，充分描写，充分展开，一直造成高潮"的指示，改变过去浮光掠影的写法。当然，语言、押韵等方面也都注意了，但比原来，变化不显得那么突出。

无论思想或形象，看来现稿丰满得多了。但篇幅也增加了三倍多。照此类推，全诗要增加到五千行左右。（原为三千行，初步估计，一、六、七章增加不多）心里有点担忧，要在五千行诗中不断给读者新的语言、形象，新的意境，新的思想，对一个青年作者来说，的确是个巨大的考验。再者，那么长，是否适合一般读者阅读？我有点拿不定主意了。

诗长了，没有插题，读者不便掌握中心，也不醒目。为了章节分明，全章又分为七节，每节都有小标题。

七节中，风华正茂、粪土当年万户侯、安源烈火这三节写起来比较顺当。其余都写得很费力，很艰苦。因为除了以党史为纲之外，这三节有别的资料帮助思考，从这次试验来看，资料工作也很重要。自己没有亲身的见闻，不借助于资料，很难捕捉特定的典型环境和典型事物去创造诗的意境。

东西刚写完，肯定是很粗糙的。但头脑还热，看不清存在的问题。为了及时总结经验教训，望多加指导。

握手

河清敬上

71.5.1

黄河清致郭小川（1973年8月21日）

敬爱的郭小川同志：

您好！一晃又有一年多不去信问候了。但并非懒漫，只是不敢随便去信打扰，心里还是时时想念的。

一年多来，我一直参加本报文艺副刊的工作。诗歌编辑只有我一个人。单处理稿件每天就有五六十份，够忙的。但晚上还能经常挤点时间读书，写诗。

　　《太阳颂》还断断续续地修改。每次修改，我都先看看您给我的"长信"（详细摘录），而每次读着您的亲切教导，从押韵合辙到诗行排列，从语言到思想，从全篇的构思到具体的结构……我从您不倦的教诲中，不但学得写诗的知识，而且受到鞭策，学习您的榜样，热情地去关心比我更年轻更幼稚的作者！

　　最近，《广西文艺》打算选发长诗的第一、二章。现寄上一份他们供讨论用的打印稿。您忙的话，就不必挤时间看它。除了加进一些批林的内容之外，稿子没有多大进展。把您七月发表的《万里长江横渡》和原稿仔细比较，前后改动很大，内容更深刻了，形式也更完美了。相形之下，真显出我这个年轻人没有进步，没有出息！

　　严格地说，我是写《太阳颂》才开始学诗的，而在这个过程中，是得到您的指导之后才开始学会写一点。所以，我不能不把您看作自己敬爱的师长，尽管我不敢在人前说我这样蹩脚的人是您的学生。

　　如果您有空的话，能够看看这两张东西，提出批评，哪怕只是三言两语，自然，那将对我鼓舞很大。

　　您的身体如何？血压高吗？我最近找到一条降压偏方，很灵。我母亲敷用后，第二天下午高压即由196降至正常，至今月余未见回升。（据说，弄得不好是会回升的）方子很简单：荼辣（一种中药）一两，捣成粉末，用酸醋拌成有黏性的胶体，敷在脚心（男左女右）十二小时即可。好，就扯到这里。

　　敬祝
著安

黄河清上

73.8.21于南宁

李林涛致郭小川（1976年1月6日）

敬爱的郭小川同志：

您好！

我是一个廿六岁的青年诗歌作者，贫农的后代，工人的儿子，七○年从农村知识青年的队伍里抽回市常委会文化办公室工作，目前在市群众艺术馆创作组。我同其他诗歌作者一样，酷爱您的作品，"文化大革命"后，又激动的读到了您的新作《万里长江横渡》，使人备受鼓舞。人们关心着您的生活和创作，希望您能写出大量的、无愧于时代的作品——这是一个对您久来景仰的青年人的热切愿望。

小川同志，这次（一周前）到北京，有幸被邀参加了三十日在《诗刊》社举办的学习毛主席词二首的座谈会，见到了诗歌界的一些老前辈，然而十分遗憾的是，没有见到您和贺敬之同志，他们告诉我，说您已出到林县去了，甚是不巧！现在，我已带着在北京的学习收获，回到了市里，正把李季、臧克家等老一辈的关怀，变成我工作和创作的动力。几天来，我时常感到：一个很好的机会，却又未见到一个很好的同志，实在令人遗憾。假如没有这次座谈会，我一个小小的人物，怕也没有这个妄为的遗憾啦！思虑很久，决定给您写这封信。恳请您的帮助和指导。《诗刊》第一期发了我一个组诗——《深山创业》，请您阅后，给予指点，使一个文学里程上的后来人有所长进，有所提高。

小川同志，这是我有生以来第一次给你这样的大人物动笔写信，心情是矛盾的，知道您忙，可又求知心切，盼望回信。请您在有时间的情况下，能给一个诗坛新兵以教诲——我不知道这个要求是否太过分了？小川同志，我如果见不到您的信，那么就盼早日读到您的作品吧！那对我这样的青年人也许是最具体的启发了。

（不知道您何时归来，便冒昧的把信邮给了您爱人处，徐刚同志对我讲：

您们是热情的，是肯于助人的。我才大胆的发函求教！）

　　此致

敬礼

李松涛

76.1.6

李清晨致郭小川（1973年10月16日）

郭小川老师：

您好！

　　首先请原谅，我寄给您的这封冒昧的信。

　　您可能记不起了，十五年前，在我上中学的时候，曾给您写过一封信，并寄去了我的一篇习作——《山乡巨变》。记得您很快地给我写了回信，并谆谆告诫我要刻苦学习，认真钻研。后来，在东总布胡同又听了您的讲座。

　　使我最难忘记的，是您的动人的诗篇，记得每当《诗刊》上刊登了您的诗，我总是反复地读着。比如《致大海》《瑞雪兆丰年》等长诗，我是非常喜欢的。至今，您那"闪闪箭羽，千千万万条，层层水花，扑打睫毛，银色的□界，占据了今朝"的铿锵诗句，还镶嵌在我的脑海里。

　　普希金的抒情诗，使我对诗歌产生了兴趣。如果那对我来说是一个启蒙的话，您的诗才把我一个诗歌爱好者引上中国新诗的正确道路。虽然过去没有机会跟您谈谈，向您请教，但您的作品、您的讲座、您的书信，已是我的良师益友啦。我喜欢您的诗作，我更迫切地需要您的教诲！

　　这些年来，我几次想跟您通信，想去看望您，但我总觉得自己的小诗没什么长进。虽然在过去的《工人日报》、后来的《北京工人》《光明日报》发表过几篇短诗、小诗和通讯报导，但都是一些水平很低的小东西。因为自己没有写出什么像样的诗来，所以不敢、也不好意思去打扰您。

　　您今年七月十七日在《体育报》上发表的长诗——《万里长江横渡》，是一篇多么好的诗啊！我坐在工厂图书馆里一气读了三遍。后来我又把它抄下来。我在工作之余读它；我在孩子们熟睡之后读它；我在电车上也读它。您那热情洋溢的诗句感染了我；您那澎湃的革命激情仿佛把我带到了革命的风浪之中。我真愿意在大风大浪中"痛快地冲刷我灵魂中的泥污"；我真愿意在大风浪里"学得一身反潮流的真功夫"；我真想在大风大浪里"高擎红旗大展宏图"，"沿着毛主席的革命路线"，"把千江万水横渡"！

十五年前，我还是一个未出校门的高中生，现在，我已是一个国防企业的电子工人啦！我虽然酷爱诗歌，但这几年来我却荒废了学业。是您的《万里长江横渡》又点燃了我爱诗的欲望之火。十大的喜讯激励我必须认真读书、学习，提高马列毛泽东思想的水平。拿起笔来书写歌颂党和毛主席、歌颂社会主义祖国的新篇章，以刻苦学习的精神弥补过去虚度过的光阴。好在我现在才是三十出头的年青人，工作不太忙，我还有足够的精力学一点东西。

前几天，我构思了一篇迎接四届人大的诗。虽然由于四大还没开，对四大的基本精神尚还不解，加之自己水平有限，可能有不少地方出现错误，我恳请老师给修改一下，帮助学生提高一步。不怕您见笑，那是一篇小孩子的学步之作，我想老师还是不会嫌弃我这个劣等学生吧！

随信寄出小诗一篇（略），请赐教。如方便的话我愿到府上看望老师！

敬祝

身体健康！

您的学生李清晨

一九七三·十·十六

刘澄潭致郭小川（1964年9月5日）

这是个来自钢城青年的问候：问您身体好，精力充沛。每每吟哦您的诗章，感到火光在迸烁，充满了时代的豪情。

当顺口吟出"满面春风，袖里红潮"之句时，仿佛嗅到时代花圃的芬芳；当吟出"我不知道我是青年还是壮年，因为从我眼前流过的每刻时光——都如此新鲜"的时候，浑身是劲，顿觉骨节作响；当高声朗诵"乡村大道，好

316 / 郭小川亲友书信选

象一条条金光四射的丝缕，把所有的城市、乡村、高山、洼地都穿成一串宝珠"的当儿，不禁叫绝妙笔生花，叹为观止；当品到"不，不，不，这里肯定就是塔里木。如果不是塔里木，我不会感到这般幸福；这里如果不是塔里木，我的歌声不会唱得这样舒服"的时节，读者为之心花怒放，也领略了幸福和舒服。

还有那"我们的厦门——海防前线呵，时刻都在准备着。当敌人挑衅的时候，所有的大炮长枪将一齐喷出火，烈火！我们的厦门——海防前线呵，犹如我们的整个生活，和平、斗争、建设，一直在这里奇妙地犬牙交错……"这些诗行，吟后真是陶冶心灵，涤荡肺腑。在激情中得到教益，感到□□革命的生活，多么美好壮丽啊！

郭小川先生，您的诗对我们青年鼓舞非常大。说是心灵的歌不是过奖的。每每看到您的诗作，都争夺着研究、琢磨，从中受到教育，得到收获。那长于变哲理为艺术的高超技巧，令人惊诧不已；那一口气的排比的格调，都迸发出时代的无限豪情……至今耳边还回荡着："在这时节呀，我有了更强固的信念；在我们的大地上，除非没有人烟——有人烟的地方就有革命的波澜；有革命的地方，就是在毛主席的身边。在毛主席身边呵，再遥远的地方也不遥远！"这样一口气吟哦出来的绝调，令人心旷神怡！

关于《昆仑行》，这五百三十八行的长诗，诗人是以满腔热忱，讴歌了革命时代的人民，也歌颂了英明的领袖，表达了革命的豪言壮语，抒发了诗人对社会主义时代强烈的爱情。

关于此诗中引出毛主席诗词《念奴娇·昆仑》这首词，在下半阙您是否引用时笔下误，或是排版者没注意，把"一截留中国"，印成"一截还东国"。这点是我们看了几遍之后才发现的。希您再把六月二十八日《人民日报》第七版打开看看，并希您给钢城这一诗歌习作者写封回信，那是感谢不尽了。我写信的同时，就联想到高尔基给七岁的玩童写回信（有关请教高尔基的童话）这件事，诗人也会对步后尘者欢欣鼓舞吧！

遗憾的是您来钢都那次没看到您。后来去鞍山文联开会，听编辑王荆岩同志提起您，我是后悔不及的。不久后看到您的《鞍山一瞥》，也好象看到您一样亲切!

郭先生,今随信寄去习作几首(略),请您批阅指教。我非常欣赏您的风格,因为在学步中不勉有模仿的痕迹,希指点。深知您很忙,东西南北,天涯海角,何止"一万三千"。但我知道您不会辜负这个青年的希望。

谢谢!祝您在诗坛上更上一层楼。

钢城青年刘澄潭敬上

1964.9.5

刘昕致郭小川(1973年4月21日)

敬爱的郭小川同志叔叔:

我叫刘昕,69年4月入伍,现在内蒙古集宁市×××医院工作,今年22岁。

我从小对文学就有兴趣,近几年特别对诗歌更加喜爱,没事或工作之余常常借来一些诗集、文艺刊物看。对于较好的诗作全部都抄下来,另外也看了一些理论性的东西,如《学诗断想》《新诗语》《诗歌欣赏》等,抄了不少古体诗。估计现已抄了五百首新诗,其中有您的《甘蔗林——青纱帐》《昆仑行》,还有李瑛、贺敬之、阮章竞、李野光、程光锐、戈壁舟、张志民等一些老诗人的作品。《将军三部曲》《雪与山谷》也都读了。有时抄诗、看诗已经达到入迷的地步了。

从前年开始,自己试着写了一点"诗",很不象东西,送到报社等地方,同志们却给了自己很大的鼓励。当地报社曾经发了几次,内蒙古出版社和内蒙古文艺编辑部也来信表示支持,这样便更激发了自己的热情。报社的一位编辑曾对我说,不要光一个人瞎搞,最好是向一些老前辈学习一下。于是我曾给解放军文艺社的李瑛同志去了一封信,但未见回信。这次小安来我院住院,无意中谈起了诗,我便提起郭叔叔。不料小安说他母亲认识,我十分高兴,便要求他帮助我介绍一下,于是写了这封信。但又怕郭叔叔工作忙,一开始也没敢写。

目前,祖国的社会主义革命和建设形势一派大好,国防威望日益提高,也迫切需要工农兵的文艺创作更好地繁荣起来。自己就十分想如你能把我们心中对党的热爱、对毛主席的热爱、对伟大社会主义祖国的热爱通过文字更好地表达出来，以鼓舞人民的战斗意志。这不是一件轻而易举的事，也不是光靠激情就能写出来的。于是，自己便试着给郭叔叔写了这封信，迫切地需要您的帮助、指导！希望郭叔叔在百忙之中给予答复和指导，自己就太高兴了！

祝郭叔叔身体健康，工作顺利！

敬礼！

刘昕敬上

73.4.21

刘昕致郭小川（1973年7月10日）

郭伯伯：

问您好！您在五月二十二日的来信我此时才收到。原因是四月底我便来呼和浩特治病，从那时至此期间，我的信全在今天才转到这里，故此时才回信，实在太对不起您了。安吉斯的信已交给他；他也来呼市出差了一个时期，我们常在一块儿。

您在百忙中给我们的回信，使我们特高兴，对我写诗的想法鼓舞特大。自己决心恭恭敬敬地向郭伯伯请教，把革命老前辈的光辉事业继承过来，发扬下去，为社会主义建设作一点微小的贡献！这一点，请郭伯伯放心，我力争努力作到！

对于诗，我象有点酷爱。看诗也好，朗读也好，抄诗也好，连搞二三个小时，并不乏味，也许是"陶醉"在里面了，越搞越上瘾，天天如此。我从小对诗、散文就感兴趣，记得小学时读袁鹰的《小杰克》曾暗自流过泪，是不是叫此名我记不清了，因为以后多次也没有找到此书。那时我便发现诗竟有如此大的力量。在呼市住院的二个月，又抄满了二个笔记本的新诗了。我觉得自己的语文基础差（初中），便跑到内蒙古师院把中文系的教材要了一份，其中关于诗歌的介绍又嫌少了些，但我准备把它全看完，了解广泛还是有好处的（北大、山西师院中文系各编的《中国文学史》我已读过）。此外，我看了不少各地、各年度的散文特写选，还有象《东北第一枝》《雪浪花》《红玛瑙集》《五月鹃》和艾青的《诗论》等，有的便从头抄了一遍。迄今为止，我大约抄了几百首新诗，包括象《雷锋之歌》那样上千行的诗。（这些作者象臧克家、贺敬之、郭沫若、郭伯伯、戈壁舟、张志民、闻捷、田间、李瑛、陆荣、雁翼、傅仇、蔡其矫、李野光、元辉、韩笑……还有像流沙河、公刘的我也看过）以后再读东西，我就要照郭伯父说的，有分析、批判地去看了。自己决心认真读马列的书，提高执行毛主席革命路线的自觉性，刻苦改造世界观。只有思想觉悟高了，才能写出符合社会主义革命和建设的作品来；×××的创作经验已经雄辩地证明了这一点。

郭伯伯来信谈到最好能寄去一些我的"创作"，以便更好地帮助自己，这使我十分感激。说实话，自己总觉得写不出象样的东西，极少敢于"创作"，有些东西写成后连自己都觉得惭愧：思想性不强，缺乏生活，诗意不深，表达单调。在郭伯父的盛情鼓舞下，我斗胆把去年三月写成的一首所谓《祖国灯火》寄去（后辈的不算什么"作品"），郭伯伯看"一斑"，也就知我这"全豹"的水平了。自己唯一的愿望，就是请郭伯伯看后，给予严格的批评指正，就是对自己最大的、最热情的支持和帮助了！

再有一点，我觉得贺敬之和李瑛的诗风格大不一样，但同样都很感人。不知此看法是否正确，希郭伯伯指教，帮助自己多掌握一些知识。

此致
敬礼

战士：刘昕

73.7.10

刘昕致郭小川（不详）

郭伯伯：

问你好！近来一切都好吧！

这次去北京，两次见您，给我留下了深刻的印象。您的平易近人、和蔼可亲，使我十分感动。您还具体地指出了我的所谓"诗"的缺陷，并谈了很多，给我以很大的教益。在这里，我再次对郭伯伯表示真挚的感谢！

郭伯伯，回来后，我继续看了一部分诗，并看了一些文学理论性的东西。我觉得，诗（指现代自由体）是不好写的。譬如关于它的格律，究竟如何定，似乎还没有闯出较明确的路子。但我极喜欢读您的诗，喜爱您的风格。您所写的诗，我这里基本都收集到了（大部分是抄的）。我认为：一首诗里最好能含一个较深刻的革命哲理在其中（哪怕是这首诗短到几行），而使人得到一种教益，从而得到战斗的鼓舞。您的诗，我觉得正是这样写的。

郭伯伯，我只是一个诗歌的爱好者，至于写，那更是新手。我希望能继续从您那里得到热情的帮助、批评，在您的百忙之中抽空给予指导！

如有机会，我再去北京看您。

安吉斯去大兴安岭了，大概十一月底到京。

问杜惠阿姨好！

祝一切顺利！

战士：刘昕

薛万珍致郭小川（1973年12月15日）

尊敬的小川同志：

您还记得我吧：薛万珍，搞地质的，"文革"前曾写过一些诗。当时，为诗的创作问题曾写信请教过您，并荣幸地得到您的热情指导——那些信，我一直同《将军三部曲》《月下集》《青纱帐——甘蔗林》等一起珍藏着。

出于敬爱和怀念，我一直打听您的消息，想写信给您。然而，时过数年，几经变迁，往哪里寄呢？在回北方省亲、出差时，也曾在热衷文学的朋友处听到过您的一点消息，传说而已，地址终不确。上月，去广州开会，听到人们讨论《笨鸟先飞》，我联想起《小将们在挑战》等，也许您还在《人民日报》工作吧！最近，我到湛江来为一个地质会议作筹备工作——写写非文学的文字，到图书馆找到四期《新体育》，读后写了这封信，不知您能否收到。

遗憾的是，这许多年来，除了还有留着一些对文学的眷恋之情外，已很久不写和读了。原因很多，我说不清。只是觉得，无论搞什么，都存在着一些需要和可能的问题。一个工程的技术负责工作，需要付出大部的精力和时间。间或也有些闲暇，写不出也懒于动笔。有时还隐约地记起二句古诗来：曾经沧海难为水，除却巫山不是云。

读了《笨鸟先飞》，感到非常亲切，很受启发。独特的语言、风格，以生动的形象批判了"天才论""先验论"，而又那么朴实、自然，不是"斧凿痕迹"，很好地把政治性和艺术性结合起来。在我工作和生活的周围，许多老工人、技术人员，几十年如一日，成年累月在深山远乡，勤勤恳恳地工作。他们是值得歌颂的无名英雄，我有时也想写写，但终不知怎样下笔。

尊敬的小川同志，您是人们熟知和喜爱的老作家、诗人。我生活在基层，很了解这一点。那天，我去图书馆找《笨鸟先飞》，当时并不知道是《新体育》第几期，只说出文章的题目，那管理员（是一个刚参加工作不久的年轻人）很快地就给找了出来。人民群众是最权威的文学批评者。许多人期望看到您的新诗作。

写到这里，不禁想起李白的一首诗来："李白乘舟将欲行，忽闻岸上踏歌声。桃花潭水深千尺，不及汪伦送我情。"我冒昧地无端写了这封信，不过是为了表示我的敬意和怀念，然而，惭愧得很，没有"韧"下去，久无作品，想当个"踏歌"的汪伦也不配了。

不知此信能否及时到您手上，匆匆写来，字草句涩，请谅。如能收到，盼赐一信。我的地方是：广东、阳春、春湾、湛江地质队。

崇高的敬礼！

薛万珍

1973.12.15

湛江海滨